华北抗日根据地及解放区文艺大系

陈晋 郑恩兵 主编

晋冀鲁豫《人民日报》文艺文献全编

散文报告文学

第四卷

关小彬 高露洋 编

河北出版传媒集团
河北教育出版社

图书在版编目（CIP）数据

晋冀鲁豫《人民日报》文艺文献全编．散文报告文学．第四卷 / 关小彬，高露洋编．—— 石家庄：河北教育出版社，2023.12

（华北抗日根据地及解放区文艺大系 / 陈晋，郑恩兵主编）

ISBN 978-7-5545-7674-8

Ⅰ．①晋… Ⅱ．①关… ②高… Ⅲ．①文艺-作品综合集-世界-现代②散文集-中国-现代③报告文学-作品集-中国-现代 Ⅳ．① I11 ② I266 ③ I25

中国国家版本馆 CIP 数据核字（2023）第 043813 号

书　　名	晋冀鲁豫《人民日报》文艺文献全编·散文报告文学·第四卷
	JINJILUYU RENMIN RIBAO WENYI WENXIAN QUANBIAN SANWEN BAOGAO WENXUE DI-SI JUAN
编　　者	关小彬　高露洋
责任编辑	王　丽　赵艳林
装帧设计	郝　旭
出　　版	河北出版传媒集团
	河北教育出版社　http://www.hbep.com
	（石家庄市联盟路705号，050061）
印　　制	石家庄众旺彩印有限公司
开　　本	787毫米×1092毫米　1/16
印　　张	28.5
字　　数	355千字
版　　次	2023年12月第1版
印　　次	2023年12月第1次印刷
书　　号	ISBN 978-7-5545-7674-8
定　　价	168.00元

版权所有，侵权必究

丛书编委会

顾 问

陈平原　刘跃进　王长华　李　扬

编委会主任

吕新斌

编委会副主任

彭建强　孟庆凯　刘　月

主　编

陈　晋　郑恩兵

副主编

董素山　向　回　汪雅瑛

编　委（按姓氏笔画排序）

马春香　王少军　田浩军　包来军　吉　喆　刘书芳　刘贵廷
关小彬　杨　程　杨春生　宋少净　张　辉　张川平　赵　华
高露洋　郭义强　阎晓宏　梁晓晓

编纂说明

在中国共产党百年发展历程中，文艺始终是党领导人民开展进步事业的有机组成部分，是党在各个历史时期的中心工作的实时反映和重要推动力量。"华北抗日根据地及解放区文艺大系"，是一部全面展示抗日战争和解放战争时期华北地区党的历史创造、奋斗风采和形象建构的大型革命历史文艺文献丛书，对于深入研究华北地区革命文艺史、红色新闻史，弘扬伟大建党精神、梳理中国共产党人精神谱系，是必不可少的第一手资料，是我们在新时代坚定树立文化自信的重要思想资源。

一、编纂缘起

抗日战争及解放战争时期，华北地处各方政治与文化力量激烈博弈的前沿，这种特殊政治、军事、文化、地理环境中产生的革命文艺，具有鲜明的地域性特征，是五四新文化运动以来的革命文艺发展史上的突出标识。

但一直以来，由于史料文献整理不足，对华北抗日根据地及解放区文艺的研究，始终未能深入，其独特的地域性实践价值和蕴含的文化创新意义被严重遮蔽。这些史料文献主要以党报党刊的形式呈现，梳理汇编这些党报党刊中的革命文艺史料，借之以探索华北革命文艺的发展路径、发展方向、创造机制和创新经验，是深入贯彻习近平总书记关于"把红色资源利用好、把红色传统发扬好、把红色基因传承好"，"用好红色资源、赓续红色血脉"等系列重要讲话精神的有力举措，也是新时代文艺研究者不可推卸的责任。

2017年6月左右，我们去中国社科院文学所拜访时任所长刘跃进先生，协商合作研究事宜，寻求中国社科院文学所的帮助。请教过程中，刘先生建议我们结合地方特色，做好地方红色文艺文献的搜集整理与编纂出版工作。经过一段时间筹备，2017年底，我们以"河北红色经典系列丛书"为名，正式申报"2018年度河北省省级宣传文化发展专项资金"项目并成功立项，旨在通过选定刊行河北红色经典作品、梳理汇编河北红色经典研究资料、系统阐述河北红色经典发展历史等基础性工作，打造一个集大成式的河北红色经典文献资料库。

项目最初设计共二十四卷，包括六大板块：《河北红色经典史》一卷、《河北红色文艺作品选》六卷、《河北红色经典作家作品索引》三卷、《河北红色经典研究资料汇编》四卷、《〈晋察冀日报〉副刊文学作品全编》六卷、《晋冀鲁豫抗日根据地文艺作品及〈新华日报〉太行版文艺作品汇编》四卷。但在项目实施过程中，我们充分吸收专家意见，认为网络时代和大数据背景下的科研活动有了很大变化，《河北红色经典作家作品索引》与《河北红色经典研究资料汇编》的编纂工作，在当前学术生态中价值不大，并予以取消。同时，在项目实施过程中我们发现，《晋察冀日报》《人民日报》等党报除刊发大量文艺作品外，还有大量记录边区文艺工作者行迹，反映边区戏剧、音乐、文学、美术、舞蹈、曲艺活动与报刊书籍出版发行等各方面情况的文艺史料，以及体现我党文艺方向、方针变化的政策文件与重要领导讲话，是华北地域党和人民对敌作战的重要宣传武器，更是飘扬在华北地区军民心中一面旗帜。这些史料是华北地域革命文艺发生、发展与壮大的真实记录，对我们正确认识革命文艺的特点与历史地位有重要的决定性作用。

为此，我们精心整理了《〈晋察冀日报〉文艺文献全编》《晋冀鲁豫〈人民日报〉文艺文献全编》《〈晋察冀画报〉文艺文献全编》《晋察冀日报社人物志》（共五十一卷），同时收入全国抗战时期和解放战争时期与河北地域相关且被广大群众所喜爱并广泛传唱的红色文艺作品，结集为《河北红色文艺作品选》（共六卷），至此形成丛书目前的五大板块，而且将名称由"河北红色经典系列丛书"改为"华北抗日根据地及解放区文艺大系"，方便以后在此基础上做进一步拓展。

二、地域范围及文艺特质

华北抗日根据地包括当时山东、河北、山西、察哈尔、绥远、热河全部及豫北、苏北、皖北部分地区，分晋绥、晋察冀、晋冀豫、冀鲁豫、山东五大块。1941年，冀鲁豫合并到晋冀豫，称晋冀鲁豫。其中晋察冀抗日根据地作为开辟最早、地域最大、人口最众的模范抗日根据地，是华北抗日根据地的坚强堡垒，牵制和抗击了三分之一以上的华北日军和二分之一的伪军。

在河北及其邻省周边地区开辟与创建华北抗日根据地，是红军长征到达陕北之后党中央迅速做出的重大战略决策。这些根据地地处对日武装斗争最前线，不仅打开了抗战的新局面，成为华北敌后抗战的主战场，而且进行了新民主主义社会的实践探索，对解放战争的历史进程产生了巨大影响，成为我党开辟东北解放区的前进基地和逐鹿中原的战略后方。随着抗日根据地的开辟，延安文艺工作团、西北战地服务团、东北促进纵队干部队、八路军总政治部前线记者团等大批文艺工作者，随同党政干部一道陆续抵达华北，东北、平津的青年学生也纷纷冒着生命危险来到边区。他们一手拿枪，一手拿笔，深入农村与抗战前线，切身体会工农兵的生活，深刻了解工农兵的需求，从而根本上克服了艺术至上主义思想倾向。所以，华北抗日根据地及解放区文艺，既响应了伟大的民族抗战对文学艺术提出的时代要求，亦充分兼顾到广大人民群众的接受习惯和欣赏水平，真实地反映了华北人民火热的战斗与生产生活。很多作者本身就是农民、战士或基层工作者，他们把自己的经历和熟悉的人和事，通过小说、戏剧、诗歌、报告文学、歌曲、绘画、舞蹈等文艺样式记录下来，语言通俗平实，富有生活气息。由于产生于特定时代、特定区域而又适应特定需要，故而无论是题材、语言还是风格，在体现革命大众文艺共性的同时，又具有强烈的华北地域特性。

华北抗日根据地及解放区文艺的繁荣发展，是专业文艺工作者与工农兵群众共同创造的结果。人民群众不仅是革命文艺运动的主导主体、推进主体、受益主体，还是一切成败得失的评判主体。华北抗日根据地及解放区文艺，归根结底，是"以人民为中心"的文艺。

三、学术价值

今天的河北在抗日战争、解放战争时期是晋察冀、晋冀鲁豫两大根据地的中心区域，有着悠久的革命历史传统和丰厚的红色文化底蕴。据不完全统计，抗日战争和解放战争期间，仅晋察冀边区专区以

上就办有报刊四百余种，编印图书五百余万册。如果将这种统计扩大到环绕河北的整个华北抗日根据地及解放区，时间扩展至从中国共产党成立到中华人民共和国成立，数据更为可观。这些红色图书、报刊的出版发行，团结了一大批来自全国各地的著名革命文艺家和专业文艺工作者，其中有大量文艺相关信息，是研究近现代中国革命文艺的重要史料。但因受当时物质条件及复杂局势影响，它们传播范围有限，保存困难，如今已普遍出现老化或损毁现象，面临着消失、断层的危险。

长期以来，由于对抢救、整理和利用红色文艺文献的意义认识不足，现行的科研评价、出版机制亦难以有效刺激科研工作者积极从事老旧报刊等红色文艺文献的系统整理，大量有待整理的红色文艺文献尚未进入学界的视野。特别是华北抗日根据地及解放区的文艺文献，有很多甚至还是学术盲区。如《冀中导报》《救国报》《边政导报》《冀南日报》《团结报》《前进报》《新察哈尔报》《冀热察导报》等各类党报，以及《冀热辽画报》《冀中画报》《北方文化》《五十年代》《新长城》《新群众》《诗建设》《诗战线》等期刊，虽有部分学者对其办报（刊）历程、思想以及传播等方面予以研究，但均无系统的文艺文献整理本。"华北抗日根据地及解放区文艺大系"整理的《晋察冀日报》、晋冀鲁豫《人民日报》、《晋察冀画报》，是当时华北抗日根据地及解放区党报党刊的典型代表，是党的理论和实践同文艺结合的主要媒介和载体，是华北革命文艺重要的传播平台。这些报刊，既客观记录了华北革命文艺的传播与发展，也完整展现了华北革命文艺的特殊使命与风格特征，具有极其重要的史料价值。在此基础上，我们还会将视角延伸到《晋绥日报》《新华日报·太行版》《新华日报·太岳版》等党报，不断地充实这套大型文献史料丛书，以此来系统建构华北抗日根据地及解放区的"文艺史料学"。

四、丛书特色

这套丛书的编纂，主要以抗日战争及解放战争期间华北境内各根据地、解放区出版、发行、制作之图书、期刊、报纸等红色文献中的文艺资料为内容。编纂特色主要包括：

（一）抢救珍贵历史文献，弘扬伟大建党精神。

华北抗日根据地及解放区的红色文献发行于条件艰苦的战争年代，数量少，印制质量粗糙，历经岁月的洗礼，留存下来的品相完好者已经很少，有些到今天已成孤本。这些文献作为特定历史时期和区域的产物，见证了中国共产党领导华北人民争取民族独立和人民解放的伟大历程，反映了华北近代社会的巨大变化，蕴含着珍贵的史料价值和鉴往知来的现实意义，是中国共产党领导的文艺事业、新闻出版事业与意识形态建设发展的历史见证。它们诠释了党的初心和使命，蕴含着坚定的理想信念与崇高的革命精神，到今天仍然具有强大的感染力与说服力，是陶冶情操、磨炼意志，走好新时代长征路的有效精神资源。抢救性搜集、整理与研究这些珍贵历史文献，有利于增强党政干部政治信仰，弘扬伟大建党精神和践行社会主义核心价值观。

（二）文艺与党史密切融合，拓展革命文艺与党史研究的新视野。

革命文艺作品的创作、发表和传播，和党的历史任务和奋斗实践是分不开的。在艰苦卓绝的革命岁月，奋斗前行的中国共产党始终强调，既要拿"枪杆子"，也要拿"笔杆子"。革命的文艺工作者，一手拿枪，一手拿笔，深入农村与抗战前线，以人民大众易于接受和欣赏的形式，宣传党的政策，推行党的方针，为中国共产党顺利完成不同历史阶段的中心任务和伟大使命发挥了独特而重要的作用。本套丛书收入的文献史料，主要是抗日战争与解放战争时期党报党刊中的文艺作品与文艺史料，它们鲜明生动地体现了党的历史，党领导人民争取民族独立、人民解放的奋斗历程和精神面貌，从而为学界从文艺角度研究党史和从党史角度研究文艺提供了有力支撑。

（三）作品汇编与史料梳理并行，还原革命文艺的历史场域。

"华北抗日根据地及解放区文艺大系"的编纂，全面辑录华北抗日根据地及解放区党报党刊上刊登的诗歌、小说、戏剧、报告文学、散文、歌曲、版画等文艺作品，并系统梳理当时文艺发生、发展、传播以及社会各界文艺活动的各类消息和报导，同时选编了大量的河北红色文艺作品作为补充。这种文艺史料与文艺作品的配合整理，还原了革命文艺的历史场域，有利于构建对革命文艺的科学认识。

五、丛书内容

（一）《〈晋察冀日报〉文艺文献全编》共三十八卷：

诗歌三卷

戏剧一卷

小说二卷

文艺评论三卷

文艺史料九卷

外国文艺二卷

散文报告文学十七卷

歌曲版画一卷

（二）《晋冀鲁豫〈人民日报〉文艺文献全编》共十一卷：

诗歌一卷

戏剧、小说、文艺评论一卷

散文报告文学五卷

文艺史料四卷

(三)《〈晋察冀画报〉文艺文献全编》一卷

(四)《晋察冀日报社人物志》一卷

(五)《河北红色文艺作品选》共六卷：

诗歌一卷

戏剧一卷

散文一卷

小说三卷

六、编纂体例

(一) 整套丛书题材丰富、门类众多，在体裁上不做强行统一。

(二) 丛书中所录作品均为当年报刊发表的原文。为确保丛书的文献性、学术性、专业性和资料性，丛书编辑加工的总原则为保持文献原貌，内容上不做改动。

(三) 文字的使用

1. 丛书中文字的使用以2013年教育部、国家语言文字工作委员会公布的《通用规范汉字表》为准。

2. 丛书中的古体字、通假字、俗体字，以及所涉及姓名字号、职官地理等专用字，均予保留。

3. 丛书原文字迹模糊残损，但仍可辨认或可依上下文校正，以字外加方框"口"表示；原文缺字或无法辨识，且无法校补，每字以一个方框"口"表示；如无法统计所缺字数，则以"☒"表示。

4. 丛书中数字的使用，保持原貌。

（四）标点符号及其他符号的使用

1. 丛书在不改变原文意义的情况下，将旧式标点改作现行标点符号。

2. 丛书原文中出现代表文字的符号，如"×""△""○""▲"等，保持原貌。

3. 丛书原文中的着重号、专名号等不再保留。

（五）其他

1. 丛书原文中的注释，保持原貌；编者亦出部分注释，供读者参考。

2. 因为原始文献本身产生于战争年代，保存不易，漫漶不清处较多，丛书疏误之处在所难免，希望专家读者批评指正。

七、鸣谢

本套丛书得以顺利面世，要特别感谢中共河北省委宣传部、河北省社会科学院、河北教育出版社的资金支持，以及北京大学陈平原教授、中国社科院文学所刘跃进研究员、南开大学文学院李扬教授、河北师范大学文学院王长华教授等，为丛书编纂提供了多方面的学术支撑；晋察冀日报社老报人及报史研究会诸位老师，中国社科院文学所现代室、中国丁玲研究会、中国现代文学馆各位专家，也在丛书编纂过程中提出了许多建设性意见；院内外的数十位年轻科研工作者，在原文录入和校对方面付出了艰辛劳动，确保了项目的顺利进行。在此一并致谢。

把艺术交给大众（代序）
——祝贺"华北抗日根据地及解放区文艺大系"结集问世

中国社会科学院　　刘跃进

  由河北省社会科学院文学研究所编纂、河北教育出版社出版的"华北抗日根据地及解放区文艺大系"结集问世，值得庆贺。

  文艺是时代前进的号角。1937年7月7日，卢沟桥事变爆发，全面抗战由此而起。广大的爱国知识分子和青年学生，表现出同仇敌忾的民族气节，走出书斋，走出校园，用知识、用智慧、用不屈的精神力量唤醒民众，用实际行动担负起抗日救亡的历史重任。在此后的岁月里，延安文艺和华北抗日根据地及解放区文艺，是中国共产党领导下的两大主体，双峰并峙，展示着那个时代的风貌，引领了那个时代的风气。

  随着抗日根据地的开辟，延安文艺工作团、西北战地服务团、东北促进纵队干部队、八路军总政治部前线记者团等大批文艺工作者，随同党政干部一道陆续抵达华北，东北、平津的青年学生也纷纷冒着生命危险来到边区。他们一方面积极创作大量街头剧、活报剧、街头诗、墙头小说、木刻版画、歌曲、舞蹈等革命文艺，开展抗日救亡宣传运动；一方面也通过开办文艺干训班，开展各行业、各阶层甚至全民的文艺创作与评选活动，吸引工农兵群众加入文艺队伍，掀起了"晋察冀一周""冀中一日"等具有深化性质的群众写作运动，以及"创造模范村剧团""穷人乐"等群众戏剧运动，为晋察冀文艺史添上了浓墨重彩的一笔。

说到这里，我想起2009年参加《北平学生移动剧团团体日记》捐赠仪式的一段往事。从1937年到1938年，在中国抗战史上唯一以大学生组成的"北平学生移动剧团"在长达一年半的时间里，历尽艰难，转辗于国民党第五战区的各个战场，演出话剧，创办报纸，宣传抗日，鼓舞斗志，谱写出响彻云霄的时代赞歌。移动剧团的成员每人一周轮流记述，用日记形式记录了那段不平凡的岁月，《北平学生移动剧团团体日记》就是这部历史的记录。它不是写给个人看的私密记录，也不是为将来面世扬名。作者完全出于一种历史责任，真实客观地记录了那段鲜为人知的历史，体现出强烈的史家意识。日记封面上有这样一段题记，"北平学生移动剧团·愿我永恒·中华民国二十七年二月二十三日始·璧华"。孤立地看这部日记，也许没有什么轰轰烈烈的战斗业绩，也没有什么感人肺腑的情感纠结。客观、平实是它的本色，正是这种本色，为那个历史年代留下一段真实。"北平学生移动剧团"的抗日活动，是文艺工作者投身抗日洪流中的一个历史缩影。

随着抗战的胜利，察哈尔省会张家口解放，晋察冀文协、晋察冀剧协、晋察冀音协、晋察冀美协、晋察冀通讯社、晋察冀边区剧社、晋察冀日报社、晋察冀画报社等文化团体随中共晋察冀中央局和军区领导先后开赴华北根据地，一大批文艺工作者也随之来到华北，开展丰富多彩的文艺活动。他们坚持毛泽东《在延安文艺座谈会上的讲话》中指出的方向，一手拿枪，一手拿笔，深入农村与抗战前线，既为切身体会工农兵的生活，也为深刻了解工农兵的需求，从而在根本上克服了自身相当普遍和严重的艺术至上主义思想倾向，为工农兵而创作，为工农兵所利用，以人民大众易于接受和欣赏的形式，普遍写人民大众的生产战斗故事。譬如左翼作家邵子南，于1938年10月随西战团到晋察冀，主持战地社日常工作，主编《诗建设》；1943年整风运动后，他到阜平任小学教员，在反"扫荡"中与群众、民兵一起转移、战斗，还直接在五丈湾跟随李勇的游击组对日寇展开地雷战；1944年5月随团回延安，在鲁艺任教，后调陕甘宁文协搞专业创作，开始大量创作反映晋察冀边区生活的小说。他以亲身体验为基础创作的短篇小说《李勇大摆地雷阵》（后改为《地雷阵》），运用阜平农民群众的语言，以口语化方式讲述了爆炸英雄李勇的抗日故事，明显吸取了民间说唱文学的优点，特别是在白话叙述中还插入不少快板式的韵白，更适合群众的喜好，因而在当时广为流传，家喻户晓，起到了很大的宣传鼓动作用。其他作品，如《荷花淀》《太阳照在桑干河上》《漳河水》《赶车传》《王九诉苦》《孟祥英翻身》《新儿女英雄传》《白求恩大夫》《我的两家房东》《穷人乐》《李殿冰》《戎冠秀》《没有共产党就没有中国》《团结就是力量》《没有土地的人们》《白毛女》等，都是成功的文艺典范，在现代中国文学史上占据比较重要的位置。

在华北抗日根据地及解放区的文艺创作成果中，还有数以万计的文艺作品和极具研究价值的文艺史料刊发在根据地及解放区所办的报刊上。很多作者，本身就是农民、战士或基层工作者。他们把自己的经历和熟悉的人和事，通过小说、戏剧、诗歌、报告文学、歌曲、绘画、舞蹈等文艺样式记录下来，语言通俗，富有生活气息。人民既是历史的创造者，也是历史的见证者；既是历史的"剧中人"，也是历史的"剧作者"。让故事中的人物自己编词、自己表演的创作方式，很好地反映出人民的心声，并让人民群众从生动活泼的艺术作品中得到教育，这确实是一个成功的尝试。

配合党的中心工作，"把艺术交给大众"，通过文艺唤醒大众，这已成为华北文艺工作者的自觉意识。他们积极响应伟大的民族抗战对文学艺术提出的时代要求，充分兼顾到广大人民群众的接受习惯和欣赏水平，创作了大量的作品，真实地反映了燕赵儿女火热的战斗与生产生活，起到了良好的宣传教育与鼓动激励效果。刘萧无编排新闻报道剧《李殿冰》，编剧与演员一起住到李殿冰家里，以便于熟悉主人公的生活，搜集真实生动的群众语言，还模仿他们的动作，理解他们的心理，甚至还让主人公李殿冰等直接参与剧本的修改和编排。描写群众的生活，邀请群众参与创作，这是当时文艺工作者走群众路线的生动体现。该剧演出后获得当地老百姓的极大赞赏，鲁中实验剧团还专门学习该剧的创作方法，创编了三幕五场话剧《过关》。艾思奇《前方文艺运动的新范例》更是誉其开创了前方文艺的新范例。抗敌剧社的《王老三减租小唱》、冀中火线剧社的话剧《我们的母亲》，也都具有这种特色。

这些文艺作品，可能略显仓促，有的甚至急就于战火中，所以在素材提炼、人物形象塑造以及语言的使用、细节的刻画等方面还有很多不足。但是，这不是一般意义上的创作，而是燕赵大地为争取民族独立、人民解放的集体记忆和行动号角，是中国革命事业的重要组成部分。华北抗日根据地及解放区的文艺，有很多这样未经沉淀的纪实作品，不管其艺术性如何，但在发动群众、组织群众、铸就抗击日寇和国民党反动派铜墙铁壁方面，发挥了无可替代的作用。20世纪五六十年代，河北地区涌现出大量的红色经典，便是华北抗日根据地及解放区文艺的传承和发展。

2017年6月，河北省社科院文学所郑恩兵所长来京与我们协商合作研究事宜。我根据所了解的信息，建议他们结合地方特色，做好地方红色文艺文献的搜集整理与编纂出版工作。"华北抗日根据地及解放区文艺大系"就是那次商讨的成果。全书由五个部分组成：第一部分为《晋察冀日报》文艺文献全编，第二部分为晋冀鲁豫《人民日报》文艺文献全编，第三部分为《晋察冀画报》文艺文献全编，第四部分为晋察冀日报社人物志，第五部分为河北红色文艺作品选。全书收录各种文体的作品六千余种，包括小说、诗歌、文艺评论、戏剧、报告文学、散文、文艺通讯、美术、书法和音乐、文艺史料，还有文艺信息、文艺广告，基本涵盖了华北抗日根据地及解放区的文艺创作情况，具有很高的研究价值。

时值中华人民共和国成立七十五周年之际，我们有机会阅读这部皇皇五十余册的"华北抗日根据地及解放区文艺大系"，更加深切地感受到新中国的建立真是来之不易，她是无数条战线的可歌可泣的人们不懈奋斗的结果。在这样一个特殊的日子里，我们感念当年那些有名无名的作者，感谢参与整理工作的学者，当然，更要感激我们这个伟大的时代。

目录

记土霸王的京城 …………………………… 1
截铁轨 …………………………………… 4
战火中开辟新煤矿 ………………………… 6
夺旗战 …………………………………… 8
攻进闻喜城 ……………………………… 10
"试试家伙吧!" ………………………… 12
横扫妖魔 ………………………………… 14
攻克汤阴的前奏 ………………………… 17
你们到哪里,我们跟到哪里 …………… 19
捉坦克 …………………………………… 20
蒋天子和霸王们 ………………………… 21
孙殿英被俘记 …………………………… 24
伤员的救星 ……………………………… 25
救民之战 ………………………………… 29
刘贵元探兄 ……………………………… 31
掀开了地狱之门 ………………………… 35
浚淇战斗日记 …………………………… 37
志大才疏、阴险虚伪的胡宗南 ………… 39
战斗中壮大起来 ………………………… 43
进入被解放的汤阴城 …………………… 46
"你们是这个!" ………………………… 49
丑恶无耻的"人民服务队" …………… 50
胜利不是偶然的 ………………………… 53

一副担架在火线上 …………………………………… 56
记蟠龙大捷 …………………………………………… 58
劳动英雄开导蒋家将领 ……………………………… 61
卫生员朱同义 ………………………………………… 64
汤阴攻坚战目击记 …………………………………… 67
"现在我可痛快啦!" ………………………………… 70
"子孙也忘不了八路军" ……………………………… 74
模范区长潘永福 ……………………………………… 78
三封信 ………………………………………………… 81
访岳府 ………………………………………………… 84
"参战回来再拜天地" ………………………………… 86
"斗争怎样才算彻底" ………………………………… 87
人忙、马急、耕牛紧 ………………………………… 91
毒贩兴家图 …………………………………………… 93
漫画孙殿英 …………………………………………… 95
土地改革后杜八联的新气象 ………………………… 97
一面民爱民的旗帜 …………………………………… 101
我控诉! ……………………………………………… 104
小长锁送粮 …………………………………………… 107
"辈辈兵"翻身 ………………………………………… 109
到前线的路上 ………………………………………… 111
"信"和"慰问袋" …………………………………… 113
积极领导生产的翻身英雄——李保孩 ……………… 115
还命于民 ……………………………………………… 119
在冢儿寺艾丁 ………………………………………… 120
瞎子军属暴三贵 ……………………………………… 122
"打回我家乡……斗争分田……" ………………… 125

游击队长田启元	127
红枪女将李兰英	129
东满前线见闻	132
共产党员在火线上	134
战斗英雄蔡庆申	137
双喜进村	142
通讯员李聚福	145
安阳蒋营纱厂女工们的血泪话	146
解放战士的榜样	150
扭转了俺爹的脑筋	153
这里埋着一个卖国贼	156
"四愣子"化装叫汽车	158
割麦	160
访模范炊事班	162
怒火的爆发	164
又一个"王克勤班"——董金德班	169
关于农民们的名字	172
王芬喜不回家了	175
瓦解	178
齐滨游击战	181
模范党员申瑞	184
赵保珍火线入党	189
翻身农民的创造，立功运动的收获：	
梁原店军人招待站	192
我是共产党养活大的	196
红色蛟龙闹黄河	198

家臣失态	200
在反攻浪潮中	202
排长，妈妈	206
一个老英雄的决心	209
李连生简记	213
黑旦的爹娘都回来了	216
农民之光	220
访赵寿山将军	223
王殿文回家	225
背上干粮找共产党	229
模范医助赵天秀	231
不斗到底，不算好汉	233
控诉不尽的苦难	238
凭君寄语报平安	242
战士南征意气豪　互助爱民耐辛劳	244
打出去吧，莫顾家！	245
反抢粮，反抓丁，反蒋特！	247
妇女支书任爱香	251
强渡黄河	254
一幅翻身农民的耕织图，一种生产检查的新创造	257
枪托铭	263
恐慌饥饿的豫北城市	265
从恐惧到热爱	267
姊妹复仇	272
鹅鸭厂之战	276
南下风云	279
阎王鼻子山下	283

荣誉军人李万钧	285
雪花山上	288
金戒指与包袱	293
战地重逢杨轻公	297
随军南下日记	300
斗智	307
拔了庄稼又逼粮	310
靶场上的互助	314
慰问伤员	316
民兵英雄林兴海	321
王安国模范班	323
活捉铁乌龟	326
宿营	329
两个死：不当饿死鬼便要当炮灰	331
女联防队长夏云	333
儿童团和妇女队的吵架	334
漫游邢台	336
王元寿访瞎牛	342
我怎样带领新同志作战	344
掏不净内货，打不垮地主	347
人民的龙凤村	349
会见陈颐鼎、罗哲东	351
掀开思想防空洞	353
一只船	359
黑老汉成了英雄	361
四儿的遭遇	367
用诉苦解决思想问题	369

媳妇变成了闺女	372
介休的孩子们	375
参战英雄王老五	377
大反攻前的誓师	381
西瓜兄弟	385
随刘邓大军南渡的东阿担架队	387
南征散记	390
一个抗日战士的经历	394
过八路	396
沁源民夫随军南征记	398
在战斗中成长起来的一个战士	401
全面模范卫保群	405
拥军桥	408
由禽兽变成人	410
光荣牌要挂到自己门上	413
访问"螺丝钉"	415
寄给南征同志的一封家信	422
忆我的老伙计李万顺	425
管子的"锤锤"响了	427

记土霸王的京城

——豫北蒋家天下的解剖之三

李普

土霸王扈全禄现在的正统名义是所谓河北第三专区民众集训总队第四团团长,杨小屯是他的京城,在平汉路浚县车站西北十二华里的地方。

远远地我就看见那高大的圆形外墙,和几座更为高耸的四方炮楼,使我想起历史教科书上古代封建诸侯的城堡。

拱形的大寨门两旁,是护城河上架着的两座石桥,都刻着三个红色的大字,右边的叫"复兴桥",左边的叫"民族桥",大寨门上刻着"建国门",这三个字特别大。护城河有一丈多深,但未灌通。

走到城门楼子底下,原来在"建国门"三字上面,别的花样还多着哩。让我们从顶上顺次看下来,顶上是"捍卫"两个字,当中是"智仁勇",右边是"注意礼节",左边是"整肃仪容",都是在横刻石头上涂红了的。

我的感想很复杂。看见城墙和炮楼的时候,想起古代的诸侯;看见那两座做配相的石桥的时候,想起北平的故宫;看见那些文字的时候,又想起蒋介石。而扈全禄曾经就住在这里面,这四者之中的关系真是奥妙得很啊。我突然发现我的兴趣和好奇心如此之强烈,就好像初次到北平参观故宫的时候一样。

城门楼子的内墙两边写着六个字的大标语,是"负责任守纪律"。这也是蒋介石的符咒。走到里面,两边墙上又是两幅大标语,左边是"国家兴亡军人之责,匪盗不除军人之耻"。这不是蒋介石手订的剿匪手本序言里的第一句话吗?再看右边,是"拥护我们的蒋主席建设新中国"。你看，多么亲热！这一切清楚地说明着一个事实，这个土霸王是在一心一意学习着蒋天子、拥戴着蒋天子，以便在他手下做一个小诸侯。

我回过头来，发现城门楼子的内面，相当于外面"建国门"三个字的地方，也有三个字，是"精气神"。真是土气十足！

我沿着城墙里面的大路走了一个圈子，想看看还有什么花样，标语很不少，但是我不想抄录了，因为都是蒋介石的那一套。除城门楼之外，方形的炮楼一共有七座之多，虽然这个城墙全程仅有三里路左右。据参加修建的老百姓说：城墙的高度是三丈，炮楼是四丈。最有趣的是，我又发现原来每一座炮楼都有一个名字，它们是"武德楼""孝悌楼""廉耻楼""仁爱楼""礼义楼""忠勇楼""强身楼"。

我是四月八号上午来的，先一天晚上扈全禄才率残部从这儿逃出去。这时候已有许多老百姓来领粮了，有的是从四五十里以外跑来的。几年来解放军每打开一个地方总要发放救济粮，老百姓已经知道了这个规律。解放军本来没有准备在这一天散发，刚刚打开一个地方，有多么多的事情要做。可是既然已经来了，不能让他们空跑一趟，何况这些粮食本来就都是从他们身上搜刮来的，这是解放军的责任。昨天在庞村也是这样，两天两地共发了二十万斤以上。

这个京城里面除了扈全禄和他的部属之外，还住了六七十户人家，许多男人正在破城墙，那里面用了许多木头和高粱秆。老百姓正苦于没有柴烧，因为柴草也在扈全禄们搜刮之列。从这些领粮的老弱妇孺和破城的男人那里，我才知道这个村庄过去比现在大，人口也多一些。为了修城墙和挖那条护城河，扈全禄强迫拆除了西南两面的两条街，大小七十六间房，十八户人家。那是三十四年春天的事，正是鬼子在的时候，那些标语图画是以后写的，门外那些字也是以后加的。旧历新年里扈全禄通知下来，有几家在正月十三就自己动手拆，算是保住了几根柴烧。有一个叫做胡英的中年人对我说:"我迟到十五没动手,心里盘算着拆掉了住到哪儿去呢,不料那天早晨就来了两个兵:'你到底拆不拆?'我煮好的一锅饭还没来得及吃,就给赶出来,梁柱都给他们拆去了,连柴火也没剩下一根。"胡英现在挤在他的兄弟家里,其他有好几户都到外面逃荒去了。

工程进行了三四个月,正是农忙的时候,因此庄稼全耽误了。一个名叫杨彬的地主对我说:"我本来有一顷地,就是那一年这些东西把我压穷了。"他指着那城墙和炮楼说。如果说一个一顷的地主都压穷了,穷人呢,就是只有死路一条。一个叫做沈明德的中年人告诉我,他的伯父就是那时候活活给逼死的。

破城的人正放下铁锹在休息。杨彬说:"现在可真是天晴了。这两天就没有人来找,铁锹也安安稳稳摆在这里。这几年来,年年三百六十天,哪一天没有人来要东西,今天要这,明天要那,连一把铁锹也保不住!"

我远远地望着那些领粮的老少满载归去,春天的太阳晒在他们身上。这是一个不平凡的春天,真是美妙和动人啊!

(1947年5月1日)

截 铁 轨

——焦作前方工人纠察队二三事

"这伙人，真能干"一句话，是在边沿区茶棚村截道轨时，该村群众和过往行人赞扬工纠队的话，当时有几件事情，介绍于下：

一、谁看着也害怕

要想截断铁道，必须将铁道的一端□在压力相当重的铁道工事下，另一端则用人力来压。被撬起来的道轨有一人多高，因此无论谁看了也害怕。负责截道的李玉明同志也承认上铁道是件危险事。白玉华同志上了两次，再不敢上了。的确，危险得很，上的人少了不但铁道压不断，而会将人一挑□在地下；压断的话，又有压脚的可能。但我们干部、班长及大部分同志是不害怕的，"我们认为没有打仗危险，还敢打仗呢，上铁道更不怕"，同时提出口号"受伤是光荣的！"由干部等带头，争先地上去完成任务。

二、最高兴的一天

每天要换八九个剁斧，铁匠也感到有点不光荣。有一天他说话了：剁时沾点油。我们试了一下，不仅少损剁斧，而且剁得很快。当天又发明了压道省力法：道上少上几个人，另派四人到撬高那一端，用手抓住道轨，猛力往下一□，上边一压，即断了，又快又省力。大家觉得非常高兴，越截越有劲，就在这一天，截了三十一根。

三、放下榔头拿起枪

茶棚距柏山十余里路，那几天敌人不断到柏山来袭击、包围，因此，我们除了白天截道外，黑夜还得担任警戒。

有一夜接到下边情报，敌人要攻山，并发觉枪声乱响，地雷也爆炸了。各村群众纷纷逃来。闹了整整一夜，天明睡了两个钟头，我们为了提前完成任务，把大家叫起来，马上进行截道。一直干到中午时，忽又听到敌人出发了。同志们放下榔头及剁斧，背起枪即拉到前山去了。这时，群众赞扬地说："这伙人，真能干呀，放下榔头就是枪，不干这样干那样，真算话呀。"敌情远了，我们马上又截道了。

前后截道七天，截大道一百四十根，受伤人员整一打。但因大家努力，干部、班长起了带头作用（尤其是崔清虎同志成为全队整个工作中的模范），任务总算是完成了。（转自《焦作工人》）

（1947年5月1日）

战火中开辟新煤矿

——记六盛沟煤矿职工们的奋斗

韩国俊

去年十一月蒋军侵占□台时，六河煤矿职工在公司的直接帮助之下，转移到六盛沟一带。为了解决部分职工生活并增加解放区财富，支援战争，就在六盛沟开辟了新井，职工们一致为着建立"小六河沟"而奋斗。

开始用人力推车打井排水，经两个月的努力，打至十五丈深的样子便见小煤，煤头有二尺四寸高。为了采掘大煤又往下打了五丈，据吴守香老煤师勘察，再打五六尺深揭开了大盖，就露出可以炼青焦的大煤来。

这个矿厂，完全是在爱国保田战争中生长出来的，由用惯机器、过惯大公司生活的职工们，对着荒山奋斗，其中实有许多动人的场面。

斗水

二月十九日凿井中，从沙石上增加出的水，妨碍了井下工作。推车工作当即改三八小班为两大班，由纠察队英雄杨羊贵、模范赵清流及吴怀仁同志负责带□工作。大家的口号是："坚决与水作斗争，要顶一个小气泵。"离老远便听到他们的欢呼和车子辘辘声，在冰冷的天气里赤着臂膀冒着满头大汗地干。他们懂得与水作斗争和与蒋介石作斗争一样，非坚决斗垮他不能见大煤、烧焦炭，供给制造机器和武装的应用。提出挑战后，推水由一小时推二十五包增至三十九包，最多时竟达四十一包。拿走路来说明，这等于十二个人每小时负担重量六百五十公斤，走十四里路。你看多么强烈的劳动！这样自动地坚持干下去，三日之后水势渐小，斗争终于胜利了。

烧石灰

砌井筒稳锅炉，需用大批石灰，得到三里地以外去买，既不及时，又得一笔脚费，价格也高。这时纠察队的同志们便提出在当地找老乡指导，在井口附近自己来烧。每天起早搭黑，都看见同志们在河滩担捡石头。杨羊贵同志拿着人头大的铁锤敲石头，现在第二窑灰快要出窑了，单第一窑灰就价值三十七万元，节省公家开支十七万元。

拉锅炉

锅炉（六节）是由××河拉来的，经过路程约十二里。事前经师傅们预算约有七十个人拉二十天即可拉到井口，结果五十个人拉了八天便拉到了，在效率上超过了原预算的百分之六十五强；在开支上节省了九百二十个工，合米二千九百斤，而且使锅炉稳装提早十二天。这个工作成绩的□□，是由于：

第一，纠察队同志们积极带头团结群众。

第二，组织得好，根据劳力的强弱、技术的高低适当地具体分工。

第三，随时研究技术，在拐弯、上下坡时，都研究力量如何使用。职工一齐动手，使锅炉早日装上。

（1947年5月1日）

夺 旗 战

——大兴烟草公司二厂工作竞赛

简朴

自从总结"二七"竞赛的劳模大会以后,在迎接"五一"的大竞赛中,全厂洋溢着"人人逞英雄,个个抖威风""生产节约快立功,功上加功更光荣"的立功歌声。

由胜而败的机卷组技师王立中受到贺经理"怎么搞的?旗帜没掌握好,叫人家理叶组夺走了"的质问,又遭到包装组长宋炳全"为什么包得少?你们机卷组不出烟,怨谁"的反口,急得跳起来说:"俺要不把烟出到三万包,那包装组堆着包不完就不姓王了。"全组工友都不服气,憋着劲要来个一鸣惊人的赫赫战果。在"把旗帜抢回来"的斗争目标下,涌现出许多惊人的伟绩。

他们提出"任务不完,决不下工"口号后,在工务股办公室里,每天许多工友就自愿请求加工。搅轮工人张涣成、富昌等曾连续一昼两夜三个班做了三十一小时的工作,坚持不下工。过去,在工作时盼着到点早下工;现在,等接班者到工房催着交班才下工,虽然每班加工一点到一点半,但仍不满意。工人王留锁说:"白班到天黑才下工,咱不到明天早饭后不交班。"在这种争先恐后的加工比赛中,工友们整天在唱着:"亚赛梁山将,个个逞钢强,为了两万五(按:竞赛产量),加工机器房。"

加工比赛,工作时间由十小时到十一小时至十一小时半,机器夜以继日地转动着。

王技师亲自开二号机子,提出"不到一百篓不下工"与一、三号机比赛,工友们劳动热情更高了,两手与两眼都集中在机器上,和机轮赛跑。全厂三名英雄之一崔虎，用尽全身气力，满身大汗地在搅着大轮，人们夸之为"推动大轮猛如虎"，在"开动机器向前冲锋"的口号下，获得了一日三万五千一百二十包之空前产量，超过标准产量百分之四十五点二，较之竞赛前增加了一倍以上。三号机产量，在组长杨玉廷努力下，竟达一日六千五百六十包，超过标准百分之一百零五。一号机在组长高林太领导下，竟达日产八千包之多，获得了惊人的战果。产量猛烈上涨，使他们十分自信地说："旗帜还能夺不回？！"

一心要夺取旗帜的包装组，在紧张的抢旗激战中，当然不敢怠慢。"机卷组今天出烟三万多包，咱们愿意丢人吗？"组长宋炳全这么一号召，加工竞赛的热潮，立刻就在包装组里激荡起来。

女工们提出："不让存一根烟，包不完，决不下工。"贪玩的童工们，连半礼拜也不休息，在加工；女工冀秋风带病生产，包烟一千三百包；新学徒王增先从日产八百包提高到一千四百包，增加百分之七十。"四四"儿童节，照常工作，并加工一点半。吃一顿饭从工房到食堂，来回是跑步，只用十分钟。高度的劳动热忱，取得了三万八千一百七十九包的产量，打破空前纪录，与竞赛前的产量比较，提高了两倍。于是，这群小鬼都骄傲地说："挂旗帜是准的了！"

全厂的情绪，被机卷、包装两组的抢旗激战吸住了。每一个人的目光都集中在他们的身上，但都不甘落后，谁也要抢先，使加工、增产的运动普遍到全厂每一个生产单位中。

（1947年5月1日）

攻进闻喜城

冯牧　艾柏

人民解放军某部以每小时十四华里的速度，于二十五日夜接近闻喜城郊。他们沿路俘虏了许多闻风从城内逃出的"还乡团"，仅一营几个侦察员和通讯员就俘虏了十二名，获步枪七支、轻机枪两挺。二营四个电话员在架电线时也俘了十名，缴获八支步枪。我军占领南关，没遇到任何抵抗。翌日晨，城内守敌尚不知道我军兵临城下，仍大模大样地出城进入隔河碉堡。敌上碉堡后，七小队七班张继祥第一个把手榴弹投入碉堡枪眼，浓烟起处，全班占领碉堡。

上午十点钟左右，二营二中队占领西堡，爆炸声如巨雷，东南角大碉堡三分之二翻了身，土围墙倒了，战士们一拥而进。同时我另一部占领城东番山寺。至此城郊据点，遂告扫清。

下午六时五十分发动总攻，十九门大炮齐发，碉楼纷纷解体。从南面发出的第一发山炮弹正中南门上的碉堡，把门楼打掉半个，迫击炮弹同时落在楼顶上，整个碉堡塌倒了，几十挺轻重机枪从西南两面准确地封锁着每一个城墙上的枪眼，敌人根本抬不起头来。爆炸手跑到城墙下，几十分钟后，只听见天崩地裂的一声轰响，南门立刻解体，堆在城里的沙包，也飞出几丈远。这时，西面也打响了，整个城西南部笼罩在一片尘土浓烟之中，战士们冒着浓烟跑步前进。从第一炮发射后三分钟，西南两面的部队即同时登上城墙，从南面进攻的部队越过小河。战士史荣明，第一个上了城。从西面进攻的二营四小队，顺利地越过三百米的开阔地。架梯组的马彭祥头一个攀上城墙，迅速向纵深发展。仅三十分钟，全城枪声即告停止。战士们在街上休息着，老百姓都大开着街门欢迎他们进家，可是谁也没有进去。大街小巷男男女女都挤在门口看望，他们说："我们早就盼望你们来了！"

(1947年5月7日)

"试试家伙吧!"

——曲沃战斗中的炮兵

朗樵

完成了侯马和隘口战斗任务的炮兵,接到攻曲沃的新任务后,许多战士都这样叫着:"好得很呀!可该过个饱瘾了!试试家伙吧!"侦察了地形的炮兵们,不顾疲劳,又紧张地筑起阵地来。后面无数高大的洋马驮骡载着山炮、迫击炮、火箭炮、战防炮……踏过飞尘弥漫的大道,赶黑夜来到了曲沃附近。在接近了北关敌人火力能射到的阵地时,我们的炮和炮弹艰难地通过一条四百米的交通壕,热心的饲养员们自动帮助汗流浃背的炮兵将炮和炮弹全部抬入了阵地。东关方面有一队炮兵从卸、运、装到运了炮弹,整个过程仅用了八分钟。这种熟练的技术和迅速的动作,使一向要求严格的某指挥员也惊住了,他问:"你们真的准备好了吗?""是的,真的都已经准备好了!"各种炮组成了一排一排、层层叠叠的严密炮阵。黑黝黝的炮身直挺着,炮口对准着散布在各处的敌人的堡垒和暗堡。有一个敌人丢弃的碉楼上安置了四层火器,下边两层是山炮,第三层是火箭炮,第四层是重机枪。"真了不得呀,我在胡宗南手下干了十几年还没见过用这么多的炮打仗哩!"这是解放战士李子效看了城东的炮群后兴致勃勃地瞪着眼睛说的。

炮兵们在期待着战斗的信号。忽然,城北第一颗炮弹撕破了沉寂的夜空,别的炮立即全部吵叫起来。沉重的轰隆声和猛烈的爆炸声中,敌人的碉堡在火光下摇摆着,随即坍塌下来。整个的曲沃城都在战栗。山炮手张子明镇静地瞄准碉堡连发四炮,炮炮命中。乘机前进到碉堡跟前的步兵们拼命大喊:"好呀!再来!好呀!再来!"张子明射出第五发炮弹时，碉堡上有人喊："缴枪了!"他才得意地转移了炮位。

炮手马西容的炮口虽然只能从侧面对准一个稍微突出在城墙外面的方碉堡的一条棱线，但他的三发炮弹都从棱线上打了进去，消灭了敌人，引起无数人的欢呼。

每个山炮手只用了六发炮弹就掩护步兵突破了前沿。敌人溃逃到东关，我们的战士就紧追进东关。敌人又利用东关的工事抵抗，我们的炮兵来不及看地形、挖工事，就在毫无隐蔽的地方摧毁了敌人许多工事。这时在我们的阵地上，有两个战士看着顽抗的敌人，激愤地将一扇大门搭上外壕，把山炮从门上滚了过去，立刻瞄准敌人的碉堡发射起来。两颗炮弹钻进碉堡的枪眼里爆炸了。他们痛快地"哼"了一声，正要发出第三炮时，前面立刻传来消息：敌人已经投降了！

步兵登上了北城以后，东城楼的大碉堡也被炮弹打翻下来。步兵们在晨光里登上了稀烂的东城，接着就用手榴弹继续向街心追逐敌人。

（1947年5月7日）

横扫妖魔

吴象

人民解放军勇猛西进,豫北震动。蒋军后方之群奸众丑,失色奔逃,有如丧家之犬。有的睡梦未醒,已当了俘虏——

"我是你的救星!"

泗字部队半夜走到长垣城西,队伍停止休息,管理员姬雁树到小司谷村去号房子。邻村在响枪响手榴弹,侦察员们遇到一队"还乡团",正在包围捉拿。他走进村,看见一伙人提着枪探头探脑的,知道不是好东西,便喊:"还不快走,八路军来啦!"说完扭头就走。吓糊涂了的"还乡团"慌慌张张地急忙也跟着他走。走到队伍休息的村子,他命令这二十多个家伙坐下,把枪收到一起。他们愣愣地问:"你到底是谁?"老姬笑着回答道:"我是谁?我是你的救星——八路军!赶快缴枪!"

"十颗子弹的收获!"

部队开进到滑县老岸镇附近宿营。去冬滑县战役,上官村和邵耳寨的蒋军都全部被歼灭了,躲在老岸的一二五旅三七五团总算侥幸还保存着。这一次他们沉不住气了,当夜就放弃了坚固的工事,全团狼狈南遁,与猛字部队少数人员遭遇。战士们只打了几枪,蒋军就混乱溃散了,结果击伤数名,俘一百二十四名(排以上军官四名),缴美式轻机枪一挺、八二迫击炮身一、重机枪架一、长短枪三十七支、炮弹一百十四发、火箭筒弹一箱、子弹一万五千发、美造话报机及电话机各一部、满载给养的大车五辆、炮弹车一辆。战士们押着俘虏拉着大车,喜笑颜开地说:"这是十颗子弹的收获!"

"再快还是快不过你们!"

收复延津之后,当夜部队又继续西进,泗字部队拂晓在阳武西北的黑羊山镇止步了,这里也有不少乱七八糟的坏蛋,尖兵打了几枪,都捉了起来。宿营后,二十多个俘虏被送到了政治处。其中有一个穿着哔叽的中山装,胸口有个白色圆形的小徽章,他叫燕受古,是延津县的司法主任。

一位同志碰见熟人似的叫起来:"我在延津城里见过你的名片,你跑得真快,一下又跑到阳武来了。"

燕受古垂头丧气地回答道:"不用说了,再快还是快不过你们!"

"什么?你听听就知道了!"

我在蒋记黑羊山镇公所里闻到了诱人的酒肉香味,我走进镇长室,桌上有吃剩的菜肴点心、酒瓶、热水瓶、精致的瓷杯、碗碟。铁床和沙发上散落着公文以及大批尚未登记的国民身份证。墙角有一架电话机,几个战士挤成一团把耳朵凑到耳机旁边,那神情像是有了极重要的与极有兴趣的秘密发现,竭力要忍住笑,却已经咧着嘴,扭歪了脸,眼睛眯成一道缝了。我问:"什么?什么?"

"什么?你听听就知道了!"

我接过耳机,里面有嗡嗡的响声,仔细一听,什么都清楚了,原来电线尚未割断,那些坏蛋还在通话哩!

"多得很,到处都是,紧张得很,你们那边呢?"

"怎么?阳武丢了,延津也丢了,哎呀,我们走哪条路跑呢!"真惊慌得"可怜"!

"喂!老兄老兄!跑起来千万打个招呼,千万别忘啦!"声音里急得要哭了。

我不知道自己当时脸上的表情,但我看了凑在耳机旁边的战士们那副高兴的怪样子,实在忍不住要笑。

(1947年5月7日)

攻克汤阴的前奏
——张庄攻坚战素描

柯岗

在汤阴城东北五百公尺的地方,有个四五十家的小村名叫张庄。这里地形较高,站在屋顶上,可以眺望东关、北关和城里。因此,当孙逆殿英决心死守汤阴时,就全心全力加强这一带高地的防御。孙逆迫使农民用三个月的苦役,先在村周挖了两丈多深、一丈多宽的外壕,又在壕内筑起丈余高的围墙,而后又完全按照守备火力网的组织,围墙之内环布圆形巨堡,耸出围墙七八尺。外壕之内暗堡林立,并有地道直通村里。

看样子孙逆殿英确实把张庄装饰得十分坚固了。按道理他们应该很放心的,但事实并不这样,许多俘虏都用自己的经历向我们说明这种很奇怪的道理。他们说,张庄的坚固工事不仅没有给他们壮胆,反而使严重的恐惧在他们的心里更加急剧地繁殖起来。当人民解放军刚刚进入城郊宿营的夜晚,城里司令部曾这样命令他们:"为什么外面这样静呵?死猪们,怕是人家接近了外壕了!赶快开火!"于是枪声大风似的向漆黑的远处打了一夜。天明,依然很静,司令部又命令他们在张庄周围三百公尺内满布了地雷。

四月十五日上午,行色惶惶的孙逆殿英,给张庄的守备部队(两个军官队,一个步兵营)讲话:"张庄是汤阴城门的钥匙,必须死守。你们要记着蒋主席的话:'被围不惊,被俘不屈。'……只要你们坚守,我决不让你们受损失,你们都是军官,是我的好本钱呵!……"

几乎和孙逆的讲话完全同时,在张庄西北两华里处,北苏庄的小屋里,六六部队的青年指挥员,得悉他从上官村解放来的扫雷能手李文彬以自己扫除二十五个地雷的模范行动,带领大家完成了全部扫雷任务之后，他在一张五万分之一的军用地图上，从东、西、北三面，向张庄画了三个红色箭头。而后，便拿起电话听筒，像布置沙盘作业一样，迅速而又有条理地把他的各种兵都摆布开来，并为了指挥的便利他命令把每门炮和敌人的碉堡统统编了号码。

各个炮兵阵地上的电话机同时响了，他们得到了同一的命令："开炮！"

炮弹的轰击仅仅持续了五十分钟，耸出围墙的碉堡全部毁灭了。烟火迷蒙着整个张庄。

突击班长李如章带着他的勇士们，在十二分钟之内突破前沿，楔入纵深。

我惊奇我们炮手们射击的准确，七号和六号炮只用了四十七弹便彻底摧毁了他们范围内的堡垒和前沿工事。五号炮向六号碉堡的下部连续轰击之后，那碉堡立即沉落下来。堡内的敌兵狂呼乱喊，谁也没有逃脱。

想不到，步兵突进村子之后，战斗反相形减色了。营养不良而又被巨大的轰鸣震乱了神经的敌兵，忙着向各个家屋去隐蔽，碉堡一座座逐步被我占领。三连三班很快就攻占了九座院子、营部和弹药库，把敌人压缩到西南角的少数民房。略经逐屋清扫之后，在硝烟和夜的暗幕下，除部分逃散外，其余的都放下了武器。

天明，打扫战场的时候，有四颗人头露在第六号大堡的门口，身子仍压在堡内。俘虏告诉我们这是第一发炮弹打来时想向外逃跑的人。正在这时，有五个所谓孙逆的"好本钱"携械来降，他们说："昨夜逃到城边，城上打枪不准进去！"

就这样，勇士们夺获了汤阴城门的钥匙。

（1947年5月7日）

你们到哪里，我们跟到哪里

——记一个前线担架队

商增亮

"毛主席给咱翻了身，咱要保卫毛主席，保卫好时光。"这是翻身群众参战中的行动口号。此次北线战役，在战场上表现出军民不可分的血肉关系。每个担架队员都非常谨慎细心地关照着自己的恩人——人民解放军。上前线时，他们将自己身上带的零花钱买成鸡蛋给伤病员吃，并进行慰问；大小便时每个人都是很耐心地轻轻地扶着；晚上怕伤病员冷，把袄脱下给铺上盖上，脱下小袄做枕头，染上了血也无怨言，并觉得这是无上的光荣。

遇到飞机来扰时，大家与抬子一同进入防空壕隐蔽起来，很多人怕暴露目标，把身上所穿的黑大袄脱下盖在伤员的白被子上。

旅部袁干事和郑干事带着首长及伤病员同志的慰问信和一部分鸡蛋到担架队里来慰问，把信念给大家听时，担架队员都感到部队有些太客气了，哪有部队慰劳人民的？再三不留，袁干事和郑干事丢下鸡蛋走了。大家商量了一下，把鸡蛋煮了一半，丢下一半还带到前线给伤病员吃，饿了吃熟的，渴了喝生的，倒很方便。

过了不久，袁干事和郑干事带了二面写着模范担架的奖旗、二十三个奖状及一批鸡蛋又到了担架队来，首先代表全旅同志向全体担架队、干部队员在冷热风雨中不辞劳苦地完成任务致谢后，提出部队另有任务，要暂时告别，并征求大家对部队的意见。大家说："没什么意见，只要求你们到哪里我们也跟到哪里去。"袁干事又进行了很多解释，在依依不舍的情况下握手告别了，当互相回头看望时，都用手擦着眼泪。

（1947年5月7日）

捉 坦 克
——歼灭快速纵队的战斗故事

陈真　王虎田

一〇一一部一营刚一突进大胡营，就看到了村东头的一辆蒋军坦克。战斗小组长牛玉和喊着："捉坦克啦！"他带着王元顺等三个战士，每人拿着两个石灰包，飞跑上去。守在坦克旁边的两排蒋军啥也不顾，撒腿就跑。矮个子王元顺从后面跃上坦克，很快地把石灰包从枪眼和瞭望孔里塞进去。牛玉和提着手榴弹赶上来喊道："不要动，一动手榴弹就进去了！"敌人和坦克老实地做了俘虏。

第二天被我包围在村子里的三千多蒋军，用三辆坦克掩护着，企图突围。我某部营长武锡山率六连战士迎击上去，一阵手榴弹，打得三辆坦克全身冒烟，不敢再往前爬了。战士们追得蒋军满地乱跑。武锡山和两个战士爬上坦克，用铁锤打开顶上的铁门，里面两三个坦克兵和一个军官钻出来缴了枪。

（1947 年 5 月 7 日）

蒋天子和霸王们

——豫北蒋家天下的解剖之四

李普

如果把蒋介石比做一株树,各地的土霸王便是他的根和根须。一方面维持这株树的重心,使他不至于倾倒,一方面为他吸收养料,使他不至于枯萎而死去。在我的思想中使这个观念明确起来的,乃是下述的实事。

平汉路浚县车站西北的庞村,是土霸王扈全禄的巢穴之一,因此蒋介石政府的"政令"便能全部通达。庞村乡对蒋政府粮款的负担就比别的乡更苛重。去年六月间,庞村乡乡长李丹桂上了一个呈文给蒋记浚县县政府,说:"本乡与申屯乡壤地毗连,而摊派不平。本乡摊派专员公署每两丁银白布三尺,摊派统收统支每两丁银合粮三十五斤八两,经费一千零六十元。而申屯乡摊派专署每两丁银白布一尺八寸,摊派统收统支食粮二十一斤十一两五钱,经费六百五十元零五毛。两乡之数,大相径庭。其余可以类推。"

县政府在民字第三八一号训令内叫申屯乡查明具□。申屯乡乡长上了一个呈文,答道:

"查本乡原以新庄宜沟申屯数村七百余两之银数摊派。但为开拓地面,推行政令起见,偶向高庙焦庄一带村庄试派。然该数村均为奸匪所占,时来时去。匪去强催则掌,匪来则不掌(记者按:所谓'掌',大概是掌握之意)。况派丁前往催缴粮款等物,曾有被匪捉去者……"

看到这些文件之后,记者就注意寻找材料,看蒋家政府究竟从庞村乡,得到了多少粮款等物,比扈全禄自己得到的多呢还是少。这意思就是说,看庞村除了扈全禄的"政令"之外,蒋介石还"推行"

了一些什么"政令"。

从来统治者只向老百姓要粮款等物,而永远不给收据,名目繁多而又苛索无虚日,老百姓自己更不可能详细记一笔流水账。幸而我多少找到了几□类似上述的文件,发现蒋天子所要的,竟比土霸们自己要的还要多。

三十五年一月到六月,浚县县政府的经费一项,向庞村乡要了二千六百二十三万二千八百二十九元(见浚县县政府训令财需字第一八三、二八六号)。同是三十五年一月至六月,第三专区各保安团队的经费一项向庞村乡要的却只有九十五万一千四百九十七元(见县府民字第一八五号训令)。那时扈全禄是保安第四团,程道生是第一团,他们到九月间才改为"民众自卫集训总队"内的第四团和第一团。就是说,一个蒋记县政府向这个乡要的经费,比几个土霸王合起来要的经费,多二十六倍有余。

当然,土霸王们要去了数量极为惊人的粮食,可是县政府要的并不是不惊人的。据我所得到的不完全的材料,他们在半年内向庞村乡要了二十一万四千多斤(见财需字第三二、第一二四、第一八三号训令)。而此外,还有代十六兵站分监部要的军粮,庞村乡分担了十二万多斤(见财需字训令二六〇号)。

而此外,"政令"还多着哩,有所谓地方干部训练班的经费、无期受训人员的训练费、县保安团副团长的训练费、团警公役的服装费、交通总站的给养和旅费、第三专区公立医院建筑费,第三专署又为一个什么北强通讯社要各县乡镇分担经费和公粮,还有修筑驻军工事和铁路沿线碉堡的砖块石灰木板等,更是无穷无尽。有的是由县政府传达命令,有的是随便一个连一个排都可以来一封信要这要那,从粮食大车到鞋子砖块,都在需索之列。甚至有一个什么团来一封公函说"本团驻此剿匪,功在党国,兹以俱乐部即须成立,请贵乡代筹桌椅板凳若干,不得延误"云云。

我所得到的一大包文件，没有一张不是有关摊派"粮款等物"的，呜呼，这就是蒋天子的"政令!"这些土霸王，比起蒋天子来，真是小巫之见大巫，只是小小的窃钩者而已，哪里有窃国大盗蒋介石那样永远吃不饱的气概、那样无耻到了极点的手段!

在内战军事上，蒋介石所倚赖于土霸们者就更大了。除了在他们的"采邑"里补充兵员之外，主要的是在战略意义上。

抗战初期蒋介石之所以收编他们，是为了叫他们反共。为了避免引起冈村宁次的误会，蒋介石叫他们"高度机动"，就是说不妨和冈村宁次勾结。但是日本人要争取政治影响，要明朗化，他们就正式投降了。蒋介石和冈村宁次的目的本来一样，就是反共反中国人民，于是他们就同时给他们以番号，同时给他们以接济。去年军事调处时期，曾为他们发生过不少的争论。大家都已知道，用不着多说了。

为什么蒋介石这样重视他们呢？原来蒋介石自己也知道兵力不够，不能达成面的占领，因此一定要依靠这些地头蛇。整个豫北地区，这样的地头蛇有十几个之多。黄河口到安阳一段，是打通平汉路的基地，蒋介石就是靠这些土霸王向铁路两侧伸展。在安阳临漳间有郭清，安阳东北有王自全，安阳城东有程道生，汤阴有司华生，浚县城西有扈全禄，濮滑之间有何冠三，延津以北有王三祝，道清线上有李英和刘月亭。安阳城有庞炳勋的残部，孙殿英则给他据守汤阴城，庞孙两个是诸侯之中最大的。对于蒋天子，他们就像一株树的分根，一匹野兽的爪牙。

窃钩者不诛，乃是为了便于窃国者的肆虐，这就是蒋天子和诸侯们血肉不可分的关系。

（1947 年 5 月 7 日）

孙殿英被俘记

苏众　化波

解放军的重炮把汤阴东北角轰开一个缺口，一三○六部队蜂拥而上，猛烈的争夺战展开了。孙逆殿英以所有能集中的炮火、炸弹向缺口猛烈轰击，并以他最精锐的一团拼命地反扑。人民的战士像怒吼的山洪一样直冲敌阵，孙逆的兵马开始溃散了。他慌忙带了些人，从窄得像狗洞一样的洞口逃出了城，钻到城边石庄，企图夺路而走。副教导员柴兵起跟踪追出，五连战士怕钻洞来不及，便从城墙上跳过去，猛扑石庄。杀敌英雄王清山和他的队伍，击退了孙逆的三次猛扑，使敌人无法夺路逃走。接着四面八方"缴枪不杀""不要替孙殿英送死"的喊声响成一片，孙殿英士兵还击的枪声逐渐稀疏了。孙逆不安地从这个院跑到那个院，最后向他的副司令说："投降吧，不中用了。"他周围的随从、副官、参谋们松了一口气，向四方喊叫着说："请别打了，我们缴枪。"接着寨门打开，以孙殿英为首的俘虏群鱼贯而出。孙殿英向柴教导员深深地一鞠躬说："望政委关照，请转达贵军兄弟，进村时留心地雷。"孙的上校顾问邵文远和四五个伪军立在寨墙上不断地告诉我们的同志："往这边走，那里有地雷。"寨墙上立刻站满了人民战士，互相询问："谁是孙麻子？谁是孙大麻子？"孙殿英一面颓丧地走着，一面以低沉的声音回答："兄弟就是，兄弟就是。"跟在他后面的是副司令刘月亭、参谋长邓甫暄等。在他的后面，无数的士兵拉成一条长长的行列。

（1947年5月8日）

伤员的救星

——记某纵卫生部腹部伤救护工作

张展

腹部伤是很严重的创伤，施行腹部手术也是最复杂最细密的一种手术，腹部手术后的伤员又是最需要安静休养及很好护理治疗的一种伤员。

历次作战中，×纵卫生部曾经不断努力于此种伤者的治疗，但由于战争的运动性太大，大踏步地前进与后退，往后方医院的转运，便使手术后腹部伤员们的生命遭受极大的威胁。大家只有抱了无限的遗憾与怜惜，把他们放上转运担架，虽然一再详细地告诉抬担架的老乡们在途中应注意的一切事项，但总是不放心地为他们捏着一把汗。

问题终于解决了。在一〇三六卫生部的一次干部会上，做出了这样的决定——无论如何，要把腹部手术的伤员留在本部治疗，直到他们的生命得到保障后才能转院。

十二月三十一日午夜开始了攻击×城，施行腹部手术的伤员一个一个地抬入了已安置好的病房。手术组的五个看护，忙着手术室的工作；野战医院的看护，同样忙得抽不出身来。于是把七个小勤务员及一些通信员、饲养员组织起来，作为护理这些伤员的看护员了。他们都非常积极热情地轮流守护在伤员的床边，伤员由三个五个最后增到十一个，换班是换不过来了，从大杨湖解放过来的勤务班长刘金娃和参军不久的六个张秋的小勤务员，干脆都搬到病房里住下来，不分昼夜地照护着，一直坚持了六天六夜。在这项工作中，出现了陈家弟兄（陈士元、陈士魁）和刘金娃三个特出的模范。

手术做完了，大家才缓过一口气来。六日晚，接到了命令，从台湾远道来援金乡之蒋军整七十一师一四〇旅，已被我围于鱼台城郊，纵卫须立即出发前往某地接收伤员。任务是急迫的，为实现原订计划，留下了半个所来后疗与护理这十一个腹部手术后的伤员。

鱼台外围的歼灭战胜利地结束了。几天来大雪飘飘，阴云密布，因光线阴暗，手术室内不分昼夜地都在汽灯下工作着，他们不知道白天与黑夜；吃饭时，他们忘掉了吃的是早饭还是午饭。一连两天两夜，他们只有吃饭和工作，没有休息与睡眠。

××团一营一连战士周东珍被弹伤筋骨，穿过横膈膜而把脾脏打得破烂不堪。詹部长——腹部手术的包办者，虽然很好地把伤者的脾脏全部摘出，缝合了横膈膜，以至把整个伤口收拾好了，但伤者的生命还是处在严重的死的威胁中。

××团的副团长马宁同志，被抬进了手术室来，当詹部长施以开腹而发现其肠子被打了十五个窟窿时，大家内心都同感到恐怕生命难保。虽然经过了三个钟头的抢救，把一切创伤都缝合好了，但亦恐只能挽救其生命于万一。

此次战斗又有九个腹部手术后的伤员，留在纵卫做手术后的治疗了，小勤务员又在冰雪泥泞中跑来跑去充任其临时的看护员。

十日深夜，又接到上级指示，张岚峰部已到田集，部队即将进入战斗，纵卫立即移向×地接收伤员。

在群众条件非常困难的环境下，动员了九副担架，抬着九个腹部伤员，随着纵卫在冰雪中遍野严寒的冬夜，向北行进了。

援敌被歼于金乡西南之杨庄一带，十三日拂晓，需动手术的伤兵已一个一个地抬到手术室的院里。三十四个手术做完后，又把五个腹部伤员留下后疗了。

××团三营七连副班长季秋则同志，被子弹击穿筋骨及横膈膜而打入肺部，他已感到自己的生命不长久了。当詹部长给他开腹切除筋骨从左肺下叶底部把枪弹取了出来,以至于他睡到病室内几天以后,他才意识到自己的生命是确切无疑地将又会活下来。

腹部手术后的一位同志,因流血过多,手术组看护栗玉玺同志,把自己三百 cc(约一小洋瓷碗)的鲜血输给他。当栗同志感到头痛眼晕,年轻红润的脸皮现出惨白色时,大家要他休息,但他拒绝了大家的要求,继续坚持着工作。看护宋元魁同志担负着煮手术器械的消毒工作,几天几夜不休息了,眼睛被烟火熏得都睁不开了,但还是把工作坚持到最后。

担负手术后疗的医生苏棣同志,无时不在从这个病房走出来又钻进那个病房去,诊视每一个留治伤员症状的变化,予以解释和治疗。

短短的十几天中,在金乡、鱼台地区连续进行了大规模的六次战斗后,战争告一段落了,救护工作在大家同心协力的努力下,亦已胜利完成了。救护位置虽然随着战争的运动性也在不断急速地运动,但转运沉重的二十五个腹部手术后的伤员,按照原订计划,终于一个也未转往后方医院。

詹部长和其他同志经常到病房去看这些从死亡边缘上挽回的伤员。有一次问到那个脾脏摘出的周东珍同志的症状时,他得到周同志响亮的回答——"好了"。

二十五个伤员一天天好起来,生命上已得到了绝对的保证。

部队又受领了继续南下远征的任务,当二十四日薄暮,把这二十五个伤员抬上担架时,他们满怀着无限感激与依依不舍的心情,在夜色苍茫中,向后方医院的路途中进发了。詹部长、白手术主任接得了曾经在肠子上打了十五个窟窿的副团长马宁同志三月十一日的来信,内称:"……我还活着,并还活得更好,吃胖了,不靠拐子可慢慢走二里路,精神非常愉快,这不能不万分感谢你们……我最多一个月即可出院……"

当大家看到这封伤者的来信，不禁高兴得手舞足蹈，庆祝着马宁同志获得新的生命，庆祝着自己夜以继日地工作的成果，庆祝着获得了用什么换得腹部伤员康复的宝贵经验。

（1947年5月8日）

救民之战
——汤阴战斗插曲

张勃

在汤阴北关，战士们正在低着头，愉快地挖着交通沟。眼看离城墙只剩三四所房子的距离了，突然从一道倒塌的墙角下，一个七十岁上下的老太太，非常吃力地往外爬着，后面跟着两个年纪相仿的老人，老人后面还有孩子们哑嗓子哭着。战士们抢着小心地把他们陆续扶进了交通沟，坐在敌人火力射击不到的工事里。老人们的白发，衬托着一张张满是皱纹毫无血色的干瘦的黄脸，仿佛刚从坟里拖出来的死人。看样子是起码有两三天没有吃东西了，孩子们饿得哭都哭不响了。战士们把炊事员刚送来的热馍和开水给他们吃，争相把自己的碗筷拿出来给他们用。这群饥饿的人一声不响地吃着，老人们把馍泡进开水里，连吃仿佛都有些费力。战士们都没有说话，看着他们吃。老人们吃得差不多了，这才从灰败的脸上露出了笑容，亲切地凑近战士们的身旁。

"你们真好，我一辈子也没有看见过这样好的人，早知道八路军这样好，我早就爬出来了。"

战士们没有打断她那兴奋的话头，她接着说下去，声音是逐渐高了，含着入骨的愤恨：

"该死的遭殃军，孙老殿（孙殿英）死都不得好死，临死还要做坏事。那天孙老殿的队伍从北关跑进城的时候，来到咱家，把粮食、门板、衣服统统都拿去了，说是怕……八路军拿去了。临走时把柴火架在炕上，点起火就把房子烧了。"说着她把手一指，"都烧光了，你看！咱们北关还有一间房子吗？

"等遭殃军走了,我和小三挖了一个地洞,盖了点树枝和干草,就躲进去了,该死的孙老殿又出来了,看见了这个洞,说是会被八路军利用,又点了一把火烧了,还在坑里泼了两担水,说:'再挖坑,就把你活埋进去!'我和小三就在这里躺了三天,不!是四天吧!"

她回头望着小三,这时小三已经吃饱了,手里还拿着一个馍,用嘴在碗边吹着水泡。其余的人,也都在拉着身旁的八路军,述说他们那不幸的遭遇。

"你们快进城吧,城里像咱这样的苦人多着呢!去晚了,他们都活不成了。"

老太婆休息了一会儿,喝了一口水。

"你们真是好人,是穷人的救命恩人,我一辈子也忘不了八路军,多会儿平和了你们到咱家去,咱给你们做大肉吃,想吃什么咱就做什么。"

这时,几个战士从乱砖堆里,把他们的被子、包袱也抢出来了。

"老大娘!你们有地方休息吗?到咱们营部去吧!这里炮火紧,小心打着了。"

"有!有!五里铺有咱二闺女。"

战士们又往包袱里给他们装了几个馍,背着破棉被、提着包袱、扶着他们,送出了交通沟,远远地还听见那个老太婆喃喃自语:"我一辈子也忘不了八路军……"

(1947年5月10日)

刘贵元探兄

牛子孺

五连上士刘贵元,是林县长寿村人。四月五日我军再度解放平汉铁路安阳—新乡段的宜沟车站,他忽然记起自己有一个拜把兄弟是宜沟东北三里的小青山村人,第二天就到连部请了假,去看望他这个换帖的兄弟。

原来林县是著名出产柿饼的地方,每当秋深,红柿叶就盖满了山林和田野。每年冬天,山西河北,不少的客人来林县收买柿饼。小青山村的张成元,就是这样的一个客人。他家六口人,只有六亩薄地。靠种地,张成元全家就得饿死,全凭两只脚,东跑西跑,做点小买卖养活全家。张成元打二十岁上起,十多年来,年年冬天跑林县收买柿饼,是刘贵元家的好主顾,常常落脚在他家。这样刘贵元和张成元就成了好朋友,换了帖,拜了兄弟。

却说这天刘贵元向小青山走去,正是春暖花开的时候,眼看着绿油油的麦苗,连声说道:"好地!好地!一脚踩得出油的好地!"不禁记起前些年张成元每到他家,都要对他说:"到俺家去串串吧!你这山角落里,地里长石头,能打几颗粮食?"

三里地,说到就到,一脚踏进张成元家的院子,看见成元满头大汗,正在劈从车站扛来的枕木,贵元把成元端详了一下,不觉失声道:"这样瘦!你害啥病?"

成元一把拉住了贵元,还没有说话就掉了泪,半天才说:"别提啦!吃没有吃,喝没有喝。马不吃料不长膘,人不吃粮食还能壮?"叹了一口气,又接着说:"立过春,你嫂就带着三个孩子到地里挖野菜,一天两顿稀米汤,数一数,米没有菜多。"又指着地下的枕木说:

"不是你们来,还不知道要跑到哪儿去拾柴火呢!"

还没走进房门,成元就喊着:"咱兄弟来了!"

春天来了,成元老婆正在拆棉花,补单衣,听见喊声迎了出来,端了一条长板凳让成元坐下,笑着说:"盼望你们八路军来,你们可算来了,千万不能再走啦!"本来是笑着的,说到这里眼里含着泪。她转过去半个脸,继续说道:"这也捐,那也捐,这只脚刚出门,那只脚又进了门,又要钱,又要粮,一年捐饷不知要派多少。你们不来,咱也活不下去了。"她举起袖子背过脸擦了擦眼泪,又转过脸说:"你还没吃饭吧?俺还喂着一只鸡,下了十几个蛋,给你煮碗鸡子儿吃吧!"也不顾贵元的拦阻,她抱着成元刚才劈下的枕木烧火去了。

坐在一条板凳上,刘贵元是红光满面,灰军衣裹着结实的身体。张成元原本也是好受家,强壮的庄稼汉。自蒋家军一九四五年十月强占了八路军从日伪统治下解放的汤阴城,民族英雄岳飞的故乡的人民,又重新过着水深火热的生活。经蒋政府一年多的吸血统治,张成元瘦成个皮包骨头了。

张成元诉说着所受的委屈,眼泪一直没有停,说了哭,哭了说:"年跟前俺去你家推柿饼,心说也看看你,谁知道人家说咱是暗八路,是八路军的探子。人家说:'不是暗八路,你去八路的地方干啥?'把俺打了一顿,把俺腰里买柿饼的钱也搜走啦!还是俺村的人把俺抬了回来……"

刘贵元难受得像热锅上的蚂蚁,想安慰成元一下,不知说什么好,半天才说了一句:"我们不走啦!黄河水有流到头的时候,你的苦到头啦!"贵元还想跟成元谈八路军的政策,千言万语却说不出口,最后只说了一句:"你解放了!"

成元不懂什么是"解放",心里有数,他明白:"不是八路军来,咱也活不成。"他站起来从墙上撕下一张"派款单",递给贵元,说:"你们来了救了咱!前两天又派下款来了,俺村四十来户派了八千斤麦子,俺家就派了八十斤麦子。老天爷!正愁没法呢!粮食早被人家刮净了,这是第四次了,别说八十斤,十斤也没有法子想。捐饷重,卖地也没人要。再说卖了地买进来可又难了。正在上天无路、入地无门,为难的时候,你们打开了宜沟车站救活了咱。"他捉住刘贵元的手,带着询问的神情说:"还走吧?——死活也不能走啦!你们在这儿,俺能活;你们一走,俺只有死路一条。"

刘贵元拍着成元肩膀说:"我们不走了!——就是走了,也会再来的!"他想转换一下话题,就问成元:"三个孩子都哪里去了?"

"他娘叫他们挖野菜去了。"

成元老婆端着两碗鸡蛋进来了,把一碗鸡蛋多的给了贵元,把一碗只有二个鸡蛋的端给了成元。她转过身来对贵元说:"麦子都完了粮,不是这也给你做点面饭吃。"她又隔墙把成元婶叫了过来,成元婶早就守了寡,一个孤老太婆,全靠成元照顾。

成元婶一进来,就对站起来的贵元说:"坐吧,坐吧,这日子过不下去了,你把我送到你家去住住吧!"

贵元喝了最后一口汤,把碗往桌上一推,成元老婆把碗接了过去。贵元拭了拭嘴,对成元婶说:"婶,我有任务,不能送你去。到林县的路已经打开了,叫俺哥送你去吧。"他把屋子里环看了一遍,又说:"要是从家里来,没有三斗细,能没有两斗粗,也多少带点东西给你们。"他惋惜地叹了口气,站了起来说:"我走了。"

成元把贵元一直送到村外边,又含着泪说:

"不管走到哪儿,也要打封信给我,接到你的信,我……"他没有说下去,也许是因为难过说不下去,也许是不知说什么好,又跟在贵元后边走了几步,才又说:

"俩堂兄弟都被抓去当兵了,人家又来'征'我,我也不敢给家里说。不是你们来了,人家也把我要走了。你们不能走,要走,我就跟你们走吧!"

(1947年5月10日)

掀开了地狱之门

葛洛　炳茹

四月八日，我人民解放军一○四部队，捣毁了顽匪头子程道生的老巢——十三太保，并将程道生活捉了。

程道生是和伪郭清、王自全、司华生等同样罪恶昭彰的顽匪头子之一，他一生的罪恶史，在平汉路东侧和黄河沿岸一带是尽人皆知的。他的父亲就是地方上的一个土匪头，其兄程逆道河曾当过日本人的伪"东亚同盟自治军第三旅旅长"，程逆道生当时任伪团长。四二年程逆道河被我八路军击毙了，程逆道生就继承了他哥哥的罪恶职务。日本投降后，他又被蒋贼介石委任为伪"河南人民自卫第一总队总队长"。十余年来，他盘踞在安阳以东据点，打着反共旗子，称霸四方，涂炭人民。

老百姓称程道生为"活阎王"，他在这里造下了人间地狱。"十三太保阎王窝，人过剥皮，鸟过拔毛。"这是当地人民痛苦生活的自述。十三太保的中心据点程太保，一片阴惨的景象令人目不忍睹。村里大部分树木都被砍作鹿寨，房子被拆了，拿梁木建筑了地堡。一片废墟上耸立着高高的炮楼。老百姓的血汗被吸干了，每亩地一年要给拿三石粮食，款项的数目更是惊人，仅今年第一次征款，每亩地就出了五万元。

被惨害了的老百姓是要以万计算的。程太保村附近齐道村的村长因催不起粮款（老百姓早被压榨干了），结果被逼着跳井而死；狮子园的村长因同样的理由被拉到太保里活埋了；陈寺的一个马老先生，因拿不起粮款上吊自杀了；许多妇女都遭到了奸淫。程道生一个人有着六个"正式"的小老婆，都是抢夺来的老百姓妇女。所有的青壮年都被强迫着来当兵，瓦店镇一个姓卫的人家因为征丁被逼死了两口人。兵的生活更是凄惨到了顶点，一个歌谣在太保附近的村子里流传着："太保的兵，不能当，穿的破烂吃的糠，趁早见阎王！"

苦难再也不能忍受下去了，十三太保的老百姓日日夜夜祷告着八路军的到来。

四月八日，人民解放军向十三太保的总进攻开始了。周围的据点都被扫清了。下午六点半钟，我们的山炮、野炮、平射炮猛轰着中心据点程太保的东门和南门，程道生在太保里慌乱地下着命令："你们打吧，安阳已经来了四次电报，说援兵天明就到，八路军不可怕，捉一个活的给五十万元，缴一支枪给一万元。……"但这些命令都不能挽回他的命运。三道深沟都被冲过了，三层鹿寨都被破坏了。东门被轰垮以后，我十七区队二小队四连的突击队，在连长周迩其的指挥下冲入村里。巷战展开了，敌人的三次反扑均被击退。太保内部慌乱起来，敌人像猪一样地乱跑乱窜，把枪扔到地下。到八点半钟，我们肃清了敌人二百多个地堡，两千多敌兵全部成了我们的俘虏，九十多挺轻重机枪成了我们的战利品，程道生本人也被我们生擒了。

十三太保的老百姓今天看见了阳光，他们菜色的脸上现出了笑影。一个新的口歌正在这里流传起来。那口歌是：

　　八路军，是恩人，
　　一手掀开地狱门……

（1947年5月10日）

浚淇战斗日记

张碧生

四月十七日　晴　宿营××村

午后，我团奉命向东南土岭进发。敌机不时在上空盘旋，钢炮弹及山炮弹亦不断在空中爆裂。但，丝毫阻止不住我军的前进。二十分钟后，前面部队和敌人接上了火，经过一场极其激烈的战斗，枪声复归沉寂，盖战斗已告结束。当我随同救护人员到达前线，一群群穿着破烂衣服的俘虏从前面走来，神情十分狼狈，他们平日的威风不知到哪里去了？！两个军械员笑眯眯地接受着各营交来的武器弹药，他们的自来水笔匆忙地往本子上画着：今日战斗缴获六〇炮一门、小炮二门、枪榴弹筒十五个、机枪二十一挺、子弹榴弹……到处是战士们的喧嚷声，有的在叙述他战斗的经过，有的在玩弄精制的美造武器，因为我们这个地方兵团缴获美式武器还是第一次呵！一个战士在人群中大声说："我总算认识了蒋介石的好队伍，什么第二快速纵队，原来如此！""当兵的都不愿打，蒋介石有什么办法！"另一个插了一句。此时，人们全为胜利的快乐所浸透，把昨晚八十里行军的疲劳，早已抛向九霄云外去了！

四月十八日　晴　宿营××镇

太阳晒上屁股了，我们还为兴奋欢乐后的疲劳紧紧地抓住，不知是谁跑来说："三营得了一辆坦克。"我们就像打了针兴奋剂，一下就跑到三里外去看。这是一辆美造中型坦克，内装有一门钢炮、两挺机枪，车身有七八尺高，钢甲涂成草绿色，看来活像座钢做成的房子。这辆坦克上有四个驾驶员，在昨天被我军冲乱了，他们驾着坦克在野地里转了一夜，好容易找到原来的出发地，但没想到他们的快速纵队确乎跑得太快了。当他们发现已陷于重围时，我方的机枪、步枪一齐开了火。反坦克炮弹穿过了厚厚的甲板，给这座钢房子上留了一个窟窿，坦克手仓皇下车欲逃，但终于被我九小队的勇士留下做客了。

是日我团追到道口以北十八里之姜应村，沿途我兄弟部队往后方送俘虏武器的往来不绝，于电话中得知此时我军已歼灭四十九旅的全部，及六十六师的一部，旅长亦被生擒。正值队伍集中，可恶的红头飞机，像吊孝似的出现在上空，于是战士刚缴获来的美式武器，得到了试放的机会，砰啪！砰啪！把这架哀嚎的敌机打得东躲西藏，人们为这一紧张的场面所鼓舞，不禁大喊："打！打！"敌机终于在我激烈的射击下狼狈地逃窜了。

（1947年5月10日）

志大才疏、阴险虚伪的胡宗南

新华社记者

蒋介石的最后一张牌——胡宗南，现在在陕北卡着了。进又进不得，退又退不得，胡宗南现在是骑上了老虎背。蒋介石培养胡宗南做他的忠实走狗、恶毒爪牙已经二十多年了，满心希望在最困难时用他来救驾。蒋介石在走投无路之后决定打延安，才使用了胡宗南的全部兵力。在占领延安时，蒋介石着实高兴了一番。三月召开的国民党三中全会，还拍了一个"嘉奖电"，把胡宗南捧得上天。然而不到两个月，事实证明蒋介石所依靠的胡宗南，实在是一个志大才疏的饭桶。

从蒋介石背叛大革命开始，胡宗南一直是蒋介石的内战工具。靠了打内战，胡宗南成了蒋介石的"得意门生"，蒋介石对他的信任甚至超过陈诚。但是胡宗南在内战（以及"抗战"）中却总是打败仗，是有名的"常败将军"。一九三二年至三三年，胡宗南在鄂豫皖首先出马与红军作战，立即被徐向前、蔡升熙、陈赓等将军所部的人民军队击败。一九三五年在川陕甘边作战时，又曾被红军一、四方面军困于川西北的松潘地区，几乎全军覆没。一九三六年陕甘边山城堡之役，胡军又被红军消灭了一个旅。这是十年内战中的最后一仗，胡宗南随红军转战数千里，一直以红军手下一员败将的资格充当红军的运输队。

抗战后，胡宗南的第一军在上海愚笨地损失殆尽。以后日军进攻南京，胡宗南逃到浦口。一九三八年防守平汉南段之信阳一带，又是连战连败。从此躲入潼关，远离抗日战场，徘徊陕甘宁边区门外。直至抗战末期（一九四四年）汤恩伯在河南惨败，洛阳等地所谓"第二线"的胡宗南军，又是一触即溃，望风而逃。

从一九三八年武汉会战后,到现在十个年头,胡宗南一直躲在西北,专门压迫人民,制造内战。他曾经发动了五次反共战争:第一次于一九三九年夏,向我关中解放区进攻,先后侵占了淳化、栒邑、正宁、宁县、镇原五个县城,诚为抗战中挑起内战的第一人。第二次于一九四三年七月向□县进攻,立即受挫败退。一九四四年第三次向关中进攻,又败于爷台山。一九四六年第四次进犯关中,但亦被击退。今年三月的倾巢进入边区,是第五次了。这次规模较历次为大,动员其嫡系部队二十个旅,还配合宁夏、青海、甘肃、榆林等非嫡系的十一个旅,共达三十一个旅之众。胡宗南不自量力地企图捕捉中共首脑部与西北人民解放军主力,还大言不惭对记者团说什么"建设"延安。现在坐在延安的胡宗南,对于这一次军事冒险滋味大概会尝到一些了。单在陕北,胡宗南两个多月内牺牲了四个旅长,一死三俘,被消灭了三个旅(三个旅部,四个整团,一个保安团,另个整营,其他零碎五千人以上不计),平均约二十天被歼一个旅。至于晋南,胡宗南一年多经营已经大部分完蛋了。其老巢关中则空虚万分,随时可以发生巨大变化。

胡宗南是决心拿西北起家的。西安事变后胡宗南即乘机把持西安,从此不肯放手。抗战初期虽曾一度调至东战场,但接连三次惨败后,他又赶快钻进潼关,再也不肯出去了。

在胡宗南的心目中,西北五省(陕、甘、宁、青、新)都是他要霸占的地盘,山西也在其范围之中。故过去蒋介石在西北的大员如朱绍良、蒋鼎文之流,对于胡宗南都是支配不动的。蒋介石派这些人的目的,也是掩护胡宗南的成长。

胡宗南要做"西北王",他首先要消灭的并不是共产党,因他已经深深尝过"剿共"这"长期苦刑"的味道。他首先要消灭的还是陕西的杨虎城、高桂滋,甘肃的邓宝珊、鲁大昌,青海及甘肃西北走廊的马步芳、马步青，新疆的盛世才，宁夏的马鸿逵。这些人没有没吃过他的苦头的。杨虎城将军旧部已被弄得支离破碎；盛世才、鲁大昌已根本垮台；邓宝珊空守榆林，等于充军沙漠；高桂滋的部队已被改编；马步青的部队已被充军新疆，永远不得回来；马步芳被逼缩回青海。只有马鸿逵、左协忠占点地理便宜，还保持苟延残喘的局面，不过胡宗南已把他们的得力部下分化收买，马鸿逵、左协忠也不是那样自由自在了。

胡宗南之图新疆，为时已久。他培养回教徒杨德亮的用意在此。当盛世才公开背叛新疆人民向蒋介石投降时，胡宗南乘机派了李铁军、杨德亮两军先后开入新疆，逼走了盛世才。胡宗南正洋洋自得，哪知已逼成新疆西北一带的民族自卫战争。李、杨两军连战皆北，几乎全军覆没。于是胡宗南的"左手"便断在玉门关外。

胡宗南心目中自命是"蒋介石第二"，西北还不是他最后的目的，只是他的起点。因此日本投降后，他的野心转向华北。他把基本部队第十六军伸入北平，第三军控制平汉与正太交叉点之石家庄，而以其最精干之第一军及第九十军（现均改师）控制晋南。一军、九十军调回进攻边区后，还将三十师、三十八师留在那里，成为进可以制平津，退可以夺阎锡山之太原的形势。胡宗南的野心甚至在一个时期扩展到东北。他原想做西北、华北、东北"三北"之王。蒋介石把杜聿明调去东北，曾使胡宗南极为伤心，但更伤心的是他连华北王也做不到。现在平汉、正太、同蒲都被解放军控制，他的"右手"又切断在黄河以东了。

胡宗南靠扩充吞并起家，内部派系复杂，而蒋介石的阴险权诈也毫不例外地为胡宗南所承袭。胡宗南虽然是黄埔正牌，但他却最怕陕西黄埔自成一系。在这方面他不仅与杜聿明、关麟征（均陕西人）有矛盾，而且对董钊也极不放心。他把董钊的第十六军调到华北去，却把自己的嫡系第一师及九十师要董钊去带领。至于杂牌则全遭胡宗南分化解体。过去的十七路军即曾被其分化，后来由孔从周将军率领举行了反内战起义。高桂滋的一个军初被改编为师，再改编为旅（八十四旅）。对于这个旅还不放心，胡宗南又将其中一个团调到山西运城，另一个团则被调到陕北。刘茂恩部下的一个军也被其缩编为师（十五师），再缩为旅（六十四旅），而另以胡之一三五旅（现已被歼）编入该师，实行监视。榆林之邓宝珊部队更被调得稀烂。最近胡宗南生怕邓部"作战不力"，又空运两个团到榆林，并且把邓部由榆林城内赶出城外。

由于胡宗南对于西北人民的横征暴敛，过去几年中陕甘各地民变蜂起，这一民变曾一直发展到胡宗南统治最强的陇海线上。这种潜伏的仇恨，一旦当胡宗南失败就会立即喷发出来。那时不仅陷身边区的胡军难得逃脱歼灭之网，其后方的老巢亦必为此种喷发的仇恨怒火所烧尽。

胡宗南"西北王"的幻梦必将破灭在西北，命运注定，这位野心十足、志大才疏、阴险虚伪的常败将军，其一生恶迹必在这次的军事冒险中得到清算。而这也正是蒋介石法西斯统治将要死灭的象征。

（1947年5月12日）

战斗中壮大起来
——记济源二区游击队

古维进

四月十五日,记者访问领导一个十二人的小型游击队坚持五个月的敌后游击战争、收复村庄二十六处、掩护三分之二的村庄进行土地改革、歼敌一三三名的济源二区游击队队长王杰同志。他是二区副指导员,现年二十六岁,他对记者叙述他如何在反'倒算'基础上展开游击战争,进行土地改革,又如何在土地改革基础上,扩大游击战争的故事。他说:"当去年十二月敌占济源城后,转入敌后的二区,便成为土匪、武装特务、'倒算队'的世界。一个月内,被屠杀的干部、积极分子便有六十余人,被'倒算'的果实达七百一十万元,恐惧与动摇支配着一部分干部的思想。我带领三个干部和四个民兵突进蟒河北岸格子网内,把蒋军范登科三十多人的'倒算队'赶跑,还捉住一个,吓得蟒河沿岸的'倒算队'不敢公开活动。这时我们懂得了越深入敌后,敌人越稀松。这一胜利推动全体民兵,都要打回格子网去,于是我们便明确定出作战方针:'分散活动,到处出击,不打硬仗,专打"倒算队"。'但在突进格子网后,碰到一个困难,就是大桥一战,一个民兵牺牲了,敌人便造谣说民兵牺牲很多,有些民兵家属拉民兵后腿。当时有十五个民兵回了家。又是冬天,民兵没有棉衣,给养也成问题,困难达到顶点。这时我们咬紧牙关与敌人的瓦解攻势作斗争,首先以敌人杀害六十余干部的事实教育民兵,回去没有出路,对于决心要回去的民兵让他们回去,告诉他们如果回去站不住还可以回来。随后又以返回来的人的实例进行教育,民兵的认识提高了。为了提高士气,我们又开展了歼敌立功运动,不管前方后方，大功小功，一律表扬，记在功劳簿上。这样一来民兵高兴地说："血汗不是白流的。"信心大为提高。可是群众思想却还是混乱的。我们一面打仗一面宣传，散发解放军与蒋伪军比一比等三十多种宣传品，出布告警告'倒算队'留后路。到一月份止，我们共打垮蟒河沿岸'倒算队'二百余名，打垮一个村随即进行一个村的土地改革，有十二个村都进行了土地改革。我们又组织联村联防，组织保家队，大量使用旧式武器，敌强我弱的形势开始转变，敌人都滚到蟒河南岸去了。我们凭着这十二个村翻身农民的支持，南渡蟒河袭击敌人。这时正是阴历年关，为保护群众过年，又开展了反'维持'斗争，以雷枪结合打垮龙台敌人。由于我们每天活动，群众情绪转变了。他们说：'你们住下吧，哪管你们响一枪也顶事！'纷纷自动组织武装村公所，设置瞭望监视哨，坚决不'维持'敌人。当敌人来信勒索粮食时，他们回信说：'粮食是有，就是八路军活动厉害，不敢送去。你们来拿吧！'趁着这个机会，蟒河南岸也进行了土地改革，并与北岸的村庄联防。为掩护南岸土地改革，我们又向前推进一步，挺进到济、孟边缘的南岭上。这里是敌人土匪窝，山峦重叠，最高处是龙台敌人据点，周围一二里内有八个'维持'村。我们首先以雷枪封锁龙台敌人，然后日夜在'维持'村活动，宣传时事及土地改革，并利用民兵私人关系，争取'维持'村与我们接头，建立了情报。于是我们确实掌握了敌人的情况，而敌人却摸不着我们一点内情，敌人只得藏在据点里不敢出来，偶然出来多是挨打。现在蟒河南岸的村庄，正在加紧完成土地改革。就这样，自去年十一月起，五个月来我们把敌人从蟒河北岸赶到南岸，再从这块平原把敌人赶到南岭上，收复全二区的村庄二十六个，有三分之二的村庄完成土地改革。五个月来我们游击队作战一百余次，毙伤俘蒋伪军'倒算'队长李振江以下一百三十三名，我们仅牺牲一名。我们这次游击战争的主要经验，是结合了反'倒算'、反'维持'与土地改革,得到广大农民支持,成为群众性的游击战争,因此愈战愈强、愈战愈大。其次,前线后方普遍展开立功运动,人人有劲、个个奋勇。"

(1947年5月12日)

进入被解放的汤阴城

葛洛

我们走在被解放的汤阴的大街上,这是五月二日的早晨八点钟,新鲜的阳光照在树梢上。一夜来的炮火声已经停息。大街两旁各家的大门口站满了老乡们,这里头有男人、有女人、有拄拐棍的老太婆、有年轻的媳妇和姑娘,更有窜来窜去的小孩们。他们都睁大着惊喜的眼睛,看着解放军的战士们雄赳赳地从他们的面前走过。纠察队在维持着街上的秩序,有人在平毁敌人在街道上设置的障碍,有些商店已经开始营业。我看到了一个从敌人的锁链下被解放出而开始苏醒过来的城市。

大队大队的俘虏们拥挤着从街上走过去,被遣送到指定的集中地点。他们的脸上显着被一夜的炮火熏成的灰黑色。一个扛着转盘机枪的年轻解放军战士押送着他们。他挺着胸膛走着,当他的同志们和他照面走过的时候,他开玩笑地向俘虏们发着齐步走的口令:"一二一。"于是大家都哄笑起来。但当一个披着毯子的俘虏掉了队时,他走上前去对俘虏说:"走吧伙计,前面预备好地方给你们歇息。"

在南门里坐东的一家铺子里,传出了脚踏箩的"咔嗒咔嗒"的箩面声。我们进到门里,看到两个人正在忙着磨面。掌柜的姓召,名叫召根。他见到我们进来,就起来打招呼。我们问:"你们这样早已经开始做生意了?"掌柜的忙回答说:"不是,我们是给咱八路同志磨的面。大家为我们辛苦了,我们赶着磨出点白面给同志们吃。""你们过去听说过八路军没有?""怎没有听说过?前年八路军就到我们这儿来过的。你到街上去问问,哪个老百姓不是望穿了眼盼着咱八路军快到城里来呀……"

在街中心的十字路口，我们看到了另外一种景象。那里摆着一张八仙桌，桌上摆着一盆茶，四个盛了茶的碗端端正正地摆在桌的一边，这是老百姓对解放军所作的感谢的表示。几个老百姓在那里招待着过往的解放军战士。这里有一个人名叫李才明，当我们向他问及在孙殿英统治下老百姓的生活情形时，他连声"唉唉"地不知如何回答起才好。"老百姓都被刮干了，刮干了。粮食先是按月来派，后来干脆把一家一家的粮食都过了斗，上了秤，封起来，谁家的粮食谁也不能吃。然后他们一家一家把粮食搞走。做生意的粮食少，就派款。像这样一家小铺，压面条卖的（他指着路北的一家小门说），一个月就要给他出五万元。对您同志说的，你们要再有半个月不来，里边的老百姓就自己起来反了！……"

在镇公所的门口，拥挤着一堆男男女女，他们是来取回被镇公所抢去的东西的。一个老太婆和一个小女孩抬着一口大铁锅，铁锅里盛着满满的一锅米，她们出了镇公所的大门向家里走去。另外的人有的扛着布袋，有的拿着椅子，有的拿着簸箕、盆子、枕头、扫把、毡子……几个解放军战士在维持秩序发回各家的东西。当一个老太婆把一条棉被接到她手里的时候，眼泪涌到她的眼里，她的嘴里不住地发着喃喃的声音，我们听不清她说些什么。

我们来到城墙跟前，在这里也看到了一群一群的老乡们。他们在拆着敌人建筑的工事，从那底下找寻着他们的门板、梁椽、箱子、柜子……这使我们知道了，当我们从街上走过的时候，为什么看到各家各户的大门都没有了门板，而且为什么许多房屋都已经被拆毁。

我们在城墙上环行了一周，这里有着一个紧挨一个的小屋、暗堡。每个小屋和暗堡上都贴着一张纸条，上面写着防守这个工事的敌兵的名字。城垛口放着滚木、红缨枪。在工事里狼藉的杂物中，有着孙殿英印发的《剿匪问答》。我们想到了昨晚在城外战壕里看到的情景,当我们的大炮把城墙轰开一个缺口的时候,一些敌兵立刻被逼着到了缺口上,做补修的工事。于是第二炮打过来,敌兵的肢体横飞起来。这些死尸有的还没有来得及被运去,他们以各种各样的姿势躺在那里,脸上遗留着怨恨的表情。

在昨天上午,孙殿英还在对他的部下讲着:"四十师李师长带领援兵马上就到""匪军某纵队在某某处已被击溃"……我们在街上还看到了这样的"捷报"。但到五月二日的清晨,进到城里来的不是李师长的援兵,而是人民解放军的战士。我们在孙殿英的"公馆"里还找到了一张他和他的军官们的合照,上面写着:"第三纵队司令孙于奸匪围攻汤阴之第三日召集全体干部训话摄影。"孙殿英穿着一身黑呢大衣,装出一种悲壮的神气站在那里。也许孙殿英的心里在想,这会给人一种英勇悲壮的感觉吧。但命运却和孙殿英开着玩笑,当这天早晨人民解放军的战士们把他围逼在一个碉堡里时,他像老鼠一样地从地道里爬了出来,慌乱地要他的副官传达着他的话:"我投降,我投降……"

吃人血肉的刽子手被压到地下,汤阴城的人民解放了。过了一会儿,敌机的"嗡嗡"声响在城市的上空。这是刽子手们对他们的走狗发出的吊丧的哀音,但对于被解放的城市却是一种战斗的激励。汤阴人民今天已经站了起来,不久人民的城市就会变成一种力量。这种力量和各处人民的力量汇合起来,将要最后地把卖国贼法西斯们送入坟墓。

五月三日

(1947 年 5 月 13 日)

"你们是这个！"
——访俘虏来的胡宗南兵

欧阳山

作家欧阳山现在陕北，最近曾参加某解放士兵招待所工作，这是他为《边区群众报》撰写的短篇通讯之一。

蒋军一三五旅在羊马河被歼之后，我在一个地方看见了他们的一个文书上士。这个人叫做邓发玉，一三五旅崩溃的时候他逃到山里，白天藏着晚上乱跑，四天之后仍然叫咱们捉住了。我问他："为什么一三五旅这样不中用？"他是一个二十六岁的年轻人，头上还留着长头发，听见我这样问，把一双熬得通红的眼睛向我一瞪，愤愤不平地说："一三五旅怎么不中用？"我笑着问他："要是中用的话为什么垮得这样快？"邓发玉垂着头十分感慨地回答我："自从抗战以来，一三五旅从来没吃过败仗。这一回我们都很自信，我们以为只有三十一旅那样的坏队伍才会在青化砭被消灭……"我接着说："你们一三五旅的运气不是和三十一旅的运气一样的吗？"他点点头，长长地叹了一口气说："是的，是的，这道理也很简单，这就是闻名不如见面，一山还比一山高。我没有碰见八路军的时候，简直想不到八路军勇敢到这样的程度。在一个山头上我看见八路军向我们的机枪阵地猛冲，那样的冲法连冲了三次，把我们冲垮了。'我的老天爷！八路军莫不是长着翅膀的吗？……'后来我逃出来时，碰见了我们的机枪班长，他告诉我他一口气跑了十里路，才觉得自己的裤裆湿黏黏的。原来你们冲得这样猛，把他的尿都吓得流出来了。"最后他翘起一个大拇指对我说："没有一点问题，你们是这个。"

（1947年5月13日）

丑恶无耻的"人民服务队"

——蒋家法西斯暴政的解剖

吴象

从蒋介石嘴里说出来的一切动听的名词都是令人恶心的假招牌，然而再没有一块招牌比"人民服务队"更丑恶更无耻的了。这"人民服务队"直属于蒋记"国防部"，队员从青年军官和从军学生中选拔出来，又由"新闻局"施以专门的特务训练，都是清一色的特务——忠实的党、团员。根据"极机密"的《绥靖政工手册》的规定，"人民服务队"是跟随"'剿匪'部队推进，为强化'革命行动'，执行政治斗争的生力军"，"有权过问一切军事、政治、经济、文化、教育设施，使适合于'剿匪'的需要"。他们身穿美式军装，手执美国武器，分组深入乡镇农村，"重编保甲，务使人必归户，户必归甲""彻底清乡，联保连坐""每保设立秘密义务警察"。他们制发的"国民身份证"使过去日寇的"良民证"大为逊色，仅仅指纹一项就有十格，这就是说他们统治下的每个人的每一个指头都不准逃脱。

当然匪徒们一开始总是装模作样地隐蔽着自己的面目。他们先着手举办国民小学或消费合作社，做些欺骗人民的事情。第七中队的一个组在年关前到了长垣城西的明望乡，该乡八个保，其中有七个保长都按例送了许多礼物，不料他们竟装模作样大发雷霆，召集"群众大会"，痛加申斥，把没有送礼的第二保保长还夸奖了一番，办法实在很狡猾。第一欺骗善良的老百姓，表明自己很"清廉"；第二给"刁滑"的保长们一个下马威，使其服服帖帖地就范。其实他们不是不要"礼物"，而是要得更多。首先把你完全压倒，然后随心所欲地去要——要钱、要东西、要命,你一家都逃不出他们的掌握。

人民中胆敢反抗或表示不满的,就被诬为"奸匪",就在被剿之列。在"人民服务队"的"密令"之下,被逮捕被屠杀的所谓"奸匪"与"奸匪嫌疑犯"还数得清吗?据滑县一个不完全的统计,被"人民服务队"杀害的老百姓就有一千三百多人。其中有一个城南某街的农会主任赵清晨,当他被拖出去活埋之后,狱里的看守(自然也是"人民服务队"队员)还每天向他的老婆要烟、要面。这个可怜的女人带着一个八岁的孩子,怀着悲惨的希望,变卖了家里的一切,买了东西送到狱内去,每一次请求见一见男人,每一次都见不到,直到邻居在街上看见有人卖她男人穿的裤子,才知道是被活埋了。

她带着小孩到处叩头求情,把最后变卖家具换来的八千元蒋币也送出去,才算把男人的尸首扒出来,哭了一场,草草地葬了。然而她的"国民身份证"上写着"奸匪之妻",成了没有人敢收留的"黑人"了。她住到城东三里苏庄的娘家去,只住了两天,要清查户口,娘家不敢留她。她住到卫河西胡家庄外祖母家去,住了三天,又要清查户口,又不敢收留她。她又到西关婶母家,只住了一天,婶母送了她五千八百元,但是不敢收留她。她又到西河集侄儿家,侄儿送她三升玉黍面,还是不敢收留她。她又到康庄妹妹家,妹妹抱着她和小孩痛哭了一天,又要清查户口了,仍然不敢收留她。恐怖永远追随着这孤儿寡妇,所有的亲戚都哀求遍了,但是他们爱莫能助。"人民服务队"的魔爪紧紧抓着她,随时都可能有一个意外的不幸突然出现。

"人民服务队"从阳武城逃窜的那一次,他们强迫发给阳武中学二百多学生每人一支枪,威胁着说:"谁不跟着走就是想当奸匪。"城内的学生都逃回家藏了起来。四乡的学生则全被带走,十五岁的夏国明也没有幸免。

蒋家暴政的危机已经如此深重。腐朽的官僚机构已经镇压不住人民,以致必须身穿美式军装手执美国武器的、希特勒挺进队形的"人民服务队"直接到乡镇农村去进行恐怖的统治。然而这么些法西斯匪徒就能挽救蒋介石灭亡的命运吗?当第七中队的杨庆余等人被俘的时候,他们都竭力声明:"我们对'三民主义'也并没有深刻的认识,我们赚的钱只相当于一个准尉。"这些卑怯的家伙还没有遇到危险就哭叫起来了:"饶了我吧!我愿意到你们那边受训,我替你们服务。"他们收了对人民残暴的凶相,装出摇尾乞怜之态,更增加其丑恶,格外使人厌恶。

(1947年5月13日)

胜利不是偶然的

曾克

快速纵队一四六团代团长王吉彬,现在安然地坐在这里和我们谈话了。他和全旅被解放的蒋军一样,庆幸自己还能活着、还受优待。昨天清晨,他还颤抖在大胡营的火光和炮声中。他再三地说,现在的心情是平静的,恐惧已经从他思想里摆脱开。他抽燃一根纸烟,嘴巴慢慢张动着说:"人的思想真是一件奇怪的东西。过去,有很多人,到了你们这方面,一年半载甚至一月二十天,就声言思想变了,被你们很多事情感动,我都非常疑惑。"他用戴着金戒指的中指弹了弹烟灰,声音放高一点又说:"我可只经过一天一夜的时间,的确也看到了一些东西——使你们能够胜利的基本的东西,我这才相信自己的生命有了保障。"

"请你把内心情感变化的过程谈给我们听,一点不要拘束保留。昨天在战场上,我们互相用火力射击,那是敌人,枪弹是不讲客气的。你既然放下武器,现在,我们可以交换任何不同的政治意见,这也是我们共产党一贯的主张。武力控制不住人的思想,所以我们从来不愿意用凶暴屠杀来解决问题。"我们说。

他那堆集着深深皱纹的额头一皱,流露出饱经世故的沧桑之感,说:"我做了俘虏,原是准备死的。只是盼望能死得痛快一些,并且人格不要受到侮辱。战士们喊着'缴枪不杀优待俘虏',我完全不相信有这回事。但是,他们把我从烟火的楼上带下来,真是没有动我一下,并且说话都很客气。我把钢笔和手表取下,给一个押送我的人,希望他不要糟害我,被他拒绝了。他说:'八路军不要俘虏私人的东西!'一直到现在,我的戒指还戴在这里。"他举手给我们看,

"到你们这里以前,我已经转移四五个地方了。每一个押送和接见我的人,都向我说着一样的道理。于是,我心里就暗暗地想:他们如果是作假,难道这么多的人都假得一样?强迫训练成这一套吧?精神总会勉强生硬。所以,我就相信了你们优待俘虏的政策。"

"共产党的每一个政策,都是通过了解群众思想以后才执行的。无论到哪里,新四军、八路军、民主联军都是一样。你慢慢地就可以多了解一些。"

"是呀!你们一个兵所讲的就跟你们一样。他们的力量就不是被动发出来的,你们的力量基于下层,所以,你们的胜利就不是偶然的!"

我们都笑了。这笑使他发生了怀疑,他剖白自己说:

"你们不要以为我因为做了阶下囚,在这儿摇尾乞怜地表示谄媚,我见到的,我愿意把它说出来。"

"我们欢迎你这种态度。"

"看见你们官兵相处像一家人,也使我带兵多年的人有所感动。"

"这是因为我们都是为着一个目标前进,我们最高的关系是同志。这和你们很多过来的人,奇怪我们一个战士敢随口称呼毛泽东同志是一个道理。"我们解释着。

他脸上有了一点笑意说:"在国民党部队里,是完全不可能做到的。那里一切是靠命令纪律,但,任何命令与纪律也贯彻不下去。"

"你对你们的群众纪律怎么看?"

"老实说吧,国民党的军队现在已经变成了大革命时候的北洋军阀啦,军行所至,赤地千里!已经完全失掉了人心!而你们,成了那时新生力量的革命军,事实是这样,没有什么力量可以扭转它!"他攥起了拳头,又强调地表示,"我的年龄使我的头脑比较顽固。但,我可以记得经历的事实。大革命时,哪里有你们的人领导,哪里就有发展有胜利。实际上这个天下是你们打下来的呵！"

王吉彬团长是个四十多岁的人，据说他是军校四期的学生，我们尊重他敢于正视现实的精神。他不时地从口袋里掏出我们送的《自卫前线》说："希望多给我些东西看！如果我的顽固头脑可以慢慢转变，我还愿意贡献自己微薄的力量！"

（1947年5月13日）

一副担架在火线上

曹占芳

"同志,让我们到前边抬弟兄吧!我们不怕,保险完成任务……"这是担架队的韩班长的第二次请求了。泰山部某团的负责同志,仍是耐心和气地解释道:"老乡,你们昨天晚上蹚河太辛苦了,今天在后边一些。看你这么大年纪啦,休息休息,别急嘛!"四十一岁的韩富金又被劝住了,五个人只好焦急地等着。

他们是涉县二区桃城的担架,从家出来支援前线已好几天了,他们已经从火线上抢救过一次彩号,每个人的衣服擦破出几朵白花,胜利地穿过了膝盖深的小河和难以通行的荆棘,顺利地把彩号从原路上抬回来了。

西边的山堡上,不断地啪、啪响着,这是营长掩护抬彩号的枪声。担架队的各班都抬回去了,只剩下韩富金的这一副。正在这时他们看见那边小河边有一个负了伤的同志,任务来了,四个人弯着腰前进着。

通过一块开阔地,到了躺在河边的彩号跟前,离敌人只七八米。他们沉着熟练迅速地抬上。火仍在伤员的袖上燃烧着,他们边走边捏,忘记了烧和痛。"砰"的一枪,打在四人的身旁,但他们仍沉着地抢起彩号就跑,就这样通过了紧要的关头,把敌人掉在七八十步的后面。敌人仍未放弃对他们的射击,甚至俘虏他们的野心。机枪又狂叫起来了,有一枪打在周水德的腿上,他躺下了,接着二十岁的齐姐心也挂彩了。

"能走的都赶快走吧!两个人也要把弟兄抬回去。"韩富金向挂彩的两个担架员说。

"你俩走吧!我俩来抬……"周有金的话还没有说完,两颗子弹钻进了他的右肩上,血隔着棉衣流了出来。

"你们都走吧!快一点,我来把弟兄背上吧!"老韩一边说就一边背起来了,这时敌人的子弹,从他的脚上穿过了,已经不能行走,只等着有人来,好和负伤的同志一块回去。

西山撤退下来的队伍来近了,一个对他说:"老乡,你也挂彩了。后面有人抬他,我背上你快些走吧!"

"我不要紧,你背上这个同志吧!"说着已有两个同志把担架抬走了。"我……你扶着我就行了。"说罢他勉强地站了起来。

队伍渐渐转移了,老韩很关心地说:"同志!你赶快追队伍吧!这不远了,我自己去吧!"

"不要紧,我无论如何也得想办法把你送到有担架的地方才能放心……"

老韩已经安安稳稳躺在担架上了,这个战士还送出他一里多地。

(1947年5月13日)

记蟠龙大捷

新华社特派记者 林朗

人民战士们焦急地度过了两天的连绵阴雨，二日黄昏刮起了西北风，大家都高兴地迅速完成了一切战斗准备。眼前群众所遭受蒋胡军蹂躏的悲惨景象，使得每一个人的血都在沸腾。

三日，在晨光熹微的薄雾中，以蟠龙为中心的十里圆周内的群山上，同时响起稠密的枪声。在这几十个高低不一的山头上，山腰间和山坡旁，筑有敌人无数强固工事与防御点。在沟洼小道里，蜂窝似的密布着敌人的宿营穴。经过半小时激烈枪炮互射，西北人民解放军某部就迅速夺取了蒋军几个较低的阵地，立即进入敌人筑好的工事。敌人慌忙跑到高山的工事里，不敢露头地用轻重机枪拼命盲目扫射，用山炮、迫击炮轰击。炮弹都落在远处的山上，扬起了一阵阵灰土。敌人在尽情地浪费着美国人的弹药。

不久两架飞机低飞来助战了，用机枪疯狂低飞扫射。人民解放军某部立即加以射击，其中一架马上着火向南降落，另一架慌张地逃去。从此蒋机再不敢低飞了。

下午三时半，激烈的争夺战开始了。大家的情绪和努力都贯注到蟠龙东一千米的□牧峁。这是一架最高的山，占领了它就可以俯瞰一切，控制一切。敌人最强大的工事就在这里。

首先人民炮手开始准确地射击，一颗颗炮弹都正好落在敌人的工事里。一六七旅四九九团二营五连连长被击中毙命了，全连马上慌乱起来。于是敌人急调四连来换防。又经过一阵连续的轰击，山头上烟雾弥天。这时候，步兵群勇敢地跑上一千米达的高处，十分钟就接近了敌人的外壕工事，立即投掷手榴弹，冲过六尺宽、七尺深的外壕圈，冲过铁丝网，进入敌人的机枪掩体和单人壕，最后举起明晃晃的刺刀解决了战斗。二十几个活着的敌人放下了武器，六十几具尸体或坐或仰或俯地留在工事里，还有十几个受伤的敌人在呻吟。被俘者苦痛地申述："我们被强迫的，没办法啦！"有一个以布裹头的俘虏，从干粮袋中取出锅饼请解放军战士们吃，大家都谢绝了。因为这个饼是向老百姓抢来的面粉做的，他们烧了老百姓的窗门，随后又把老百姓的锅打烂了。

记者巡视占有整个山头的复杂的强固的工事，想到它曾经花费了蒋胡十多天的经营，而人民解放军在一小时内就占领了。为着据守它，蒋胡军一个连已做了无谓牺牲，而人民解放军只付出十几名伤亡的代价。满山上到处都是老百姓的门板、树木、锅盖、衣服、粮食和麦草，有些锅里煮着的牛肉、羊肉还冒着热气，而满山遍野正丢着牛羊的皮和骨头。可是农民们这时候正为着没有牛耕种而哭泣，无数的小羊正为着没有母羊哺乳而号叫！这一切使人想到蒋介石就是瘟疫，它象征着死亡和毁灭。我西北人民解放军正与其他解放区兄弟军队，为着扑灭这股瘟疫而光荣地战斗着，□牧崈占领后，人民武装从此握着优势。

黄昏过去了，将圆的月亮爬上山头。这时攻战阵地的某部有功的战士退下去休息，而由另一部来执行新的攻击任务。他们都是年轻、英武、整齐的队列，相对地擦肩而过，互相微笑地打着招呼："同志，我们的任务完成了，你们快拿下那个寨子吧！""放心吧没问题"。

这时每个人都紧张地、严肃地执行自己的任务：工兵扫清地雷、炮兵观察阵地、电话员架设电线、卫生员急救伤员、炊事员送水送饭……延安游击队、永坪游击队拿着步枪、手榴弹热情地赶来参战，担架队员小心翼翼地抬着伤员。但大部还在休息，悠闲地抽着纸烟。附近村庄中的群众，纷纷自动来做工事与平毁敌人的工事。他们亲热地对战士说："你们要好好保护自己。"

一切都准备好了，新的行动又告开始。指挥员坚毅地命令："活捉旅长李昆岗，收复蟠龙镇。"

又经过一天一夜的激烈战斗，所有山头和工事都被人民解放军占领了，只余西面一个小峁子上的敌人还在绝望地抗拒。黄昏时分，冲锋号响了。人民勇士从东、西、南由各个山头上，以排山倒海之势冲向蟠龙镇。掩护的炮声和机枪火力响成一片，不久战士的呼喊声又盖过了枪炮声。这时候，蟠龙镇上的蒋胡军慌乱极了，他们一群一群地从街上逃进屋里，又从屋里逃向上沟，爬进窑洞，但是马上又从窑洞里爬到街上……这时候，有十几个人结成一群拼命向北奔逃，解放军某指挥员大喊"抓住他们！"原来这就是旅长李昆岗及其高级指挥人员，他们不敢逃向南面三十华里的青化砭，而选择相距八十里的瓦窑堡。就是这些被俘的高级军官，昨天还依靠他坚固工事顽强抵抗，可是现在只有无可奈何地被活捉了。

在皎洁的月光下，记者进入破碎了的蟠龙，见到成群结队的戴着宽大皮前沿军帽、穿美式汉奸军服的蒋胡军俘虏，由伙、马夫陪送至解放军营地。千余匹骡马被从各个马房里牵出，驮上了缴获的武器。街上房子里堆着面粉、军服、鞋子、盐和纸烟，蒋胡军九个旅的服装和给养从此都完了。

蟠龙过去是一个热闹的市镇，如今被蒋介石的魔手迅速毁灭了。全街只见到两个老太婆，她们招呼记者进去喝水，恳切地说："你们来了就好了！"

（1947年5月14日）

劳动英雄开导蒋家将领

沈容

太行慰问团到达前方某地时，几位劳动英雄顺便去看望被俘的蒋记四十九旅（即第二快速纵队）的高级将领。这是一次极有趣味的会见，英雄们既不为对方是俘虏而趾高气扬，也不因对方曾经是高官而稍感拘束，他们只是耐心诚恳地说道理、说事实。这种解放区翻身农民的主人翁气概，实在使人兴奋万分。

大家在院子里坐下来，负责人先介绍双方的姓名，一边是蒋军旅长李守正，副旅长蒋铁雄、袁峙山，团长王吉彬等，一边是著名的太行劳动英雄张喜贵、翻身英雄白贵、三位模范军属和一位女英雄——模范军属田菊子，她动员自己的哥哥和丈夫参军，她组织军属积极生产、自力更生，现在是县参议员、村农会主席兼妇女会主任，今年才二十二岁。院子里沉默了一会儿，劳动英雄张喜贵很自然地开了头："你们对解放区有不明白的问题，咱们大家扯。"他和善地微笑着，又补充了一句，"你们现在放下武器了，只要今后能为老百姓服务，老百姓会原谅你们的。"

"对！"接着说的是翻身英雄白贵，"你们心里有啥不了解的说出来，咱们给你解一解。"

"咱们随便扯，你们有问题只管提出来吧！"另一个接着说。

又沉默了一会儿，对方依然不说话，喜贵想了一想说："你们提不出问题，我先给你们讲讲翻身的道理吧。"他说："我们都是受过苦来的，那年日本人要来时，中央军叫老百姓修工事、出粮，老百姓一样心甘情愿地干，都不愿叫鬼子来。但是日本人一来，中央军就都跑了，丢下老百姓不管了，我们受了多少苦啊！"他稍微停了一下，似乎在回忆过去那些苦难的日子,接着又说:"八路军来了,就不一样,领导咱们抗日、生产,又帮助咱们翻了身,咱们争地主的东西,八路军一点没有拿。八路军就是爱护老百姓,要是现在保卫不住这果实,老蒋来了还是要帮助恶霸坏蛋。为了这,青年人都自动参军,保卫自己,让老百姓家家过好日子。"他一本正经地说,态度很认真,就像一位老先生给一群小学生讲课,最后他说:"这只是简单地说一说,仔细说十天也说不完。"然后又问他们懂不懂,明白了没有。

提到参军,一位军属就滔滔不绝地讲后方参军和优抗的情形,他说:"咱们村里娘儿们送汉们,老的送儿子,大家争着参军。这里不和中央军一样,派谁抓谁,这里是自己起来保卫自己。"当他讲到青年们在参军时怎样骑着马、挂着花,由全村人欢送时,他站了起来,比着手势,唯恐他的听众不能懂得参军的光荣。

"八路军就是穿了军装的老百姓。"张喜贵插进来说,"我们就是一家人,和中央军可不同,中央军在我们村里住过,他们的情形我们很清楚,欺负老百姓,压迫群众,就和八路军不一样。"

"荒年,八路军把人都救活了,现在过得更好了,所以都起来保卫自己。"白贵补充着说,"八路军也没有背着小米来,就是领导咱生产,度过了荒年。"于是他讲到中央军在的时候,老百姓的负担以及解放后老百姓的生活,英雄们以主人翁的身份,畅谈他们辛勤建家的经过以及他们现在兴盛的家务。他们是可以骄傲的,每讲一段他们总是把现在的生活和过去的生活比,把八路军和中央军比。我这时特别注意了这些在战场上放下武器的蒋军高级军官的表情,王吉彬团长听得入了神,抬起头注视着讲话的人,好久没有动。其他几个人则低着头静静地听着,英雄们总是反复地问他们懂了没有,明白不明白。他们默默地点了头,连最保守的蒋铁雄也连连点头说:"懂了,懂了。"

停了一会儿李守正很恭敬地说了几句，接着蒋铁雄提了一个问题，他问道："今年的生产运动怎样做法？"

"增加生产。"白贵做一个姿势，准备说下去，可是随即就笑着回过头来对张喜贵说，"你是劳动英雄，还是你来讲吧！"他这个动作引得大家都笑了。于是张喜贵从开荒增产组织懒汉说起，接着仔细地分析互助变工的好处，如何节省劳力，然后又讲到现在的合理负担。

"你们的技术有什么改进？"王吉彬问。

"我们现在有农业实验场，专门研究品种、改良耕作上的一些问题。"张喜贵回答说，也像一个专家一样，讲解怎样选种除虫。他说："这都是政府领导着做的。"随即就谈到那惊天动地的打蝗场面。

现在俘虏们的问题多了起来，如今年的收成、麦价等等。最后王吉彬问道："有没有集体农场？"

"现在还没有，现在是组织互助变工。"谈话的局面打开了，气氛活跃起来，他们提的问题多了，英雄则像专家似的详细回答。田菊子还讲了一个笑话，说得大家都笑了。她说："以前旧政府的县长，是坐着大轿，跟着很多随从，威风凛凛。现在的县长穿的还不如他的通讯员，从表面看起来，就认不出谁是县长。"

英雄们走了以后，王吉彬说："佩服，佩服！你们这些办法如果在河南实行，在那些富饶肥沃的地方，生产的效果一定会比这里更加惊人。"其他的人都表示同意，对新型农民的这种新姿态、新气概和这样丰富的知识没有一个人不赞叹的。

（1947年5月18日）

卫生员朱同义

营长 李文波

终究逃出了虎口

二一三部小卫生员朱同义，是山西晋城穷人家的孩子，从小受苦，十七岁时被阎锡山抓去学号兵。那个号长总看他不顺眼，白天不叫他小便，黑夜不叫睡觉，成天成夜地拔号音。因为他偷偷尿了尿，就罚他顶着整砖在太阳地跪了半天，一句话不对劲就得挨嘴巴。后来朱同义下决心要开小差，那天黑夜就从阎军重机枪工事的射口钻出来，心想这回可逃出虎口了，谁知道因失了方向跑到段村，被段村的阎军捉住，当了勤务兵，又过起挨打受骂的日子来。上党战役我军收复段村，他就跟了来。清查俘虏时因为他小叫他回家，他长短不肯，才叫他去学卫生员。当时他高兴地说："我终究逃出虎口来了。"

四次当选模范

因为他心灵手巧，只学了几个月就到三营八连任卫生员。他在连上不仅卫生工作有很大的成绩，宣传鼓动也是能手。特别是陇海战役以来，立过很多大功，就当选了模范工作者，可是因为战争环境没有开会，就不声不响地过去了。朱同义同志丝毫没受到影响，工作还是那么起劲。打邵耳寨他负了伤，他不仅没下火线，还抢救了三十多个彩号，又当选了出席一〇六部的模范。因为当时规定模范卫生人员每营一个，事务人员一个，他连有了个炊事员吴何全，机炮连出了卫生员渠炎斌，为了照顾连队团结，就把他的参加资格让给渠炎斌了。可是他仍没有半点波动，工作照常起劲。二下陇海路回来，又当选第三次模范，才出席团的群英大会，获得甲等模范的称号。现在全营又选他为出席一〇六部二届群英大会的模范。

小孩子的大药包

他知道我军医药来源不易，所以对一点棉花一块盖口布都不舍得浪费，他还时常收集土药装进他的药包里。围困金乡时敌人飞机给城里送炮弹，很多落在我们阵地上，摔坏了不少，他就把这些坏炮弹拆开，把里头的白色炸药装到他药包里，后来用这些炸药治好了三十一个疥号。人们一看到他的药包就说："看！小孩背的大药包。"意思就是羡慕他又能节省又能治病。

进军的路上

部队往豫北开，八连没有一个掉队的。朱同义这个收容组就设在后边。他总是跑来跑去地看，只要发现有人现出疲劳的样子，他就给同志们背东西或是说笑话，反正不能叫你掉下去。到一个地方，他背包不下，就到各班去检查同志们睡觉的位置、是否洗了脚。有时候人家洗脚他抱着鞋袜，等人家泼了洗脚水他才走。

放心吧，都能办到

部队打汲县的时候，我们的战士在阵地上，才挖成一个又狭又浅的交通沟，敌人就开始了火力封锁。当时大个子郭密沟同志负了重伤，一躺就把个交通沟塞满了，部队再也不能运动了。天又快明，担架来不到，这可怎么办呢？营长见朱同义冒着稠密的火力给他上药，马上命令他说："卫生员，上好药你把他背下去。"这下可把他难住了，十几岁的朱同义就有四个，也背不动这个大个子，何况在这样的地形和敌人的火力封锁下叫他一个人背呢？可是他没提意见，很干脆地答道:"是!上好药我就背他。"正在这时候听见很远的地方在喊:"卫生员!快来呀!"他又赶紧答应道:"一下就来!"究竟他那时用什么办法把郭密沟同志背下去的,我们没有看见,只见他满头大汗地跑回来说:"营长,我把他驮下去了!"说着就往喊他的方向跑了去,边跑嘴里还边说着:"放心吧,都能办到。"

机关枪,跟我回去!

天明以后,发现七连阵地上一挺机关枪,这是七连奉命转移阵地时留下最后作掩护的,不幸射手和预手都牺牲了,和机关枪躺在一起。敌人以为他们还活着,便集中火力向这里射击。

机枪离我们的阵地还隔着六十多米达的开阔地,没有命令谁能去拿呢?朱同义知道这会儿没有彩号,就跳出交通沟,向机关枪跑去。敌人见对面跑来了个赤手空拳的小八路军,立时集中更稠密的火力向他射击。全八连的同志都探出身子,紧张地盯住他的行动。他毫不惊慌地爬近机枪,然后伏下身去跑到跟前,用右手抓住枪提把,一面喊道:"来!机关枪,跟我回去。"在敌人一阵紧似一阵的火力追击下,他终于不慌不忙地把机关枪拿了回来。

(1947 年 5 月 18 日)

汤阴攻坚战目击记

本报记者 柯岗

这是一九四七年五月一日，刘伯承将军所部常胜军，要在这一天斩杀三十年来吮吸人民血脂而生存的毒蛇——孙殿英匪帮及其魔窟汤阴城。三点一刻，记者随六七部队最高指挥员冒着霏霏春雨，进入距城二百公尺的指挥所掩护部内。当我们经过交通沟、屯兵壕、机枪掩体和炮兵阵地的时候，"争取立大功、活捉孙殿英"的口号，正被指战员们低声传送着。指挥所设在昨天被我攻占的一座相当坚固的碉堡内，电话员利用着敌人挂枪的钉子架起电线，拉到各个阵地上去。指挥员是个喜欢思考的人。他的警卫员告诉我，他从来就是这样，只要一进指挥所，就像作文章一样，不停地吸烟，不停地想。除掉命令队伍怎样去进攻和射击之外，不和别人说话，也不笑。然而他现在放下听筒，破例笑了，并且对我说："你看现在距总攻时间还有半点钟，可是所有的战斗员都要求立刻攻击，他们说已经准备好了，实在不愿等待了，真是天真得可爱。"战前的静寂，酝酿着激剧的厮杀，细雨无声地飘落，城垛口的雷石滚木、壕边的拉雷和铁丝上都凝聚了许多雨珠。城墙上蜂巢一样的枪眼里，伸出了各种各样的枪口。敌人打算用来肉搏的长矛红缨显露在城头，静静地摆动。现在被孙殿英的奸恶手段愚弄着的全部人马九千多个士兵，统统驻扎在直径不过两华里的汤阴城内，该是多么拥挤啊。

大量的钢铁从空中压下来，这是五点半钟的时候。炮兵阵地上不停地发出轰鸣。只有二十分钟的工夫，在几天以前孙殿英还电告安阳李振清（蒋记四十军军长），认为这是人民解放军保险攻不破的城墙，东北角上已经被轰开了两个大缺口。敌人确实很顽强，我在指挥所的碉堡上远远看到一排炮弹过去，一连敌人和砖砾便随着浓黑的烟幕猛然飞起，于是孙殿英又拿另一连人的肉体来堵塞。在这个缺口，毒恶的孙殿英匪帮把整四连人的血肉都抛在飘着细雨的天空中。缺口越来越大了。夜来的时候雨停了，月亮渐渐升起，各种口径的炮弹更猛烈地爆炸。在敌人的纵深，六七九部队的金玉山、六六六部队的宋海清等，带着他们的突击队员们，顺着缺口登上城去。在城上，准备进行白刃战的匪帮是万分恶毒的，他们在反扑之前先打一排硫黄弹。当我们的战斗员浑身冒起绿色火苗的时候，突然扑过来。就这样，人民的英雄们在一阵阵的杀声、一片片的火光里，经四十分钟的格斗，击退了敌人十一次反扑。许多人的衣裳被烧坏了，排长陈永福当他的手背烧着时，一连刺了三个敌人。这时六六六部队党委会给宋海清突击队员们每人记大功一次，报功单被特派员送到烟火漫天的阵地上，当众宣读之后，马上贴到城墙缺口上。正在这时，他们捉住了敌兵李中仆。宋海清突击队的政治指导员丁新章，立时问他为什么这样顽抗。他说："在大炮轰开城墙缺口以后，总司令命令说谁能守住缺口，赏洋五十万元。"

正在反复格斗的时候，曾于一九四五年×月十七日由于蒋军大举北犯而暂时撤离该城的六八四部队实践了他们对城内人民的诺言，勇猛打上城去。战士们冲下城墙，势如秋风扫落叶。被打痛了的敌人，对于逐屋战是毫无信心的，尽管他们的匪官用手枪对准他们的后脑，但当他们占据的家屋一座一座被包围的时候，他们便一群群地放下武器。

劳动人民的军队像一把大铁钳子：一路向西北，一路向东南，节节前进。五月二日的太阳尚未升起，这把大铁钳子终于夹住了蒋伪军孙殿英的脖子。孙逆所部官兵全部就擒。

当全城的男女老少挤满街旁，争看俘虏排队出城的时候，小贩李三和他妻子喜笑颜开地指给我：孙殿英的办公室在这里。我看到顾祝同四月三十日发来的一七四号的电报，上面写着："孙司令：贵部奋战多日，迭挫凶锋，详情已历呈委座，主席闻之，极为欣慰。顷奉电称：孙司令殿英打击共军，殊堪嘉许；汤阴为豫北战略重点，务必坚守之以竟全功等语。特达，并希将战况随时电告为要。郑州顾祝同三十日。"记者读此，不禁失笑。

（1947年5月19日）

"现在我可痛快啦!"

——干群团结的一个实例

东耀

大运动过去,不少群众在街头巷尾纷纷议论,一见向荣同志过来,大家就溜之乎也。在他说来这倒没有什么奇怪:"这是落后分子,你们还会'捣瞎'(议论)好话?"群众呼他是"人散",他哪里知道,还觉着这是"理所应当"。

区上召开全区各村干部会议(他也参加),提出几个问题让大家讨论:地主低头了没有?果实分得公不公?农民团结了没有?是不是全体农民都起来了?为什么?

先前他还满不在意,心想:"起来不起来,是他不起来,谁不叫他起来,扯□淡哩。"可是他又想:"为啥有些翻身农民反和地主在一块喝酒吃肉?为啥开大会人虽去,都不吭气?为啥人们在谈笑,我一去人们就走开啦?这不是别的,是我碰走了。碰走的,地主就拾起。城关南街贾银元就拉了十二个落后,咱们丢一个地主拾一个。"这一下可惊自己醒了,又使他想起了过去的许多事情:

"张银锁家娘是个贫苦老人,有一次在斗争会上她站在前面了,我就说:'这是打人会,你看你这老人家,站在前头捎带打死了你倒不要紧,你死了还没有人埋你哩。'话还未说罢,老人家脸就红了起来,众人都看她,使得她坐也不对,走也不对,很难为情。王元是个光棍,好喝酒,第一次我碰见时大声告他说:'翻了身不是叫你发家哩?你为啥喝酒?'不久又见他喝酒,他一见我来就急忙招呼说:'向荣来喝些酒。'当时天气顶冷,我就上炕去喝了,见他是干呷,我就说:'你这人喝酒就连菜也炒不起,扯淡哩,能买起马,置不起鞍。'说完他就给炒了二个盘。原来伢计划喝二两,连吾就喝了半斤。范猪年老婆好买面吃,第一次见她称面我就说:'你这行人,翻身不劳动,以后再吃可不行。'又一回在街上我刚看见她,她就远远地向我申说道:'这几天俺们不好哩,拌些疙瘩吃出出汗。'分果实时给张小秋分了一只瘦牛,他有些不愿意要,寻见了我,我根本就没给人家解释,大声说道:'扯淡哩,喂上就胖了,你不要瘦哩,瘦哩该给谁?'另外我还拿了一些果实——眼镜、小刀、铅笔、胡琴……就因此脱离了群众。"

事实确是如此,他自己把它一一都想了起来,可是就没有向群众坦白认错的决心,领导上再三提出要"修修火车头,应向群众检讨自己,改善干群关系,加强阶级团结"。他不相信,并且还埋怨说:"碰了群众也不是故意来,而且也是为了工作,地主坏分子人家没窟窿还想下蛆哩,这倒好,这是专门给伢找引火柴哩,好,让伢钻哇咱有啥法,将来也是二来喜(来喜是前期为群众斗垮的干部)。"此时他有两个顾虑:一个是怕丢人,另一个特别害怕的是坏人钻空。

"钻空"这个畏惧在他脑子里始终威胁着他,就在这个当儿,他已被动地开始接近老实农民了。接近的这些人中间有个叫王成喜,他是在深入阶段中由落后变成积极分子的一个,他给向荣解释"怕钻空"思想:"你不要光看见地主与破坏分子,还有咱许许多多农民,你是群众选来,群众是拥护你哩。再说俺们是有眼睛哩,打通了思想群众对你认识更亮,你可想想过去,比比现在。"这一番话打动了向荣的心灵,他说:"我过去是穷人。"不由得引起了他的历史回忆:

"战前咱是穷光蛋,房无一间,地无一垄,在蛋厂当烤房工人四年,在寒王修汽路半年,在铁炉上学铁工半年,跟李成贵做了一年工,制受哩不轻,结果啥也没闹成啥,受气挨打那是家常便饭。现在家有地十三亩、房六间、驴半个,在村上有了地位,哪个人不说向荣能干？在过去挨打还不觉丢人，为啥现在向群众反省一下就觉丢人呢？咱碰群众，群众就不觉丢人吗？群众选咱是眼里有咱，咱有了地位反过来就碰群众对不对？"

他开始有了勇气，但又产生了新顾虑："咱倒能反省，群众自觉不自觉倒还是个问题。喜成说群众有眼睛，咱就先谈一二件试试看。"在这个打算下，到群众会上退了些小东西。此时干部怕打，群众怕干部报复，所以大家都在很不起劲地说："没啥退就算了哇。"即使有些意见也是对下台的干部（如前农会主席赵小和），对现在干部根本就没提啥。他觉着有些奇怪。经过普训，主动接近群众，这一下群众可就大胆地提出意见来了，来势很凶，他觉得害怕，心想："咱这当干部，还不是作□事多惹哩人多，烧哩香多报哩鬼多。咱积极领导人家翻了身，地主打倒啦，反回来就是闹咱。"普训大会上有后窑峪村财政谈出贪污了四斗公粮，群众中就有提出"砸死"的意见，他更害怕起来。霎时会场轰动起来，这时许多农民都异口同声问起来："这是谁说这话来，咱是团结哩呀，咱还是斗争地主哩？"不一会儿在群情愤慨下查出喊这话的是刚从松树坪来城里开饭铺的地主走狗。大家质问："你说这话是啥意思，干部一天辛辛苦苦领导咱翻身，他为谁，你为啥说砸死干部？"追得他无言可对，这下可给干部们开了心，向荣也由苦脸变成笑脸了，心中暗暗地在说："群众真是有眼睛，群众真是有眼睛。"就在这个会上他把自己所有缺点当面向群众彻底作了反省。

反省后，有关作风问题除道歉认错外，并把还在的东西全部退出，愿拿出一千元作为小东西的赔偿（铅笔小刀因已用或已经损坏）。群众只收他五百元。在这种情况下感动了许多老年人，他们说："过去官能屈民，父能屈子，如今干部给群众赔情认错，这社会真不一样了！"王润芝老汉说："干部错误□，但功劳还是多哩，你们

（干部）不要怕错多，错多功也多。比方说秋香错倒少，但他功也少，他是歇凉干部。"这样区别了积极干部与消极干部，更大大地鼓励了干部为民立功的情绪。又一个老汉说，这次整关系是"喜上加喜：以前翻身是一喜，现在大伙团结又是一喜，所以说这是喜上加喜"。

经过这次整关系结束以后，王向荣说："从前工作时光些积极分子，有时不是做不好，就是行不通；现在可痛快啦，以前是我找群众找不着，如今是群众找我，大家一起干。"

（1947年5月21日）

"子孙也忘不了八路军"

弋笑

汤阴北关的房子,在敌人临跑的前两天就烧光了,半熄不灭的烟火还在不断地慢慢燃烧着,城上敌人的机枪大炮也仍在不住地对着倒塌的墙头扫射轰击。

我们九班在北关的西面,已经坚持了两天一夜,工事眼看要挖到城脚下了,猛一抬头,看见北关一间没了顶的房子里,有七八个老太婆挤在一块,不时有一两个站起来慌张地向四面看一下,马上又趴下去了。

我们很奇怪,万想不到现在北关里还会有人。我们一个个看着她们,谁也没有说一句话。敌人的炮火,严密地封锁着前面那块十来步宽的开阔地。这时候我猛然想起了"为人民立功,流血牺牲也光荣"的话来,眼看着,炮火老向她们那一块打,说不定啥时候她们就完啦,我们不去救她们谁去救她们?一转念,我没等班长下命令,也没和别的同志商量,跳出工事,连滚带爬地到了墙跟前,于是翻过半截墙,就跳到房子里。

她们看见了我,就急急忙忙向另一个墙角里去躲,吓得直打哆嗦。有两个小孩子在怀里抱着,哭得像是看见有人要来杀他们一样。在破盆烂碗、粪草瓦片堆得乱七八糟的地上,躺着一个有气无力的老汉,满身满脸尽是灰土,嘴角上稀稀的有几根白胡子,白瞪着两眼朝着天。一个中年老太婆,头发活似一窝乱麻,沾满了麦秸和柴火棒子,窄窄的小脸,又瘦又黄,咧着嘴,两只手抱着一条血腿在掉泪,尖尖的嗓子,低声地哎呀哎哟地叫唤着。这时候我的心崩地凉了一下,浑身汗毛都支棱起来了,我想不出说啥好,只对她们说:"老大

娘们！不要怕，我是八路军！"

他们听了我的话，地上躺的那个老汉眨起白眼在看我；抱着血腿的老太婆立刻放声大哭起来；挤在墙角边的老太婆们一个跟一个很快站了起来说：

"你是八路军？！"她们半信半疑地说。

"是的。"我回答说。

"昨天就看见你们来，俺怕是……"

"我是来救你们的八路军！"我又重复对她们说了一句。

"三天了，我们水米没打牙！"

"俺大爷病害了半个多月了。"一个胆子较大的说着挪动到了我的跟前，还指了一下地上躺的那个老汉。

"我是……飞机打住的呀！"抱血腿的女人边说边哭。

这时，她们站的站，坐的坐，有的哭，有的说，真是可怜哪！我怕敌人听见了打炮，叫她们低声点，心想：他们能到我们工事里就好啦，但是路封得那样紧，怎么把他们弄过去呢？最后我下定决心，一个一个地爬着背过去，能救多少算多少。

"你们等着，我一会儿就过来！"说着就蹲到地下，背上老汉，急急地爬回工事里，放下老汉没敢停，又带上两个同志滚到房子里。我们已经挖了两天工事了，可是一连背了三个也不觉着累，不知道是从哪里上来的劲。当我们背到第四个的时候，城上敌人看见了，机枪、大炮对着我们打得更凶了。这时，我们班的机枪就瞄准城上的枪眼向敌人还击。"咻！咻！"的子弹一个接一个在头上飞过去，身子旁边的地面上，活像炒花生的热锅一般，尘土一股一股地向上冒，我们几个仍然不停止地背过他们，最后总算把他们全都背过来了。

"包袱忘在房子里啦！"有一个老太婆坐下后，猛然想起了自己的包袱。

"要那哩！人能过来就好啦！没看这是啥光景！"另外几个老太婆齐声说着。

"不要紧，我去拿过来。"虽然他们拉着不让我去，但是我想人家一定是丢了好东西，舍不得，就又冒着炮火滚了过去。回到破房子里，只见一个包袱，包了几件新的粗布衣服，地下甩着两个小孩子棉袄，我都拾了起来，塞到包袱里。在往回返的时候，包袱上打穿了五六个窟窿。

当我回到工事里，看见全班同志像对待自己家里父母一样，把后边送来的饭，高兴地先递给他们吃；连部卫生员正在给那个血腿老太婆上药；指导员、连长和其他班的同志也都挤来慰问，把一条小小的工事塞满了。老太婆们看见我背着包袱回来时，七言八语，不知道说了多少不好意思的话，还埋怨那个老太婆太多嘴，不该为这些不值钱的东西去拿性命换回来。

"你们多好呵！南边队伍临走赶俺离开家，说是上级命令，要把房子烧光，还说如果不走，土匪过来都活不成，您看可恨不可恨！"

"粮食衣服，烧个光达达！"

"你们真是俺的救命恩人，要不是你们搭救俺，今天就熬不过去了，不饿死也得吓死啦！"

她们越说越起劲，说起来没有头，同志们问一句，她们就伸着脖子给你说十几句，炮弹在工事外面不断地爆炸着，她们竟是一点也不怕了。

吃饱喝好以后，我们劝他们到后面村子暂时躲避躲避，过几天汤阴城打下了，再回家去收拾东西。同志们热烈地送着他们，还对他们说了不少的宽心话。

我背着他们的包袱，把他们送出交通壕口的一条大路上，指给他们到后边去的道路，为了使他们更放心地走路，我说："一路上净是咱自己的队伍，这两天我们已经从北关送出二三十个老乡，都是从这条路过去的。"

临别了，他们对着我没说话就哭起来，那位老汉双手推着我："同志！回去干你的吧！俺死不了，就忘不了您；子孙们只要还在的话，也永远忘不了八路军。城打开了，千万到俺家一趟呵。"

"大娘大爷们！八路军就是为了咱们这些穷人，你们有了难，我们就得这样干！"这是我给他们说的最后一句话。

回到工事里，我正要找洋镐去修暗堡，指导员走过来，拍着我的肩膀说："张德□同志！你冒着炮火抢救战场上受难的群众，算是为人民立了一大功！"我笑着，但是一句话也没有说，只是想着，在北关的倒塌房子里，是不是还有像他们这样可怜的人呢。

（1947 年 5 月 21 日）

模范区长潘永福

刘林

潘永福同志是太岳区士敏县二区人,一九四四年的群英大会上被选为模范村长,四五年调任区长,由于他出身农民,具有朴素老实、脚踏实地、兢兢业业、全心全意为人民服务的高尚品质,今已荣膺太岳区模范区长的光荣称号。他的一些模范事迹,值得大家来向他学习,因此把它记述在下面。

为劳退军人建立了家务

贾峰村的十七位荣退军人,在潘永福同志的说服教育下,成立了自己的组织并建立了家务;在群众翻身运动中,荣退军人同志都积极地参加斗争,每人都分得了一些土地;对村干部与群众的关系,不但大大地改善了,而且对村内的一切号召,他们都能踊跃响应。今已有十五位荣退军人同志结了婚并有了孩子,过着美满富裕的农民家庭生活。

李庄的二位荣退军人,要求把斗出李某的一亩四分园地,分给他们种,村干部不同意。区公所知道了这件事,潘永福同志便亲自去处理这个问题。

他到了村上,把设法替荣退军人谋生活是我们政府的一项重要责任的道理讲给村干部听,并解决了村里工作上的一些问题。

村干部觉得区长说的话很对,便自己检讨说:"咱们过去就看不起这些荣退军人,今后一定要帮助他们找地安家。"潘永福同志接着就把他在贾峰村安置荣退军人的经验介绍给他们,李庄村干部听了后受到很大的触动。

自己带头，组织生产

区公所驻在地——潘庄，生产互助工作搞得不好，潘永福同志为了彻底了解情况，便亲身参加到庄北头的一个互助组。他发现了这个组没有搞起来的主要原因是没人带头，形成自流，他就和大家讨论，订出办法，自己先去执行，事事做在别人的前面。在他的推动与影响下，这个互助组很快就活跃了起来。他就抓紧这个组的经验，很快把它传播到其他的生产互助组里去。

过了几天，他又在庙上抬下来一口大钟，放在村子适中的地方。他每天早起打钟，唤醒每个人早早起来进行生产，这样继续了有一个多月，群众就有了早起进行生产的习惯。他又把潘庄的一些剩余及半劳动力组织起来，领导大家种麻二亩，收麻二四〇斤，种芝麻十亩，收八石，开荒种谷七亩，收粮七石，又种了一些麻。潘永福同志所领导的贾峰村的生产工作，不但很好地组织了农业生产互助，而且把该村百分之七十以上的本村群众及外来的十多户移民都组织到染房、油房、木匠铺、打铁炉、纸坊等合作社里去。去年半年，五万元的股金就得净利十一万多元。

坚决彻底，领导群运

土地改革运动中，群众要斗争商聚隆，因有三个区干部和商聚隆关系很好，不敢斗，就去问潘区长。潘永福同志直截了当地对他们说："你们斗吧，不要怕。"群众总还是有些顾虑，又问："某某干部在他那里存的一些东西怎么办？"他坚决地回答："你们愿意怎么办，就怎么办。"过了几天某某干部给潘永福同志来信说："商聚隆家存有我的十多石麦子、两石多米，请照顾。"他马上回了一信："群众已将这些粮食分了，你向商聚隆要吧。"因此在他的领导下，群众运动就很快普遍深入地发展起来了。

（1947年5月21日）

三 封 信

牛子孺

一、郭开荣中了状元

在人民自卫战争的前线上,每天有千万封信寄到后方。今年三月初,冀鲁豫前线一个邮局收到了一批大的红色信封,信封上写着收信人的住址和名字,正面左上角写着"立功喜报"四个字。这批大的红色"报功信"中,有一部分由冀鲁豫,经过冀南,到了太行,又分散了;有几封到了长治,有一封落到了南北天河村干部的手里,拆开一看,信内写的是:

村长及各位村干部同志:

你村郭开荣同志为了反对蒋介石的卖国内战,保卫家乡,保卫自己的翻身果实,在爱国自卫战争中屡建奇功。在冀鲁豫前线作过五次大战,收复巨野、嘉祥、金乡、城武等城和消灭蒋军十四个旅的战斗中,他都亲身参加了。特别是在活捉张岚峰的王楼战斗中,勇敢冲杀,夺回重机枪一挺,运回许多子弹,荣获全连杀敌英雄,记了头功。

郭开荣同志忠心耿耿,为人民立功,受到了上级的表扬,并已登报传名。这不仅是郭开荣同志的光荣,而且也是你们全村的光荣。现特写信报功,请转告其家属。此致
敬礼!

某团立功委员会
三月二日

村长拿着这封红色的"喜报"嚷遍了全村:

"这是全村的喜事！郭开荣中状元了！"

"郭开荣中状元了！"一口眼，全村都知道了。

二、为人民立功最光荣

每天又有千万封信由后方寄到前线。有一封是寄到"冀鲁豫前线人民解放军某部某团六连转杀敌英雄郭开荣收"，信封是用"斗争户"的账本皮糊的。这封信下了太行山，渡过了卫河，送到了冀鲁豫平原，收信的人已经出发了。杀敌英雄郭开荣所在部队歼灭了蒋家的快速纵队（四十九旅），活捉旅长李守正之后，这封信又由冀鲁豫寄回太行，在被围困的孙殿英的老窝——汤阴城郊，连长收到了一个月以前发出来的信，写的是：

连长、指导员同志转郭开荣杀敌英雄：

接到你们来信后，知道我村郭开荣同志为人民立了大功，我们特于三月十三日在北天河西岸高搭彩台，隆重举行庆功大会。台柱上对联写的是："前线报功，郭开荣创老根成了英雄；后方庆功，青壮年掀石板要学开荣。"上午开会，到会群众六百余人，县区还派有要员携带喜报和对联前来庆贺。村中献了"勇敢杀敌"的玻璃大匾一块，和"杀敌英雄"锦帐一幅，还给开荣妻送了一套光荣衣和一朵大红花。在南北天河的男女高跷、音乐和苏店学生唱秧歌和新编的《郭开荣杀敌花腔》等歌声中，开了全村群众的庆功大会。开荣妻在台上说："我要在后方努力工作，好好生产，争取当个纺织英雄和模范干部（开荣妻现为村妇救会秘书）。"当台上宣读前方来信后，全村男女老少喜形于色，大家纷纷议论，对开荣为咱村争光称赞不已。接着翻身英雄曹林水和行署的同志都上台讲话号召大家向开荣学习。才结婚两天的模范民兵王六则和青年民兵郭春兴当场就跳到台上报名参军。最后全体整队到郭开荣的门口挂大匾、贴对联、闹娱乐、放火炮，男女老幼向开荣家道喜，一直闹到太阳落地才散了会。现在开荣家很好，去年分了五件衣服、用具三件、冀钞八千元，土地由村上代耕，请勿念！此致

敬礼！

南北天河村全体干部启
三月十八日

三、某旅给南北天河村干部的信

南北天河村全体干部：

读了你们写给杀敌英雄郭开荣的信，我们非常感动。这封信传遍了我们全旅，每个人都被这封信所带来的人民的热情所鼓舞。你们的来信教育了部队，使干部和战士更明确了"为人民立功是光荣的！"我们不会忘记你们，我们记得开荣妻和全体军属、翻身英雄曹林水、模范民兵王六则。我们决不辜负你们的热望，我们向你们保证，我们一定用最大的努力，来训练教育提高我们的战士（他们都是你们的丈夫兄弟儿子），使他们成为坚强勇敢无敌的人民战士。我们也决心以更大的胜利战斗，更多地歼灭敌人，来作为感谢你们的礼物，我们要为人民立更大的功劳！

向你们致以人民解放敬礼！

某旅政治部
四月二十八日

（1947年5月21日）

访 岳 府

柯岗

宏伟的岳庙东侧,有一座不很宽大而又破旧的院落,在这里我会见了民族英烈岳飞的二十七代孙——岳佐亭。他已是五十三岁的人了。在他没有讲话之前,他那斑白的发须,满脸的皱纹和无光的眼睛,已经告诉我这忠勇的岳飞的后裔,在奸伪暴政的统治下,和蒋区人民同样受着残酷的迫害。

"请坐,我没啥招待,我知道你们都是好军队,你们一进城就有许多人来看我。"这是他的第一句话。

"岳先生身体好吧?日子过得怎样?"

"说啥身体好不好,能保住命就行。自古忠奸不并立,你想孙殿英那汉奸,他怎能叫咱好过?本来咱就没地,全靠在庙里卖点字画过日子,这几年字画卖不出去,家里吃了上顿没下顿,就这样一年还要出五万多块钱的捐项呢。"

"岳庙他们毁过没有?"

"岳庙他不敢毁,可是他生就一颗秦桧心,看见大家敬岳飞,自己心里就忌恨,平常他不许人家进城来看岳庙。"

说话间他一位六十多岁的婶母,拉着一个小孩走进屋来,插嘴说:

"同志,你们前年九月从这里走后,日子真难熬呀!我扳起指头算到如今十七个多月了,那些奸贼快把人逼死啦。"她一边指着身边的小孩继续对我说:"这是我的曾孙名叫邦兴,今年才八岁,好容易才没有饿死,你们来了就好了。"

她淡淡地笑着坐下来。我把那孩子拉到身旁,一边用说话来逗他："你喜欢八路军不喜欢？""喜欢。""为什么喜欢？""八路军反对卖国贼，穷人有饭吃……"他把小手抚在嘴角里，扭着身子一边说着一边望着我。最后我说："你说捉住孙殿英好不好？"没等那小孩回答，老太太马上就抢着说了：

"该不好哩同志，这是报应呀，就像那跪在岳庙门前的秦桧一样，卖国奸贼们早晚都总有这一天的。"

因为时间仓促，就在这里结束了我们的谈话，于是就匆匆地和他们告别了。

（1947年5月21日）

"参战回来再拜天地"

苏众

三月八日，阳谷五台村开了个支援前线保卫毛主席大会，会上年轻的农会会员李颜东争先报名抬担架，平日在农会他啥事都抢在人头里。

十二日这天，是他娶媳妇的好日子，花轿吹吹打打地抬到门口了，全家正忙的时候，村里有名的冒失鬼小拴跑来告他："你还不去！担架队集合要走了……"

他听了这话，顾不上拜完天地，拿起干粮行李就走，村长劝阻他说："已经找到代替你的人了。下次去吧，不要耽误了你的喜事。"他一边走一边回答："支援前线，保卫毛主席是大事，娶媳妇算啥，我完成任务回来再拜天地也不晚……"

他娘见劝阻不住急了，一把拉住他说："难得这样的好日子，新人都抬到门口了……"

"娘，"他打断了娘的话，"咱们的日子过得好了，怎么来的？如今翻身得了地，才能娶来媳妇。这可不能忘了毛主席，这话你忘了！"他娘一声不吭把他送走了。

(1947年5月21日)

"斗争怎样才算彻底"

王春

李正云同志转来了一束问题，都是一些青年同志在学习中间提出来的：

斗争怎样才算彻底？

有的地方斗争过后，没有给地主留东西，对不对？

林县第五专署张启铭同志，则提出下边这个问题：

有个地主是个老太婆，斗争过后，她很难生活，我们是否应该照顾她？

此外类似的问题还多，我们不再一一列举。

关于这些问题，我们的意见是这样：斗争怎样才算彻底呢？这要从政治和经济两方面来看。必须做到在政治上地主再不能独霸政权；必须让全社会的人都明白，靠封建剥削压迫别人吃饭的人们，并不是"人上人"，也不是"上等人"，而且根本就不是什么光荣的人物，是应该遭人看不起的寄生虫。像过去穷人才到公所张了口，或是被地主押进公所扣着头，就被地主喝骂一番，问"你可种有几个二厘五毫"——像这种情形，斗到它再不能够出现了；像过去地主老爷出来大家都让路，地主的闺女出嫁大家都抬轿——像这种情形，也斗得它再也不能复转了；斗到地主和我们平等，斗到地主拉屎也得到茅坑，而不是就在农民炕上使尿桶。斗到这样程度，就算政治方面的斗争彻底了。但是地主在政治上的厉害，还是从他在经济上的霸占着土地而来的，你不听他开口就骂你"可种的有二厘五毫"吗？所以经济方面的彻底斗争，更是主要的。这方面的彻底标准，应该是这样：斗到地主把非法盘剥霸占来的土地一齐退给农民，斗到地主把剥削讹诈来的东西也一齐退给农民，斗到他今天在经济上的情况也和我们一样得劳动谋生——我们拾粪吃糠，他也不能坐着吃面；我们挑担卖砂锅，他也须得担挑点什么顾他的嘴。因为必须做到这样，才合乎公理。否则剥削人的人还过得很舒服，被剥削的人还过得很紧迫，这还叫做什么彻底？我们觉着"怎样才算斗争彻底"这个问题，就只能是这样答复。做到这样，大体上就算彻底。

不过，我知道这样说，并不能满足提问题的同志们的意思。因为，这些同志会这么讲：今天已经不是要地主在政治上和农民讲平等的时候了，而是农民不跟地主讲平等的时候了；也不是地主讲究吃穿得舒服不舒服的时候了，而是地主生活艰难的时候了。像前面所举问题中，问"有的地方没有给地主留下东西对不对？"问"寡妇地主是否要照顾一下？"就都是这种思想的透露。对于这种思想，我是这么着来讲：有个外国人，讲过这么一句话："你要想判断一个人是不是好人，千万不要在他失势的时候来看，要在他得志的时候来看。否则就请你把权力交给他试一试。"对于地主，当他在得志时候的行为，我们是早已领教够的了，试是再也不想去试一回的了。现在他们的确有点失势，但是这是不是就该着照顾呢？是不是就该着把他剥削来的人家的那些东西，还给他多多留些，叫人家在这样翻身时期还不用要呢？"他没了东西""他很难生活"，这也许是事实，也像是很该同情，但是哪一件算是他的东西？他拿人家的东西舒服了好多年，现在照他们自己常讲的法律，"欠债还钱"，这还要问什么对不对呢？他把人家的东西交还给人家，自己落得有点"困难"了，这还有什么稀罕呢？我想这点道理，他们是早就讲得比谁都清楚的了。否则请你回忆一下当他们得志着那时候的世道，就会不生这种疑问。而且问题还并不在此，你去劝说农民同情地主的"没有东西"吧，就去提倡照顾地主的"生活困难"吧，这就叫做走向"把权力再交给他"的道路!可是你不要看他现在哭穷装蒜假善良,这只是因为他正在失势。等他一旦再得了志,看他还同情不同情农民?看他还照顾不照顾群众?我想每一个人都可断定,一定叫小百姓没有活头!这不只有千年百代得志时候的地主的威风可以证明,就是蒋军所到之处的"倒算"运动也现在摆着叫大家去看!所以我觉着问题的要点倒还在这里——与其今天来向群众说什么照顾地主,还不如警告农民小心防备他重新得志!因此我觉着还得彻底地清查,好好地留神。照顾与否的问题,实在还不是紧要的事情。况且还有一说,他们现在到底"可怜"到什么程度,这就还是个大大的疑问。我的家乡,有一家地主被他的六亲厚友斗翻了,群众并未动手。为什么?因为灾荒年间,他和大家装着一样吃草根,不肯借给他姊姊一升谷,说是"确实完了"。可是这回却刨出他八十石麦子都霉烂了,因此他姊姊们恨极了,打倒了他。我们在一起工作的一个同志,他的家庭也早就声明穷透了,可是这回也刨出六十石麦子烂成粪了。这就可以说明,过早地相信地主们的生活已经"没了办法",过早地想给群众提意见"照顾"他们,只有碰群众的响钉子,上地主的大大当。因为对于地主的狡猾,农民是比我们清楚得多而且多的。

  说到这里,我倒是真想给提这些问题的同志们进一点意见。我们的运动,叫做"彻底翻身"。这些同志们的提法,却叫做"斗争怎样才算彻底"。大家是不是看出了这两句话中间所表现的阶级立场正正相反!一个是站在农民这方面说,注意的是怎样才能叫群众彻底翻身;一个是站在地主那方面说,关心的是"你要把地主斗到什么样子才算彻底"。为什么同一运动,却会出现这样恰相反对的提法呢?我先来讲个例子看:

  从前我们这里有一位同志,和我们一道工作过五六年,一起整风学习过一年多。他是努力工作的、艰苦负责、认真学习地钻研文件。

但是他一直提着这么个问题——你们都说根据地社会不断在进步，为什么我却看着许多事情像是在胡闹呢？你们都说自己在发展，为什么我却觉着自己在消沉呢？后来他想通了，说原来是这么回事——我的家庭和我的阶级连系，就是说我的那些亲戚朋友，都是属于地主那一层的。因为那个阶层在走下坡路，所以我通过我的家庭，我的阶层来看社会，就看不见一点喜幸事。我只看见我的亲戚朋友以及父亲他们都在走倒运，更哪里能看到什么繁荣向上的进步现象？同样，我只看到群众在到处逞威风，把从来"平平稳稳的社会秩序"胡闹坏了，更哪里看到什么工作进步？而眼看的是倒运、是胡闹，那我又哪里能不消沉？哪里能感觉到个人有什么发展呢？最后他说，这就是因为我站的是地主阶级的立场，所以我的一切看法想法都和大家相反。

我觉着现在提这些问题的同志们，把"彻底翻身"，自然而然地就写成了"斗争怎样才算彻底"是和上述那个同志所站的立场没大差别的！可是一个人要是站在那个立场上，那就对于群众运动的问题，是无论如何也难以和我们的意见取得一致的！因此我们的答复，也无论如何难以使这些同志满意。我们的意见是这样：把我们的立场换一换。从同情地主那一面换到同情农民这一面来，从追问"斗争怎样才算彻底"换到"怎样才能叫群众彻底翻身"这一面来。这么换了，不但对看问题会看得更接近真理一些，而且对自己也有好处：因为我们做新社会的青年，不能去做旧家庭的奴隶；我们要做新时代的主人，不能去做旧社会的渣滓。我们眼看着剥削人的阶级快要倒账了，我们当然不应该抢着找它去认股，去替它分担霉气，去替它哭丧。（转载自《新大众》）

(1947年5月27日)

人忙、马急、耕牛紧

张培礼

鸡鸣天未亮,万家吆牛声

东方刚刚发白,沉静的村庄,便涌起一片人唤、马嘶……由近渐渐而远了,在带着凉意的晨光中,老乡们肩耧扛犁走向了田地。这田地已经不是别人的土地,而是自己的土地了。

在日常,老乡们到地之后,总要坐在地头吃几袋烟,现在不一样了。他们一到地里便把牛套上,于是便扬鞭叱牛紧张地工作起来。

当太阳正爬在东山头的时候,在田野里见了我们的房东王太安,还有六个人,这是一个互助组。他们的计划,七个人在今天一天要完成四百二十担马粪。马粪堆在村南一个农场上,距离这块地有二百五十公尺。他们七个人,一个比一个强,但谁也不愿落后,一担马粪放在他们肩上简直不算一回事,步伐飞快,争着夺先锋。

他们都是翻身农民,为的是早些完成春耕,准备上前方打蒋贼,保卫他们的翻身果实。

马上加鞭,理当先种军属地

到长垣路上要经过一片嫩绿的麦原,在这麦原上,一位彪形庄稼汉扬着鞭撑着犁,那马肥头肉股走得很快,因为没有下雨,马蹄下不断扬起三尺高的尘土。这位彪形庄稼汉赤着膊,汗流满面,撑着犁跟追着马的速度走着。这位大汉叫马长明,是黎城长垣人。

"你家的地还没有务好吗?"我向他打招呼。

"没有哩!现在赶着种军属地。"他头也不回,不停地赶着马向

前走,一面继续对我说:

"有前方打胜仗,才有后方好时光,喝水不忘开井人,还不该先耕军属地吗?"

父子比赛下,又打一胜仗

互助组都互相挑战,房东本贤也向他老父亲挑战:"爹!今天这块一亩半河下地,咱俩要修完。"

"好!咱就做。"本贤爹应了战。

微微的晨风吹送来"扑哧!扑哧!"的撅地声,尘土飞扬使他们眼眯缝起来。不要看这到五十岁的人老了,现在他挥着手,面不变色气不喘,笑眯眯同他儿子说:"别发燥!太阳落我不会比你少!"

当太阳西下时,一亩半河地修完了,本贤步了步他爹修的地,他发笑了!他伸起巴掌比了两个五说:"爹!一样,你比我年纪老,又打一胜仗!"

(1947年5月27日)

毒贩兴家图

——王自全的来历

柯岗

当人民解放军在安（阳）临（漳）交界处的三百余村肃清了蒋伪王自全匪帮之后，一个十分费解的问题摆在读者面前了。王自全——一个贩卖海洛英的商人竟能招兵买马、割据一方，横行霸道十余年，这到底是怎样造成的呢？为此在王自全匪巢崔家桥附近的一个小村，我访问了一位富有正义感的中年朋友阎某。

首先他很幽默地说，王自全是个"聪明"人，在阴险狡诈屠杀人民这方面，确实称得起蒋介石的天才门徒。远在抗日战争之前，安阳土地集中，盗匪遍地，王自全因为贩毒品，和土匪拉上关系，于是索性下海，干脆当起土匪来。当时安（阳）临（漳）一带股匪赵老善子声势最大，许多土匪都被吞食。王自全见势不好，连忙拜赵为师。一九三八年，赵老善子想投孙逆殿英，在磁县被日寇击毙。王自全就急忙倒在日本法西斯的怀里，成为进攻八路军、屠杀抗日人民、毒化豫北的急先锋。日寇用飞机汽车把大量的毒品给他运来，王自全从此大发毒财，兵马越发强大。

和这同时，蒋介石为了勾结日伪积极反共，也派了著名国特朱万邦来找王自全，于是朱、王和日寇代表小松就合作起来，进攻八路军，屠杀抗日人民。一个贩毒匪摇身一变而为日蒋兼祧的宠儿，得意扬扬自封"安临联防总队长"，到处设立"防匪保险局子"。这是一种抢劫和发展地盘的办法，他威逼老百姓参加"保险局子"，无穷尽地给他出粮出款，不受匪劫，这就叫做"保险"。不参加的，则土匪就要天天来抢，这就所谓"不保险"。其实老百姓看得很明白：王自全和土匪并不是两口锅里吃饭的。后来，王自全刺死和他对垒的巨匪李台，独霸安阳东部。一九四二年秋，他投了李英成为伪"剿共第一路第一支队"。随后又和李英翻了脸，一九四五年变为"华北政委会绥靖第一师"。日寇投降后，蒋介石远在重庆，立刻宣布他是"安（阳）东先遣军司令"，不久升为"河南人民自卫第三总队长"。他就完全成为蒋介石的爪牙。

在王自全匪毒兴家图里，无论如何不能忘记贺集亭、胡玉璋和张明五等人的。贺是个老奸巨猾的大流氓，伪临漳县县长。王自全一切机密对他是公开的。他掌握王自全的全部经济大权，替王自全和日寇土匪拉关系，立谋暗杀。甚至王自全的人员调动，都要得到他的同意。可是他在王自全的匪帮里没有正式名义，人皆呼为"贺大师"，是一个公开的幕后人物。胡玉璋是当地地主集团的代表人，王自全通过贺集亭把他拉进来，做利工局长，又通过胡玉璋拉拢地主，并用修桥铺路挖水渠种棉花等欺骗手段，对农民进行最苦重的剥削。其次是前高小校长张明五。他是此地国特的负责人，他通过王自全把当地大批青年送往洛阳受特务训练，返回来成为王自全的军队干部或小学教员。同时王自全又通过他和胡宗南拉上极其亲密的关系。总之，这三个人是王自全的手足也是王自全的灵魂，而王自全的兴家图，也就是地主、官僚、帮闲知识分子、毒贩、土匪、汉奸、国特联合啃吃老百姓血肉的，一套令人发指的洋片。

（1947年5月27日）

漫画孙殿英

李普

孙殿英今年六十多岁了,小时候家贫,因赌博输了钱投到大军阀张宗昌部下当马夫,以巴结贿赂升到迫击炮连长,接着拉出那一连人来当土匪,以后由匪而总司令,而大汉奸,几十年来纵横华北,真是妇孺皆知。稍稍研究一下孙殿英的一生,我们便将发现这是现代中国社会的大怪物之一,代表着现在中国社会中没落势力的典型。他身上流着半封建社会的罪恶的血,又带着浓烈的半殖民地的臭味。

河南有许多会门组织,有一个叫做庙道,孙殿英便是这个庙道的首领。他有一柄龙泉剑,这次已给解放军得到了,剑身上长满了铁锈,记者看来看去实在看不出什么奇特之点,可是孙殿英却制造了许多"神话"。据他的部下传说:有一回孙殿英做了一个梦,一个神仙赐给他这把宝剑,后来依照神仙的指示,从土里挖掘出来。到了解放军之后,孙殿英大概知道这种"神话"再也吃不开了,只说这是他的祖上遗传下来的。记者和他的几个下级干部谈话,听了一大串这类可笑的故事,他们说这把宝剑护卫着孙殿英,使他逢凶化吉,转危为安,而当这把宝剑自己发出声音或者摆动起来,那就是孙殿英身边出现了不利于他的人,那就是孙殿英要杀人了。

缴获物中还有两件东西值得提一下,一件是一块长约三尺,宽约一尺的白布,顶上横写的四个大字是"告徒红吉",大概是新收徒弟的时候用的,这四个字底下直写着几句咒语,是:"盖普天下一字金,中卦选我红祖人,玉古面前领经卷,同我老□□小人。"底下接着是十余句像经文,又像咒语的杜撰文句,离奇古怪,似通非通。另一件是所谓"中国保守党成立宣言"的草稿,想不到孙殿英还有这一手,真是大出我的意料。文中首先说了一大套中国固有的精神与道德，然后提出八条主张：第一条就是"剿除共匪"；另一条更无耻，是所谓"拥护政府"。有了这两条别的六条就无须抄录了。这个大流氓的投机手段真是高明，蒋介石是一定会欢迎这种所谓政党的吧。缴获物中还有一些他投敌的文字证据，和大规模内战以来，进攻解放区有功，蒋介石给他的嘉奖令。本来这已是人所实共知的事，无待于证明的了。

也许孙殿英自己也知道有许多老百姓认识他，因此在被俘的时候没有遵照着蒋介石的命令化装为一个士兵，仍然穿着他的草绿哔叽军服，骨瘦如柴，脸色惨白，原来是一个很久没有见过阳光的鸦片烟鬼。他的美式大盖帽是紫红色的，和别人的不同，不知道这是不是蒋军美化以后部队长官的特殊标志，可是这只是把他的脸色衬托得更加怕人而已。我看见他的时候，他正患着感冒，缩在炕上呻吟，还悻悻然发了蒋介石两句牢骚，埋怨蒋介石没有积极救援他，然后就躺在炕上大声哼叫起来。看着这种可笑的样子，我脑子里忽然涌出一幅漫画来，这个鸦片烟鬼头上戴着奇怪的美式帽，手中拿着可笑的龙泉剑，再以那"告徒红吉"和"保守党宣言"做背景，点缀着冈村宁次和蒋介石的委任状和嘉奖令，那么半封建的特点也有了，半殖民地的特点也有了，作为这个社会的没落阶级的一个代表，他正在人民解放军的俘虏收容所里哀吟着，这不是一个很有意义的镜头吗？这样一个镜头是很能启发人深思的吧！无论庙道会也好，保守党也好；无论龙泉剑也好，美式帽也好；更无论蒋介石、日本或美国，没有一个救得了他。孙殿英之流的时代已经过去了，旧中国社会一切混世魔王和大怪物，都将一扫而光。一个新的中国就要出现了。

(1947年5月27日)

土地改革后杜八联的新气象

安畏

一、歌颂翻身

杜八联的人民，打垮了残酷的封建压迫与剥削，翻了身，得到土地，过着饱暖自由民主的生活。人们感动地说着："我们可抓住了活命根，旧社会把人逼得真难过，有时简直不想活了，做梦也没想到会有今天！"张明说："没有共产党八路军，我一百年也翻不了身！过去父亲被地主卫思道引诱吸上大烟，背上债，把我的房屋土地都谋完后，父亲连气带饿和发烟瘾而死，还欠卫家五钱大烟土。结果我又给他家当雇工三年，才算还完债。三十多年来，就没想过咱还会有今日，有地有房，有吃有穿，我永远忘不了共产党八路军。"从前过年大家连黑馍都吃不上，今年到正月二十日，许多家白馍还没吃完。过去冬春天连菜叶榆树叶都不够吃，现在红薯萝卜都吃不完。

人们歌颂着自己的翻身、战斗。在年关娱乐的时候，他们演出英勇雄壮的《一面打仗，一面分田》以及许多可歌可泣的翻身斗争的故事。他们充分表现出群众的创造天才。自己事，自己编，自己演，而演出得又非常真实生动，使台上台下的人，都像真的又卷入了斗争。随着剧情，时而因诉苦、顽军进犯而激愤，摩拳擦掌，继即因斗争胜利而欢欣鼓舞。当你走到每个村里时，就会听见不断的歌声，歌唱着已往的苦难和现在的愉快。在大会上，男的、女的、老的、少的，你拉我、我拉你，互相竞赛着谁唱得好。尤其青年和妇女，那种互不相让的热情，使会场更加兴奋和热烈，悠扬雄壮的歌声，不时飘荡到全村。

二、到处充满着民主

复查时,那里封建尾巴已被割掉了,有些未分配完的果实,彻底地分配给需要的农民。在发扬民主中,干部诚恳地请群众提意见,并虚心接受。如蓼坞村长过去不够民主,这次自己就直率地进行了自我批评。群众也真诚地提供出干部的优缺点,感谢着干部领导大家翻身的辛苦,并根据群众意见改选了干部。绝大多数的干部,从实际工作中取得了人民的拥护,因而又被选任。接着人们提出反对迷信、独断专行的家长制、婆骂媳、男打女等,"这些都是封建尾巴呀,应该把它割掉"。在莲池,人们把巫人叫来坦白说:"下神完全是假的,从前×家小孩得了神经病,拿刀砍人,请我去治。我料这小孩没我力气大,又饿了几天,所以我就假说:'借神力能够降妖。'我力大小孩力小,自然能降住,这样都认为我是神灵。"璩恒元检讨自己骂老婆不对说:"人家是个人,咱也是个人,再说我比我老婆还大几岁,有时候一点不随心,就骂人家,这就不对,以后我一定改正。"一个女人说:"婆婆经常骂我,并说:'乱杆打死我负责,再走亲戚把腿打断。'"接着有人提出:"老子打儿对不对?"有的老年人说:"对,棍头出孝子。"青年人回答说:"这就是封建话,棍头打儿不应该,孝顺也是被强迫。"还有人说:"家长也要民主选举,谁领导得好就选举谁。"经过大家讨论,这里实行民主家庭制,召开了民主家庭会议,废除了一切封建残余。

三、生产线上大显身手

翻身后的农民,生产情绪大大提高了,他们成立了互助组,生产得很起劲。马住村按住地邻近,自愿结合,组织起九个互助组,把全劳力半劳力都组织到互助组里,连七十多岁翻身老农民陈钦发都自愿要参加互助组。这老汉早晨起得最早,到地里干得很有劲。休息时他和大家一块唱戏。村里互助后把一贯不劳动的杨烈传都带了起来。今春除轮战民兵,及丈量地亩的人和学生外,村里只有七十人参加劳动,但由于互助起来力量大,二十天内就全部犁了花地和秋地五百多亩,锄麦一千四百多亩,拉去约一万五千担粪上了地。大家都惊讶地说:"过去有的麦地从来就没锄过""不是互助,到麦天粪也送不到地里"。在大庄全村今春修了两个渠灌溉土地。

人们根据去年的经验,觉得互助组不计工变工,结果成为糊涂组,因而大家感到不公,积极的越干越没劲,消极的更乘机怠工。今年东三村研究出互助组变工计工的精确计算办法,把男女老少全劳力半劳力都组织进去,在计工上按一个全劳力做工一天顶十分,早晨顶四分,上下午各顶三分。劳力较差或半劳力的,都按他的工作成绩大小计工。如有的老年人锄地,青年人割麦,能够顶上全劳力的,就按全劳力计。否则就由大家按工计算,使互助组中的劳力大小,都不吃亏。民兵轮战,平时支差顶十分,参战支差吃自己的顶十二分。男女变工:女人纺四两线,织一丈布,缝一条裤,各顶十分工;做一双鞋顶三十分工;缝个布衫顶十五分工。做工多的全劳力,每天工资按闲忙天不同计算:冬春天六斤米,管吃则给三斤;麦天收麦打场二十斤,管吃给十五斤;秋夏忙天十二斤,管吃八斤。牲口与人工一样计算。对军干烈属,按其家庭缺多少劳力,就优待多少工,不缺者则不优待工,但亦不让给别人出工。对鳏寡孤独,除变工外,能出工资者出工资;出不起者,则作为帮工。大家都同意这种公平合理的办法,情绪更高起来了。劳作时规定每天学生敲钟上地下地,每晌休息二次,大家快活有劲地工作着。最近天刚下过雨,两三天内,就种完了棉花和应种的秋地。

杜八联为了增加劳力,对牲口的繁殖与购买,亦很注意。现在莲地等村，平均两户有一个牲口，还不算新生的一些小牲口。今年全杜八联提出：要再增加二百个以上的牲口，并且做到一家喂一猪，一人养一鸡。

在莲地等村，家家户户还召开家庭民主会议，订出全年家庭生产计划，最低限度，今年要保证收入与支出相等。莲地农会主任蒋万喜，家里十四口人，全年吃穿须要二十四石粮（包括缴公粮，每斗二十二斤），盐七十二斤，油四十六斤，棉花五十斤。他家有四十七亩地，虽然他的孩子都参加工作——大孩子当民兵队长；二孩早已参军；三儿为青救会主任，忙时在家生产，闲时到学校去读书；四儿在学校，忙时帮工。但他们保证把工作做好，还要把地种好，今年计划四十三亩地种粮，平收可得二十五石；四亩地种棉加芝麻，棉花能摘五十多斤够穿，芝麻和花生够换油吃和点灯；妇女除参加农业劳动外，每人纺织八个布，还要喂一个猪和十几只鸡，作家庭买盐和其他之用。这样把工作生产都搞好，保证家庭能过着饱暖的生活。

杜八联人民翻了身，就这样在收回的土地上积极生产，过着自由民主幸福、衣食充足的生活。

（1947年5月30日）

一面民爱民的旗帜

——桂守金担架队

朱耀庭

一、桂守金和郭振德

刚从蒋介石统治下解放出来的安阳新区群众，被蒋官兵苦害得太狠了，才接近我们时，还像受惊的小鸟一样。涉县的担架队桂守金分队，来到前柳江村时，年轻的女人躲到窑洞里去了，锅碗埋藏了起来，连柴草也买不到。

桂守金是个雇工出身，过去受过很多苛薄，现在翻了身，所以他最能体会群众的痛苦。他先找到房东郭振德，要帮助他搞生产。可是想不到郭振德却说："自己没有地，哪里来的营生。"而被拒绝了。在郭振德看来，世界上哪有军队（他把参战群众也认成八路军了），凭空帮助老百姓干营生的事！

桂守金摸着了他的心思，在街上打听好哪是郭振德的地块后，便借了十一把锄头，动员了十一个队员，一上午偷偷地给他锄了十八亩麦子，锄好后再请他来验工。事实打破了郭振德的怀疑，连忙给担架队做好饭吃，但是大家却死也不吃他一口东西。郭振德可真是受感动了。两口子一听说一个队员病了，就连忙拿出一条顶好的被子叫病号盖上，也找着给两个队员补了裤子，才稍微安心了。

桂守金说啥郭振德都在用心地听着。桂守金向他叙说着自己过去怎样受痛苦，共产党来后怎样翻了身，现在怎样过着有吃有穿的好时光。一片翻身大道理，像火一样照亮了郭振德的头脑，他听了后，忍不住见人就传播起来。

郭振德的娘骂中央军把纺车给烧了火，小妞子闲着连花也不能纺。桂守金安慰老人家说："中央军把你的纺车烧了火，我们的人啥也会干，给你做一个新的。"

郭振德的老婆见桂守金吸烟没有烟荷包，很细心地做了一个送给他。

二、哑巴心里的话

领导上抓住桂守金这些典型实例教育了大家，在各担架队中进行酝酿讨论后，又出现了许多模范人物。

四中队住在郭哑子家中。哑巴吓得愁眉苦脸，白天也不敢出门。中队长牛义其，接受了桂守金的经验，便带了几个队员，偷偷地去给郭哑子锄了三亩麦子，锄完时才叫郭哑子知道，哑巴一见哈哈大笑起来。牛义其见他的茅子满了，就给他担茅子，还很地道地给他泼开。哑巴指手画脚地想把他心里的话说给他们，又说不出来，急得他拍拍胸口，表示了他的心意。晚上吃饭时，把藏了很久的十八个江西细碗拿出来给他们用，用过后，他仍细心地放起来，每天都要这样做两次。

郭哑子的心和新区广大群众的心一样，他有好多心事话，要对自家人倾吐出来。一天他指手画脚地向队员们说自己的心事话，但费了很大的力气，大家还是不懂，邻人们给翻译，大家才算懂了。原来他哥哥叫中央军杀了。越比画哑子越急，突然跑回家中，拿出一根棍子来，比画着他要打顽军，替哥哥报仇！比画着要中队长能帮他把仇人捆回来。

一天担架队进行夜行军演习，回来时群众都惊慌地不敢开门，但一说是涉县担架，大家都把门开开了。哑子开门最快，他拉住队员就往家中拉，一直拉到炕上去，他给他们盖上他的被子，叫他们在炕上睡，自己反站在一边。

三、两条路线两种结果

担架队中也发现了不好的典型，牛全旺、杨启禄等三人，过去就是流氓，这次又偷偷去赌钱，还拔了老乡的小树。领导上就召开了三个大队的群众大会，当地群众也来参加，会上先把桂守金的模范实例做了报告，进行表扬和奖励，树起了桂守金这杆"民爱民"模范的大旗，随后报告了牛全旺、杨启禄等破坏群众纪律的事实。参战群众一听，应声要求他们坦白：

"你是老根据地人，为什么办出这种事？"

"快说你是哪个村的人，别丢全涉县人！"

"快说你叫个啥，我们和你一个村嫌败兴！"

牛全旺、杨启禄在群众的压力下，露着灰苍苍的脸，向群众坦白承认了错误。于是群众宽恕了他们，嘱咐他们要学好。

参会的新区群众看了很受感动，大家说："八路军实在是要叫人做好事啊！"

散会时大家在圪曩，这一下子可明确懂得担架队该怎么办了。

"桂守金走的群众路线，既能得到群众拥护又受到奖励，为涉县人争光！"

"牛全旺、杨启禄破坏群众纪律，受批评挨斗争，丢人败兴！"

桂守金"民爱民"模范的大旗树起来了，涉县担架队各分队都热火朝天开展着桂守金运动。

（1947 年 5 月 30 日）

我 控 诉！

四月十八日沪《大公报》载中国国际人权保障会会员刘王立明、盛丕华、章乃器、许广平、沈体兰、吴耀宗、耿丽叙、鲍惠尔、文幼章、张曼筠、马叔伦、王绍鏊等于理事干事联合会中决定接受曾经失踪之张莲华之吁请，将其《我控诉》一文交各中文报及英文《密勒氏评论报》发表，以揭穿国民党法西斯非法逮捕无辜人民之真相，该控诉书原文如下：

在全国同胞与全世界正义人士面前，我要揭露与控诉一件罪行——一件迫害纯洁无辜青年悔过自首的罪行，我吁请国际人权保障会本着人类的正义帮助我们把这件罪行公布出来。

这是一九四七年三月五日傍晚的事，我正在麦根路女青年会夜校教书之际，门房老头儿通报有客来访。走出一个素不相识的男子，一只手插在长裤袋里，显得有些局促，另一只手指着我问："你是张小姐吗？"我说："是的。"他说："外面有人看你，请你出去。"

我走出去，谁知外面有三个陌生的汉子把我一拖一推，推进了一部祥生汽车，直开往某处。

这样莫明其妙的我便失去了十七天的自由。

"你叫什么？"一个男人问着——天啊，他连名字还未弄清楚就胡乱捉人。"我叫张莲华！"我愤愤地回答。

"你是不是有个别名叫张莉？"

"我根本没有第二个名字。"

"你认得张莉吗？"

"不认得！"我有点冒火。

接着他问我在什么学校毕业，教的什么书，看的什么报纸，要我发表对国共问题与莫斯科外长会议的感想，我告诉他不喜欢时事，没有什么可发表。

于是他摆出了一副教训的声调："这样是不行的，国家兴亡匹夫有责，你对国家大事怎样可以这样不关心啊！"

他大概已知道提错了人，但不肯放我出去。

他们押我到一间又霉又臭的灶间里，我不肯去，哭着闹着打着。他们用力把我一推，门锁便被扣上了。

当天晚上，还有两位小姐被关进来，很快我知道她们叫杨瑷和陈惠和，都是莫明其妙地失去自由的。

第二天晚上，一时左右，门锁呀呀作响，走进了一个穿皮大衣的小姐，默然拣了一个墙角坐下，看样子又是一个无辜者。她自我介绍说是乔秀娟，在被窝里给人拿了，警备司令部涌出的武装便衣连同她的丈夫姚永祥一起押送到这里来。

外面似乎有人在偷听，我们只能相视而相怜。

第三天可忙了，自下午八时至十时，一连来了三位——陆瑛、吴秀珍、赵海珠。陆小姐是被敲打过的，一进来就昏倒地上哭，饭不想吃。其余二人悲愤得泣不成声。

十一时左右，命令来了，要我们一个一个提出二楼去询问。问我的是一个女的，开口自称她以前是个共产党员，后来转变了。我起初不明白为什么她这样对我表示，后来我明白了：原来她以为我是一个共产党员，因此以身作则地鼓励我跟她一样转变，转变后她愿意用法律来释放我。

"我告诉过你们，我不是张莉，我不是共产党，我没有什么可以转变！"我大声喊道。她连忙安慰我说，假如是真的弄错了人，她一定替我洗雪。这种鬼话我一连听了几天，到十一日晚上，又重复了一次。一位叫黄名刚的男子，把我提到二楼，用友谊的口吻审问我，问来问去结果还是不能把我变成张莉，变为共产党，他便叫我写自首书。

"写什么自首书！"我惊慌地问道。

"写你本来是共产党，现在深感共产党不合国情，早想退出，苦无机会，现在趁中共代表撤退之后，自行投首，痛改前非。"姓黄的这样教着，并且说，假如肯写，五分钟内保送我回家。

既然我不肯写自首书，他们在总理逝世这一天深夜，把我和其他二十四位男女青年给戴上手铐，押送到苏州。

在苏州，我们被关在一所不上不下的中式房子里，据说是特设的政治犯感化院，专用来对待共产党的。

在男的一群里有一个叫庄枫，说是一个青年音乐家，他也是在五日那天被捉去的。他们第一句话问他："你为什么要叫庄枫？"庄先生有点愕然，接着他们挥着拳头向他喊道："你晓得枫代表红色，红色就是共产党！"说完迎头打了两个耳光，这样庄枫就变成了共产党，共产党一定要悔过自首，所以他们迫着他写自首书，写悔过书。同样其他的人都要写，如果不招不写，就得上电刑、上老虎凳、灌开水，而且还要用毛巾包着头部两边用筷子绞。

男的里面有一位卢志英，听说是个医生，就给他们用各种酷刑折磨坏，恐难有生还希望。

三月十八日有一位叫李□生的逼我写一份详细的自首书，并且告诉我家里的人到处找我，如果我想回去就得写一份自首书。他拿起笔就代我写了一张脱离中共书，然后在二十一日下午坐了特快火车把我单独放回上海来。

(1947年5月30日)

小长锁送粮

子林

在汤阴前线上,有一次在打鹤壁战斗中,群众纷纷动员起来给军队运粮。在小峪村,有一个九岁的儿童赵长锁,夜里他娘在村里开会回来,赵长锁躺在炕上没有睡着,等他娘一回来就问:

"开啥会哩?娘!"

"叫背公粮哩。工作员说,牲口少,运粮不够军队吃,青壮年都跟部队去了,叫妇女儿童送公粮哩。"

"我也去哩。"

"孩子,咱不去,你爹参军了,叫他们给送粮吧。"

"不,我也要去。"

"村长不叫你去。"

小长锁于是一声不响,立刻从被窝里爬起来,穿上衣服,就急急地跑出去了,一直跑到村长那里。

一会儿,他回来笑着说:"娘,你哄俺。"他娘再不说什么就睡了。

天一亮,小长锁被打锣声惊醒,还在被窝里就听到外面在叫唤着:"拿口袋到仓库去灌粮啊!"

长锁赶忙爬起来,向娘要口袋,娘不给。小长锁向四下看了看,上到凳子上,把爹放在家的饭包拿下来。

他觉得一个饭包不够用,又给村长借了一个,到仓库里装了鼓鼓的两饭包,挂在两肩上,也就匆匆忙忙跑回家吃饭去了。

吃过饭,长锁给娘要干粮带到路上吃。娘说:"孩子,你还小,来回三四十里,可不能去——我也不给你干粮。"

一会儿，锣声又响了，长锁在家里设法拿了满满的两口袋柿饼在路上做干粮，于是就到运粮队里集合了。

临走时，他给他娘编了个歌，一边走一边念着：

"老娘老娘你不在行，前方打仗，你不叫送公粮，饿死俺爹你想不想？"

娘向孩子笑着瞪了一眼，就跟着大队送他走了。

（1947年5月30日）

"辈辈兵"翻身

曹欣

五月六日，我会见了从崔家桥解放出来的崔全德，他激动地对我说：

"王自全的兵是'辈辈兵'，儿子打死了要当老的去替，兄弟打死了要当哥的去顶，家里死完了，就到你的亲戚家去抓，反正十七岁到四十五岁的都要，所以谁也不愿意给王自全的兵成亲。

"去年秋天，我兄弟崔全安才十七岁，就给抓去当了兵，订下的媳妇就退了亲。到腊月我兄弟实在吃不住当新兵的苦，就在十五日夜里开了小差，逃跑了。

"王自全就派人到咱大司空村来，掂着盒子枪要人，把我老的绑走了，打得死去活来。没办法，我只有放下石匠活不做，去顶了兄弟的名字。

"今年春天，我老的来看了我一趟，一直给我哭，说家里没人手，弄不上吃喝，我老婆又要给我离婚。他走的时候，我送了送他，当官的知道了说我想开小差，拖回来用三尺多长、一寸多厚的长戒尺，打了一百二三十下手心，把手掌打得像发了面的馍馍一样，还罚了十五担麦子才算求下了一条命。

"五号，你们把咱包围了，一直挖交通壕也不打枪，我心里真发愁。谁知你们把咱们的亲戚、家眷全叫到壕沟里来给咱们讲话来了。我听到也有我大娘的声音，我大娘对我嚷：'全儿（我的小名），你可不要打枪呀，人家队伍待咱可好哩，是来救咱们的，只要咱缴了枪，就没咱的事。'我听了心里实在难受，我想搭理一声，又不敢，后面有当官的看着，我亲眼看到两个当兵的给搭理了一声，就叫当官的枪崩了。我们在一起的好几个人,越听越心酸,只有偷偷地哭。

"天快黑了,八路军就向里撩炮,当官的压着咱们开火,咱们心里早就不想打了,恨不得一下子就跳出寨墙去。

"八路军用火力掩护着冲开了,眼看不行了,王自全就带着当官的逃跑了。

"当官的一走,咱们就商议着要缴枪,先头冲进来了四个八路军,咱们三十多个人全把枪缴给了他们。后来我才知道我们两千多人全缴枪了。

"这一下子可好了,老婆也不会给咱离婚了,咱可辈辈翻身啦。"

(1947年5月30日)

到前线的路上

张卿

这次因为一些事情到前方跑了一趟,沿途所见那种战时的紧张、活跃的气象,给我留下了非常深刻的印象。

在赴观台途中,在起伏山峦间的蜿蜒路上,飞起了层层的尘土,毛驴、扁担、担架塞满了道路。身穿土色布单衣、腰悬手榴弹、扛着步枪的青年们,大踏步地奔赴前线,雄赳赳、气昂昂,一种英俊的气概,隐伏于眉宇之间。我故意向走在我身旁的一位青年问道:

"你们这些人都是到哪里去的?"

"上火线!"他连头也不回,耸了一下肩,扬着头这样回答了我一句。

"你们没打过仗,到火线上不害怕吗?"我紧接着又问了一句。可是他却没有回答我,只是笑了一笑,就迈开大步走过去了。突然从后面抢过来另一个对我说:"同志!你大概没上过战场吧?咱们的民兵可行啦!你别看没受过正式的军队训练,打老蒋可不成问题,包围起老蒋的军队,保管跑不了他一个!"

这天的下午,四五点钟光景,我们到了观台。在村边的岔道口,修得有一个砖砌的烟囱,冒出缕缕的黑烟,四面坐着四口大铁锅,这是招待伤员同志及来往军政人员喝水的。我走近锅旁,正欲坐下,旁边突然闪出两个儿童,将手里提着的砍刀一顺,站在我的面前:

"同志,路条!"他们的响亮的声音,几乎把我吓了一跳。查过以后,很客气地说:

"你喝水吧!"说完他们一转身就跑开了。

晚上,我们在观台住宿,看见招待站的门外,在人丛中横躺着几个伤员,七八个青年妇女正忙着招待。她们给伤员们喂水、洗脸、喂鸡蛋,小心地服侍着为人民流了血的战士。

在我面前的一个负伤同志,他坐在担架上靠在一个妇女的怀中,她用手托着那缠满绷带的受伤的头部,轻轻地放在自己的胸口上,另一只手喂着另一个妇女端的一碗挂面汤。她小心地喂着,用自己的手巾拭着滴在脸上的面汤,一面还不断地问着:

"同志,太热吗?淡不淡?你多喝些!"

"可以,我自己拿匙子喝吧,你不……"从那个妇女的胸前发出了轻轻的微弱的声音。

我静静地站在一旁看着他们,很久很久,我没有说一句话,怕打扰了他们。我的心完全沉没在这庄严的人民的感情里面。

(1947年6月2日)

"信"和"慰问袋"

丰年

吴清山给他老婆写了两封信,都不见回信。这次他非常气愤地给她写第三封信。他提着笔手颤动地写着:

> 梅香:咱连着给你去了两封信,一封回信都没有收到。大概你没有接到信吧?要不大概你很忙,没空给我写信?哼!我知道你对我有了意见!现在实行民主,男女平等,有意见给咱提嘛!何必不理人呢?你有了什么心事咱们离……也可以。

他写到这里感情冲动得写不下去了,也不写自己的名和日子,折了折装到信封里交给军邮了。

一个月过去了。他的心乱七八糟地猜想着他老婆。五月一日太行山慰问团到我们这里来。人们看见许多慰劳品高兴得又蹦又跳。老李是个解放战士,看见拉着两大车慰问袋觉着又稀罕、又高兴,他便跑回家喊起来:"哎呀!拉着两大车慰问袋,快出来看呀!"

吴清山正休息,他听见老李喊叫立即就跑出来看。

他跑出大门,离拉慰问袋的大车还有一丈远的时候,一眼看见车后尾上一个慰问袋角上写着:"梅香赠。"他的心马上跳起来了,两三步便跑过去,一下就把慰问袋拉出来。袋上面左边写着:"给'和主'部队吴清山同志。"当中用大字写着:"祝你身体健康,杀敌立功。"右角上写着:"梅香赠。"他看完喜得实在遏止不住心里的笑,但他又害羞,尽量不让笑在面上。他的心咚咚地跳得更加厉害。他颤抖着手把袋口解开,一看里面有人丹、肥皂、核桃、柿子、梨,还有针和线,并且还有一封信。这时围在他周围的人们都嚷起来了:"你老婆对你真关心,想得真周到。"小金成是解放战士,这些东西在中央军那边他从未见到过,他觉着有点稀奇。他扒着吴清山的肩膀说:

"把信念给俺们听听吧!"

吴清山羞羞答答的红着脸不念。大家一致要求他仍是不念。收发一下子夺过去大声读起来。这时吴清山的脸红得像关公一样。

清山：你来的信都收到了，你别生气。那几天村里工作就是忙，所以没给你回信。我对你没有一点意见，不过我看了你的信你对我好像有怀疑。我给你保证，只要你打老蒋，别说你才出去二年，就是二十年，海干石烂也发生不了一点问题，你在前方安心好好杀敌立功吧!

我再告给你个好消息，想你听了一定高兴。这次咱又分了三亩地，家里的生活你一点也不要挂念，有吃有穿。有了困难民主政府就给咱解决了。母亲身体也很健康，我也很好，都不必挂念。好了，以后再谈吧!

只有打垮反动派老蒋，我们才能团圆过好日子。

收发念罢，大家都高兴地嘻嘻地笑起来了，都说："老吴你有这么个好老婆，真是你一辈子的福气，你看人家多进步，说得多么有理。"说罢大家仍咧着嘴笑，开着他的玩笑。

小金成人小心眼可不少。他不相信他老婆这样好，民主政府对军属这样关心。他问老吴："你老婆上过学没有?"他想如果她没上过学，这信不知谁给她编的哩。

老吴说："人家上过高小，学问比我还强哩。"他听了这话，又看一看那两大车慰问袋，他相信了。他默默地想了一会儿说："解放区的老乡们就是不一样，对八路军就是好，对军属这样关心，往后天天让我吃糠，我也要和蒋介石这小子干到底。让俺家也得到解放。"

老李也说："把老蒋打垮了，我也要把家搬到解放区来住。"

（1947年6月2日）

积极领导生产的翻身英雄——李保孩

白桂林

怎样当了翻身英雄

和顺二区梳头村，过去是封建统治最厉害的村子。全村八十三户，有地二千二百三十亩。地主张小山就占了一千六百亩，因此这个村里的雇工、赤贫是比别村多的。

李保孩是在民国九年从平定逃荒来梳头村的，来时是十六岁，今年他四十四岁了，整整当了二十三年的雇工。四五年和顺城解放后，他担任农会主任。起初还有些"良心何在"的思想，九月二十五还割了半斤肉供献山神，可是第三天狼就几乎把他兄弟吃了。从此他才不再迷信了，经过诉苦，才更觉悟起来，到处给人说："八路军是拿粮食救活我的，迷信不顶事！"他团结了十二个青年，一晚上把神像全部捣毁了。村里人没有了"神"的压制，也就不再讲什么"良心"，敢起来和地主斗一下了。李保孩懂得二十三年来的饿肚是地主给的，就愤恨起来，想干一场。他又自己先串通了三个雇工，由三个雇工又串通了十二个人，都劲头很大，愿意马上打地主。他感觉力量还不大，又找了赤贫妇女房爱枝，又带起十几个妇女积极分子来。这样由小到大，全村八十三户就团结了五十二户。人多胆大计划高，激愤的农民，打死了喝他们血的地主，刨出白洋，拿出包袱，把一千六百亩好地分给基本群众，每户穷人半条肥牛。拿房小龙来说吧，他是这村最穷的户，三口人分到了二十二亩地，房六间。在分配果实的时候，有的干部说咱们应当多分些，可是保孩很正直，同大家讨论说："不要突出，让别人堵住咱们的嘴！"去年各地填平补齐退多得果实时,干部们都说:"听保孩的话真好,不然还得脱裤洗脸哩!"领导群众翻了身,群众拥护;领导一般干部没走错路,干部欢喜。因此李保孩在去年的群英会上,被大家公选为翻身英雄。

只要想办法,领导生产也不难

翻身以后,李保孩担任政治主任。当时上边提出了大生产,他的思想上感觉,不如翻身好领导——翻身是得利,互助是受苦。可是参加了县生产动员会后,听听各地的经验,他才想通了。他想:开始翻身何尝不觉难,可是只要干也成功了。毛主席的计划,不论做什么,都是为咱老百姓的。只要自己肯用脑筋,大家开会商量,一定会有办法。于是就开了个农会,讨论起去年的互助生产来。会上,张保福说:"去年参加互助有些不自动,分票的分太大,里找外找吃亏不小。欠的工资给不了,也不敢多说。"他抓住这些毛病,决定了今年谁愿与谁互助可以自由结合。分票改印成二分五的,零找不吃亏。工资按季节清算。大家说:"这一下可差不多了!"马上又提出口号:"笨鸟先飞,应该早动手养种!"

有一位姓乔的想参加互助,可是怕家里粮食不够吃,保孩从防歉年公集粮里拿二石六斗借给他,让他安心生产。另有个李小成,春天不动弹欠下了人家四斗工资米,也提出要救济。保孩就对他说:"你今年劳动不劳动?如果你劳动一定没外欠;你如果不劳动,明年饿死也不管你。"李小成到第二阶段就好好受了一场,结果除把欠粮还清外,别人倒欠了他一升米。

用实际教育群众,全村组织起来

他要把全村的人都组织起来。有的经过谈话,就互助起来了;有个别的却偏不听话。狗孩说:"我一个人也不少做活。总共有十亩地,

有十天就能下种进去。"过几天一检查，保孩他们互助耕种的十亩地，四天就下种完了，可是狗孩却只完成一半。

还有张毛孩，村里人早上了地，他还在炕上睡着。雇人春耕，出了五斗工资，无法开支，去找保孩。保孩对他说："只要你参加互助，就有办法。"这人仍不听，到种谷时没人和他互助，又去找地主，地主怕群众提意见，不肯帮他。他又去找保孩说："我哪怕给别人动弹两天，别人还我一天，也可以。"保孩说："只要你对大家说说心里话，用不着你二工顶一工。"后来第一组批准他加入组，互助了一段。毛孩除还了五斗粮外，还有七升没还清。在他参战走时互助组就不要他还了，这样子，全村才都组织起来了。

省出工来发展副业

由于组织起来赶工，很快地就种完了。附近的下庄村因为没有组织起来，下种忙不过来，想让保孩带领互助组帮忙突击几天。他应承了，可是还不知组里是否同意。他首先在组里提出："咱们互助组里，不光要省出工来，还得要想办法赚些钱。"大家说："没人用咱啊！"他看见大家都同意了，才大胆地说出帮下庄突击的事，大家都同意了。第二天他领了五十人去下庄，一天赚了七千元。

赚下的钱，有人主张分了。保孩说：分了钱就浪费了，咱们就按组来买成猪吧。过年时有零花钱还有肉吃。"于是买了三口母猪，生了二窝。现在老母猪还是整个组里的，而每人已经分回五口猪了。他又向全组提出："赶年关要达到二十五口猪，准备换成毛驴搞运输。大家一看是办法，都争养猪，现在全村已有七十二口猪。

参战生产两不误

全村刚刚组织起来，四月二十七号，接到县武委会的参战命令。

他非常镇静。第二天下午参战的人就要出发，早饭后，他叫青壮年劳动力，去地里种谷。他返回村来，开了个全体妇救会，动员了妇女赶快准备鞋子、干粮，做些好饭。一上午全村突击了二百三十亩谷。午饭后，召集了全体开会把参战的事说明了。大家见人走得多，都担心种不进。李保孩领着大家讨论出办法来，分阶段种。山药、春麦、黑豆一段，谷一段，莜麦黍子一段。全村劳力统一使用。

开始动员儿童时，家里的大人们说："叫儿童上地，还得专误个人给打狼哩！"保孩先让八个儿童一同去，半天搭茬五亩。大家一讨论，这才打通思想，十三岁到十五岁的顶七分，十一到十二岁的顶五分，再按做活评分。大儿童加入互助组，小儿童由教员带领。妇女积极分子白小妮、房爱子，各领一两个妇女上地。在这样影响下，全村六十二个女劳力就有五十二个妇女上地种谷溜籽。八个老汉也都上地了。都是统一使用工票，谁也不吃亏。由于这样做，在五月十五号半月内，全部完成下种二千一百五十四亩。

为了鼓励大家生产立功，保孩做了一面红旗，又请小学教员每天在大众黑板上表扬。

大家都想夺红旗。房爱子、白小妮情愿不用男劳力给军队磨白面九百斤，两天就担起送到区上。妇女要站岗，老汉愿送信，都争着立功。张福保女人说要每天早起扫街，一月扫了一百六十担粪。保孩抓住这点，在妇女中展开讨论。现在全村都争着扫街。

保孩说我今年要达到耕一余一，并好好组织村里的生产，使全村的生产都搞得很好。他由于处处能为群众想办法，解决群众的困难，现在本村人有事就去找他，邻村人也去找他，因此在广大的群众中获得了拥护和爱戴。

（1947年6月5日）

还 命 于 民

郭沫若

郭沫若先生于三月二十六日《文汇报·人权保障特刊》发表《还命于民》一文,控诉蒋政府残害人民的罪行,全文如下:

到今天我们还要来为保障人权抗议,我感觉到沉痛。到底向谁抗议呢?抗议会有什么效果?远的且不说,从前年"一二·一"昆明惨案以来,十四个月当中,月月都在抗议,更差不多天天都在抗议,然而有什么用?祸首升了官,凶手做了国民代表,挨了打的成了罪人。人权的蹂躏,愈来愈加肆无忌惮,任意抄家、任意捕人,弄得暗无天日。北平一夜搜捕两千,青岛一夜被搜捕三千人,上海自劳工大楼打死梁仁达以来,不断地有人失踪,小民的生命真是比蚂蚁还不如了!向谁抗议呢?政府说不是他捕的,人要算是"自行被捕"了!我们有了这样"还政于民"的政府,我们与其毫无对象地提出抗议,倒还不如向政府作一次"还命于民"的呼吁吧!

"政府在上,政府在上,'还政于民',实在不敢当。但请还命于民,还命于民,小百姓实在活不下去了。"

(1947年6月5日)

在冢儿寺艾丁

柯岗

在安阳城东十五里，有个村子叫冢儿寺艾丁。人民解放军在这里肃清了蒋伪王自全匪帮之后的第二个星期日，我到了这里。这村靠着火车路，住有百十户人家，杨柳成荫。现在这里驻着人民解放军某部野战医务所。护士们把街上打扫得非常干净。

村里屋宇大都很破旧，只有两座院子最漂亮，一座在东头，主人是国民党乡长李富乡；一座在西头，主人是王自全的亲家王国滨。可是现在他们都已逃到安阳城里去了。农民王希来领我参观了这两座好院子，确实两家都很阔气，画栋雕梁，连马厩里的柱子都是漆得红油油的。并且每家都有花园，许多房里充满着染人的化妆品的气息，衣服家具完整无缺。正在这时我在王国滨的院里发现两张典契，一张是黄青天以一千元把自己三亩八分地典给了王国滨三年。另一张是宋甫堂以四十元把自己四亩地典给了王国滨三年。王希来很高兴地拉住我的手问：

"这两张字不是我的吧？"

我说："不是。"

他急忙接着说："这是人家临走时掉了的呀，人家带走了一箱子这东西，多大一个红箱子呀，多少人的地，多少人的命，都在那箱里装着哩！还有我好几张呢。俺村的穷人们在他手里没有字据的很少，同志咱啥时候才能把那个箱子夺回来呢？"

"快啦，总有这一天。"我说。

在王国滨的堂屋里，挂着一张妖魔一样的照片，一个白胡子老汉，被二三十个二十五岁以下的少女和少妇簇拥着，都披着彩绸，打扮得十分妖艳。那老汉则带着贪欲的微笑。我问这是什么人，王希来说：

"是王自全的父亲。这是去年给他庆寿时，王自全四处打听，看谁家的闺女媳妇眉眼好，派人硬拉来陪他照的。"他一面说，一面就愤恨地用木棍打碎了这照片。

（1947年6月5日）

瞎子军属暴三贵

王周南

上陈有个瞎子暴三贵。若问他的眼是怎样瞎了的,要不是他在诉苦会上说出来谁也不知道。原来,他的眼并不是胎生就瞎。三十二年闹灾荒,他带老婆和三个孩子,逃荒到山西洪洞县。黑心眼的地主老财们,见逃荒的多了,便禁止难民到村里要饭。这一下暴三贵一家可苦透了。他每天只能到地里挖点乱七八糟的野菜吃,肚里成天见不到一个粮食籽。有一次不知道吃了点什么野菜,眼就一天一天红起来,一个冬天没过去,两眼就啥也看不见了。要不是老婆孩子讨着饭引着他回来,险些儿喂了山西狗。

去年冬天一翻身,村里人都说:"老成哥(三贵小名)少眼没目的,孩子又多,多分给他些东西吧!"结果分配给他二十亩好地、五间瓦房。当他一家从庙里搬到新房子时,他对人说:"我一辈子东跑西拾哩,这才算有了一个家!"

今年春天蒋介石要进攻延安啦,村里翻了身的青年们讨论着要参军、保卫土地、保卫毛主席。晚上,暴三贵把他的大儿子荣宝叫到跟前说:"荣宝!你知道谁是你的真老子?!"荣宝不知怎样答好,两个眼瞪着他爹。三贵接下去说:"自从你生到这个家,逃荒、要饭,啥罪也受过了,可是当爹的啥也没有给儿置下。自从毛主席的队伍来了,咱才有了房子、地。你记住:毛主席才是你的真正老子哩!现在参军保卫毛主席,保卫咱的房子、地,荣宝,你去!"第二天一早,暴三贵给荣宝做了一顿好饭吃,就和村里人一齐把荣宝和其他七八个青年,吹吹打打地送到区上了。

新战士驻防到武安来了,村里的青年妇女们,便连夜赶做衣服鞋

袜，准备去看望她们参军不久的丈夫。这天暴三贵也到村公所开路条，去看望他的儿子去。村长故意和他开玩笑说："老成哥？想念儿子吧?!"他突然脸一红，连忙辩白说："不！不……"虽然他心里实在是怕荣宝在队上想家落了后才去看他的，但也终于没好意思说出来。村长看着怕他难为情，便改变话头说："要去就给你派个牲口吧！你瞎瞎摸摸的怎能来回走二百里地？"他一面装着盖了章的路条往外走，一面回头连声说："可不！可不！大家忙乎乎的，咱有啥功劳，再麻烦大家。"说着他就走出大门了。最后村干部商量说："这老汉脾气有点固执，还是给他派个牲口吧！"第二天一早，派牲口户去找他起身时，他老婆才告诉说："天刚明，俺二小女拉着他就起身走了。"这个牲口便只好再去做别的事。

暴三贵到部队见了他的儿子后，他没有像其他家属一样问长问短。他光暗暗嘱咐他的二小女，注意她哥哥脸上高兴不高兴。后来连长指导员和战士们，不断对他说："荣宝在这里顶活跳顶能干，将来前途可大哩！"就是荣宝也不在他跟前多待会儿，光在吃饭时来招呼他一声，就跟着其他同志们蹦蹦跳跳地上课出操去了。他这才放了心。第二天就收拾往回走。当荣宝把他送到村边时，他回头嘱咐说："荣宝！我啥也不结记你，只盼你能立个功，就算你孝敬了。"

四月间村里分配代耕地，大家说："给老成哥多代耕四亩吧！他眼不吃劲。"他听说了，连忙找着抗勤主任说："咱孩子还没有给大家立下功，咱可不敢让大家给咱多代耕地。咱眼虽然不吃劲，有二小女拉着，咱还能做个小生意哩！"虽然抗勤主任再三给他解释，但他终于没有让大家给他多代耕四亩地。

军属吃水，本来村里是有专人负责的，但暴三贵总是自己担。天一明就挑上桶，由二小女拉着往井上了。当旁人往他家里送水时，他的缸早已满满的了。有人问他:"你为什么这样自己想受忙?"他总是说:"孩子参军是为咱自己事,再说他又没有给大家立下功,咱怎能麻烦人?"上陈老百姓都说:"老成哥可真是个军属模范!"

(1947年6月8日)

"打回我家乡……斗争分田……"

张勃

"二排长呢?"满脸血迹的朱如茂同志,躺在草地上,微弱的声音在叫唤着他的排长。

二排长三步并两步地连忙跑到他的跟前。

"二……排长!我不行了,我来了四五个月……替革命贡献不大。"他断断续续地说。

二排长一面给他缠着左额上核桃大的弹孔,一面把水壶送到他的嘴边。

"朱如茂,那没啥!喝口水吧!将来还可以替老百姓服务,还可以为革命出力呢!忙啥!不要乱想,担架马上就来了。"

"二排长……我自从在亳州解放后,北上一过了黄河,我心里就很感动。我从前听你说解放区实行耕者有其田,人人有饭吃,我还不相信。后来咱们在朝城整训,我亲眼看见斗争会,老百姓分田分东西……"

说到这里朱如茂兴奋起来了,精神也显得特别焕发,似乎打算把头抬起来,但是终于又垂了下去。

"我时常想:总有一天我也回广东去斗争,去斗争我村里老财恶霸,丢那妈(肏他妈的意思)!分几亩地,我恨不得一天把三天活都一齐干完。我天天盼望快打到我家去,现在我不行了,不能再革命了,我希望革命永远不要忘了我呀!"

朱如茂兴奋地一口气说了下去,眼巴巴地望着二排长,好像在等着排长的回答。

"老朱!放心吧!总有一天我们会打到你家乡的!斗争、分田。"

殷红的血,已经浸透了绷带。朱如茂的嘴唇虽然还在蠕动,但是，再也听不出来他说的是什么了。淡白色的月光下，隐约地可以看见朱如茂的微笑的面孔。

朱如茂是今年一月在亳州解放过来的，正如他自己所说，一过黄河，北上后，他就转变了，变得格外地积极了，啥事都抢先干。无论行几天军，一挺机枪永远放在他的肩上，说啥也不肯叫别人替换。打汲县外围和汤阴时，土工作业，他总是第一个拿起锄头，最后一个放下锄头。

班里开诉苦会，他激昂愤怒地，带着浓厚的广东口音，对大家说话，劈头一句话就是："丢他妈！我家八口人，才三亩地。三亩地打的粮，还不够交租和他妈的税。我家欠地主的钱，是一年压一年，一年比一年多。民国二十八年，我十七岁的时候，地主不答应了，罚我全家八口人，给他做了整整一夏天的工——盖房。三十二年欠的钱更多了，老财硬叫保长把我哥哥拖去卖壮丁，顶还了他一部分钱。我知道，再过几年又该轮到我卖壮丁还账了，想不到，我出来还不如我哥哥。三十三年，我东家——老财当了保长，把我抓来当兵，说什么算是利钱……"

这次汤阴战斗，外壕离敌人只十几米达远，他为了有力地掩护大家突破前沿，勇敢地把机枪拖到外壕边上打，一挺机枪打得通红，消灭敌人一百四五十人的大反扑，他左臂和脖子一连挂了两次彩。连长上来替换他，他说："我怎么能下去啊！过去我当顽军，对不起革命，我替喝我血的地主蒋介石出力，我多悔呀！现在我一人要顶三个人打仗才对！"

第三次子弹终于不幸打穿了他的头，核桃那么大的洞，他倒下了。是的！革命永远不会忘掉朱如茂的，总有一天我们要打到广东去，满足朱如茂斗争、分田的志愿。

（1947年6月8日）

游击队长田启元

闻捷

【新华社西北九日电】无论从他那魁伟的外形，或者光辉的历史来看，田启元都称得上是个顶天立地的好汉。他十三岁就参加陕北红军，曾经东征西战，在赫赫有名的陕北劳山战斗中，光荣负伤，并升为排长。抗战后，随八路军一一五师转战冀鲁豫，参加过震动中外的百团大战，又升连长。四四年因负伤复员回乡，参加了地方工作。今年三月，当敌人窜抵安塞县境时，他又重新拿起曾经用惯了的枪，组织起一支云坪游击队，和敌人进行战斗。

在边缘线上，我看见了田启元。他的伤还未全好，右臂吊在绷带上，挥舞着左臂，在向他的游击队员们进行政治动员，准备今夜去阻击从高桥东窜的敌人。中共区委书记胡永清指着他那高大的背影对我赞扬地说："好汉子！带了彩都不肯休养，直到上级强令他休养时才暂时离开了队伍。如今伤还没有全好过，又闹着回到队伍上来了。"

一会儿田启元进来了，这豪侠的汉子瞅着我的眼睛笑哈哈地说："又在背后议论我的伤啦，不是我不愿休养，是敌人不让我休养啊。"他把右手从绷带上取出，用力地和我紧紧握手，似乎在表示："同志，我的伤好了。你看我这手劲。"

田启元右手受伤的经过，成了我们这次见面的话题。他说："敌人占了河庄坪，经常十个八个地出来抢粮。我侦察明白情况后，就带领了七个队员埋伏在尖山寨子，准备给敌人一个迎头痛击。谁知那天情况突然变了，敌出动了一百五十多人，搜索着爬上山来。当时如果不阻击一下，敌人会很快地爬到山顶，我们就没法转移了。于是我立即决定"打"，可又怕第一枪落空叫敌人笑话，我命令在我没有打枪前,谁也不准打枪。在敌人距离寨子一百五十米时,我的枪响了,敌人的尖兵倒下去再也没动。队员孟得胜跟着一枪,第二个人就滚下山去了。敌人的阵容立即混乱,趴在地畔上、沟渠里,没有目标地乱打起机枪来。我们就趁敌人混乱,开始转移。就在这时,我的右胳膊中了敌人的流弹。敌人呢,死了两个人,浪费了几千发子弹,一直打到天黑连寨子都没有敢进。"

(1947年6月12日)

红枪女将李兰英

孙明

【新华社华中十日电】苏中海（安）泰（州）线的人民，都这样歌颂她的英勇。

李兰英贫农出身，七岁丧父，母亲带她重嫁，人家因她是"拖油瓶"而百般凌辱，十八年来，一直过着"不名誉"的日子。新四军来后，她好容易翻了身，被选为乡妇抗主任和民兵指导员。但大前年又被家庭蒙骗，嫁给一个富农的不务正业的儿子。土地改革时，她首将婆家六亩好地托出来，她的模范行动，博得全乡称颂，但公婆却因此恨透了她。

去年七月间，海泰线重镇姜堰被蒋军占领，她的家乡就成了蒋军南北来往的要道。为了保卫穷人和妇女永远翻身，李兰英毅然加入了乡的武工队，由于机智胆大，不到一个月，就成为名震海泰线的女英雄了。

去年十一月二十三日，姜堰运粮河三百余蒋军，拂晓合击林黄乡，离李兰英不远时，大喊："不准动，不准动。"她却不慌不忙地举起那条湖北条子，砰的一枪，一个蒋军头一伸，钢盔被打了下来。又一次，她带武工队在林□野设伏，当二十一个蒋记"自卫队"员闯进来时，她大喊一声："冲去！""自卫队"慌忙架起机枪应战。她一面骂："活土匪，我来送你家！"一面举枪瞄准射倒敌人的机枪手。"自卫队"员吓得连抢来的大棺材都丢掉了。总计在反"清剿"六十天中，她共参加战斗五十八次，毙俘敌五人，并三次领导三千余群众破拆姜（堰）张（甸）公路。她把从蒋军手中缴来簇新的小马枪武装了自己。李兰英在危急时的机智与沉着是惊人的。一次，三四十个

"自卫队"员将她包围。她敏捷地躲到一个灶间里去。灶间里仅有一张床和一个草堆。她想床的目标大,敌人一定要搜,于是反躲在毫无遮拦但不引人注意的小草堆里,把枪压在身下,准备敌发觉时冲杀,然而敌人搜了两次,且在床底打枪,均未搜到。她反拾到敌人在搜查时丢下的七颗新子弹。当敌人还没有走半里路时,李兰英又追上去了,新弹初试,无异于警告他们:"李兰英还在此地!"

英雄必然是与群众相结合的,有一次,一个连的"自卫队"员企图袭击李兰英和她的武工队,出动才半里路,群众在一刻钟内就送给她十六次情报。当敌人扑来时,武工队员们已经无影无踪了。有一次,三百多蒋军已经将其三面兜住,她躲在一个人家的柜子里。当敌人进入该庄时,所有的群众都故意拥到北面去张望。蒋军追问:"红枪女将哪里去了?"群众说:"已经扑河溜到北面去了。"蒋军到河边仔细一看,果然河北岸上湿了一大块,赶忙向河北追去。原来河北的水块是群众故意泼的。

姜堰蒋军对这红枪女将毫无办法,出了张通告:"击毙李兰英赏法币五十万元,生擒加倍。"想以此收买群众,但毫无效果。蒋军只好造谣说:"李兰英已经捉住了。"数百群众连夜赶到乡政府去探问,一看持红枪的李兰英仍在跳跳蹦蹦时,都一拥把她抱住,惊喜得说不出话来。

在海泰线上流传着一句歌谣:"土顽(指土著蒋伪)一到心惊肉跳,李兰英一到太平睡觉。"但当人民遇着她时,又一律称她为"小伙"(小伙是父母对子女亲密称呼),因为大家把她当作自己子女一样看待的。

【新华社华中十日电】苏中泰县姜(堰)南区女英雄李兰英,亲率游击队在五月反"会剿"中带病作战,屡败蒋军。某日李等七人于林黄乡动员反"清剿",蒋记泰州县保安队百余人自姜堰分三路袭来,李率部突围,待敌迫近,她神枪毙敌前锋一名。安然转移,她生病休养,仍带病帮助乡里工作。八天后,病稍愈,又毅然回队。迄二十一日左右,又两次破敌重围,使敌伪合击阴谋终成泡影。

(1947年6月12日)

东满前线见闻

华山

一、"松江之刎"

从老爷岭逃窜的时候，一二一团团长张洁之自比为乌江自杀的一世英雄楚霸王，对僚属吹牛说："我要准备作松江之刎！"

队伍在山岭里爬了一整夜，走不出二十来里，张团长命令继续前进，士兵们却坐到地上说："还上哪里去！"

队伍要埋锅造饭，张团长只好命令前卫营等一等，前卫营也不听，先走了，在森林里不知去向！

饭没吃上，追兵可到了，张团长命令："打！"士兵们却说："还打什么！"一连十个"杀"字的连坐法也不灵了，队伍悄悄地滚下山去！

张团长比部队跑得更快，于是他身边只剩百来个兵，现在他不敢下命令了，他对士兵们哀求："你们到那山上好不好！"大伙却抄着两手抱枪坐下不动。

张团长猛喊一声："我也不想活了！"他满以为这样一喊，部下便感动了，谁知跟他爬上半山的只有一个班零三个兵。

追兵四面围了上来，这位已经准备作"松江之刎"的团长应该到了高呼"蒋主席万岁"的时候。可是，他未喊出口，他只像兔子一样钻到乱草堆里，终于叫乱枪打死了。

陪他死在乱草里的，只有一个卫兵。

二、"心照不宣"

前卫营抛下团长在包围圈里单独行动起来，代理营长是团副刘毅福，才到营不几天，摸不透连长们的心事，于是他不叫打也不说投降。

在阴森森的山林转来转去，三个排忽然不见了。再转两转，几个排又不见了。队伍越掉越少，追击的枪声越来越近。

刘团副集合队伍，一看只有八十来人，战斗兵还不到一连。

刘团副召集大家开会说："现在你们看怎么办吧。"

机枪连长和他早已心照不宣，于是首先发言："团副说怎样就怎样！"正巧一颗六〇炮弹落到附近，这个会没来得及作出决议，大家就把枪放下了，跟民主联军到老解放区去。

失散在森林里的蒋军官兵，想不到都陆续来了，刘团副幽默地说："原来都是心照不宣哦！"

三、"民主联军也有"

三个俘虏军官对房东的小孩说："你看什么，我们不是民主联军吗？"

小孩说："不是。"

俘虏指着自己的绿军装说："怎么不是？"

小孩指着他们的船形便帽、束腰军衣和美国皮靴说："咱们军队没有这号洋帽，没这号洋装，也没这号洋靴！"

小孩的祖母为了消释俘虏的窘态，呵斥着小孩："你懂什么，咱军队也有穿这号的！"

小孩认真地对祖母嚷起来："那还不是得他们的！"（新华社东满前线十二日电）

（1947年6月14日）

共产党员在火线上

柯岗

走进六四部队党委秘书战地办公室，在这里，我看见一张仅有一条逐日上升的直线构成的统计图表。这是自卫战争中，战士们在火线上请求参加共产党的人数标志。党委秘书告诉我，在每次战役结束之后，至少要有二百份战士们的入党申请书送到这里来。有些在牺牲之前来不及书面请求用口头提出的，尚未计入表内。得到秘书同志的许可，我翻阅了一部分正被他们审查着的入党申请书，上边大都这样写着："我羡慕共产党员们英勇、不怕牺牲的精神，我觉得那是无限光荣。为了我自家翻身，为了全世界穷人都翻身，我愿和他们一样，不怕任何牺牲向蒋介石和一切反动派战斗到底。请党委审查，准我参加共产党。"

有一些是被解放战士们的申请书，他们差不多都是首先严正声明"脱离国民党"或"脱离同志会"，而又赤诚请求参加共产党的。平汉战役过来的姚建的申请书上这样写着："我从来没有见过像共产党员这样坚决、勇敢、诚心诚意替老百姓办事的人。我声明坚决脱离那种说人话不办人事的国民党，誓死为我自己、为全世界的人民战斗到底。请党委批准我参加共产党。"上党战役过来的陈宪斌写着："我从前上了阎锡山的当，参加了他的'同志会'。现在我决心脱离它，参加共产党，因为共产党是我们劳动人民自己的党，我为我们自己的革命事业战斗到底，才不愧为人，请党委准许我。"从□南战役过来已经三次立功的方文胜写道："我看世界上谁也不能比共产党员更勇敢善战了，因为共产党真正是穷苦人们的先锋，我是穷人中的一个，我要求参加共产党，向卖国贼蒋介石和全世界反动派战斗到底。可是，我从前参加过国民党，现在我誓死脱离它……"

看了这些申请书，我想到一个非常现实的问题：共产党人究竟是怎样为了人民而英勇善战，而为广大的非党的人民战士所景仰，愿意向他们学习呢？这里只随便从广大战士群中听到几个片段的材料，但是使我不能忘记的。

打菜园的时候，共产党员翟春堂正在医院里休养，一听说打仗，伤没全好，就跟着出发了。组织上劝他不要去，他却偷偷地跟着突击组，冲过两道鹿寨、一道水沟，第一名登上城。他爬上城头时，别人尚未跟上，敌人四把刺刀向他面前刺来，他一闪身，一颗炸弹把敌人打回去。他占领了敌人的工事，敌人不停地向他争夺工事，他几次打退敌人，最后他为炸弹所伤。敌人一齐扑过来捉他，他带着伤，又打死了三个敌人。这时后边部队才跟上来。在霍村战斗中，敌人用密集炮火掩护步兵向我猛烈反扑，许多工事被摧毁，有些人企图转移阵地，他说："不行，共产党的军队丢掉阵地是最可耻的。"他从工事里站起来，大声地喊着："不要怕，瞄准打，敌人是怕死的。"正在这时，一颗炮弹落在他面前，他倒下去，马上又站起来，还是同样叫着："瞄准打，敌人是怕死的。"真的，敌人是怕死的。当我们的阵地前面躺满敌人的死尸的时候，敌人再也不敢反扑了。可是这时候又一颗炮弹落在翟春堂同志的身边，他又倒下去了，倒在自己原来的阵地上，他没有爬起来，他躺在担架上还说："共产党员是不要丢掉阵地的，瞄准打，敌人是怕死的。"

谈到共产党员王文宽，第三连没有一个不五体投地佩服他。白奇山战斗中，当他带头向敌人冲去之后，由于地形不利，上级命令他们撤回来。这时大批敌人向他们猛扑，情况十分□□。有些人发慌了，于是他挺身而出，向大家宣布："要有次序地转移，我是共产党员，我在后边掩护，大家只要沉着，受损失我负责。"这次的转移没有任何人受伤。不久前打霍村,他的胳膊被打断,骨头露在外边。在这样的情况下,当他看到另外一个彩号在喊叫时,他很和气地对他说:"忍耐点吧,同志,替老百姓办事,就是要流血的呀!"说着,他把手巾放在嘴里咬着,头上直冒汗,一声不响,直到医生给他把绷带捆好。

该连被解放的新战士葛垲吾说:"在汲县战斗中,敌人一个营,在榴弹炮掩护下,向我们一个连进攻,并且一步步向团指挥所逼近。当时我看不行了,凭我在蒋军里的作战经验,我们这个连非垮台不可。可是谁也没有想到,俺董指导员把驳壳枪一举,大声说:'为人民立功的时候到了,保卫解放区、保卫毛主席。快!共产党员快跟我往前冲。'说着,有十几个同志端起刺刀,跳出战壕,跟着指导员飞跑上去,我也跟着上去了,终于打退了敌人。我相信共产党员的队伍是永远不会打败仗的。"我问他,你当时是怎么想的,他说:"我没有怎么想,我只觉得敌人的子弹是不认人的,共产党员也是为着全国老百姓,人家都不怕,我为啥不跟上去呢?"

从这里我看到共产党员在火线上犹如雄伟的巨鹰,在枪林弹雨中翔翱,谁跟着他,谁就永远胜利,因为只有他才是真正为人民。

(1947 年 6 月 14 日)

战斗英雄蔡庆申

——一面勇敢与技术结合的旗帜

泽之

英雄画像

蔡庆申是我旅熟知的勇敢与技术结合的旗帜，历届的战斗英雄。为了要知道他为什么勇敢，为什么精通技术，我同他作了几次谈话。

"没有一定的目的，你就完不成任务，光勇敢不沾，不勇敢也不沾。"每当说完一段故事，他总是这样肯定地说。

"工作容易干时，谁也落个勇敢；困难时，那就不好说了。"他继续补充地说。

"呵！你说的是，只要自己带头勇敢，才能叫别人也勇敢吗？"

"不能叫别人瞎勇敢。"他强有力地答道。

"那么，依你说要怎样做才算好呢？"我也放高嗓子来问。

"带头勇敢算第一，琢磨出主意算第二。"他顿了一顿，说了这句。

"现在这里老人少了，叫新战士们都沉住气，那可不是容易事。"他吁了一口气又自言自语地说。

他还有一种习惯，似乎双手从来不肯停息，现在我看到他的一双手又像在摆弄着什么，并发出了一点响声。

"你在干什么啦？"我问。

他把双手敞开，在他右手心上放着枪机零件，左手托着枪底板，只见几个手指头一动弹，啪的一声，几个零件瞬刻变成了枪机，又马上安上了枪膛，从拆卸到装上枪机，只不过一分钟，真和老太太缠线蛋一样，完全操纵自如。

他是最精于对排班战斗的动作细密组织的,他常说:"带一个班、一个排,你就得先知道,哪个人真实干、哪个人不能。"

这次打楚旺战斗中,八个人的梯子组,在他的领导下,都一一地从前后左右编了号,并确定了位置。

我和蔡庆申同志,已经认识两天了,外表上,我们彼此都已熟悉,他今年二十七岁,在他那长方形深黑色的脸上目光转动得炯炯有神,大嘴唇里,不时发出纯真的笑声。他是巨鹿郝鲁村人,但很少本地口音,参军以来,五次当选战斗英雄、三次负伤。

一段历史

以后,我就请他报告历史了。

"我是一九三九年第一回参军。"他说,"当初参加县里武装科,那时我才十七八哩。"后来,队伍不能坚持,我便和家人一同去逃荒。

"四一年春天,麦子都快能割啦!一家人逃荒回来,还没站住脚哩,区维持会长李老名,便对咱起了坏心了。"

"庆申爹,你在外边一年了,你看,没拆你的宅子,也没毁你的地,可是你得拿这一年的差。"区维持会长噘一下他那两撇长胡对庆申父亲说。

这个李老名,能说又会道,从他当了会长,他由个无地户,变成了村里边的首户。

老名和村维持员雷永庆早商量好:"你先要他的场,我再要他的麦子地。"

"老名!你知道,场是咱二叔的,他逃荒还没回哩!"庆申爹对老名说。

"过这贱年,花了这你又当吃、又当差,与你有啥不好。"

"不中!实在不中!老名。"

"在你吧!日本来了你可顶着,反正不花,你的困难也度不过去。"

"大人孩子都不愿意呀!"

"多给你一百元吧!"老名哈哈地笑,"就这吧,你拿着这钱走,这一点小事我给你做了主了。"挥了一下手,就一掌把这庄稼人推出去了。

第二天清早,庆申爹一夜都没有合上眼,眼泪流满了枕褥。

"花也得花,不花也得花。"老头哭泣着对庆申说。

"你为啥接人家的码子呢?退了他吧!"

"不能退了……"

"让我退去。"庆申站起来,伸出了一只手,就一直冲出去了。

经庆申和老名顶了这一回嘴,两家人便结成了仇,强着花了场,还花了六亩地,除给的码子钱,其余一律都上在差账上。

"不要再给我闯祸了,外走吧!"一天他父亲对他说。

庆申同志,便又参加了县大队,这是一九四二年一月的事情。

锻炼前进

前年,衡水战斗,蔡庆申还在担任班长。他和两个班,担任着突击队的任务。虽说他也是首先登城,但检讨起来,缺点是很多的。

机枪响紧了,二排长带了梯子组六个人正往上上,要过一道深沟,和爬过几丈高的城墙。

枪声更激烈地响了,他们跑着步,才走到沟前沿。但,每个人都跑得气喘喘的。

"前面激烈得不行呀!"排长回头说。

"那也得冲呵!排长。"蔡庆申挺起身来说。

"可得受大损失呀!"排长犹豫地说。

"不中!受损失也得冲,快冲,谁不冲是个孬种!"庆申不自禁地举起铁锨喊道。

这时战士们，有的放下梯子，向四外散开，他举起铁锹，向四外叫回了战士，说："快扛起梯子，到寨墙边就没危险了。"

战士们回来了，但有的还是扛着梯子慢慢走着。

"走，咱俩把梯子拉走。"他对他旁边的一个战士说着立刻就把梯子竖了上去，两个人首先登上了城头，一伙人也都赶了上去，占领了城头。

回到队里，他想了又想："这样干是不行的！要冲就冲到寨墙墙根，半路上不能犹豫。梯子组也要好好组织，编好号，而干部不仅带头勇敢，还要先想好办法才行。"此后，蔡庆申便成了攻坚的名手。

楚旺登城

在楚旺战斗中，连级干部领着六个排长，探头望了一下敌人的工事转过来问道：

"庆申，你看敌人怎样？"

"两道鹿寨，围墙一人多高，我看得再清楚也没了。"

"你们哩？"又问别人道。

"到底看不清怎样？"

"你们看地势不彻底呀！"指导员指责说。

"好吧！那突击的任务，就交给你们二排。"连长于是对蔡庆申说。回到排里，庆申边走边琢磨：到底怎样完成任务呢？

"首先搭梯子。"他下着决心，随着便叫走了梯子组的六个战士。

"记着拿着叉，举梯子用。"

他走到了沟旁的梯子旁边，他发愁了半天，"这梯子短得这样，如何能上寨呢？"

"回去运那大梯子吧！"他又命令着，一直往大梯子那边走去，战士们跟在后边。

"谁敢上去！"他举头望了望沟上的大梯子喊道。

"我上!"一个战士说。

"不要露头,用这绳把他捆好拉下来。"他一边说,一边用铁锹向着沟铲了一个缺口。

大梯子运到沟腰间停住了。

"不行,推到沟前头的鹿寨边去!叫他隐蔽住,不要暴露了目标。"庆申说。

梯子运到后他又想:"过水是不容易的,这么深的水,几十个秫秸也填不平呵!"心生一计:"把这小梯子搭成桥吧。"

他用铁锹从旁边挖了一个掩蔽部,自己站在那边,便把木梯子从沟口推了出去。

子弹打来了,直往沟口打,因为他有掩蔽部,六个人一人也没打着,大家都说:"排长真有办法。"

以后,他们就忙起来,搭成了一座桥,盖上了门板,又挖了上二道沟的阶梯,拔活了鹿寨,每一步,都是大家商量想主意,直忙到黄昏,连部传集合时,他们才回来。

"怎样了?"连长问。

"搭好了桥,还拔活了鹿寨,一个劲跑吧!登城第一没有问题。"庆申笑嘻嘻地说。

果然楚旺战斗结束了,他的连又成了各突破口中首先登城的连队,而且只伤了一个人。

回来,庆申对连里人说:"只要打算完成任务,没有不能完成的。"也就是这样一种实际的精神,使他成为一面勇敢与技术结合的旗帜。

(1947年6月14日)

双喜进村

——仁庄村挂匾贺功速写

束玉

春耕下种完成的时候，黎城仁庄村为前方战士申福奇和张天才的家属贺功，申福奇是六〇五〇团的特等模范工作者，张天才是同一个团的三等模范工作者，两人的报功单同时寄回，仁庄村人人高兴，叫这是"双喜进村"。

六月二日，仁庄全村群众给两家军属挂匾，炮声连响，鼓乐齐作。在匾、旗还有抬着的献礼的后面，拖着很长的队形，进村里去"夸功"。从城街穿过，轰动了赶集来的四方群众，城街塞巷，有人说像娶媳妇，可是娶媳妇没有见过这样排场。大家的目光都集中在两面黑油大匾上，给申福奇的写着"为民立功"，给张天才的写着"人民功臣"，于是人们都赞叹着说："仁庄村做啥也要强，参了军的也给村上装光！"

这时两个军属家里，忙着准备迎匾。两家两位老太太把好几天生出来的豆芽煮进锅里，把好几家亲戚送来的点心（即贴红点的大圆馍）放进笼里。福奇妈还催着她的大孩子安柱换上昨天才赶作成的白布衫，剃了剃头。村上帮忙的妇女，不让她们亲自下手做饭，尽管督促她们换衣服，天才妈穿了一件长过膝盖的大青布衫（这件衣服曾经是老财家里的管家婆穿过的），头上包了一块白毛巾；福奇妈将拆洗过的棉袄改作成一干二净的夹衣，蒙了一块灰蓝布头巾，年轻的媳妇们把她俩推出来，笑成一堆。邻居逢奇妈很习惯地向福奇妈斗笑："比年轻时，娶你还洋气哩！"福奇妈掩着嘴笑着说："这是沾咱福儿的光！"帮忙筹办喜事的干部们说："也是你擦屎擦尿，湿处倒干处,吃奶喂饭养活大的,没有你就有了他啦?"

两个钟头过去了,到城里"夸功"的群众还没有回来,福奇家的新门楼下(这个砖包门楼是村上帮助盖成的),坐着他们的亲戚和村上帮忙的人,大家谈论起两家军属的家常来:"天才家是从武安逃荒上来的,在咱仁庄安了家。五年前,日本来扫荡时,他爹被鬼子杀死了,天才一怒气要参军报仇。那时村干部不叫他去,怕人说仁庄村扩军是捉弄外来户哩!可是他一直找到区上,报名参军走了!这孩子很争气,果然在前方立了功。"安柱插上口说:"咱家也一样受过罪,从前种人家地出了租就没有吃的啦,俺爹在时,给人打了一辈子忙工。俺弟兄们还是光着屁股。自从那年倒了租、分了田,咱才有地种。福奇十五岁上就当了民兵,以后就当了区基干,以后就成了县基干,以后就成了正规军走了。今年才二十一岁,永不好回来一趟!村上优待咱很好,如今成了富中农啦!"

村头响彻了炮声和鼓乐声,到城里"夸功"的人群回来了,仍然是几个年轻的妇女,簇拥着两位老太太迎上前去。就在布置好的会场凉棚下举行贺功典礼。两位老太太并肩坐在迎席,其他军属烈属荣退军人等挨着坐在两头,来宾如边府、行署、县府、区工作员及邻村代表,分坐旁席。妇女和儿童争着给两位老太太献礼戴花,多少人的眼,注视着她们,天才妈端端正正地望着,而福奇妈却仍笑着,眼眶里夹着热泪。天才妈心平气静地说:"俺天才在前边办好工作啦,我在家也光荣啦。村上人都辛苦啦,我要写信告俺天才说:'好好打胜仗,报答咱村上的恩情。'"人们都高兴地鼓起掌来,福奇妈笑得抬不起头来:"咱不会说,也没甚说!"大家催她讲话,她才仰起脸来,沉了一沉气:"我说我很高兴,要不是俺福儿,咱还能盖起这砖包门楼,挂起这大匾?边府、行署、县政府,还有区上老王……还能来给咱道喜?"笑了笑,继续沉住气讲下去:"俺福儿在前方立了功啦,俺安柱在家种地当互助组长，还帮助别家军属代耕哩，俺安奇在合作社，全脱离生产，为群众服务哩，我老人也学会纺花啦……"她又笑了一顿说："没哪啦！"人们都说："你讲得好！"大家欢呼："前方刨老根立功，后方栽富根立功，前方后方齐立功，共同打败蒋介石！"

  随后两面大匾，音乐团和群众及来宾都分成两班，围挤在两家军属的门口，眼看着这两面大匾，挂在门顶上，揭去了上面的红绫，金黄色的大字，在阳光下，映射着光辉，大红色的报功单，贴在墙上，参加贺功的人们和军属一样，脸上都放着光彩。

（1947年6月14日）

通讯员李聚福

鹿特丹

炮火打响以后，营指挥所派通讯员李聚福去前面工事里传达命令。敌人还在疯狂地打着枪，李聚福在枪林弹雨中往前跑，一颗子弹打中了他的右手，他咬了咬牙，把枪交给左手，继续向前跑。又一颗子弹飞来，腿上挂了彩，李聚福几乎倒在地上，但他还是往前跑。他把枪大背起来，用一只手和一条腿支撑着爬行，终于爬到了，传达了营长的命令。卫生员要给他上药捆伤，他拒绝说："我的任务还没有完成咧！"他只想早一点爬回来，向营长汇报传达命令的情形。敌人的炮火，仍然很猛烈，李聚福却一点也不胆怯，他只是坚决地迅速地爬。子弹像认得了他似的，又打上他的屁股，他轻轻叫了一声，几乎停下来，可是他想：营长或者已经等得不耐烦了。他从来没有完不成的任务，这一回仍然要完成。磕膝、手肘甚至臀部、腹部都擦伤了，他一步不停地往回爬，终于爬回了营指挥所。他已经站不起来，就那么躺着扬起头向营长作报告："报告营长，命令已照样传达，同志们都准备好了，只等听号音，就发起冲锋，完结。"他看见营长脸上露出满意的笑容，他知道他的任务完成了，便找到一段窄又浅的交通壕，静静地躺下来。战斗正紧，炮火尤猛，他不愿因为自己的伤去耽误别人的事。他躺着，等待着，他躺了大半天，但他连哼也没有哼一声。战斗结束了，他才静静地对营长说："来一副担架吧，我实在走不动了。"营长这时才知道他挂了彩，亲自扶他上了担架，对他说："李聚福同志，今天的任务完成得很好。"

(1947年6月14日)

安阳蒋营纱厂女工们的血泪话

曾克

"打开广裕纱厂,解救我们受苦难的工人!"

"保护机器,增加我们解放区人民的财富!"

我们的某部队,在这鲜明口号的鼓舞下,经过浴血的战斗,终于把安阳城北这个吸血窟解放了。

工人们一看见八路军冲进来,就从地洞里、锅炉房中和各种机器底下爬出来。他们被蒋军从宿舍里赶出来,藏在这些地方,足足地有半个月了。现在,他们背着小的,扶着老的,胳膊里夹着破布烂絮,满脸油污,一群群流民似的,回到自己的宿舍去。

女工们带着惊奇的神色把我围起来,瞪着疲倦无神的眼睛,听我向她们讲解八路军解救工人的简单道理。孩子们饥饿得哭闹搅扰着,但是她们仍聚精会神地听,有的把干瘪的没有奶汁的奶头,塞住孩子的嘴。当我诚恳地慰问她们的时候,她们感激得哭了。一个头发全白的老女工,一把抓住我的胳膊,像是要跪下来的样子,我立刻把她搀扶着,她□痊地抽搐着那没有牙齿的扁嘴巴,抖颤地说:

"人一进了工厂,就是钻了活地狱,跟外面世界一刀两断了。我当了三十六年的细纱工人,一辈子在工厂里,没有一个人来问过一声饥寒饱暖。不如人家厂里大人先生们桌子底下卧的一条狗。想不到,七十岁啦,遇到你这当官的来看看!"

中年女工张××指着老女工对我说:

"同志,她进工厂的时候,还是个年轻轻的小媳妇,几十年没天没日、没日没夜的日子,看看把人磨成个啥样啦!"

"要不是这些天,你们把厂子围得紧紧的,顾不上,他们早把我老婆子推出去了。"老女工放声哭起来。她更紧地抓住我说："厂里嫌我老了，不中用了，不叫我再上工，叫我搬出厂去。你们想，我一个无亲无靠的人，连个闺女都没有，我上哪儿去呢？"

"俺们几辈子几辈子干工人的多得很，可是，临老临死还是个白手空大空。没人管没人问，连个薄皮棺材混不上的多得很哪！"另一个老女工接上来说。

一张张菜色的脸孔，露着个深陷的大眼睛，都被激动起来了。她们越谈越靠近我，亲热地挤上来拉我的手。我帮助一个带三个孩孩的李××，抱起一个孩子，一同到她们的住区去了。

一间间低矮窄狭、煤灰洞一般的宿舍，满地都堆着被捣毁的门窗和砸碎的锅碗，简直扒不出一个下脚的地方。我们就在这破烂堆上坐下来。看着这一片惨景，我问她们："厂里的人呢？"

"厂里人？先生师爷们老早就坐飞机跟中央军当官的跑了，底下的小职员，能窜的也都窜到城里去了。还管俺们这些穷工人！"

张××说：

"不在他们跑不跑，纱厂里没断驻过队伍，老日子走了，就换上老蒋的军队。不是厂里的先生师爷下命令叫咱给人家腾房子？不是他们把爱梅她们几个小闺女叫去，叫老日子跟遭殃军当官的随意糟蹋？当兵的那就不用提啦，碰着谁谁倒霉。"

一个蓬松着像乱草一样长头发的女工，触起了她十五岁时被奸污的创痛，她抱着头哭了，大家对她劝慰着说：

"傻孩子，哭顶什么用？只要卖到人家厂里，像你们这大年纪，有几个他们能叫你清清白白地过去呀？"

"怎么你们是卖进工厂里来的？"我不懂地问。

"在工厂里一上了名，就再也不自由了。一年到头，两头不见太阳地在工房里，吃饭都是坐在机子旁边吃的。胸口上给你缀上这块布

（工人证）就算钉子钉到这啦，亲生的闺女、儿子来看，也只能在门房里说几句话，掉几滴眼泪，这跟卖出去还有啥两样？"

老女工王李氏说：

"我整天不就说，俺工人就是要饭花子，就差个不在人家门上哭哭喊喊的。一个月，顶高的手艺，才能吃上人家几十斤麦子，养活不住两口子，受的气可比要饭花子还多！"

谈到这里，有两个女工扶着一个刚生产不几天的女工回来。我问到她们厂里对孕妇及产妇有没有什么规定的休息和待遇。她们因为从没听到过有这么回事，还是诉苦般地对我说：

"人家的规矩就是这样：你一天不能上工，就扣你一天工钱，管你是什么有病生娃娃，不上工的天数多啦，就要把你辞退。"

我趁机会给她们介绍解放区的工人政策，如何优待怀孕的女工，生产期间如何给予适当的休息并照发工资，她们像听神话一般都出神了。王高化听了我说的保护童工的制度，摸着她十二岁的闺女桂子的头说：

"孩，你头疼得从机子摔下来，人家监工的都不叫你出来歇一下透口气。听听这个同志说的，咱这，要也成了那样可就好啦！"

抱在我怀里的孩子哭起来了，他已经两周岁多，哭声却异常地微弱。他的特别显得细长的喉管里，像响着风箱一般，呼噜呼噜地直喘气。周围很多小孩子都是这样。母亲们对我讲，她们去上工，不论日夜，常常是把孩子背在背上，熬过十二小时的漫长时间。长期的机房生活，飞满着棉花纤维的污秽空气，不仅侵蚀了母亲的肺管，也同样侵蚀了孩子们的。

她们你一句我一句又对我倒了很多辛酸。由于她们亲身所受的剥削，很容易激起她们阶级的仇恨。张××说：

"看看俺们大大小小哪一个有一分血色，哪一个像个人？"

我给她们解释：工人的血都吸到蒋介石和他手下的工厂老板们身上去了，八路军就是要打垮蒋老板，解救工人们的。

"怪不得有人说，八路军的大炮囗（ㄙ囗）到哪儿，哪里的世道就要大变。"老女工王李氏流着眼泪说。

我兴奋地站起来，向大家号召：

"八路军会很好地帮助你们组织起来，你们要积极地上名，参加工会，向吸干我们血汗的敌人报仇！"

她们第一次觉得生命有了保障，生活有了出路。眼里闪出希望的光辉。

（1947年6月14日）

解放战士的榜样
——记特等功臣李保全

冯牧

我在晋南前线上看到许多被解放的胡宗南军士兵，不久就变成了人民军队的战士，甚至骨干。其中某团的特等功臣李保全即是典型的一个。李保全是去年从胡军第一师一六七旅解放过来的。解放后不久，就自动参加解放军。在第一次战斗——陈堰战斗中，他就表现了令人惊异的忠勇。他过去没有做过战斗兵，但他打起仗来却像一个老战士一样。他以"天下第一军"的资格向一座院子里的第一旅的兵士喊话，使三十九个敌人缴了枪。在汾、孝的东大王战斗中，他赤脚在冰雪上勇猛追击敌人，一口气抓到了四个俘虏，缴了四支枪。在运城飞机场战斗中，冒着敌人密集火力的封锁，第一个潜行过敌之布雷区，接连进行了三次侦察，一直侦察到用手摸着数清了铁丝网的木桩根数，听到了前沿暗堡里敌人的对话。第四次他又自动担负了爆炸手和突击队的任务，冲近敌人身边，炸毁了铁丝网，帮助搭上了跳板，并向敌人工事摔了三十几颗炸弹。最后又作为突击队的一员冲过敌人的前沿工事。战斗中，他接连受了三次伤，但连卫生员都不找，依然坚持战斗。为此，他第二次获得特等人民功臣的光荣称号。

事情安排得多凑巧！李保全以人民功臣的资格受到晋南群众的欢呼庆贺的时间和地点，恰恰就是他去年被迫充当内战工具而作战的同一时间和地点。当我好奇地去访问他时，他告诉我他过去的遭遇。这使我懂得了许多国民党士兵一被解放即成人民战士的秘密，使我懂得了一个解放战士的道路。

二十四岁的李保全是陕南沔县人，家里八口人，靠砍树木、削竹

片为生。抗战初，大伯被抓了壮丁，父亲为躲役砍断了右臂。家里只能指望年幼的李保全每天上山伐木度日。好容易积了一千元钱，租下了二亩地，刚上了粪，又被地主买通保长，把地夺了回去。四四年保长又以抓兵威胁他，强迫他到保长家去做工。每天做十五六小时，一连做了几个月，他想回家去看看都不准。再三请求，才允许回去一趟。刚一回家，父母便哭诉家里没法活，应付不了差役。李保全又急又累，病倒了。保长却说他逃役，派狗腿把他捆到了联保处，李保全忍耐不住，便逃到深山里去。保长又把他父母捆走，吊在联保处，要他们叫儿子回来。过了几天，又派人把他父母押到山里去找他。当他听见父亲的哭喊声时，他再也不能忍心在森林藏匿，便自动回到联保处去。挨了几顿吊打之后，保长把他卖了壮丁。

他被押到一六七旅，行军时捆在一起。每个人要背五六十斤大米。说是军粮，但不准他们吃。从汉中行军到宝鸡，两千人拖死了八百。以后他被分到运送连担当官的行李，要担七八十斤重，走慢了就要挨棍子，驻军时就修厕所、修路。别人宿营，他们还得做工事。一六七旅开到晋南来打内战，在运城、安邑一带住了一年多，他就受了一年多这样的罪。

去年夏天蒋家部队和解放军作战，在某村被包围了。连长对李保全说："你担的是副团长的东西，丢了要杀头！"李保全说："东西太重，怕不好跑。"连长就打了他几耳光。他想："人都说八路军厉害，快打进来吧！"果然，几分钟后他们便被解放了。当他看见了解放区军民的亲热，完全证实了他在故乡听到的关于红军的传说："在这个队伍里要不好好干，可真对不起父母！"他时时惦念着报仇，惦念着把苦难中的父母解救出来，他又懂得了如果要解放自己的家，就必须好好作战，把胡宗南消灭。当他在战斗时听到有的同志想家，他便劝说着："同志，你们家里解放了，你可要帮助我报仇，解放我的家呀!"部队里掀起了保卫毛主席热潮,李保全第一个递出了请求书,交出了他的英雄章和所有的东西。他说:"有毛主席才有我们穷人出头的日子!有毛主席我才能报仇!我生生死死也要随着毛主席消灭那些吃人虫,解放我的家乡去。"

(1947年6月16日)

扭转了俺爹的脑筋

维进

我叫李小虎,今年二十一岁,家在济源六区泥沟河村。灾荒年的时候,父亲把我送到沁阳给伪匪头子范登科当听差,挨打受气不说,还给范登科的姨太太倒尿盆。去年冬天八路军解放了我的家乡,要进行土地改革,我就逃跑回来。谁知父亲不高兴,说:"给你找的好好一份差事,你不干,回来干什么?"我说:"回来分土地呀!"父亲摇头说:"咱不要土地!"我听了很奇怪:我家九口人,才有三四亩地,穷了一辈子,现在分上土地,就能翻身,为什么父亲不要土地?后来才知道父亲当了地主的狗腿。他的想法是:"穷靠富,富靠天,财神老爷靠神仙。"他把我送给范登科当听差,大概也就是这个意思。我完全不赞成他这种怕事的行为。

我村是边沿村,要进行土地改革,武装掩护很要紧,我就当了民兵。父亲马上反对,骂我发疯,不要命!最后提出严正警告说:"你要扛枪就滚得远远的,进我的家我就要缴枪。"当时我想了一个办法,缓和了一下,把枪藏在麦糠里,轮到上岗的时候,悄悄把它扛出去。

土地改革刚开了个头,敌人进攻济源城,父亲幸灾乐祸地说:"我叫你不要干民兵,偏不信,看李道三回来扭你的脑袋吧!"李道三是我的堂兄,在中央军干了个啥样队长,已经放出空气要回来倒算。但是父亲抬出李道三,没有把我吓住,相反第二天村公所开战时动员大会讨论到气节时,我首先向大家发誓说:"李道三是我哥,他回来我一样跟他干到底,如有妥协,刀枪穿心!"父亲知道我发誓,点着我的鼻子尖狠狠地说:"你长有几个脑袋?"我也生气了,大声说:"提着脑袋都要跟敌人干到底。"我们吵了一顿,最后父亲叫母亲劝我。母亲对我又哭又劝,我心想:"要翻身哩!斗不过家庭还能斗过封建?"硬着心没有理她。

敌人占了济源城后,马上就要向我村这一带进犯,我想跟民兵出去打游击。当然父亲是不愿意的,他说:"你要出去,以后就不算家里的人了。"我说:"随你怎么办吧!"于是父亲气愤愤地走进房里,把母亲正在给我缝的棉衣夺过来,撕成两片,两片又撕成四片……

天气冷,在外面打游击不穿棉衣,实在冻人。这时父亲听了李道三的话,给我写信说:"时势不同了,何必在外头受苦,转过脑筋回来吧,你道三哥说,扛枪还是扛枪,待在这边比那边好得多。"我把信一看,这对我是一个极大的侮辱,马上愤愤回信说:"为人民服务,冻死也痛快,要扛顽固的枪,就是狗养的。"父亲很气,又来信说:"你不回头,李道三要大锅炸你。"我又回信说:"我抓住道三下大锅,把你当作柴火。"父亲气得没办法,把母亲给我的第二件棉衣又撕成一片片。

十二月十二日,配合八路军进攻济源城,我领导民兵回家打李道三的倒算队,跑进村南第三座院子,里面有打牌声,扔进一颗手榴弹,李道三冒着烟火逃跑,我追出村外,喊着:"走慢点,你不是说大锅炸我,现在看炸谁吧。"他头也不回,跑得比兔子还快。

打走李道三的倒算队,村里又进行土地改革,经过敌人一次倒算,群众都不敢干。我领导民兵带头干,发动群众诉苦,带领群众到地主家里搬东西,搞得一股劲。

地主李德生是父亲最奉承的一个人,我领导群众到他家搬东西,父亲当然很生气。当天回到家里,父亲卷起袖子瞪着眼骂道:"德生叔得罪了你?"

"没有!"

"为什么搬他家的东西?"

"他剥削穷人,我搬回穷人的东西,这还不合理?"

"日你娘呀……"父亲气得跳进厨房,拿起铁锹,把我打了一顿。我真生气,又很伤心,我想我领导穷人翻身,不是办坏事,为什么父亲这样对我,明明是穷光蛋,为什么父亲和地主这样相好。我想了又想,想不通。

这时有人主张将我父亲送到教育所换脑筋,说:"小虎是领导穷人翻身的干部,他打击小虎,就是打击穷人翻身。"父亲本是很可怜的,但是为了穷人翻身,我不能向父亲让步,最后拿定主意,提出我的要求说:"不送教育所也算,要听我的条件:一个是不能跟地主勾勾搭搭,反对农会,再一个不能干涉我。"大家把这个条件告诉父亲,并且劝解他说:"村里穷人都干起来了,跟地主一世还有什么出路?你是穷人,也该翻身了。"父亲想了想,终于答应了我的条件。土地改革结果,我家分了七亩地、一座窑、一座院。我当了村里武委会主任。搬进房,种上地,日子好过了,父亲慢慢高兴起来,近来常对母亲说:"多亏小虎扭转我的脑筋,才有今天的光景。"母亲笑着说:"虎儿奉的毛主席,没奉差。"

现在,父亲也参加农会了。

(1947年6月17日)

这里埋着一个卖国贼

——记窃国大盗袁世凯墓

柯岗

在安阳城北,被窃国大盗袁世凯的骨头玷污了三十多年的五百亩良田解放了。五月二十四日早晨两点钟,人民解放军从这里的坚固工事里驱逐了蒋伪郭清残匪。拂晓记者赶到这座墓园的时候,附近村庄的居民,正在松林内外被解放军摧毁的大小碉堡和工事里寻找着敌人从他们家里抢来的东西。一个安阳桥的老太太气得双手发抖,拿着一个破旧的空升子对记者说:"这是前天黄昏,那些畜生从俺家炉灶边上抢来的。那时候这里还盛着三合米,从那时到如今,一家五口再没吃到米了。"

几百亩大的松树林里,被枪弹打死的喜鹊和打断的枝叶狼藉遍地。林子中间,有一片红墙绿瓦,香案烛台,而又用水门汀装饰了内部的大房子,一眼看去,一片封建加洋奴中西合造的卖国贼气派,这便是窃国大盗袁世凯的墓了。五个方柱子隔成了五个大门,横额是人民解放军刚刚写上的"反对蒋贼卖国独裁"八个大字。进门之后两边排列着灰色麻石雕成的马、虎、羊、狮和翁仲像。大殿之前一座两丈多高的石碑,前后雕满了透花的青龙,中间刻有"大总统袁世凯之墓"。看样子好像那些贼子贼孙真想把袁世凯装饰成一个"真龙天子"似的。可是不知是谁已经在"大总统"三个字旁写上了"窃国大盗"四字,并有好几个当地的小学生正用石块挫打着"大总统"三字。

大殿之后,是一个圆形的水泥砌成的墓冢,周围满布石狮子,顶上有一座非常坚固的碉堡,已经被摧毁,到处都是敌人的血迹。墓冢背后有人写了一行不很整齐的字——这里埋着一个卖国贼。曾经在北洋第九师当过录事的张林华，已经是发白齿落的老人了，现在他对着这一行歪斜的小字点头微笑。我问他："你也同意这样写吗？"他无限感慨地说："当然同意，我就是在民国五年蔡松坡云南起义时退伍的。不说国家大事吧，就他在俺这一带也把人毁痛了。这个坟占地五百多亩，全是老百姓的呀！安阳桥的举人胡士信，就是为这气死的。袁家的人仗着有钱有势，那时候整年放高利贷，方圆百十里都得使他的钱，利钱三分按季计算，到时出不起就要抓去受刑罚，多少人被逼得投井上吊。就在那高房子里，"他指着西面的袁宅，"天天有死人往外拉，都是受刑死的呀！"说到这里，他抬头看着碉堡，拉长声音："好啦，老蒋这回可把袁世凯反革命的手段都使尽了。总算不坏，袁世凯卖国还落个这样的坟，将来老蒋往哪里埋呢？"我说："老蒋的祖坟在美国。"他大声笑起来。

　　越过将近一千公尺的草地到了袁宅，这里实际上已经是数十年的兵营了，高墙森严，堡垒林立，毫无家宅气味。蒋伪遗尸遍地，人民解放军的掩埋组正在忙着掩埋，在袁宅门前，有八个伪匪的尸体，面向着解放军的阵地，很整齐地躺在地上。我奇怪他们死得太有次序，掩埋组的同志告诉我这是安阳命令他们最后一次反扑的时候，他们不敢前进，被官长们用机枪扫死了的。确实当我看他们伤时，发现每颗子弹都是从脊背穿过前胸的。其中有一具年纪较大的尸体，几个老百姓用石块拼命砸他的脑袋，当掩埋组制止他们时，他们说："同志们不知道，这是顶坏的一个班长，他在俺安阳桥糟蹋妇女太多了。"

（1947年6月17日）

"四愣子"化装叫汽车

——记一个团的伏击战

黑生

截击汽车的部队,早上六点钟就埋伏在曹(县)南黄河大堤北三里的大郑庄一带。果然,八点钟光景,敌人的汽车走上堤口,战士们紧握着枪,静静地等待着。但汽车却没有前来,在那里探探头、又探探头,像一条将要上钩的鱼。

"大概被敌人发觉了。"团副说着走向侦察班,"哪个去叫它来?"话刚落地,"四愣子"就答了腔:"我去!"

"你怕不怕?"

"派个人监视着我,看看咱'四愣子'!""四愣子"有点恼火,立刻换了便衣,推个小车,扎上腰,呱呱嗒嗒地推起往南去了。走到大堤,有七辆汽车,还有一些商人的马车停在那里,有两辆汽车正扭转头要开回商丘。

"喂!"汽车上一个军官说,"那边有多少八路军呀?"

"没有啦!都叫咱打跑啦!"

"不要走哩!"另一个说,"你是干啥的?"

"我从城里卖烟回来啦!"

"啥他妈的装形,八路探子,过来!""四愣子"走近汽车。

"先把马车放过去,没事便罢,不然,小心你的脑袋!""四愣子"的心里并不慌,他看着载货物的几辆马车,飞似的跑下堤去,进了大郑庄,又从村北边露出头来。但是,"四愣子"心里有数,我们的主力还在大郑庄以北的村子里,虽然马车放行,汽车可就要挡驾了。

"不像八路探子！"当官的说着，脸上露出笑容。

"官长！""四愣子"掏出一万元法币塞进了那人的手里，"嘿！买点烟吸，不多嘿！"那个有"良心"的官还给他留了两千，放他走了。

眼看着七辆汽车一个挨一个的，放着屁，像旋风似的往北开去，"四愣子"弯腰急速顺大堤向东北走去。

"呼，叭！"

"达达……"枪声炸弹声像连珠炮一样地响起来。"我'四愣子'好似勾命鬼！""四愣子"笑着唱着同枪声飞奔而去……

一点也不差，这次战斗弄了四辆汽车。

（1947年6月20日）

割　麦
——四〇部军民关系片段

晓铎

老太太的哭与笑

吃罢早饭,"四〇一"部机枪连陶班长领着六个战士出了××村,朝西南沿着大路走去。他们嘴里嚷着说:"……有苦同受,有难同当,生产、打仗,不惜自己的生命……为了群众……为了解救自己的爹娘!"每个人的脸上都洋溢着愉快的笑。

一个花白了头发,约莫五十岁的老太婆坐在麦田里,用那枯瘦的手慢慢地拔着麦子。陶班长迎上去问道:"老太太你家种了多少麦子?""我只有四亩。昨天拔了一整天,就拔了这么一点点(她说时指着那一分来地),手也拔疼了!……我老汉死了,丢下了一个小孩孩……咳!……"说着说着,她的眼泪滚出来了!"老太太,不要哭了!我们就是来帮你老人家收麦的。"陶班长像亲儿子对母亲似的安慰她。同志们的心坎里都深深地感动了,于是就干起来了,有的用手拔,有的拿镰割。她揉了揉眼睛,止住了哭泣,登时笑嘻嘻地说:"我老汉在世时就说八路军好,八路军一来咱就有办法啦!当真盼来了!"同志们听着更加油干了,三亩多麦一口气收完了。

手比镰刀还快!

"四〇〇"部直属队二十三日在火似的阳光下,助老乡麦收,汗水湿透了衣服,谁也不去休息。短小精悍的秦副政委,卷起了袖子,说着笑着拔着麦,他号召:"没有镰刀用手拔!"大家嘴里叫嚷:"手比镰刀快!"老乡拿了几盒纸烟来,一个一个地让,同志们都摇摇头说:"快拿回去吧!我们都不吸那个!"老乡快快地说:"你们不吸烟!我心里过不去!"机枪三连的同志们到了麦地以后,每人都摊了四行,提出了竞赛口号:"看谁拔得快!拔得净!看谁先到头!"工作的热情和火似的太阳一般热。贾廷栋同志在最前头,王增弟一只手长满了疥疮,另一只手却飞□得那么快!大家喊着:"拔呀!向贾同志看齐!"笑的笑,拔的拔,黄豆般大的汗珠,一粒一粒从头上掉到麦地里,工作越□劲头越大。有的索性脱了上衣,把帽子摔到麦堆上,谁也不肯落后。没到两个钟头,就完成了四亩多。老太太端来了白面馍馍,提来了开水,喊着:"同志休息下子,吃点再干!"可是她喊了几遍,却没有人休息,也没人吃馍,只喝了几口水,又给干起来了。她努着嘴说:"你们不吃我家饭,我真不乐意!"

(1947年6月20日)

访模范炊事班

勇进

二十九日上午,记者到了群字部有名的模范炊事班。进院子我便看到了郭文重在呼呼地拉着风箱。模范炊事员侯继香正在和面,据说他有把面和得掉在地上不沾土的本事。他做小米饭也是很有名的,在五连只要说是老侯做的米饭,就剩不下,全群字部都知道侯继香的米饭好吃。他也常说:"多想办法多用劲,叫战士吃饱好打蒋介石。"他很能吃苦,行军时身上断不了背五十斤重的东西。我和老侯刚扯了一会儿,司务长邵鸿大从外面抱着一抱青菜来了。司务长是个老实细心的人,过去他们五连每月就要亏空二三百斤米,后来他从仔细的计算中,找到了原因。过去吃米饭每天烧四锅汤,至少用八斤米,一个月就是二百多斤,他马上向炊事员提出了这是严重的浪费,并且说:"只要咱们多下点力气,就能节约,战士们还吃得好。"此后不管行军多远,都是磨面吃米面馍。开始吃米面馍的时候,说不清什么时候行动,时间上掌握不准,馍不是酸就是硬,他们研究了一个好办法,把米面发一半,另一半用开水烫了,无论什么时候也不酸、也不硬。马素香做的汤也是特别有名的,五连同志吃饭时,喝饱了也还是要再加上两碗的。这次豫北战役中,五连的饭五天没有重样,油条饼、枣馍,真是花样翻新,战士们一看到炊事班的同志就高兴起来了。旅的首长嘉奖他们时,送给了他们的纸烟,他们却又送到前线,给战士吸。老英雄李治富写了一首称颂炊事班的快板说:

说伙房,道伙房,

伙房工作□的强,

战时平时没有一天缺给养。

饭又好,菜又香,

五连战士吃得胖,力气壮,

杀退敌人保家乡。

(1947年6月20日)

怒火的爆发

——平津学生"五二〇"游行纪实

万人怒吼震北平

"五二〇"平津学生反内战游行情况是极为壮烈生动的。北平方面，参加的学校有北大、燕京、清华、辅仁、北洋、中法、朝阳、铁路学院、医专、师院、北平师范、女二中、女三中、员满、汇文、女附中、育英、国立第一助产学校等校共万余人。天津方面虽因事前被蒋家当局多方阻难，参加者仍有南大、北洋、河北工学院、保定工业学校、南大附中及各中学等。北平清华大学行列中并有曾参加青年从军的退伍返校学生数百人，穿着原来从军时的美式戎衣，佩带战功勋章，头戴钢盔，组成"从军青年大队"领头进行。

北平学生游行三人一列，每三列有纠察队一人，另有宣传队、请愿团、对外联络、救护等组织。

自下午一时四十分开始游行，宣传组沿途分发传单，在墙壁及商店门口书写"反内战、反饥饿！""求和平！""组织民主联合政府！""反对征实征兵！""提高公教人员待遇！"等标语。同学们高唱着《你这个坏东西》《反对内战》等歌曲。到西单时，联络组北洋大学学生邓宵□车先行，突遭蒋特化装的学生三十余人包围殴打，并用绳反绑于树上，用铁棍及铁丝、麻绳、布条缠成之狼牙棒乱加毒打，邓被打得遍体鳞伤，鲜血淋漓，极为严重。数分钟后，另一学生胡节平亦被便衣特务包围殴打受伤。游行大队继续前进中，蒋特暴徒又抛砖掷瓦，企图扰乱行列，但是学生们最终沉着通过。

三时许在中南海蒋政府北平行辕请愿，由李宗仁派了一个副官处长李某接见。学生提出五项要求，此人条条推开，毫无结果。如：学

生要求惩凶，此人说"在追究中"；学生要求赔偿道歉，则谓"行辕不负责任"；学生要求配发各公私立学校食粮原料，则"须考虑"或"无有"。

七时许行列回到北大红楼广场，留校同学热烈鼓掌欢迎，校门悬有大字标语："你们凯旋了，伟大的战士！"各校学生齐集后，主席团报告西单事件及请愿经过，学生情绪十分激昂，当时就决定："反内战反饥饿运动"正在开始，决不中途妥协。并决定自六月二日起为反内战周，呼吁全国罢课、罢工、罢教、罢市，改北大红楼广场为"民主广场"。

当天晚上华北区反内战反饥饿学生联合会继续在北大举行代表会议，决定二十二日继续罢课一天（包括平津及唐山）。二十一日晚燕京自治会也开会决议，除二十二日继续罢课一日外，并通过争取士兵共同参加反内战反饥饿运动及募捐慰问受伤及游行学生等决议。

天津学生冒砖石前进

天津学生游行行列分两起，一由南开大学领头，一由北洋大学领头。

南开大学游行将出发时，南大教务长陈序经、训导长鲍觉民曾企图劝阻改变游行计划为校内活动，学生自治会代表回答说："游行是全体同学的决议，自治会不能违背全体意志。"二氏就和全体同学谈话，鲍氏问："今天大家可不可以不出去？"全体同学一致答："不可以"。

上午九时半集合出发，队前一横幅书："华北学生反内战反饥饿联合大游行。"幅后一方匾，上书"内战不停，饥饿不止"八字，其后又写："中华民国宪法中规定人民有集会、结社、信仰、言论、请愿之自由。"游行行列刚走出校门不远，就有蒋特暴徒数百人，各手执短棍、皮带、砖头蜂拥迎面而来，游行行列见情势不对，就调队头,打算改道而行,而蒋特等已逼近行列,一面狂呼"反对罢课"及"打倒中共走狗"的栽诬口号,一面即砖石齐飞,有如雨下,并凶殴上前和他们交涉的学生自治会代表。警察也持警棍伙同暴徒街上参加暴行。学生被迫即退回校内,计有学生二十人受伤,六人被逮捕,同学当即开会商讨救援被捕同学,发言者皆泣不成声,鸣咽四起。

另一队北洋等校学生于八时二十分出发,行列前后大书:"反对内战!""为民请命!"宣传小组沿途对围观市民进行宣传,散发《告工商同胞书》,学生则狂呼口号,高唱歌曲。行列至金刚桥时一度为警察所拦阻,学生当即展开街头宣传,由"棒子面为什么这样贵"说起,群众中不断发出掌声,警察亦多表示同情学生。经过交涉后行列继续前进,游行学生并向警察鼓掌表示感谢,围观群众亦纷纷鼓掌,情景极为感人。

十时许大队直至罗斯福路时,一队蒋特化装的数百"群众"又迎面而来,大叫"反对罢课",迫使学生返校,北洋学生出面论理,即被骂为"苏□的走狗",立刻铁尺、皮带、木棒、砖石齐飞,学生行列当被打散。蒋记警察更驾囚车赶到,反捕去被殴的学生十余人。但学生再接再厉,旋又集合至津蒋记市政府请愿后始整队回校。各校教授对此都很悲愤,南大教授在困穷生活中立即捐出三百余万元慰问学生。

是谁破坏秩序?

游行罢课一开始,蒋政府就借口所谓"维持社会秩序",对学生反内战反饥饿运动横蛮压迫,但实际上游行学生秩序井然,而破坏"社会秩序"者正是蒋当局嗾使下的特务暴徒与警察。例如天津《大公报》对北平"五二〇"学生游行的标题是:《北平万人行列,情绪激昂秩序严整,西单遇阻沉着通过》《队伍恪守纪律,西单砖瓦乱飞，行列沉着前进》《学生忍辱挨打，群众深受感动》。新闻内容则描绘着："庄严、肃穆及热情，人数虽多，但是保有比'抗暴'运动时更高的纪律，每个人是自发地提高了警觉与服从。"天津《益世报》亦□为："平学生行列整齐。"津北洋大学之游行，《益世报》描绘为："学生大队徐徐进行，秩序良好。"当北洋游行行列于罗斯福路遭蒋特暴徒迎面冲来时，学生恐有意外，更自动请压队之蒋记警局督察"维持秩序"。

又如南大学生出发以前，自治会代表当场宣布：（一）出发后须绝对保持队形的完整；（二）除规定之口号外，不准任意发出其他声音，尤不准喊"打"及"嘘"；（三）途中遭遇任何事件时须以耐性静待解决；（四）总领队有颁布紧急措施之权力，全体均须遵从；（五）对外只有总领队有发言权，任何同学不准与外人接谈。这真是充分民主、充分有组织、充分有秩序，而且充分委曲求全。

反观蒋当局方面，则嗾使暴徒横冲直撞，诬蔑谩骂，残酷殴打逮捕学生，极尽其破坏秩序之能事，而蒋方警察不但不予以制止，更从而施虐助暴。北平蒋特在西单殴打北洋学生邓宵时，《大公报》写着："徒手宪警目睹邓之被殴，亦未过问，一时商店均惊惶关门。"天津北洋游行学生在罗斯福路被蒋特暴徒殴打时，《益世报》描写此批"群众"道："疾行前进，由学生左侧超过，高呼'反对罢课''拥护国民政府''打倒共产党'等口号。此队群众，无制服，无旗帜，记者叩询来历，辄答以'市民'或'不知道'等语，为数在六百人之谱。"当这批"群众"各用铁尺、木棍、砖瓦凶殴学生时，《益世报》又描写着："警笛一鸣，警察亦混入乱局，并逮捕学生共计有十七人，解往警局。"至这批"群众"究竟是什么东西，亦可从《益世报》下面一段描写看出："游行群众获得北洋国旗，列队合唱党歌（国民党歌），交通警并鸣警笛，勒令行人闻歌立正。"在蒋介石看来，大概只有这种侮辱殴打，并强人立正的特务行列，才是维持着他的社会秩序！

"把愤恨变成力量！"

这次游行中，天津北洋大学受伤同学有曾映云、马汝良、陈之凡、钱锡来、陈川、刘增来、张兆兰七人，其中曾、马受伤最重，咯血不止，曾之伤为"胸部挫伤"，马之伤为"脑震荡"。北平受伤严重之同学邓宵，为津北洋教授邓日谟氏的公子。

受伤的也不只是学生，当天津蒋特于罗斯福路追打一穿黄色咔叽服学生时，冲入天津财政局内，见穿黄色衣服的人即行殴打，不分皂白，如同疯狗，暴行历时二十五分钟始扬长而去，蒋记警察仅在旁观望而已。结果受伤职员市民达十八九人，其中三人重伤，职员孔宪瑞伤势最重，心脏出血，有性命之忧。

然而殴打是镇压不住学生们的。他们英勇地斗争着。南大同学被蒋特殴打时，一个细长同学后脑壳上中了一个石块，伤口有拇指那么大，血流不止，另外三个人把他抬了回去，已经不省人事了，另一同学也被抬了回来，颈子上、两颊涂满鲜血，他哑了的嗓子不住叫着："不要管我，没有关系，小张叫他们架走了，快去追！"

受伤的同学抬回来了，学生们坐在院子里呜咽着，女同学忙着给伤者裹扎伤口，小队长们忙着清点失去的伙伴。一只缠着白绷带的手挥动起来，红药水涂抹着的嘴唇喊着："我们要把悲痛变成愤恨，把愤恨变成力量！"疲倦了的同学们立刻报以一阵霹雳似的掌声。

（1947年6月20日）

又一个"王克勤班"——董金德班

何朋　法生

董金德的简历

董金德是河南商水县人，现年三十七岁，民国三十四年九月初九，被国民党抓逃兵的硬说他是逃兵，坐了三个月禁闭后，被拨到四七师三七四团炮兵排当二等兵。队伍从河南往湖北出发，他每天要扛着四十八市斤的迫击炮座，他要求排长扛炮身挨了两个耳光。到了邵耳寨正准备开小差，就被八路军解放了。

董金德当了班长

董金德刚到嫩江八分队八连就赶上夜行军，心想："八路军生活苦饷又少，还是开小差回家吧！"后来他看到八路军和老百姓是一家人，官长不打骂士兵……加上不断受到教育，他的思想开始有了转变。部队到龙皇集附近，一位荣退军人告他说："政府给我房子、地，还帮助找了个老婆，现在做个小生意，生活还很好。"董金德便马上想道："给老蒋当兵，打残了活该你受罪，还给你什么房子、地？要是死了，不是丢到河里也是喂了狗！在八路军里好好干为人民立功，就是残废了，也有出路。"董金德的思想慢慢通了，工作积极起来，作战非常勇敢，不久被提升为副班长，今年四月又升任班长。

"班长待我比俺娘还亲哩！"

他经常在班里说：当班长要关心战士，不能起态度，如果班长好发脾气，班里同志就不会安心、不会高兴的。行军时，他经常背两支步枪、两个背包，自己脚上打了泡，不向别人说。杜有才走得疲劳了，他用说故事讲笑话的方法使杜不掉队。新战士刚补充到班里，他自动帮助找碗、铺床铺。四十九旅解放过来的刘国清吃不惯小米，他解释："我从一二五旅初来，也是吃不惯小米，可是过了十天半月小米越吃越香，大米是淡的，不信你试试。"在小司空挖工事，每人发五个馍，董金德吃了三个留下两个，刘国清挖工事累了就给他吃，刘国清感动地说："班长待我比俺娘还亲哩！"

董班长处处模范，对全班影响很大。王合亮说："行军中大家都疲劳，躺倒就睡觉，可是俺们班长烧好水端来，叫起大家喝水洗脚。"解小黑说："参军刚到八班，班长招呼俺就好，不叫去打饭，也不叫俺做勤务……"

干啥说啥解决啥

在战争中董金德不仅沉着有办法，而且能根据具体情况提出适当的口号鼓动部队。攻打汲县三里窑时，敌人向我们打了几发炮弹，新战士沉不住气，他说："夜间打炮是瞎打没准，我以前打过炮，不要害怕！"马上稳定了大家情绪。第二天敌人撤退，他指定了目标叫大家打，他两枪打倒两个敌人，提高了大家射击信心。新战士王忠不敢打枪，董金德叫他试打了一枪，问："害怕不害怕？"王忠说："不害怕！"接着一连打了二十多发子弹说："闹了半天，打仗原来没有啥！过去听说打仗可害怕啦。"攻大司空村前两三小时，战士看见我们有好几门山炮，董金德马上提出："咱们有这么多的炮，还怕消灭不了敌人！"当我们山炮向敌人围墙碉堡轰击的时候，董金德拍手大笑对新战士说："同志们你看我们炮打得多准，咱们八路军打仗就是先用炮，打垮碉堡围墙，用火力压得敌人抬不起头，给步兵开辟出道路，只要步兵动作勇猛，一冲就成功。"

董金德动员全班挖工事的口号是："老同志不要依靠新同志！新同志要向老同志学习。"飞机来了，同志们有些害怕，董金德说："不要怕，飞机是往前打的。从东来，你靠交通沟的东墙，从西来你靠西墙。"当敌人子弹打过来新战士害怕，他解释："不用怕，同志，你听子弹'嗖！嗖！'的，那子弹不知道多高咧，你看我在这里立着就不怕！如果你听子弹'噗噗'地响，是在跟前咧，那就小心点！"解小黑、米小三二人听罢，很放心地挖起来。挖得离敌人近了，有的同志不住地抬头看，挖不快，董金德说："派两个人监视敌方，咱们都屁股朝着敌人放心挖，挖的不看打，打的不看挖。"

战士王合亭说："我在七班没胆，到八班有了胆啦！"他挖工事的速度，比别人快一倍，而且还挖得很好，挖完了还帮助其他班挖。战士很愿接受他的技术领导。

守纪律给战士壮胆

在纪律问题上董金德也是非常注意，有一次挖交通沟前面有块麦地，他叫沿着麦地边挖。王合亭问他："为啥？"他说："我们多流点汗，就可救活几根青苗！"打进大司空，看见有几个包袱，董金德马上提出："谁也不准动，动了老百姓就会不满意，我们的血就是白流了！"八班在董金德同志领导下，大家都很高兴，别班的战士要求调到他班；主要是董金德同志关心战士，说话和气，处处以自己的模范行动去影响大家，在紧张的战斗情况下，能及时提出鼓动口号给战士壮胆。

（1947年6月23日）

关于农民们的名字

——任村"土地回家"散记

展潮

和任村的大人小孩逐渐惯熟起来的时候,我相信,再没有什么比给小孩起名字,更能代表农民的企求与遭遇了。

就以我住处邻近的农民来说吧,随便问到哪个人的名字,他都可以告诉你一段来历的。例如我房子斜对门那家翻身户的孩子,因为是在一九四二年日本人大"扫荡"时候生的,就叫个"逃生"。还有叫"荒年"、叫"米贵"的那都是民国九年大灾荒年,农民悲惨生活的标志。

最通常的名字是王石存、陈天存、张李拴、苏石柱、杨石头、王一丑、苏闺女等等。这一类名字都与迷信相关。农民在封建政权下过着惨淡的生活,总是觉得自己命不好,养了个孩子,生怕保不住,不是到圪崂山下的山神庙里,便是到西河漕里的大怪石跟前,烧香祷告,请它们认作干儿或替自己"存"下来。再不然就是亲生儿当养子养,男孩当女孩养,因此就起了这一类名字。

以上所说,大抵都是奶名。等到孩子长大成人,农民们便请"识字先生",或是按照自己的企求给孩子起个"官名",因此什么荣呀、华呀、富呀、贵呀,都千篇一律地叫起来了。农民把自己的企求表达在孩子们的名字上面,但是在地主统治"不杀穷人不富"的社会里,到头来大多是冻、病、饿、死!甚至连卷尸首的席片都没有!前几天村里开会时跟我坐在一块的那位老汉便说:自从爹娘给他起"张富"这个名字那天起,日子一天更比一天穷,最后连半亩"瞎巴地"(坏地)也押给了地主,父亲也死了!他在地主家里当长工,起五更搭黑不能说不"勤劳"，但是他的工钱只够娘儿俩糊嘴！这些都不去说它，偏碰上个"林北一只虎"，恶霸地主岳建祯，没事生事。那天早起张富正往"主家"地搬土，岳建祯虎视眈眈地走过来，硬说张富偷了他的土，不由分辩岳家的一干"狼"（打手）已把张富压在地下，拳棒交加地打着。"你看，到今天打折了的扁担钩还留在这里！"张富每说到这里，总要把裤腰往下一抹，指了指肚脐左近的一块伤痕说，表示他的激愤。为了这块伤，他整整在炕上躺了三个月。

待张富刚能走动的时候，岳建祯的"狼"们又把他打倒了，连打三次，最后送到县衙门里。岳建祯还不甘心，拿五十块现洋收买狗官们，险些没有把张富打死了。张富说："那时辰，心想：富不富吧，只要能安生赶穷嘴也算，谁知那干虎狼地主老官就不让！自从来了八路军共产党，我张富才真正是个'张富'了！反奸霸的时候，收拾了'林北一只虎'。其他地主恶霸，在土地改革等运动中，都受到应有的惩罚。张富老两口闹到六亩地、六间房，他非常痛快地说："虎狼的走道已经到头了，现今是咱庄稼汉生产发家，由穷变富的时候了。"当说到和他名字相关的"富"字时，声音特别响亮。

实现了土地改革后的任村，所有旧式的名字，都被农民当作自己生活的一块里程碑来看了，有的是把旧名字作新解释。如三街农会主席苏日江，原来官名就叫个苏有田，当他联系到"耕者有其田"时，他更喜欢这个"官名"了，见人就说我叫个"有田"。不少农民已开始给自己孩子起"翻身名"了，有几次我还被请去参加农家这种新型的"命名礼"（权且这样说吧）。

"老杜，给俺孩起个新名字吧。"我被难住了，终于想出个好办法，请他们全家发表意见，于是你一言我一语地说起来了，有人主张叫"胜利"，有人主张叫别的，结果王长龄的男孩叫"自由"，王保忠的女孩叫"平等"。对于后一个名字，翻了身的农妇特别感兴趣，叽叽呱呱谈个不休。在回家路上,我碰到另一个农民,叫我给他八个月的小"解放"画像,天晚了,我答应以后再画。在拐弯的地方,我又遇见了小"民主"的祖父傅月其。他说他孩在前方来信说"民主"这个名好倒是好,就是意义太大了,怕配不上,还是另起个新名吧。他提议叫"建华",一方面当作建设新中华的一分子来讲,一方面当作重建滑县讲,因为他曾经参加过胜利的滑县战役,滑和华同音……

当我看到这群以"翻身""解放"为名的孩子们,在革命领袖像前,拍着小手,亲热地呼唤着毛主席的时候,不禁联想起一句话:"当农民接受共产党领导,行动起来的时候,他们不再是土地的奴隶,而是土地的主人,苦难的日子也将永远地永远地离开他们。"

(1947年6月23日)

王芬喜不回家了

赵子岳

王芬喜去年九月间，被孙殿英部抓去当了伙夫，在汤阴城下被解放过来，住在收容所五班里学习。他是个纯朴老实的农民，看着人，眼睛老是直瞪瞪，像是有话，又说不出来……

和王芬喜一块睡觉，中间只隔一个人的是张文尉，张文尉头天晚上还装得好好的六百二十元，第二天清早，不等出早操就不翼而飞了。他马上就报告了才由大家选出来的临时班长冯印凯。冯班长是孙殿英部下的老兵，经过这次宽大政策的教育，也很受感动，他知道了这件事，就气愤地对大家说："这事情要马上弄清楚，先不必让队部知道，实在太丢人！"

第五班全体集合了，每人都经过了检查，除五六个查出一些钱来以外，从王芬喜身上也掏出七百二十元，虽然钱数都不对头，但是都认为王芬喜非常可疑。因为他穿着一件破烂夹便衣，显得很特别。钱呢，又是从衣襟角里掏出来的，他们认为更可疑。冯班长便恨恨地盯住他问：

"说，你哪里这样多的钱？"

"所部给我兑换的七百五十元，我没有来五班就花了三十，还有七百二……"

"装他妈的洋蒜。"没有等王芬喜把话说完，冯班长就动了怒，"为什么把钱藏在衣襟里？……说实话吧，我看你就有鬼！"

"不……不是故意来，你看，"王芬喜颤抖地翻开他的破口袋，"这是口袋底上破了口，把钱落到衣襟里了……"

"别乱扯，说实话。"班长没有理会他的解释。

全连各班都上过了课，有的下棋，有的在谈天，可是第五班就没有休息，十几个人又把王芬喜包围在屋子里，一句跟一句地追问着。王芬喜满身出了汗，心里暗暗地想，八路军把我解放了，总算从孙老殿那里逃出来活命，可是想不到出了这事。唉！只要命在，冤枉钱是出惯了的，最后他狠了狠心：

"你们不要难为我，六百二十元我愿意包了，可是凭良心我没有偷人的钱。"

王芬喜就没有想到这一包，反把事情弄坏了，大家说，如果王芬喜没有偷人的钱，他怎么肯拿出六百多元给人包赔呢，他是做贼还不愿落个偷的名字！……满屋子越吵越乱了，把王芬喜逼得实在应付不过来。

事情一直发展到冯班长重重地打了王芬喜四个耳光。这一打，把王芬喜的旧脑筋打回来了，他记起了这几年在蒋占区是怎样过活的。他曾受尽保长和官长的逼迫，如果遇到这种情况，别管七长八短，还是多说几个"是，是，是"，反倒算有眼色的。所以当冯班长问他："是你偷的不是？"

王芬喜再不考虑就说：

"是，是，是。"

"怎样偷的？"

"在茅房里拾的。"

"他妈的你胡说，"冯班长又火起了，"人家是睡下在口袋里丢的。"

"是，是，我在他口袋里掏出来的。"

满屋子的人这才松了一口气，事情就算这样弄清楚了。冯班长准备把这件已办妥当的案子，送交大队部，临走还告王芬喜说："八路军兴开斗争大会，到那时候咱们再见高低！"

可是七连五班打人的事马上就传到大队部了。还没有等冯班长出门，钱大队长和时连长就赶来了，首先就指出八路军是废止打骂制度

的，大家现在是受八路军领导，那么就得按八路军的规矩办事……

王芬喜自从挨了打，耳朵里响得特别厉害，觉得自己的脸不知有多大，一阵一阵地直发烧，队长的话他全没有顾得听，就是钱大队长问他，他也还是"是，是，是，我在他口袋里偷的"。

然而钱大队长知道了他们的这些经过以后，总觉得其中还有问题。经过调查，钱大队长作了个分析：第一，查过所部保管股的资财登记账，和王芬喜的钱数完全不错。第二，张文尉的票子是一百元的六张，零数在外，而王芬喜却是二百元的两张，一百元的三张（零数也在外）。要说他是向别人换了吧，只有一夜时间，岗哨很严，完全没有可能。第三，认识他的人都证实王芬喜是个老实农民，而承认偷钱的过程显然出于强迫。

经钱大队长谈话以后，大家都觉得很对。而张文尉丢的钱，经过追究，这时也另外查出了些线索。紧接着就把这件事就在七连的全体会上进行了教育。五班长冯印凯向大家承认了错误，不该有事不先报告连部，又随便打骂人，他说："这是从孙殿英那里带来的坏习气，以后一定要改掉。"

次日，王芬喜笑嘻嘻地向钱大队长说：

"我想参军，行不行？"

"你不是报名要回家吗？"钱大队长奇怪地问。

"不，还是参军好。"

"为什么？"

"参加了八路军，我再不会受冤枉气了！"说罢他痛痛快快地呼了一口气！

大队部随即把王芬喜的名字，又填到参军的花名册上。

（1947年6月23日）

瓦 解

立云

五月六号，侯马周围，各个碉堡的敌人都歼灭了，只剩下南堡一个据点，孤立地残留在那里。太阳渐渐偏西了，战士们很烦闷，政治指导员在思虑着：

"敌人已被我军的炮火所震慑，他们要的是逃生而不是抵抗。而我们要的是天黑以前将他们全部歼灭。"

指导员这样判断了以后，十分有信心地，要用政治攻势把它攻下来。

于是他写了第一封信要一个老太太送到炮楼上，信中说："周围战事已完，你们孤守是死路，放下武器才是生路。"

时间挨过了两点钟，没有回信，他又送了第二封信说："考虑如何，上级命令我们坚决把你们消灭，我们感到打死你们太可惜，再去一信，希快斟酌！"

回信来了，蒋军连长用狡辩的口气说："怎样也可以，只是要我们团营长来个命令。"

"明明是想挨到天黑逃跑，他妈的再写封信，不投降⋯⋯"大家觉察了敌人的意图。

第三封信是这样写的："你们营团长早就说叫你们缴枪，他们过来后已解往后方，不能给你们写信，希勿再犹豫，时光已经不早。"

敌人急忙回答说："我们正在民主商议啊！"

我们的同志们，有的在壕沟里走来走去，有的脸上带着失望的表情，有的气愤说：敌人太可恶。指导员终于又写了第四封信："别犹豫了，半点钟以后我们要试山炮，请把靠近这边的地方让开，免遭无谓牺牲。限半点钟答复。"

营教导员也走过来，对着碉堡说：

"喂！碉堡上那个哨兵，叫你连长出来，我和他谈谈，我们决不打枪，你们也不要打枪。"

"说吧。不怕，我们决不打，打枪就不是人。"

"你们是十七师四十九团的吧！"一个解放战士喊起来。

"是呀！"

"十七师过去是好队伍，西安事变曾要求抗日，我们不忍打死你们，你们的老师长孔从周在这里，知道吧！"

"知道。"堡碉上高声大叫。

"我是五十五师的，以前也和孔师长在一起。"又一战士插上嘴。

"知道，过去的老人都知道。"

"孔师长现在当了西北民主联军新三十八军军长，跟他来的同志都很好！"

"我们都听说了。"上面说话的声音很多分不清是几个人的声音。

"因为你们也都是受苦人，我们不忍打死你们。"教导员像上课一样一字一句地说。

"我们都是抓来的兵，早就不想打了，没法子啊。"

"你们连长呢？请他来当面谈谈。"

"连长说：只要准许回家就缴枪！"

"回家可以答应，快缴枪吧！"

"八路军是好队伍，"上面很多人站起来大声喊着说，"缴了枪能把我们送出去吗？"

"好，回家的给开路条，给发路费！"

"好！好！"上面喊声更嘈杂了，

"私人的东西要不要？"一个南方人的口音。

"绝对不要，战场上的俘虏，我们还不搜腰包哩，这是我们八路军的政策。"

"好队伍。"上边嚷成一片。

天渐渐黄昏了，指导员看看表，他有些焦急："快决定呀！再限十分钟！现在是六点一刻，对对表！"上面真的有人对了表，嘈杂的声音一会儿高，一会儿低。

我们把山炮、重机枪都摆到前沿上，做着发射准备。

刹那间的沉寂。

"怎么样！快做最后答复。"

"我是第一师的，交了枪八路军待我很好，你们怕什么？……"一个解放战士摸透了敌人心思，大声叫喊着。

敌重机枪排长搭话了："我的一排要缴枪，别人我管不了，商议一下再说。"

"连长呢？"

"躲起来了。"停了一下有人说。

"你们先下来吧！给你们搭个梯子"。

我们把梯子竖上以后，敌重机枪排长为首，扛着一挺机枪身，迅速走了下来，跟着来的是一大群，换上战士服的连长也夹杂在步兵连的中间一齐往外涌。

战士们都从战壕里站起来，拍着手乱喊乱叫：

"缴枪不打人。"

"欢迎，欢迎！"

"好！好！……"

下来的人自动站成三路横队，跟前放着两挺重机枪、一门六〇小炮、八挺轻机枪、七十多支步枪。队伍站好以后，自动报数，从一报到一百七十还没有报完。

(1947年6月23日)

齐滨游击战

李临增

我们在敌人进入鲁西南的时候，完全退出了齐滨区。在未回去以前，部分干部在思想上强调蒋军有地主作社会基础，过分夸大蒋军的力量，忽略了我们抗日八年的力量与经验，没看到群众觉悟的提高与广泛的民主社会基础，于是便产生怕敌人、等待主力打天下而后回去恢复工作的思想。而反动势力则乘机倒粮杀群众，破坏我们农村工作。这时干部产生了复仇的思想，但只是进行除奸，还没有坚持的决心。群众在敌人的风头过去，受不了蒋军的烧杀奸淫，渴望我们回去领导，因而在我们未进入前捎信传信要我们去，这也提高了干部的信心。干部在认识了打回敌后的有利条件后，又正确地分析了敌我的力量，明确了"地区能坚持，就是我们不坚持"。回去后，开始对除奸政策认识不明确，群众埋怨我们说："宽大得没边了。"我们接受群众意见，依群众评议，坚决大力为群众撑腰，巩固农村阵地。

在刚回去时，民兵和区干队都好集中打硬仗、打大仗，盲干硬干。如定陶敌五百人到马集，而我民兵、区干队不足二十人，在白天即向敌人猛扑，激战一小时，敌人退出，而我们追击，致被敌人看出破绽，以五挺重机枪、三挺轻机枪向我反击，幸我外围民兵赶来，敌人才退走，我民兵虽没伤人，却消耗子弹八百发。这一时期我们领导思想是守旧的老一套，不能随着敌人的变化而变化，我们斗争的方法"不打就睡觉"，放松了政治领导。经过较长期的教育和血的教训，体会了不打歼灭战，因为将来的械弹补给是个问题。今春以来是好多了，如四月间敌一四三旅四二八团"扫荡"我砖庙集，我外线出击曹定公路，在王店南边，敌三十人携机枪一挺与区干队民兵四十人展开激战，相持于公路两侧的沟里。要是在去年，就一鼓劲冲过去了。可是这次在侯保太等同志指挥下，分兵一部机动地绕到敌人侧面，与正面同时猛冲，敌人溃窜，计俘获敌连长、小队长各一人，敌兵死二、伤三，我获匣枪一支，蒋币九万元，我无伤亡，在归途上还破坏电线二里半。

我们民兵不脱离生产，只是配合区干队机动集中，打击敌人，平时与群众在一起，建立起群众情报等，伸入到边沿区，经常由群众监视敌人，敌人一出动马上传遍全区。

我们的党政军民在各小区工作，都武装起来了，一面工作，一面打仗。为了坚持阵地，不离区不离村地斗争，区干队民兵和各部门都有自己的战斗密洞，密洞与村洞相结合。敌人来了，能打就打，不能打就躲在洞里，等敌人过后立即出来追击敌人，或镇压坏分子。总之，敌人走过，不能打乱我们工作。×庄范连珠同志，领导着民兵在敌军未走完时，即出来合击了敌人后卫部队，打死一人，活捉二人，获枪两支。等敌大队返转时，他们早已钻进秘洞。×区开始挖地洞时，干部思想也不通，"地质不行""群众不愿挖"。领导上强调"挖地道是坚持阵地斗争的唯一依托，挖地道是保村保命"，对群众则以行政命令结合政治动员，普遍号召重点突破。领导上亲自下手，带头创造经验，及时广播。躲过一次敌人后，大家信心更高，后又合理分工，明定赏罚，挑起竞赛。群众干部的思想都通了，挖了密洞挖支线，挖干线。支线本村挖，干线有外援，支线、干线互助联结，扩展到边沿区。敌对我们的地道非常厌恶，想尽一切方法破坏，过去发现的是破坏我们的干线，堵死洞口，或是烧烟熏洞口，但烟并不能往里进。但是在斗争中，我们又把战斗设备提高了一步。因为敌人能破坏，主要是因为地面有痕迹，现在这一点已被群众克服，而且创造了"洞下洞""迷人洞""连环洞"，装置了"五眼三口"及"明井暗井"等战斗设备，不是单纯防御，而是积极地结合小武装打击敌人，用冷枪战迷惑敌人，迫使敌人不敢大胆乱找洞。以后我们还准备下地雷，将使敌人踏上新土，就骨肉纷飞。

在开始提出进行土地改革时，坚持游击战争，结合干部思想首先是觉得环境特殊，借口村组织都改了，没经验，实际是个人思想上怕发动分田。我们根据各区的不同情况，采取了不同的办法。

敌人从今年三月起就一直"扫荡"。区里召开了一次村干和赤贫农会，只强调法令，不执行不行。可是回村后，好村庄酝酿，中间村只提一句分田，落后村就根本没人□□。后来干部深入村，了解群众是怕"小老蒋"，便把工作步骤改成由小到大，由二三人发现积极分子，慢慢发展，后又转到以斗争为主，群众才广泛地起来查浮财分田，男女一齐上。现在这区已在进行土地改革的约有四分之三的村庄。

（1947年6月26日）

模范党员申瑞

邢崇智

一、和旧社会作斗争

申瑞同志是神头村长,他出身贫农,一向仇恨地主阶级。三八年八路军还没有来,地主干部借口组织自卫队,维护自己的统治地位,每天大吃大喝。申瑞同志看不下去,就着手动员和自己一伙的青年起来反对,当时是抓住地主干部家的青年不当自卫队的事实作为理由,进行反贪污反浪费。开始参加的人很多,后来地主严厉威胁,骂他们"造反",有些人就妥协了,只丢下申瑞等八个人。在村上不行,到区上说理,哪知天下乌鸦一般黑,区长也是跟地主一气,伸出他的狗嘴说:"你们这种行动是造反呀,这还能行!"但是由于他们坚持说理,说得区长无话可说,最后就推开了,叫他们到村里解决,暗地却给村里地主干部指示:回家处罚。这次斗争失败了。申瑞同志被不讲道理的地主罚了六块现洋,这样更加深了他对旧社会的不满。

二、参加了共产党

三九年八路军来了后组织农会。申瑞同志首先参加农会,担任农会常委。四〇年负担是估计订分,当时的村长刘××走上层,立场不正,主张均摊。申瑞同志很不满意,于是团结了一部分敢于斗争的贫苦人,发动提意见。每次他们念等级时总是通不过。当时斗争的理由是,大户出的太少,小户比他们出的多,这是不合法令的。这样使得刘××也没有一点办法,一连念了三次,每次都叫申瑞同志这伙人顶回去了。最后他们不得不修改,重新搞了负担,减少了小户,加重了大户。这次斗争算是胜利了,取得了基本群众的拥护。

四一年举行大村选时,基本群众都同意申瑞同志当村长,但因为那时咱们的工作还未占很大优势,反动势力还掌握有一部分群众,他们宣传说:"叫小福生(申瑞奶名)当上村长,他那么坚决,咱们老百姓就都不能过啦!"这样群众上了他们的圈套。选举的结果申瑞同志是第三票,当了财政主任。当时恰巧来了战争,村长刘××吓成了软蛋,起来跑了,把手续交给了申瑞同志。战争当中刘××还曾给申瑞商议维持敌人,被申瑞同志坚决地阻止了。战争过后按战时临阵脱逃,将刘××送到政府,撤职查办了。这样申瑞同志才担任了村长,领导群众和地主进行着各色各样的斗争。四二年随着自己工作的进步,他加入了中国共产党,成了光荣的共产党员。

三、一位出色的参谋长

申瑞同志当了村长,受了党的训练,下决心为党为群众努力工作,首先进行反贪污反维持。开始贪污的五个人都说的是一套假话,查不出来问题。申瑞同志便个别谈话,进行分化工作,然后召开了群众大会,叫他们坦白。当时在台上你推我我推你,互相咬开了,这样才把问题搞清楚。接着在进行了反维持以后,因当时村中教门的组织,成了个落后的宗派集团,便首先发动自动报名坦白,召开了大会,先叫一个重要的谈了一下,下面有八十多户,都自动认了错,表示坚决退出教门。

申瑞同志在任何情况中都有办法,很会坚持真理进行斗争。四四年查减时,地主郭献林埋了申和昌东西,叫他答复,他说后没有一个人说话了,会场表现着没□说,地主占了理。申瑞同志在这种情况下,立即站立起来用很正确、恰当的话对住了地主,地主向农民低了头。

土地改革运动中申瑞同志对地主的斗争能够运用策略，打击重点、影响一般，是他的战略方针。给地主要东西时，地主狡猾不给，其他干部都主张打一顿，不分轻重。申瑞同志主张有重点地搞，把地主集中到一块，郭献林第一个拿出五十块现洋，影响一个地主老婆也拿出十块现洋，这样打击面又不宽，又能搞出东西来。搞时申瑞同志自己站到一旁看群众情绪和当时情况，马上指示方针方向，所以干部都称他是一位出色的参谋长。

四、事事有办法

申瑞同志不管解决啥问题都很适当，双方有理没理都高兴。即使有个别偏差马上能重新解决，因此神头村去区上解决问题的很少。解决申子和的家庭问题时，因为申子和的后婆拿了前一个媳妇给闺女的东西，申瑞同志经过细心的调查访问，把问题弄清后，把双方叫到村公所解决：首先暗地动员他闺女让步，为了加强今后和后娘的关系；又动员他后婆给闺女赔个不是就算了。当二人碰了面，村长说这些东西是你偷了，你不该赖别人，按你的错误罚你十斤油。他闺女在旁边接着说："这问题就是她赖别人不对，光拿我些东西倒没啥，罚上她二斤油算了事吧，我永不说啥怨言。"这事就这样解决，都很高兴，从此后娘和闺女的关系也好起来了。

在每次扩军中，其他干部都下去动员，有些人动员不通，一经这个号称"诸葛亮"的申瑞同志就说通了。去年动员冯宗亭时，他给其他干部顶嘴，都无法下手。申瑞同志分析了情况后，判定这个青年基本愿意参军，怕他父亲不叫去。他就去动员他父亲说："自八路军来了你还借过粮？几年来你翻了身不受地主的压迫，现在为了保卫翻身后的好时光，应该动员宗亭去加入八路军，保卫咱的果实。"宗亭的父亲说："我动员他参军是可以，就是怕我儿说我往外撵他。"经申瑞同志给他解释后,父亲便去动员儿子。于是宗亭便很高兴地报了名,在欢迎参军会上对全村老乡宣了誓,消灭不了卖国贼蒋介石死也不回家,并嘱咐大家在后方要努力生产。

五、"村长不当抗勤的家"

申瑞同志是村长,政权系统分工是十分的明确。他自己掌握各主任思想后,即在工作中培养他们的威信,帮助他们解决困难。抗勤主任在工作中积极负责,但有些粗糙。有一次派人送粮,他为了完成任务,把几个病号也派去了。这几个病号去找抗勤主任,他不信人家有病,坚决叫去;这几个人回来又找村长。申瑞同志看了一下真的有病,不能去,但他并没有说什么,只是说抗勤事情还是去找抗勤主任吧。说了后申瑞同志便从小道上跑到抗勤主任窑顶上给他说了一下不能去的叫他在家,不然去了也不行。这样那几个病号再去找抗勤主任时,他即重新审查了一下,有二人不能去,回去了。事后他们反映说谁的事就是谁的事,村长还不能当抗勤的家,所以以后关于抗勤的事情都去找抗勤主任了。其他民教、生产、财粮各主任经过申瑞同志的细心培养,现在都能单独工作,在群众中也有了威信。民教有啥纠纷问题都是先研究好,叫民教主任出头解决。

六、给党的生日献礼

领导防旱备荒工作,申瑞同志仍然是发扬了过去的优良作风。在干种地时有个别群众弄不通思想,他自己首先干种了二亩,推动全街干种了六十一亩。开始抗旱时群众劲不大,申瑞同志便召开贫雇会议,讨论是否等雨等问题,并从计算家当中解决了群众的等吃果实思想,致使神头抗旱备荒运动展开了。又如他能推动党员大家干,由党员在群众中起骨干作用,所以全村在二十五天内节约米八千五百多斤,节约钱十二万一千六百多元(烟酒洋)。割麦时往年群众每日半上午都吃干粮,今年经过群众研究不吃干粮,省面七百多斤。此外,他还领导群众打算家当,三百八十七户订了计划。他除在自己家内实行节约外,并帮助一个同志在一月内省钱五千元,总结时被同志们选为特等模范。

申瑞同志这次总结了自己的功劳,但他并不骄傲,他说他虽然有些成绩,缺点还不少,需要努力克服。并且自己订出进步计划,用实际工作给党的生日献礼。他的计划是进一步地深入工作,亲自领导防旱备荒生产节约工作,创造经验推动全村,争取为民立功,功上加功。

(1947年7月1日)

赵保珍火线入党

一、两次当俘虏

赵保珍十八岁时，因为生活所迫，参加了国民党十五军，不久他因受不了压迫和痛苦开了小差，十几天后又被抓回来。

某次，蒋军进攻新四军时，他被俘了，看到新四军的官兵亲密团结，就决心永远干下去。想不到一次行军中，他竟因病坐大车掉队，又被蒋军保二团俘去。

今年二月八路军南下返回时，经过尉氏，保二团在黄河附近担任警戒。赵保珍由副班长领着到村外放哨。他看到八路军由村边经过，就和副班长商议到八路军去，副班长说他是坏分子，打了他一枪，黑夜中没有打着他。赵保珍也向副班长还了一枪，就带了一支大盖枪、四个手榴弹跑到我明字部队来了。

二、冒死侦察

这次战斗中，七连在战场以南阔地中进行近迫作战，赵保珍的一个组，在距敌二百公尺左右的工事最前线。工事还未完成前，赵保珍自告奋勇地去敌人阵地侦察地形。半夜里，他带了两个新战士向敌接近，他在前面，两个新战士分在左右，成为三角队形，规定好记号，用土块联络，投一下是表示停止，投两下是前进，投三下是准备捉敌人的哨兵。他们接近到敌人碉堡下边，静听敌人的动静，不一会儿，敌人换哨了。一个说："你们要小心，八路军挖沟已经离我们很近了，防备八路军突然进攻。他们进来了，不但你们完蛋，连咱们全连性命都不能保。"

他想再继续窃听敌人的口令,但等了好久,未有听到。过了一会儿却被敌人发觉了,敌人即用猛烈的火力扫射过来,他沉着地伏在鹿寨上边地平面的死角里,并告诉两个新战士说:"不要动。"待敌人停止扫射了,他即沿外沟附近详细地把地形看了一遍,也了解了较场后敌人是一个连的兵力。

三、反复血战打退敌人

第二天早上,敌人用炮火轰击七连阵地,打了九发烟幕弹,他根据过去的经验,向排长报告说:"敌人打烟幕弹一定是向我们攻击。"他那个小组就在最前面的工事中静待着敌人。炮弹打得尘土飞扬,烟幕蔽天,一发炮弹落下,将地堡打垮了一个角,土把他的腿压住了。他用力将腿拔出来,耳、目、口、鼻都崩满了尘土。他正在揉眼之际,一个敌人端着刺刀冲来,往赵保珍的工事里就跳,被他一刺刀刺了个翻身倒下去了。

他刚把刺刀拔出来,右后方又跳下个敌人,抱拄赵保珍的腿。两人正在扭打,从他正后边又跳下个敌人,抱住他的上身。两个敌人想按倒他。他急中生智,想起枪上的刺刀,随即用右手反握刀柄,取下刺刀,顺势向那个抱上身的敌人肩膀上刺去,敌即倒下。那抱腿的敌人,立起就抓赵保珍的枪。他又一刺刀,插进了敌人肚皮,拔出刀来,再向他的颈脖刺了一刀,三个敌人被他刺死了。

但这时他的地堡已被二十多个敌人包围了,他从那三个敌人尸身上搜集了十一个黄把手榴弹,捆在一起,向依靠堡外射击我军的敌人投去,当即炸死了三个,伤了四个,一挺日式机枪也被炸坏了。敌人一个排长说:"快离开这个地方,八路军的炮打来了。"

敌人逃窜了。退后百十米,敌连长督着那个排再上,当兵的都不敢上,只等敌指挥官向他们打了机枪才冲上来十多个敌人。赵保珍把敌人掉下的三支步枪装上子弹,等敌人冲到最近的距离时,他突然跳

出工事，向敌人打了四颗炸弹，又迅速地回到工事中，摸起枪来就打，最前面的敌人被他打伤了好几个，其余的狼狈地退回去了。

四、为连长复仇激发斗志

炮火稍停，我们的后续部队沿交通壕向前运动，七连长姚华文也上来了，他对战士们说："快去将保珍的尸首弄回来！"赵保珍心里想："放心吧，我没有死，还搞死了七个敌人，得了一挺机枪和三支步枪哩！"

连长上去后，他去夺连长的枪，连长看到他满身满脸都是血，认为他疯了，便说："你身上负了伤，流了这样多血，赶快到后边沟内叫卫生员给你换药去。"赵保珍说明了他和敌人战斗的情形后，又去夺枪要追敌人去。连长说："军人不服从命令？你快下去休息吧！"

这时营部以为七连伤亡过重，派八连接七连的防。七连正向后边运动之际，敌人又集中炮火向七连射击，连长姚华文同志牺牲了，杨文劳、石二柳两个新战士看到连长牺牲了哭起来，赵保珍同志就向他们说："不要哭，咱们要与牺牲的连长报仇才对得起亲爱的同志，咱们不去休息，参加八连到最前沿坚守阵地，给连长报仇！"两个新战士也同意了。赵保珍又说："不管如何危险，我总在你们的前头，我若不勇敢杀敌，你们就把我打死。"杨文劳、石二柳说："我们若不听你的指挥，你就用刺刀将我们刺死"。三个人就主动地参加了八连完成坚守任务的战斗，直到天黑，后边的土工作业任务完成了。赵保珍同志仍在敌人猛烈炮火之下，一当百地打退了敌人几次冲锋。干部战士无不佩服他的勇敢和机智，他当即在战壕内正式加入了共产党，并且获得了"杀敌英雄"的光荣称号。（冀鲁豫分社）

（1947年7月1日）

翻身农民的创造，立功运动的收获：
梁原店军人招待站

子琦

一、军人到店有如回家

位于平汉路南北的大道上，距内邱、邢台恰恰都是二十里的梁原店军人招待站，天天在车马辚辚，行人不绝的忙碌中，亲切地招待着过路军人。据二月至五月的统计，每天平均招待吃饭住宿的过路军人即在六十名以上，其他喝水稍息片刻的，则无从统计。

当你进了梁原店的南北大街，走到十字路口时，西街上的军人招待站几个大字便出现在眼前，门口两旁写着："为群众设立军站（按：即招待站），为军人自己生产。"进了大门，你便看见他们的工作口号："自力更生招军站，生产节约援前线，保证军队水饭餐，不能浪费米粮钱。"它的确是很中肯地介绍了这个招待站的整个内容。

两个大院子内，架着天棚，屋子里清凉干净，大锅里常有开水，在等候过路军人。我看到一伙伙冒着炎暑行军的人民战士，进了招待站，立时茶水、洗脸盆都端到面前了，如果要住下了，床铺很整洁，洗脚吃饭都会感到很舒适的。米窝头、杂面汤、炒菜，是普通饭，如果遇上伤病彩号、荣退军人、军政首长，那还要格外照顾。白面鸡蛋也是常备的客饭，另外在大街上，还有招待站作为自己生产做买卖的一座饭店。门口的大字告诉你："为了照顾军人吃饭，凡是军人干部，及有证明各级的军家属、荣退军人，一律按市价二八扣，茶水管喝。"

梁原店招待站，在军人们中是很熟悉的，而且从这里路过的军人，都会有深刻印象的。二月间一分区××部队路过这里，战士们备受招待，临走时在墙上写下了大字："进了招待站，茶饭都方便，走了多少处，这是头次见。"×纵队某团首长，在站上住了一夜，临走时对站长陈士亮说："后方群众这样照顾军队，我要告诉前方战士们，要为保护群众的翻身果实多杀敌人。"××团的一个病号，住在这里，招待给他弄白面鸡蛋吃，伺候十分殷勤，他走时说："这比我的家里待我还亲哩！"本来一顿饭是十五两米票，他最后给了二十四两。有几个南北常走的老战士，一来到站上，便说："又回到家了。"前几日××军区友军部队，路过这里，受了特等招待后，一个姓辽的同志，对战友说："这里老百姓吃高粱掺糠要度荒年了，还给我们做好饭吃，真是……"三月间临赞二十名军属赴安阳看战士，他们说："住在这里和家里一样！"邢台邮工老毛、老李每天早晚要赶到站上住，他说："这比家里还好哩。"

二、招待站的今昔

看了现在招待站的情景，不禁使人要追问，像这一招待站的曲折历史。当去年春季招待站未成立时，梁原店全村十五名干部，经常须在村招待过路军人，全村各户平均隔两天轮流一次，给军人做饭。当时群众因在敌占时，沿线禁种高秆植物，烧的相当困难，派了饭没柴烧，啥时做不了饭，群众喊冤，战士也不满意。以后连破鞋、青草根都烧了，而且劳役负担还是相当重，群众在当时对此政策表示怀疑了，纷纷要求搬家，干部感觉也没法干了。去年二月招待站成立，全区各村支援粮款差役负担，站上有三个人，群众负担是减轻了，过路军人仍有怨言，除了吃小米饭外，很难来改善生活。有一次几个战士临走时在村外墙上这样写着："来到梁原店，先叫喝白水，后叫吃米饭。群众吃白面（当时刚割麦），军人吃米饭。"就这样，站上每月还得赔米二百斤、炭二百斤、油五斤、盐三十斤，军人是招待了，结果还是军民两方不讨好。

从今年二月起,在减轻群众负担、全力支援前线的号召下,开展了全站立功运动,站长陈士亮领导全站积极生产,组织农副业收入,养种了村中公产二十三亩地,组织了两个饭铺,一个磨面房,现在站上够四个人了(站长、会计、招待员、伙夫),还用了七个与家庭生产结合的生产员。三个月来,大家在"一切为了前线"的艰苦努力经营下,已经达到了生产自给有余,给过路军人改善了生活,得到军人的良好反映。而且解决了站上干部家中的困难,直接给群众减轻了负担。谈到招待站的今昔,梁原店群众无限感慨,村长庞金才说:"没有这招待站,俺村没法养种地;没有陈士亮,就没有这样的招待站。"

三、大家立了功

站长陈士亮是一个翻身农民,有高度为群众服务的责任心与组织计划能力。今年二月他看到报上各地开展立功运动,激起了自己的立功愿望。他看到站员们情绪不高,也了解到光批评检讨不能解决问题,便在全体站员会上,首先订出了自己的立功计划,除了领导大家招待军人外,利用空隙时间组织副业收入(卖布运盐),争取每月赚十万元,补助站上的开支。接着大家也都订出了立功计划,会计陈光耀订出:"除了掌握记账拨差外,还要参加生产,打扫院子。"招待员陈士友保证:"养种站上的二十一亩地及二亩菜园,并且还把十个站员家中的地都要代耕了。"做饭的李根虎订出计划:饭要做得好、快、卫生、省俭;过去每天磨麦四斗,今后每天要磨五斗;牲口要喂得肥,料要减轻。两个饭铺订出计划:"军人要招待好,军干烈属荣退军人一律二八扣。喝水不要钱,对普遍客人态度和气,要赚多钱补助站上开支。他们的会议制度竟是定期而认真的,十天一检讨会,半月一评功。第一次评功,张光耀、陈士英、李根虎都全部地完成了立功计划,分计功一次。而最近又要评功了,陈士亮已超过他的生产计划,一月来抓紧空隙搞副业,赚洋十二万元,超过原计划两万元。据站长谈,在端午节时,准备从组织收入中,每人提奖一千元,另外提出五千元作评功奖。三个月来上至站长,下至伙夫,大家都是忙碌地工作着,为完成立功计划而努力。集体立了功,不但达到了自给,改善了军人生活,而且超过相当惊人的数字。三个月中,招待军人共赔小米一二〇七斤一三两,贴白面九六斤一三两,菜金十七万二千元,及其他干部衣服杂项开支十万元,共合需洋五十三万八千元。这是一个惊人的开支数字,但是收入的数字更惊人。两个饭铺赚洋二十三万元,粜麦子磨面赚洋五十万元,陈士亮一个人即赚了十二万元,喂猪赚了二万四千五百元,共合赚洋八十七万四千五百元,除了开支自给还余洋三十三万六千元。而今后呢,陈站长充满了胜利信心地说:"前三个月光买菜,就用洋十几万元,现在二亩菜园,已经能供上部队吃着菜了,而且有了资本基础了,无论如何达到全部自给,进一步给过路军人改善生活是不成问题的。"我看到他与站员们,一天到晚地忙碌不停,试问他们:"累不?"伙夫李根虎说:"无论怎样忙吧,比前线战士还能累了?!人家在前方拼命流血是为了谁?!"

(1947年7月4日)

我是共产党养活大的

魏文北

妈妈死的时候，我刚十岁。当时家里很穷，锅滚了没有米下，数九寒天穿的是露皮衣裳。父亲给人家放羊；妹妹卖给一个三十二岁的瞎子做了童养媳；我在外边拉瞎子，串千家门，无家无地，受尽折磨。人常说："秃嫉瞎狠。"就这样吃打受气地过了三年多。这时，回忆起来，还想掉泪！

一九三八年，八路军来了，赶走了地主，房地抽回来了，父亲经营着几年来没有种过的土地。踩在瞎子脚下过生活的妹妹也站起来了——解除了婚约。这时，我有了饭吃，有了衣穿，也有了家。

参加工作后，党对自己更亲近了。前年，我病时，王政委在百忙中叫上医生给我看病，还给我买有鸡蛋，大小便都得同志们送，真是比娘对孩子还招呼得周到。进了长治城后，自己的思想钻到被子里了，被子有了还想搞褥子、毯子……就没有个完。在工作上也不安心，老是给组织上提意见。党对我这种思想作了严厉的批判、苦心的教育，同志们也以爱护的精神给我提意见，只怕我成不了人。

今年过罢年，我回家跑了一趟，刚进村，就有人告诉我：你家搬到河塌上了。河塌上是我村较好的地方，一听到搬家，我高兴得不知怎么就走进院里了。一看，是三间整齐的西房，南面还有两间牛圈，槽上还拴着一头大红牛。走进屋子里：地下摆着油漆的桌椅，正面贴着一张毛主席像，挨床的东墙挂着一张古老的福禄祯祥画，家里收拾得怪整齐，床上还坐着一个五十岁的老太婆，很起劲地在纺花。我以为走错了——从前地下堆的是老蒿和圪针柴，床上放着好几天不洗的锅碗和山药蛋，而且家里就根本没有个老太婆呀。我扭头就往出返，忽然从门上进了好多人，父亲和妹妹也进来了。妹妹高兴地跑到我跟前低低地说："床上那个老太婆是咱娘，才结过婚。"好几年没有见过我的邻家们都说："这孩子可长大了。"父亲紧接着兴奋感激地说："俺孩，是共产党养活大的。"

可不，自妈妈丢下我后，就在人民的母亲——共产党的怀抱里生长大的。在纪念党二十六周年的今天，我决心克服自己的错误思想，在实际的群众工作中锻炼来回答党对我的抚育。

(1947年7月4日)

红色蛟龙闹黄河

勇进

在冀鲁豫的平原上,在范县与郓城之间横隔着一道古黄河。郓北本是古代梁山英雄战斗的家乡,这里的老百姓不但继承了梁山的英勇战斗传统,而且善于与黄水作战。好汉们生活在黄河两岸,不管风波如何险恶,总是光着身子一下跳入水中,尽情地在水上漂浮,有时一翻身钻到水里去,泅过远远的地方再钻出来。因此老百姓叫他们为"水老鸹子""红色蛟龙"。石衍朝、石红信就是这些成千成万的"水老鸹子"中的一个。

石衍朝和石红信都是共产党员。石衍朝还是个民兵队长,做过区联合会主任。石红信是个老民兵,他爹是个老水手,从小就在他的背上捆上一个大葫芦,叫他过黄河。十五岁时,他就可以光着身子横渡黄河了。他可以钻进水里十五分钟才出来。他并且可以在黄河滚滚中拿着三八式步枪向敌人射击。今年的五月,蒋军疯狂地"扫荡"郓北地区。敌人用三面包围的办法,由南向北把郓北的人民都压在黄河边,准备一举消灭。在深夜里,石衍朝拿着一把盒子枪,石红信拿着一把三八式,驾着一只小船,渡过了黄河。这时被赶到河边上的三百多老百姓,正在无路可走的时候,他俩划着船过去了。石衍朝一面指挥着老百姓过河,一面叫石红信去找另一个干部。天快亮了的时候,他知道还会有人被敌人赶到河边来的,他又驾着船渡过来,等待灾难中的人。船刚靠岸,几十个敌人冲上来了,他纵身跳下了咆哮着的黄河。

翻着黄浪过河去找干部的石红信,在敌人窝里跑了一夜,也没有找到。他回到黄河岸上正要脱衣泅水的时候,恰巧碰到一个区干武×

×同志。他在敌人的炮火下，无路可走，正要投河时，石红信到了。他将一条绳子拴在自己的腰里，对武××同志说："我是个共产党员，咱们要死就死在一起，我拉你过河。"武同志看到三里多宽的水面，浪头那么大，他怕自己过不去，又连累了人家，几次拒绝了。但敌人很快就冲了上来，他们两个同时跳入了黄河，石红信拿着那支三八式，一边拉着武××同志，一边向岸上敌人还击。终于两个人都渡过了黄河，到岸上时，武××的身子冻僵了，烤了半天才醒过来。第二天石红信为了探听河南的情况，又泅过了黄河，当天夜里又偷偷地泅回来。

十九日夜，石红信同志送几个干部到河南去，回来时天亮了，敌人也来了。敌人用机枪向他扫射，他等不及驶船，拿着那支三八式一下子钻到水里去，一会儿又钻出来，向敌人打几枪，等敌人开枪扫射时，他又钻到水里去。他在滚滚的波浪中，神出鬼没地和敌人战斗着。

石红信也是个善于活捉敌人的能手。有一次敌人在李玉庄修寨子，他和叶广有扛着大枪划着小船过去了，一会儿就捉到了六个"还乡团"员。黄河南岸的敌人，像神话一样地谈论着这两个"红色蛟龙"的故事。现在在郓北范南这块被沦陷了的解放区的黄河两岸，像石衍朝、石红信这样的"红色蛟龙"，大约有七百名，他们都出没在黄河的波涛中与敌人战斗着。

（1947年7月4日）

家臣失态

蒋介石反动集团现在毫无信心，惊慌失措到如何程度，不但别人都看得出来，连政学系的《大公报》看了都觉得太不像样，替他着急。

《大公报》六月二十五日发表一篇社论，题目叫做《政府要坚定信心》。大意说在东北及华北军事紧张及新疆、察北事态连续发生（按：即蒋介石故意造的谣言说苏联帮助蒙古国进攻中国）的时候，政府恐慌失措，不断向国际呼吁，希望得到援助，这种办法是表示政府没有信心，会更使人心不安。政府处理学潮措置张皇，封报馆、捕记者、抓学生，这对美国影响太坏，政府如此焦急，以国内外局势为刺激，急求美国贷款，并且喊出美国是否放弃中国的呼声，更给美国人以坏印象，说政府亟待美国供给借款来打仗，结果会反使贷款不能成功。

在这里，《大公报》除了所谓"新疆、察北事态"一件事为蒋介石掩盖以外，其余都说了真心话。《大公报》接二连三地指出"政府惊慌失措""措置张皇""政府如此焦急"，又指出蒋介石的目的全在求得美国借款来打仗。不过《大公报》究竟是蒋介石的家臣，他怕的不是别的，而是这样做会"令人心意不安""贷款不能成功"；怕的是蒋介石这样一发急，结果适得其反。另一方面，《大公报》对人民绝无同情心，封报馆、捕记者、抓学生的所以不好，只是"对美国影响太坏"而已。"老爷衣服上有灰尘"，《大公报》替蒋介石扫灰尘来了。

《大公报》曾经竭力装作所谓"自由主义"的报纸，他的确也常常批评蒋政府。不过批评有两种：一种是民主立宪派的批评，另一种是君主立宪派的批评。《大公报》就是君主立宪派的典型，他在骨子里是拥护蒋介石的，批评蒋介石是为了拥护蒋介石。《大公报》向来对蒋介石的态度就是"小处批评，大处帮忙"，他的屁股永远是坐在蒋介石那里。民主立宪派与此完全不同，民主立宪派是站在人民这一边的。《大公报》替蒋介石服务了多年，装起"自由主义"的样子，平常批评，一到重要关节，他就替蒋介石"救驾"。蒋介石的不可饶恕的罪行，《大公报》无一次不替他"解释"。蒋介石要做坏事，《大公报》就以"自由主义"的面目替他在群众中做思想准备工作。《大公报》对于蒋介石统治的妙用是无穷的，所以值得战时二万万元外汇的奖金。现在政学系当政，并掌握了财政，《大公报》在外汇上更可运用自如了。

  《大公报》也常常向蒋介石献上锦囊妙计，此次六月二十五日的社论，就是其中之一。像这篇社论中所说的那些，在平时本来应该是"密陈"或"面奏"的，因为他是要帮蒋介石收拾人心，帮助蒋介石设法借到外债来打内战，这种行为公开起来实在太丑恶了。然而这次《大公报》竟把如此秘密的锦囊妙计写成了社论，公开发表，这证明不仅仅蒋介石已经惊慌失措，就连蒋介石的老练的家臣《大公报》，自己也已经惊慌而至于失措，犯了泄露秘密的大错误，以致露出了自己的狐狸尾巴。

七月五日

（1947年7月7日）

在反攻浪潮中
——嫩江部反攻前群英大会片段

胡奇　曾克

一、"有了你，咱啥也不怕"

在武器展览馆里，大家争看自己亲手缴来的各种山炮、双筒机枪、反坦克炮等，都异口同声地说：

"咱们现在啥武器也不缺啦，这就是我们反攻的实际力量。"

一个根据地的战士，看见了太行山上自做的重迫击炮，一下抱住那粗口径，用脸亲着他说：

"好我的亲娘呀！有了你，俺啥也不怕啦！"

二、前进吧！中国人民的解放军

带队人给大家送来了一个好消息。他让大家早点休息，准备明天一早起来开党员大会。非党的英雄们，一听说也欢迎他们参加这个会，简直喜出望外，马上安静地睡下去。

窗子刚刚发白，集合号就响了。各单位的队伍，比任何一次都集合得迅速、排列得整齐、走得精神。好像要去完成一个确有胜利把握的战斗任务似的，没有一个非党英雄放弃这个光荣的权利。

党歌在清澈的晨空中严肃地唱起来。响应党的各种号召的口号誓言，钢铁一般震响着。党委会阎主任的充满情感的报告，一字一句都印在英雄的心里。

散会了。党员们肩起大反攻中带领群众为人民多立功的光荣任务，愉快地走出会场。非党英雄们也都激动得纷纷谈着自己的感想和决心。解放战士郭顺德说：

"怪不得党员同志啥问题都比咱认识得进步，他们常常听这些□道理。这回，咱们当了英雄，上级叫咱们参加党员会，真是看得起咱们呀！"

"夜黑，一听说叫咱们也参加这个会，我就咋也睡不着了。"另一个解放战士文伯承接上来说，"我在中央军干了十年看护，别人都升了，我和当官的没私人感情，没我的份。来到八路军没几天，就能当英雄。骑大马挂红花，锣接鼓送，金榜上题着名字，报功单指导员给用红绸子包着保存起来，光荣得就没法说啦，还把咱当党员看待，反攻中咱一定跟党员竞个赛，多立功。"

李洪奎用忏悔的声音说：

"过去我当过伪军，奸淫过妇女，现在真是想也不敢想。首长特别对咱说：群众就是咱们的爹娘，反攻中咱们要依靠他们，我一定要像共产党员那样□待老百姓。"

一位模范工作者也参加大家的谈话说：

"共产党员个个要当英雄，英雄人人争取做党员，两个都光荣。党员英雄模范，带领着群众一齐干，才能彻底解放全中国的老百姓。"

听了这个话，大家不约而同地，看着左臂上新佩戴起的"中国人民解放军"的臂章，都笑了。这臂章是胜利和光荣的标志！人们都微笑着，合不拢嘴，没有说出来的话仿佛是：

"前进吧！中国人民的解放军。"

三、打回老家去给爹报功

各单位的带队人，一面领着众英雄参观展览馆，帮助他们开讨论会，一面又连明连夜地赶着写报功喜单。

家庭在解放区的英雄听到这件事，大家都高兴得跳起来，每个人都猜度着家里一定会挂上光荣匾。

一些家庭不在解放区的英雄听说不给他们发报功单，心里就不舒展，张玉荣性子最急，他马上跑到带领人那里，紧紧缠着说："不行，一定得给我们每人也发一张，眼看就大反攻了，发了叫我们带在身边，几时打到我家里，几时就能给爹娘报功。"

八个带队人商量的结果，立刻就给他们满意答复，说他们这种要求很正当，决定照发。

隔了一天，当张玉荣和那一大群英雄接到那张新崭崭、油光光、黄底红字的报功单时，大家笑嘻嘻地看着它，像得了无价宝似的，不知道往哪里放是好了。

后来，还是张玉荣跑到带队人那里请求道："队长，报功单放在身边容易揉碎，你还是给我们保管好，啥时候打到我家，啥时候你就记住给我们发！"

四、英雄贺英雄 大家贺反攻

两个特等英雄——史玉伦和李治五会了面。

两人紧握着手，好像多年老朋友似的，你看我，我看你，不知道怎么表示亲热好。停了一会儿，史玉伦从衣袋里掏出两支烟，李治五刚好也擦亮火，两人就你亲我爱地吸起烟来。

史玉伦红着脸，慢慢先开了腔："治五同志，我真佩服你的勇敢、坚决，那天听了你的讲话，我班里人嚷了一夜没睡，大家都下决心要向你学习。"

李治五听见这番话，在椅子上就坐卧不安地弹了弹烟灰，也红了脸笑看着史玉伦说："同志，个人英勇起作用还不大。昨天我参观你的展览室，我就觉着你全班人集体精神好，往后我一定学习你摸透战士心思，好好巩固部队，以小的代价换取大的胜利！"

这样，两个英雄畅谈了将近半个钟头，当各人回到自己宿舍后，他们立刻根据这次谈话内容，就动手订自己最近作战与工作计划了。

当然，除了这两位特等英雄互相虚心学习外，差不多每个参加大会的英雄，都有自己学习的对象。

杨庄战斗英雄张鹏飞觉着他群众纪律差，他自动提出学某团王东法连队处处为人民盘算的好精神。

小卫生员胡玉田看到模范工作者李连生的连环画时，他连忙盘算着把自己单位的疥号，也好好治一下。后来他又听说李连生抗战八年没回家，回了家只待了一个半钟头就归队的这一段动人的故事时，胡玉田天真地、笑嘻嘻地说："好，等到大反攻打到我家门口时，我就不回家，干革命嘛，一定像人家那样干到底！"

解放区的英雄何志明，当他在李治五展览室看完那轰轰烈烈事迹时，他盯着挂在绿墙上李治五的照片说："真是好同志啊，你不是解放区的人，为了保卫太行山，保卫咱家乡，你负伤三次都不下火线。以后大反攻了，我去解放你家乡时，我负伤五次也坚持着跟老蒋拼！"

（1947年7月7日）

排长，妈妈
——侯同云爱兵故事

陈光兴

老长老长的队伍已经爬上山顶了，侯同云扛着两支枪和他们的排跟着大部队也爬上了山顶。

这样冷的天气，这样难走的路啊。有的同志是完全"坐飞机"，从冰块上滑到山脚下去的；有的同志冻得手脚麻木了，鼻涕淌在嘴唇上也不揩掉；年纪大一些的同志，胡须也"白"了；有的同志冻得实在无法坚持，便蹲在山半腰烤起火来，可是刚刚烤了一会儿，耳朵破了，手指断了……

二连有一个战士，在前面两丈多远的一棵藤条树下蹲下来了。

"那是谁呢？"侯同云心里想。他连忙走上前来一看，原来是杨金中。

杨金中再也不能走了，临出发时他就有病，再加上这样冷，他一步也走不动，他的手冻肿得插不进手套，脚肿得不敢挨地皮，浑身在打哆嗦……

"这怎么办呢？"——劝说了一套也不顶事，侯同云心里很是着急。他急速地，轻轻地抓住了杨金中的肿手，呀！像抓住了一块冰。侯同云用他的两只手夹住杨金中的两只手，他想把自己手上的热气传到杨金中的手上去。忽然他自己流泪了，这时他想起了他自己小时跟着母亲讨饭时，三九天气住在小庙里冻得死去活来的光景，有谁怜悯呢？可是，"杨金中是我的同志呵，我应当疼爱他呵！他冷，也是我冷。"

侯同云扭过头去流泪，被杨金中看见了。杨金中奇怪地问："为啥伤心呀，副排长？"

"唉！没有啥，我没有伤心——不，是风吹得我流泪了呀！"侯同云支吾地强笑着说。这时候他觉得杨金中的手有点温热了。

二连、三连、四连……的同志们一个一个从面前闪过。最后，只剩下他们两个人了。

侯同云把牙齿一咬，眼泪退回去了。他轻轻地抚摸着杨金中的手，对杨金中说：

"金中，我陪着你，咱们再稍歇一会儿，就走吧。——你要小便吗？"

杨金中摇了摇头，眼珠不动地盯住侯同云。他感到眼眶好像一阵热，鼻子里好像一股酸，他说不出话来。他望着侯同云——他的亲人，不由得他想起了当他才入伍的时候，副排长侯同云给他借碗、找筷子、端水、弄饭，就连睡觉也关照到。哪怕是深夜，他还要摸一摸被子盖严了没有。病了的时候，他忙着抓虱子、烫衣、端水做饭、擦屎、倒尿盔……还有，孙三宝病了不能躺下，只能斜卧地坐着，他就一直得用自己的身子，当作孙三保的靠背，整整守了三夜没有合眼。孙三保病得糊涂了，不论什么时候醒过来，叫喊"家（浮山人叫妈的称呼）——"，副排长便什么时候也在他跟前答应着："三宝，我在你跟前呀！你要什么呢？……"

…………

狂风吹着，树枝野草"哗哗"地响着。

侯同云把杨金中的东西背上，尽量让杨金中的半个身子倒在自己的肩窝里，慢慢地移动着步子，扶着杨金中下到山脚下了。

刚一到宿营地，侯同云把杨金中送回了班，他马上从自己的背包里扯出一双他一直不舍得穿的"崭新的棉鞋"，一手抓住了杨金中的手，一手把棉鞋塞在杨金中的怀里。

"金中，这双棉鞋你穿了吧！等一等我再来给你暖手，不敢多烤呀！"

杨金中在接着这双棉鞋的时候，他又一直用眼睛盯住侯同云。他一直说不出话来，不知道是他心里乱了，还是眼睛花了，他看见站在他面前的，不是副排长，好像是他的妈妈。

侯同云站在杨金中面前，等着杨金中，怕他还要说什么。而杨金中却又没有说出什么话来。侯同云和其他同志说了两句话，就带上了门走了。

(1947年7月7日)

一个老英雄的决心

曾克

老英雄阙富臣精神勃勃地跳上台来,当他洪亮的嗓音,向台下英雄模范们发出第一声招呼的时候,大家感觉特别地亲热。于是,注意力立刻集中了他,听他的动人的自述:

"同志们,我是今年正月间才参军的。你们别看我满脸胡子拉碴的这大年纪,比起诸位来,可还是个新兵。俺家原是个赤贫户,祖祖辈辈一间房一亩地都没有。自打咱八路军解放了俺曲周县,农民大翻身,俺才分了十七亩地三间房子,有吃有穿有住,真好比从地狱上了天堂。那大家就要问我啦,有了好日子你不在家好生过,出来当兵干啥呢?同志,'吃水难忘淘井人',我参军就是报咱共产党的恩情呵!"

"欢迎我们的老英雄!"台下热烈地欢呼了。

阙富臣伸开两只臂膀,按抚下去雷样的掌声,笑着说:

"这会儿你们欢迎我,我这心可算高兴啦!我在村上才提出要参军的时候,可是大大不受欢迎。谁看见谁笑话说:这么大岁数,谁还要你!我总是厚着脸皮顶他们:四十三,正干的时候吆!老啥?跟村长不知道要求过多少次,都叫他碰回来,心可一直没有死。"他拍了拍胸脯子又说:"今年正月间,参军的人数很多,我拿定了主意,这回无论咋着也得去。又去找村长上名,心里想,不叫去,我这条老命也就不要了,一定要跟他们往县里闹。我私下又活动了七八个已经上名了的小伙子,我鼓着他们说:要是不叫我去,你们大家可都不要去!他们都说:行!俺们一定把你给□上去!这么闹了一通,算是过了一个关口。到了县上检验,七百多人,一下可就先把我给挑出来啦!心里可真不好受呀!县武委会主任我原就认识他,这时候,急得没办法,我就抓住他说理。我说:对你们说吧!我当八路军的决心是下定了,你说我老了,走不动,你当场叫出最能走的小伙子,来跟我比,我要是掉队一步,就马上打发我回去,我没二话说。这么一赖又赖上去了。"

听众们都替他高兴地笑起来,他却皱起了眉头继续说:

"往队伍补的路上,担心得饭都吃不下去,只怕再叫打下来。到了范县,俺们一齐二十六个人到了二十一团一营三连来,二十五个人一个一个都分配下班了,眼看着又剩下我一个。同志们,你们看该有多损!连长、指导员从上到下看了我好几遍,对我说:你这么大岁数,到连队怕不中,下伙房去吧!我一听就起了火,我想,反正这是最后一关啦,人常说不打不相识,不扯扯筋可就真没指望达到决心啦,我说:报告连长,伙房我是不去。你问问,叫我去当文书我都不干,我又不是不会写。我是决心要扛枪!连长看我劲头不小就问:行军出操你能顶下来吗?我心一急,就对连长说:不瞒连长,我在旧社会还干过两年行伍,你把你们体力最强的挑上几个来,保险野外操场、杠子木马我还落不了他们后边。现在我只求当个新兵呵!连长和指导员一听都笑了,他们说:这老家伙管许中呵!就他们这一句话,我算当上了兵,成了咱八路军的战士!高兴得真不知道该咋着好。在班上干了十天,就提升成班长,劲头更大了。同志们,你们想想,原先是连兵格都不够,这会儿,上级叫带上一班人。呵!行起军来,我背上两三个人的东西,年轻人也走不过我!天天请求上级,摊上我们去打突击。我常说,一个人无论干啥,只要立下志向下定决心,一定可以达到目的!……"

掌声、欢呼声浪潮一般地又在全场掀起了:

"学习老英雄不屈不挠的精神!"

阙富臣没有顾得去擦那满额的汗,又说:

"咱们大伙都向李治五英雄学习吧！比起他的杀敌光荣事迹，我这个英雄名义是不配的。我一看见胸前挂的英雄奖章和红花，就觉得抱愧。这回，我就算没有任何成绩吧！反攻中好好来立功。我在旧军队里前后混过差不多有十好几年，多少还学习过一些本事，打起仗来还分得清子弹咋来咋去的，敢往上冲。这回打大小胡营，我带着一班人摸到敌人的炮楼子跟前，发现了他们，把弟兄们疏散隐蔽好，又跑回去向营长取得联络，没有受一点损失，也就是凭这点老经验。"说到这里，他的情绪更加激动了。他捋了捋袖子，攥起拳头说："同志们，我家里就有一个七十多岁的老娘，我这回出来，生怕她难过，你猜她咋说？她可算明白啦！她说：民国十二年咱娘俩逃荒，要不上吃的，眼看着媳妇子跟你散开，使她的吊把钱，没喝上三天米汤。没办法，你撂下老娘去当兵，我掉上几滴眼泪都没说二话。现下，冢里要啥有啥，今年打的粮食，除交公粮，还有六石多囤在那，我老婆子眉里眼里吃也吃不完，把你拴到冢里干啥？等着顽固军过来再把好世道翻过去？同志们，你们想，我还有啥挂头呢？临出来的时候，快过阴历年，我把村上拥护我们参军的一丈二尺白布染了染，称了二斤花，给她老人家套了身新棉衣。又私下交代村长说：我娘年纪太大了，我想把话给你说明白，人老总有一死，有那么一天，她要是一口气上不来倒了，你不要通知我，弄口棺材把她入土就算了，我是非把老蒋打垮不回来。村长啥事情都应承了，他把俺娘的生活给安排得好好的。打过大胡营，村上接到咱们的立功喜报，还出了个笑话呢！俺娘来信说三区启镇和四区小心寨两下争我这一个人。事情是这么着的，二十八年，俺娘逃荒回来，还是没啥吃，就寄住在启镇外婆家，一直没有回小心寨，翻身也是在启镇翻的。现下，小心寨派人去接我娘回去说：你回去，尽你捡十七亩上等好地，三间大楼房。这回群英会的报功单已经送回小心寨了，四区区长早就说要给俺娘挂匾，一定和启镇合起来红火呢！两村才离五里地。……"

他的话又被狂烈的口号声截断了：

"立功真光荣！"

"开了群英会，咱们就要大反攻。同志们，我来和你们青年人提出挑战。"他的眼睛发了红，一个箭步跳到台口上，发起誓来，"这次出发，不要发给我给养，饿了我要抓住蒋介石吃他的肉，渴了我要喝蒋介石的血！我吃狗肏的亏太多了，这就是我的志向和决心，也就是我订的计划。叫我跟蒋介石平和点，屌门也没有，非要把他的一人一马一枪一弹都消灭干净不甘休！"

老英雄一蹦多高！台下的口号声喊得更高！这最后一天的英雄会的情绪，被老英雄的发言，激励得也越发高涨了。

（1947年7月7日）

李连生简记

——嫩江部二届群英大会人物之一

鹿特丹

四五年底,部队由上党区开往平汉线,路过武安,离卫生员李连生的家只有七里地,李连生想回去看看从前日本人在时七年来没回过的家。因为部队有战斗任务,不能久停,教导员告诉了他当天晚上的宿营地点,要他一定赶回来。李连生回到家只待了一个半钟头,他娘要给他做饭吃,他不叫做,只喝了口水,找着村干部说:"俺家里也不用你们多照顾,不要特殊,也不要不听村上管理。别的穷老百姓怎么样就怎么样。"说完急着就往回赶……

他哥哥送他到村外报怨似的说:

"你出门几年了,也不往家捎个信,人家都说你干的是晋绥军,俺也不清楚,不敢哼。"

李连生一听,越想越不好受,一路走着掉了一路的眼泪,想着自己在八路军干了六七年,艰苦抗战,却落了个当晋绥军的黑名,回到营里简直就没有好气。教导员问他:"你回来啦?"他粗声大气地说:"回来了。"教导员又问他:"你吃饭吗?"他又直杠杠地说:"不吃。"教导员见他那样子很奇怪,又问:"你生谁的气呀?谁得罪了你?"李连生像受了委屈似的一五一十地把他哥哥说的话告诉了教导员,教导员听完了安慰他道:"这没有啥,我负责给你们县上、区上、村上写个信去证明一下,就对了,你安心好了。"李连生顿时就高兴了。当教导员把信写好,发出以后,他就像没有发生这个事一样,照常地工作起来。

部队住在水冷,过罢年他哥哥来看他了,问起家里的情形,他哥哥说:"现在可好了,过年村干部还给送了粉条、猪肉来拜年,很看得起咱们。"李连生笑着说:"优待不优待吧,也没啥,只要不说俺当晋绥军,把俺六七年光荣的革命历史抹了就行。俺十三岁上就参加了革命,决心要干到底。"

打后屯时,李连生在营指挥所里听说有一个排长在前边工事里挂了彩,忙去救护,去时那排长已经下去了。他就待在那里想,不要走远了,再有彩号就来不及去救护了,不料一颗手榴弹飞来,炸在他跟前,一身衣服尽是窟窿,左眼上也热乎乎地,他用手去一摸,摸了一手血,他心里一惊下了火线。

到了后方医院,虽经医治,左眼因为被炸中要害,终于瞎了。但李连生并不悲观失望,医生给他开二等残废证,要他退伍,他不肯,还给营首长写了个信说:"我已经把眼睛打瞎了,其他地方伤不重,请你们不要挂念,就是眼瞎了也没有啥,好了,我马上回去再干。"没等伤口完全好,受伤的左眼还时常流泪,他就要求出院。那天他和李中福一起走,本来问准了部队的驻地,不料他刚赶到,部队就出发了。他们又继续往前赶,赶到本团二营已快吃午饭了,一问他们那个营还在前面有二三十里地,并且晚上可能又要行动,他就毫不耽误,上午饭也没有吃,一口气直跑到营部。

营里同志见他回来了,高兴得很。听说他眼睛还没有完全好,营部连部都给他准备了药色眼镜,又准备了皮□鞋、衣服,请他吃饭喝酒。战士们见了都问他好,给他敬礼。他感动得不得了,想着要不好好干的话,真对不起同志们对他的友爱了:"往后哪里有彩号,哪里就是我的岗位。"

此后每逢打仗时,李连生一定要去各连排阵地上跑跑,以便熟悉地形,有了彩号好迅速救护,有一次一个战士问他:"你没有岗位吗?到处乱跑?"李连生回答说:"哪里有彩号,哪里就是我的岗位。"打民权时，因为干部挂彩，他就机动地担任了指挥，叫战士们挖工事隐蔽，又趁敌人火力的间隙果断地带领部队安全地转移了。只有三个重彩号走不动，还趴在阵地上，李连生想了许多办法，白天里容易暴露目标，总没有成功。天刚亮一点，攻击部队换了别的单位，李连生仍带着担架跟着他们上去，把三个重彩号抢救下来。

由于这些，他得到大军区的嘉奖令。这次群英会上特别把他的事迹布置了一个展览室，英雄模范走进了这间房，莫不个个称赞。特别那张刘、邓首长亲自署名印有鲜红大钤记的嘉奖令引人注目，一个英雄指着他说："这就成功了，这就成功了，有这个比啥都光荣。"接着就大声念起来。这时李连生正好走进来，另外一个英雄把墙上画像急急瞭了一眼，跑过来问他："你就是李连生吧？"李连生笑着点了点头，全房子的人都扭过头来看着他。

（1947 年 7 月 10 日）

黑旦的爹娘都回来了

志明

到宿营地,鸡已经在叫了。管理员指定我们住在门口有棵老槐树的家里。我敲门敲了老半天,里面没有人吭气。我发急了,就顺着矮墙,爬上了屋顶,跳进院子把大门打开。

我同首长走进院子,又从过道走进后院,都不见一个人影。我正向北屋走,忽然看见石阶上有个啥东西,白闪闪的,说猫不像猫,说石头不像石头。拢去一看,把我骇了一跳,原来是一个小孩,光着屁股躺在那里。

天已到下半夜了,风吹得树枝在呼呼地响,首长急忙把小孩抱起来,用他的大衣裹住。我边收拾房子心里边想:"这家老乡跑到哪里去了?连自己的孩子也不要,真日怪,八路军也不会吃人!"

在床底下找到了一条破棉裤,把那小家伙装在里面,我轻轻地拍了他几下,就跑出去找那家老乡。

队伍都住下休息了。我来回走了一趟,没有碰上一个人,很泄气地跑了回来,发现后院的门是开的,我想:"这家老乡一定是听见我们拍门时从后门溜了的。"

从后门望出去,黑洞洞的一片,一阵阵北风吹得我打了个寒噤。靠西边,机枪声、炮声不停地在响,刚才听首长说,今晚我们有部队攻汤阴城的四关,这儿离城顶多不过十七八里地。

我进房里,小家伙醒了,哇哇地在哭。我把他从破棉裤里抱出来,放进我被子里,轻轻拍了几下,他还是哭,而且越哭越伤心,眼泪口水统统流在我脖子上,两只小脚好像在我肚子上下早操,真把我急得没法。

他准是想吃东西，有啥给他吃呢？奶，我当然是没有的。我爬起来从干粮袋里倒出一把饼干，撇了一块塞在小家伙嘴里，他不哭了。我很高兴，两只手抱住他的腰，又摸摸他的脊背，光骨头，一定是个穷小子。

不一会儿，小家伙把饼干吐了出来，水滴滴地滑到我胸口上，他又哭得不得开交。那时，我突然想起俺娘喂俺小弟弟的饭，总是自己先嚼一下，再喂给小弟弟吃。我也照样子咬了块饼干嚼了一下，塞在小家伙嘴里。

真成问题，小家伙吃了我嚼碎的饼干还死命地吸起我的舌头来了，怪痒痒的，我心都发麻了。舌头当然吸不出奶来，他不耐烦了，把脑袋在我脸上撞了几下，又大哭特哭起来。

首长好像是醒了，咳嗽了一声，前天打仗他到前面去忙了一天一夜，今天晚上又走了六七十里，碰上这小家伙简直是……

"警卫员！"首长喊，"你快去把他家里人找回来吧！吵坏了人！"

上哪儿去找呢？刚才空跑了一趟，鬼也找不着，我又穿上衣服跑出去，从东头找到西头，一直找到村外的水沟边，还是找不着。

走进院子就听到小家伙的哭声，我在院子里站了一会儿，正在发愁，看见东屋是个厨房，我心焦八乱地跑进去，找个小锅烧了点开水。

我把饼干泡进开水里，用筷子搅了一下，然后一口口地喂给小家伙吃。他像饿牢里放出来的，我一直喂他一直吃，满满的一碗泡涨了的饼干，都吃得精光。

睡得迷迷糊糊的，忽然觉得肚皮上热了一阵，我以为是在做梦，伸手一摸，糟糕，黏糊糊的，一股臭气直往我鼻孔里钻。

真把我气死了，真想狠狠地打他一顿，但伸手摸摸，他浑身光骨头，还是打不下手。

我爬起来点着灯,又把那小家伙装进破棉裤里。我的被子上、单子上,连我的裤衩上,不说了,简直是一塌糊涂。

"警卫员!"首长又在叫,"你又爬起来干啥?"

"干啥?"我没有答应,心想,"问题严重哩!"

小家伙两只眼睛睁得多大,也不哭。我实在困得要命,马马虎虎把被子擦了一下,就呼呼地睡了。

我忘记了是做个啥梦,不知怎么回事,突然,把我惊醒了,睁眼一看,屋子里照得亮通通的。我披上衣服,在门缝里仿佛看见有一个人站在房门口。我把门打开一看,一个六七十岁的老太太,现出又可怜又害怕的样子,猛地向我跪下。这可把我搞慌了,赶快把她扶了起来。

"老太太,老人家是这家房东吧!"我跑到床跟前,掀开被子,对她说:"这是你家小孩,快抱去吧!"

老太太头发全白了,穿了一身破破烂烂的棉衣,她把孩子抱在手里,不要命地亲了一下,一抽一抽地哭起来。

这时,首长也起床了,他在对老太太讲这讲那,我就到伙房打洗脸水去了。

等我端盆水回来,看见房子里又有一个三十来岁的女人,瘦得很,头发蓬到脸上,她坐着喂小家伙奶。

"老太太!你们昨天晚上为啥跑了,到处找,找不着。"

"俺不知道是你们八路军来了!……"老太太好像见了亲人,难受得说不出话来,她擦了擦眼泪,说道,"俺怎么不怕?老天爷,前天城里中央队伍来了,把黑旦他爹抓走了,现在一天了,还没有回来。家里粮食也……他媳妇也……"

说着婆媳俩人都呜呜咽咽哭出声来了。首长劝说了她老大一会儿,告诉她八路军打开汤阴城,黑旦他爹可以回来。

218

"你看！这黑旦……"老太太忽然看见我的被单糊脏了，她抢着要拿去洗，我和她拖来拖去，我的脸都红了。

过了七八天，队伍晚上行军路过一个村子，看见一条水沟，我就想起这是黑旦他家那个村。进了街，我看见那棵老槐树下站着两个人。那个老太太我是认识的，我拢去喊了她一声！

"老太太，这样晚，你们还没有睡觉？"

"哎呀！你来了！"她指着站在她跟前的那个人，说道，"这就是黑旦他爹，大前天八路军打开汤阴城，把他放回来的。"

黑旦他爹对我也很亲热，一把抓住我的手，要我进家坐。我告诉他要赶队伍，老太太就急忙跑进去把黑旦娘儿俩叫出来。那小家伙还是那样傻头傻脑，我把他的脸拧了一下，心里说不出一种滋味。站了一会儿，我就转回去赶队伍了，黑旦他爹要送我，跟在我后面边跑边喊：

"同志！你以后再来吧！这是伏道镇，俺叫田明德，再来吧！……"

我回头把他的手拉了一下，并告他我叫张星材，队伍隔得近再来看他，我又跑了半里来地，才赶上队伍。

（1947年7月10日）

农民之光

——悼边地翻身英雄高云兴同志

洛夫

当我们提起笔写着高云兴时,一个结实、刚强、黑黝黝的脸蛋,朴实而又健壮的影子出现在我的眼前。这位人民英雄在边地发动群众,在"还乡团"包围高邑河头村的战斗中,他壮烈地牺牲了。

高云兴同志,沙河册井人,他是一个优秀的共产党员,册井的农会主席,一个四十五岁的老农民。在旧社会他当了半辈子长工,打了半辈子光棍汉,八路军解放册井后,他才翻了身,有了房子,也有了地。去年七月又娶了个老婆,正当他举行婚礼那一天,还没有洞房呢,下午他就接到通知:上级调他到翻身队工作,即日下午到城里集合。高云兴一想:"老婆已经娶来了,迟早跑不了。翻身工作却不能误了!"他背起行李就离了家。

第二天到了临城分区翻身队受训。关于老高娶了老婆还未入洞房,就参加翻身队的故事,像神话一般传遍了翻身队,感动了很多不愿远离家乡,不愿离开老婆的落后分子。领导上又抓住这个典型的实例,登报表扬,给受训干部很大的教育。受训半月完毕,老高被调到高邑新区河头村帮助翻身工作。那个村离元氏城不远,群众的变天思想很严重,大都不敢接近翻身队。老高就到地里一面帮助老乡做活,一面和老乡闲扯、访苦、组织诉苦。他总是拿自己的切身经验,来说服群众:"我从前在村里组织农会,敌人的十三支队民军到处捣乱,不能在村里开会,黑夜还跑到山里去开会呢。今天这里有前方部队掩护,有政府给咱们撑腰做主,如果还不好好干,怎样对得起毛主席呀……"

老高在工作作风上，活泼深入，细心耐心，从来不摆架子，有说有笑，农民都喜欢接近他，特别是青年农民最爱接近他，大家给他起了个外号叫"老青年"。

十一月十二日深夜，河头村被元氏"还乡团"包围，二百多敌人带了三挺机枪、两个掷弹筒，企图活捉翻身队的同志，摧毁我村政权。当时河头民兵，只有两支湖北造大枪、八十粒子弹、二十八颗手榴弹。但当敌人机枪打响后，老高及武委会主任李三全同志，领导翻身队及民兵迅速沉着地占领工事，打退敌人五次冲锋。敌人接近工事，竖起了梯子，老高一脚将梯子踢翻了，接着打了两个手榴弹，敌人像死猪一样滚下去了。敌人越来越多啦，上了房高喊："老高缴枪吧！投降保证没事！"老高回答："死了也不投降你们狗汉奸！"又打了两个手榴弹。紧接着敌人架了木板从东边房子过来了，快冲到工事跟前啦，老高和五十来岁的老农民柳老孝把板子推翻到地下去了。另一股敌人又从后面打到工事来，机枪、手榴弹火力太重，工事不能停站了，即撤到房里去继续顽强战斗。敌人不敢下房，在房上喊："出来吧，不出来就放火烧房子啦！"当时村长李梦周已挂了三次重彩，武委会主任打牺牲了，其中有一个民兵柳永田表示动摇，跑出院去，但被敌人打倒了。在紧张危急万分的情况下，老高沉着地指挥大家："我们宁死也不屈服，把手榴弹准备好，不能把武器送给敌人！"

坚持了五小时战斗，子弹、手榴弹打光了，敌人死伤十二名，不敢下房，只好放火烧房子。老高及老农民村长李梦周、副村长柳更长，光荣地牺牲在火海中，临死还抱着大枪，面向敌人！敌人在败退时，遭我高邑独立营及附近民兵追击，狼狈地逃回元氏城。

老高等壮烈牺牲后，河头村的民兵农会，全体农民、群众，都含着悲愤的眼泪，燃烧起复仇的怒火，第二天即开了一个大规模的斗争大会，以彻底消灭封建的实际行动，来纪念这位英勇不屈的边地翻身英雄——高云兴同志。

（1947年7月10日）

访赵寿山将军

曾被蒋介石调离自己一手训练的三十八军去当第三集团军总司令的赵寿山将军，由国民党反动集团统治下的南京、上海，几经曲折，逃出了特务的监视，冲破了蒋军的封锁线，已辗转抵达晋冀鲁豫解放区。记者特于日前趋赴西北民主联军三十八军司令部访晤赵将军。

赵将军现年五十四岁，身体高挺而强健，长长的面颊，眼神锐利，头发略现斑白，但满脸红光，诙谐健谈，保有青年人活泼旺盛的精神。

赵将军对记者表示：他进入解放区不是偶然的。他与杨虎城将军共患难二十多年，历任团、旅、师长等职，双十二事变曾参与机密事宜。抗战开始，率领三十八军在中条山抗战，改造部队，开展民运工作。但是蒋介石认为他们是西安事变留下来的"祸根子"，因此对他们的仇视、迫害、分化，层出不穷。比别的所谓"杂牌"部队受着更加恶毒的待遇。赵将军感慨地自称他是"受训专家"，因为蒋介石说他个人思想有问题，仅在抗战期间，就被调到重庆受过三次训，他的被调赴甘肃，就是在二次受训于"中训团"期内，蒋介石预令他的心腹张耀明到部队接事，攫夺了三十八军的实权，而把赵氏本人调到甘肃凉州当"光杆"总司令。那时他的总部人员，大都是安置好了的蒋介石的爪牙，下属编制是胡宗南的军队，他只好每天看看书、写写字，并以板羽球运动来消遣。

日寇投降后，毛主席赴渝和政协会议的召开，使赵将军对国内和平民主曾抱着很大的希望。不料蒋介石于国民党二中全会后，即撕毁一切协议，决心打内战。蒋介石并于去年四月底亲到西安布置内战，并将赵将军召回，要他表示态度。他当时很气愤痛心，便以年纪老了，不能再带兵为辞，要求出国考察。七月蒋介石开始在全国各地大打，恰在此时他被派到美国考察水利的命令也下来了。"我觉得不能到美国去。"赵将军说，"美帝国主义助蒋内战，并要支领蒋介石由人民剥夺而来的血汗钱。到美国去逍遥岁月，逃避现实，是可耻的。"他回忆起双十二反内战的一幕，痛恨蒋介石在十年之后，仍然是吃屎的狗，不忘吃屎的路。他觉得祖国人民深罹苦难，杨虎城将军冤狱未复，自己是不能没有责任的，于是决心不避难险，寻求与三十八军起义过来的部队会合，要以实际的行动争取全中国的独立和平与民主。

赵将军以目睹之蒋管区因内战而形成的农村破产、工商倒闭、粮食恐慌、民变蜂起、工人罢工、大规模的学生运动等具体事实，说明"蒋政府的统治日趋不稳，蒋介石的失败已为期不远了"。赵将军完全赞同政协路线，成立联合政府，他希望中国中间派进步人士，和一切痛受压迫的"杂牌"军，打破对蒋介石的任何幻想，坚决地站到人民方面，作实际斗争，早日争出一个独立、民主、和平的新中国来。

赵寿山将军到解放区虽然日子不多，已经看了好多书，对毛主席的著作倍加推崇。他读书之外，喜欢和左右谈问题，了解各方面的情况。他对于解放区的土地改革，真正实行了孙中山先生"耕者有其田"的主张，表示十分欣慰，他说："我几十年来梦想的新社会，在解放区已变成现实了。"

（1947年7月13日）

王殿文回家

吴林泉

王殿文这人就是干劲大,国民党军队一进攻到他们那里,他便背起打日本得的枪干起来了。不久他的三八式枪便换成了中正式,他当然更高兴了。部队就在他家门活动,他也不回去看看。

有时候指导员说:

"到了村了嘛,回去看看你娘。"

他摇摇头说:"我不是我妈妈一个人的儿子,我是所有老百姓的儿子哩。"他说这些话时,老爱脸红,有人知道他老婆的名字,便抓住机会开他的玩笑说:

"嗯!他想他的海棠哩?!"

殿文脸又一红便过去了。

又过了些时日,他们在南樊打了胜仗了,排长再三地劝说他:"六班长,你今天又勇敢地带了一班人,用刺刀和手榴弹,把南樊镇的抢粮队打走了。这离你家又近,才四五里地,特准许你回去看看。"连班下的战士也取笑地说:

"回去吧!班长同志。海棠每天晚上都在做梦。"他又不好意思地脸一阵红。

最后当他走时,大家又一再叮咛:

"警惕些!小心敌人抓了你的小鸡。"他觉得连内无论上上下下,对他实在热火。

太阳刚落西山,他就进村,家家户户早都把门紧紧地关闭了,到处死灰灰的,连狗都不咬了。他走到自己的家门口,轻轻地拍着门环,叫着:"快开门吧,我回来了,娘,娘!"

"哎呀！怎么半年了连个信也不写，听说你们离这儿又不远……"

妈妈开开了门，一把拉着王殿文说："我还说你把家忘记了呢！"多少亲人呀！爹、娘、嫂嫂、弟弟……围坐着一圈儿，问长道短。

"哪阵风把你吹回来了？唉，叫人把心操碎了。"妈妈一面流着眼泪，一面替他包着饺子。

海棠从人缝里看了殿文一眼，拉着弟弟真像穿梭一样地忙起来了。在家门口，她一会儿跑到巷口探探头望一望，一会儿，又去望一望，生怕出了什么意外。

吃完饭，妈妈催着他和海棠，到村外东头那个暗窖内歇着去。那暗窖原来是避日本人打下的，妈妈一边送他，一边还沉着脸说："没事防有事，小心总是对，前天南樊的还要硬逼着我把你叫回来！"

★★★★★

海棠才十七岁，中等身材，长着两颗黑溜溜的眼睛，是去年一半自由，一半由父母做主，和殿文结婚的。娘家在老解放区，她参加过妇救会，上过冬学，又年轻，肯学习，懂得"政治"可不少。

睡下后，他俩拉开了话头儿，海棠低声地问他：

"你有旁的思想没有？"

"有啥思想来？"殿文觉得这话问得有点突然。

"城里特务队这几天每天都来咱家，逼着咱娘要叫你进城去……你脚跟可要站稳，不要上了人家的当。不要看他眼下凶狠狠的，我总看他在这地面站不长远。"王殿文倾心地听着，他觉得这话和指导员上政治课一样地有力，动摇不得。

"我当啥事？这还用你操心，我受八路军的教育，又不是三天两天了。"

"枪子飞，你怕不怕？"海棠又扭到另外一个题上去了。

"那有啥怕头?"殿文觉得她这话问得有点可笑。

"你作战是在前头,还是在后头?"海棠紧追了一句。

"哪一次打仗也冲在最前面!"

"那就好!"海棠连忙称赞了一句,沉静了一下,她又嘱咐着,"再勇敢些,可是也要活套些……"殿文感觉到她的话比炉灶内的火还热。

"好,放宽心吧!我比你会打仗得多……"于是他给她解说着他怎样一次一次地打败了敌人。他想从这些话中,证明自己不仅会勇敢地打敌人,而且还有智谋。

夜已经很深了,殿文打了一白天仗,眼皮早就打架,想睡觉了,可是海棠仍然是问:"你识了多少字呀?你和同志们合得来不?咱哥哥给你捎的子弹收到了没有?"没头没尾的,一直问个不休,殿文开始还应着,后来连应也不应就呼呼地打着鼾声睡着了。

西北风在外吼叫着,有时把黄叶吹进了窑里,海棠坐在窑口上,像卫兵一样,望着通南樊和县城的大道。

风卷着落叶,忽然"嗽……"的一阵响声,吓得她往回缩了一下,她立刻又跑出去,睁大着眼睛看着,可是什么也没有,四野仍是黑黑的,望不见边儿,听不见一点动静,只有风呼呼地吼叫。

东方露明时,西面村内的狗乱叫,殿文连忙爬起来摸出头下枕的中正式枪,向海棠说:"你回去,要是前面有情况,赶快叫村里人转移。我在这里堵挡一阵。"然后他走出了窑洞,在路上游动起来,他走一走,听一听,趴下来看看。

噫!他吃了一惊,前面有一串黑点在移动,似显不显,他趴下来尽量睁大着眼睛,模糊地看到前面的黑点分为两股,一股向着磨里那个方向消失了,而一股则向着窑寺头越来越近,他把枪口对准那些黑点。

他想着:"好狡猾的东西,竟想趁着村人睡觉未醒,偷偷地摸进来,真是打的好主意……"他愤愤地在心里骂着:"鬼东西,难道你就不知道老子在这里吗?"

敌人离他还有五十来米达远的时候,他从敌人的侧后突然地开了火,一连砰砰砰地打了五枪,提高嗓子喊着:"来得正好,老子们等你们一夜了!"

"冲呀,抓活的。一排从河滩插过去截住敌人的后路,二、三排快冲!"他的声音那样响亮,几里地外都能听见,他在这块地里喊完了,又到那块地去喊,又一面打枪,一面又装着指挥员,学着南方的口音叫喊:"不要打枪,快抓活的嘛!"喊完又打,打了又喊:"谁叫你们打枪来!"

站在村边的敌人,开始迟疑不前,接着就立即发出了惊惶惶的叫声:"快撒队伍,中了八路军的埋伏了!"并且有的敌人已经开始往回窜。

殿文看准这个火候了,他更加大喊:"前进,冲呀!不要叫敌人跑掉了!"他一个人端着刺刀冲过去,并把手榴弹送到敌人中间开了花。敌人混乱地溃逃了。王殿文同志一个人在后面,像放羊一样地追赶着,叫嚷着:"快追,把敌人堵住。"敌人连回头看一下的勇气也没有就逃窜了。

殿文同志打走了敌人,夺下了几十发子弹,他和消耗比较了一下,心里想:"今天的买卖还不赔钱。"

天亮的时候,殿文回到村里,村里已经连一个人也不见了。敌人失败了,他高高兴兴地坐在他的家门口,等着他家里人回来,准备把刚才经过的事情,告诉他们,并且特别要叫海棠好好地听一听。

(1947年7月16日)

背上干粮找共产党

窦凯

沁县翻身农民张贵林,九岁上就被地主张宝绪赶得离开南沟村,家里仅有三间房子、十二亩地,都被霸占了去,除埋他祖先的一座坟地外,弄得上无片瓦遮身下无立足之地。张贵林逃到外村后,虽然每年清明总要到祖先的坟上插炷香烧几张冥票,但总没给自己出了这口怨气。这次他回到离开四十年的南沟村收回了自己的三间房子、十二亩地,就深知是共产党救活了他,于是下定主意一心想去找共产党,谢谢共产党的恩情。可是盘算了几天,却弄不清楚哪里才能找到共产党:"烧香也得找着庙门呀!"一天晚上,就和老婆商量。老婆说:"你可知道人家在哪里住呀?去哪儿找呢?"又说:"要是真能找着,就是误上几天工夫也值得,路远捎些干粮,带些米面去一回。"张贵林老汉一听,感到老婆说得很合自己的心思,就说:"糊涂去了恐怕寻不着,还是找咱区农会万福同志问一下。"第二天天还不明就去找万福,大家见他这样热情,都很兴奋,一个农会同志便告贵林老汉说:"你真心愿去的话,我们一定领你去。路也不太远,大概六七天就到了,不但能见共产党,还能见了毛主席。"贵林老汉更高兴得合不上嘴,回到家很快就准备好出发带的干粮、米面、黄蒸馍馍,带了一衩裢,让万福同志领他去。一到区农会,大家见他准备得非常妥帖,深感贵林老汉真诚和对共产党如此热爱,怎样才能不辜负他的这番苦心呢?当时就给他解释说:"群众翻身的地方都有共产党,共产党的根就扎在老百姓的身上。你爱共产党,把共产党挂在心上,就不用远走。"贵林老汉说:"这我们知道,不过见共产党还得靠你们,如果人家共产党不嫌咱老,我也要参加共产党。"区农会同志们又说:"你先回去,共产党会去找你的。"老汉才兴高采烈地回去了。
(新华社岳北支社)

(1947年7月16日)

模范医助赵天秀

赵天秀同志，二十三岁的青年共产党员。三八年参军，在肥乡大队当小鬼时，因学习成绩优良，得过奖励。不久受过卫生训练后，在××团及曲周大队当过卫生班长和看护长，现任独立团二营医助。他是冀南三分区二届群英会的甲等模范，下面所介绍的是他在前线工作中的一些动人的事迹。

四一年四月，二十三团强攻永北三陵据点时，冲到离敌五十米处，伤亡五十多，部队撤不下来，彩号也没人救。赵天秀同志，从密集的火力网中滚到前面躺着给彩号止血上药，动员轻彩号自己爬下去。重彩号没法搬运，他机敏地用床翻过去，将彩号放在床上拖下火线。因此得到旅的奖励，他的事迹被画成了连环画来宣传。

四四年曲周大队攻克大连岩炮楼时，他跑在最前边，把彩号救护了，又到二道鹿寨边，投了一百多个手榴弹；东李窑打伏击时，他也是冲在最前边，赤手空拳追敌人，俘虏两个伪军，缴获了两支枪。

去年六月独立团二营打永年北关时，天秀同志的任务是在水边救护，但他想："水上挂了彩，不即时止血，伤员会增加更多的危险。"因此他带了一个卫生员，架着一只船跟去了。

敌人固守工事，拼命地顽抗。卫生员挂彩了，留下他一个人，他还是冒着弹雨推船前进。他的右膊挂彩了，正在这时，五连一个机枪射手牺牲了，他就跳上船去端起机枪一连打了四五梭子，掩护部队冲锋。

彩号越来越多，他不管自己的伤，奋不顾身地又去救彩号，一船推了十几个，在运回的时候头上又挂了彩，但他还不吭，心里想：

"死不了一定完成任务！"

在这次战斗负伤后，天秀同志的工作没人代理，战士们说："病号没人管了。"他知道了以后，虽然彩还没有好，便又照常工作起来。七月里部队住在离永年一里多的魏圈，蚊虫多，全营先后发生了七十多个疟疾病员。天秀同志忙得不得开交，这个班出来，又到那个班去，打针、吃药，特别是对重病号，一天总要看两三次。行军时病员坐大车，他总是紧紧跟着，轻病号掉了队，他带着还没有好的伤，还帮着背枪背东西。

最近永年城郊歼灭战中，他又是和部队一道冲锋，一路救护了十几个彩号后，又和部队一块在阵地上作战。

一个战士喊："卫生员，二排长负伤了！"

他听说后立即向前边喊着："六班同志，照顾你们的排长！"同时扑向最前边的阵地，一看二排长没负伤，他就在那里参加战斗。他鼓励大家沉住气和敌人进行战斗，并向敌人喊话："你们在城里吃的啥？当汉奸当到什么时间呀！"接着又投去两个手榴弹。这期间敌人一颗子弹把他的刺刀打断了，他又光荣地负了伤。

（1947 年 7 月 16 日）

不斗到底，不算好汉

——记济源民兵英雄牛进财

古维进

济源五区石露头村，在土地改革中，全村群众被地主恶霸打击下去，只有民兵英雄牛进财一个人坚持斗争。他这种不屈不挠的斗争精神，终于变成不可抗拒的力量，推动全村群众起来颠覆地主恶霸，实行大翻身。下面是英雄牛进财所说的斗争的经过。

一、领头斗地主，死也不认错

我村有人叫顽固村，叫得很不错。你想，别村在热闹地进行土地改革，我村还是无声无息。说来也不奇怪，村公所、农会、武委会等，都被一群地主恶霸把持着，当然不会有土地改革。但是别村搞起土地改革，对俺村有影响，穷人都嚷着要斗争，但是讨论起斗争对象，总是离不开这些当权派，谁惹得起这般人呢？不仅惹不起他们，连他们包庇的地主也没人敢惹。大家正在发愁，我就提出斗牛云山。大家很惊讶，因为牛云山是我的堂兄，谁相信这个话呢？我向大家解释说："牛云山当过红匪（红枪会）的老师，当过伪公安局长，抢过群众的东西，该斗！不要看他是我的堂哥，我又是一个民兵，我决不包庇他！"大家半信半疑，我又说："敢说敢干，我领头，大家跟上来吧！"

我这股劲头，把大家鼓动起来，便跟我去斗牛云山。牛云山看见人多，装得很亲热地给我说："老弟，咱们都是一家……"我截断他的话严正地说："革命工作，不能包庇！"他说："我有啥过吧？"我说："你身上长得一身白毛，还不知道自己是妖精？"他眼睛一瞪，忽然往房里走去。我眼快,看见他在拿枪。他的土匪劲又来了,不能给他客气,我蹦过去把他抱住,众人一齐拥上,把他捆起,把枪缴了。大家就诉苦……后来斗出牛云山一头牛和十二万元。

二、"是虎也要扳他一个牙"

斗了牛云山,群众都说我大公无私,能办事,举我当民兵分队长。这时,斗争已震动村中封建统治的基础。一天,有人给我警告说:"少管闲事,当心二斤半(脑袋)吧!"但是,我没有理这一回事,又领导群众斗争,对象是地主牛善书,他是农会常委。这一下可惹上当权派了,他们马上把我捆起来,并向全村发出警告说:"谁要学牛进财的样,轻则处罚,重则枪毙!"

这个下马威好厉害,才抬头的群众都给吓得悄悄的,没人敢吭声。当然,也就没人敢提出保我了。就在这种恐怖场合里,当权派把我闹到大庙去斗争。

"斗错人了,知道不知道?"凶恶的声音、凶恶的目光把我包围,好像要把我吃掉,但我并不害怕——就是他是一只虎,我也要扳他一个牙,我大声说:

"没有斗错!"

"还硬嘴?还不承认错误?"

"我有什么错误?领导穷人斗争地主恶霸,没有错!"我说。

地主们气得面红耳赤,卷起袖子吆喝道:

"顽固脑筋!"

"打!"

"铲除他!"

立刻,许多沉重的巴掌落在我的面颊、头上,随即又把我紧紧捆在板凳上,同时有人准备大棍,有人准备石头。显然,他们要把我往

死里打了。

但是，就是把我打死，我也不能承认斗争地主恶霸是错误。想一想：我十二岁死了父亲，八分地就给老财的高利贷吞掉。以后给人放了两年牛，干了两年长工，又干了两年铁匠，都因为气力不足，被掌柜打得夜里狂叫。灾荒年，母亲饿死，我成了一个单身汉，保长又迫我去干皇协军。我不干，用大锅压在头顶，毒打一顿，又把仅有的二升米抢走……我活了二十年，哪一天不受老财压迫欺侮，斗争他们还有什么错呢？哼，打死我也不能认错！

地主准备好打人的东西，又审问起来：

"听着，要不坦白认错，就要收拾了。"这是我领导群众斗争的对象、地主牛善书的声音。我一听见，简直要咬他一口，我骂道：

"恶霸！收拾吧！为人民服务，打死也光荣！"

"好，这家伙顽固到底，该不该收拾？"牛善书挥起棍子，征求群众的意见。他希望群众说一声"该"，就要把我打死。但是，群众是有眼睛的，他们知道我牛进财是什么人，知道我现在是为了什么，于是许多人没有出声，只是用慌张而又同情的目光看我。

这一下的沉默，具有无限的力量，当权派感到有点孤立了，有的人交头接耳地说着埋怨话："呃，就没有酝酿成熟呀。"于是宣布暂时休会，继续酝酿斗争。

三、单人独马干到底

区署知道这件事情后，由于工作不深入，只把我释放了事。俺村照旧还是地主恶霸集团所把持。当去年冬天敌人占领城关，将要向俺村一带进攻时，当权派又来向我进攻。首先瓦解我的民兵，地主牛善书对民兵说："敌人来了怎么办？"

"跟他干。"

"如果给敌人包围呢？"

民兵没有说话。

牛善书又说："现在沁阳、王屋都有敌人，就要配合城关敌人包围过来，你们十来个人，不是等死？"本来这些民兵大部分干过皇协军的，听了这话发生动摇，果然，当情况紧急时，有的民兵逃跑，有的民兵跟当权派进城投敌。

当权派瓦解了我的民兵，又连夜带上绳子要来捆我，想把我打死。但是，事有凑巧，当情况紧急时，忽然发现家中有四支枪（这是一部分逃跑的民兵丢下的）。我知道民兵出了问题，为使枪支不致落在地主手中，我即刻把它送到区上。于是，捆我的人便落了空。

这个时候，民兵就只剩下我分队长一个人了。

情况很紧张，敌人距村子只有四五里，四处有枪声，群众纷纷逃跑。当权派放出空气说，抓住我要先斩胳膊后剥皮……在这种恐怖情况下，我怎么办呢？

天黑，我扛着枪悄悄走出去，眼前是一片黑乎乎的夜，一个人一杆枪怎样活动呢？但是不活动又怎样办呢？……没有第二条路，只有干！我拿定主意，便跑到了区指挥部。

四、打垮倒算，武装掩护大翻身

在区指挥部，我参加民兵轮战队，当小队长，领导十来个民兵。想起这些日子，当权派把我害得单人独马，几乎丧命，现在有人有枪，我应该怎样报仇呵。——不把村上穷人翻起身，我牛进财真不算好汉！

我领着民兵回村打游击。一天，当权派叫牛善有回村取斗争账本，打算大规模倒算。我连夜摸到牛善有的家。他夹着账本正想出去，我说："不准动！"他拔腿便跑，我给他一枪，他吓得不敢动，便把他捆起夺回账本。

群众听到这件事情,高兴地说:"进财可救了大家。"以后,我每次回村活动,附近群众听见,都要回村看家,我趁机宣传时事,安定人心,群众慢慢团结在我的周围。

于是我又鼓动群众起来斗争,我说:"老财要想压制穷人起来斗争,都是梦想,我牛进财就是一个样……谁敢干,跟上来吧,这一次要斗到底!"由于有我带回的民兵做骨干推动,很快组织起自卫队站岗放哨,又和别村进行联防,于是群众斗争情绪立刻就高涨起来,甚至老婆老汉都说:"有枪杆看住门,不怕,他来就打,不来就分!"于是七八十户人家,每天锁了门到地主家里搬东西,随搬随分,人人有份,群众都痛快地说:"就这样办,看他回来找哪一个吧。"群众分了东西,武装随即壮大起来,另外,群众说我始终坚持斗争,选我当武委会主任。四月一日,县上开民兵英雄大会,又选我为全县一等民兵英雄。

(1947 年 7 月 16 日)

控诉不尽的苦难

——被俘蒋军军官诉苦集

海涛 辑

一、"弄个锹，盖盖脸，就行啦！"

一八一旅五四三团八连连长袁素臣，在全旅是一个漂亮的连长，平时战时都是好样的，在汶上集作战时给蒋介石当了炮灰。当时他的排长报告团长："连长阵亡啦！接不下来！"团长说："阵亡就阵亡吧，我有什么办法。火力这么激烈，莫说两个人就是四个人也难拖得下来！……就在那儿吧，等会儿火力稀点，弄个锹给他盖盖脸就行啦！"我们听了太寒心啦，一个上尉，还是全旅出类拔萃的上尉，结果竟然如此，我们就更不用再提啦！（一八一旅五四三团上尉连长赵东岭）

二、"阎王爷那里，也没有你的名字！"

张岚峰的国防部第三纵队，对中央报的是六个团，实际上却有九个团和两个补充营，所以官兵的饷就只得发七成。这还不说它，因为他人数根本不确实，所以作战伤亡个一百二百，也就不往上报，那就不要再谈什么抚恤哪！阵亡受伤的，家里连个信也得不着，所以我们下级官都常常唉声叹气地说："我们作战死了，在阎王爷那里，也查不出你的名字来！这样在人间活着有什么意思哩！"（三纵队司令部特务营中尉连副赵洪恩）

三、丈夫打死，妻子改嫁！

一八一旅五四三团一个营长张魁武在陇海线作战时阵亡了，上面马上停止了眷粮。他的眷属在后方马上弄得衣食无着，每次当她碰见一八一旅的任何一个官兵时，就哭哭啼啼地问："你们见了张营长没有？知道他到底死了没有？"东一头、西一头地打听问讯，今天找瞎子算个命，明天让摊子上测个字。二个月过去啦，生活一天天地困苦起来，找朋友，朋友不给设法；求长官，人家是一毛不拔！这时坏蛋们就给她说："张太太，你还不赶快想你的终身办法将来怎么办？"生活的压迫与外界的引诱，终于使她不安起来，下场到底怎么样，这就不必再明讲了。（一八一旅五四三团上尉连长赵东岭）

四、大官太太坐抬子，小官女人剃光头

八八师二一旅下级军官的眷属，上面根本不给予一点照顾。行军作战时，大官们的太太可以骑马、坐车、坐抬子，想花样让士兵给抬，而下级军官的却根本不能随部队行动，但留在后方吧，生活又没有法维持。后来大家推代表请示旅长："怎么办？"罗君彤（旅长）说："要想跟上部队走，你们就叫理发兵来，把这些女人都剃成光头，跟上一块走！"天啦！这算什么话呢？我们的女人简直就……（八八师二一旅六三团中尉排长马腾云）

五、"弄得我连老婆也不敢娶了！"

在考城驻防时，我到漯河去运被服，既到了后方，就少不了到处玩玩乐乐。住在旅馆里，我就叫茶房给找个姑娘来，不一会儿就给我领来一个摩登，哈，一看原来是本旅×排长的太太。她不认得我，可是我却认识她！当时自己本来想寻乐求趣，这一家伙把我从头冷到脚跟了，赶快拿了四千元让她走了，弄得一场没趣！由此我对娶老婆的幻想，降到零下一百度，我怕自己老婆也……（一二五旅三七四团八连少尉排长伍大钧）

六、"只要大官一句话，下级脑袋就搬家！"

中原战役打败了，退却时混乱得不像样子。那时我在四七军一〇四师输送连当排长，师长叫我这二十八匹驮马给他驮小伙房的东西，弄得满牲口都是猪肉、香肠、火腿、大米、鸡、酒……夜里很混乱，我失掉了联络，一直跑到闵乡才找到了部队。到家我的二十八匹牲口不仅没失落一个，而且还收容了人家十一匹骡，心想回去可该给记上一功哪！哪知参谋长一见就是破口大骂："你负的是什么责任，为什么失掉联络？一路上我连小伙房的饭都吃不到，饿了好几顿，你知道吧！"马上就要叫警卫连拉去就地枪决。我的魂这时都给吓跑了，同事们听说就给买酒买肉请我吃"倒头饭"。当我被手枪班拉到街上去的时候，心里比刀子扎的还难过！幸好这时辎重团的石团长来了，多方恳求才免了死罪，但还挨了一顿扁担，撤了职。这一下弄得干了十八年才由二等兵升成的少尉排长也就垮杆了。（十二旅辎重营营部中士排副唐明光）

七、"这婚是你替我结的！"

给高级军官当随从简直是低三下四的，别看他穿的一身漂亮，又背着个手枪，怪威风的，其实比奴仆还不如，啥事也给他们干，替军长的姨太太洗月经布是常有的事。我跟十三军副军长石觉当卫士，在西安驻防时，他看见一个漂亮的女学生，想娶人家当姨太太。托人说媒，人家不答应，因他已经五十多啦！可是这个老家伙却想了一个办法，用了个上尉领章给我一挂，用我的名义来给女的结婚，结果就成了。他马上又给了我二十万，布置结婚。我心里信以为真，当然很高兴。不久热闹的结婚仪式举行了，第一天他主持着闹了个通宵，第二天就派我出差去，并直接给我讲："这个婚是你替我结的，今后再不准和这个女人说一句话,不然就要办你这小家伙!"结果那天晚上他就去新房里,可是女的一知此情,当夜被侮辱后,就上吊自尽了。(整三师旅长谭乃大的中尉随从副官贾健芝)

(1947年7月16日)

凭君寄语报平安

闻捷

【闻捷自西北前线报道】在陕北区窑堡以南羊马河战斗中，胡军十五师一三五旅歼灭性的打击后，记者从大堆战利品中找到一批书信，其中有一束被保存得完整无损，说明它的主人曾经加以万分珍惜。记者顺手打开来，发现第一封信的背面写着"凭君寄语报平安"，但是抽出信笺来一看内容，却是满纸凄苦，一字一泪，不忍卒读。收信人杨华久是该旅的译电员，寄信人是他的妻子陈显瑜，信是去年十二月二十七日从重庆寄发的，开头就说："华兄：五娃前日死了，我心里真难受。他在病中连药都没有吃过一副呀！您做父亲的想想，您怎样对得起您的孩子……"接着写道："您念在夫妻情面上，看在孩子的身子，多少寄点钱回来，把我们母子带过此难关吧……"这位窘困的译电员大概是无可奈何地复了一封束手无策的回信，因此，古历腊月二十一日他的儿子裔康和女儿裔宁激愤地寄来了第二封信，向这位可怜的父亲提出无情的抗议。裔康的信说："收到您的信，没有说钱的事，您不要我们了吗？我们怎么样长得大？吾弟死了！妈妈天天哭……"裔宁的信直截了当地说："又快过年了，希望父亲快寄钱来……"穷困的译电员读这封信时心如刀割的痛苦之情是不难想象的，于是他只得向妹妹宋涛和弟弟九峰告贷求救。然而宋涛从汉口寄来的信第一句就是："兄言借钱之事未达兄之目的，内心难过极了……"接着她反而询问她丈夫的行踪，"望修离汉至今未得一信，不知队伍现驻何方，望兄代为打听，嘱其速兑款回家。"至于九峰的回信，除了哀诉自己负了二百万元重债外，竟以自己在绝望中处理家庭的"办法"劝说其兄："希望你把家中忘去……"至此杨华久是由于他疲于行军奔命呢，还是接受了九峰的建议，忍痛暂时地抛开家庭，就和他的家庭失却了联系？但无论如何，不管杨华久还活着抑或是无谓地死于内战战场了，这幕即将爆发的家庭悲剧是谁都□预料得到的。而蒋军官兵为了瞒过蒋介石特务的检查，而抑压在"凭君寄语报平安"字样下，满腔怨恨的血泪呻吟，能压抑到几时呢？

（1947年7月18日）

战士南征意气豪　互助爱民耐辛劳
——董金德班进军小记

法生　何朋

一、机枪快要夺烂了

部队在炎热的阳光下行军,人们都走得有些疲倦。机枪班有一个战士走得不起劲,班长董金德和战士王忠跑上前去就夺机枪,那个背机枪的大个子很不好意思地拿着机枪不放。三人互夺起来,都说:"你放开手吧,让我来扛,我不累。"高兴的九班长张二俊说:"大家来看,机枪快要夺烂了。"

二、打泡的也跟上来了

全班在行军中有四个同志脚上打了泡,可是没有一个人掉队。他们以"计划是自己订的,可不能掉队"来互相鼓励。宋小三脚上的泡比铜子还大,他不仅不让别人背东西,有时还帮助伙房担油盐担子,给别人背被包。陈老黑右脚肿得像个发面馍,左脚上也打了个泡。但他没说过半句走不动的话,并且在班里还积极替人扛面。人家不让他扛,他说:"扛面是为了自己吃,自己不扛叫谁扛?"

三、面糊的锅

他们住在×村,到一家老乡家做饭,吃完饭将锅洗得很干净,倒上凉水。他们发现锅漏了,以为是自己用坏的就要赔钱。老乡说:"同志,可不要赔钱,这锅原来就是个坏的,俺每天做饭还要用面糊一次。临出门时董金德同志向老乡说了好多道歉话,喜得老乡嘴都合不拢。

(1947年7月19日)

打出去吧,莫顾家!
——火线上谈家常

李文彬

辉县二区北坡村民教主任李焕昌代表全村群众到前方二〇三部队慰问该村的新战士。大家见面分外亲热,互相握了手便畅谈起来:

"你们的生活好吧!"

"好!干部对我们很关心,吃的比在家还好得多,同志们对我们都很好。咱村里现在工作怎样?"

"可好哪!大家都搞起互助组来,抗属的地都是代耕,啥活也做在前。王官山同志,你的谷已锄开苗了,麦子熟了就先给你收麦子。户金榜同志,你母亲烧柴吃水啥也不困难,比你在家的生活还好哩!"

"我家哩?"

"你家更好哪!那四亩远地换成门口地啦!两间房换成三间啦!王敬臣同志,你家分了九件衣服,还有桌子、椅子。你的地除你爹他耕种外,全部代耕。"

李云同志问:"我家怎样?"

"哈!你媳妇在家可好哩,烧柴、吃水、粮食都不愁,这次还分到一些家具,桌、椅、凳都有,家里焕然一新。她在妇救会工作也很起劲。"

"她倒很痛快啦!"

"咱村的工作现在搞得可轰烈哩!"

五个新战士听了都笑眯眯地说:"咱可不忧家啦!可得好好加油干,不然就对不起村上群众。"

临走时,主任又每人给留下一千元冀钞叫他们零花。战士们每人往家写了封家信,把部队的生活告知家庭;全连给村干抗属寄了一封信。临别时互相都在勉励着:"回去向群众说吧!我们一定要加油干,为咱村上争光,消灭了蒋介石保住咱们的翻身果实。

(1947年7月19日)

反抢粮，反抓丁，反蒋特！

——侯县长安阳近郊动员群众

赵为

作者来信说："听了侯县长亲自谈了他在安阳前线游击区的宣传动员后，觉得他这一工作经验颇值得介绍。但写作报告，怕死板板的丧失真情，所以就这么写了。究竟这算一种什么文体呢，我不知道……"编者谨按：不管它算什么文体吧，我们觉得这样介绍工作经验，比较活泼，适合四版的需要。希望有实际经验的同志们，多采取生动活泼的，但又有总结启发性的文字来写。

我们围困安阳以后，安阳的蒋伪军为了要拖延他临死的狗命，就不断出城在十里左右的村庄内抢粮，并拟进行抓兵以补充他的部队，还秘密勾结当地地主、坏分子，派遣坐探，刺探当地的情况。那里的群众在日寇长期统治下忍受惯了，不知道反抗，所以侯县长就到那里去宣传并动员群众。他去时带着三个任务：一个是动员群众藏粮；一个是动员群众爱护青年壮丁，不要叫蒋伪军拉了去当兵；一个是发动群众反特。

他走到一个蒋伪军时常扰乱的村里召集了一伙群众，扯了几句闲话，就逐渐把话转向蒋伪军抢粮上来。他为了了解蒋伪军抢粮的情形，就问："他们来了是找保长摊派粮食呀，还是叫你们自己往外献哪？"

一个老百姓说："找保长！他们就等得及！他们是自己动手装布袋。"

"装什么粮食呢？一家要多少？"

"见什么粮食都要,一装就光!"

侯县长见群众说得很气愤,就打算叫他们自己把蒋伪军的罪恶再揭发一些,以提高群众的愤恨,就问:"他们不是自称是救老百姓吗?你们不能央告他们给你们留一点吗?"

一个青年人说:"央告也是没用,我家里刚磨了十多斤面,我就这点粮食,他们全装走了。我一家子就得挨饿。我大着胆央求他们给留一点,别叫我一家子饿死,谁知那狗东西竟说:饿死你们,也不能饿死我们!"

侯县长一听这话很动人,就向群众重复一遍:"大家可听见了吧?蒋军是什么心肠啊,是宁可饿死老百姓也不能饿死他们与伪军,他们这不是决心叫老百姓死吗?!"稍停顿一下,又追问一句:"大家愿意等着死吗?"

老百姓都默默无言,唉声叹气,表示没办法。侯县长要他们想办法,老百姓几年来在日寇统治下就没想过有效的办法,都说没法子。侯县长见一下打不动老百姓的心,就向群众中找他们亲自体验过的事又发问:"有没有谁的粮食没被抢着呢?"他的声音和态度都很诚恳,使人不能不真切地答复他。一个老头开口说:"我万幸,粮食没有被他们摸着。"

侯县长紧跟着问:"你用什么办法呢?"

老头说:"我的麦子刚打完,还在场里,没往家弄。见他们来了,把麦糠、麦秸蒙了蒙,没叫他们看见,才没装走。"

侯县长一听很好,知道机会来了,就把他这一经验马上发挥了,郑重而响亮地向老百姓说:"对,好,不叫他们看见就抢不了走,不往家里放就抢不了走。把粮食放在村外、远处,以前根据地老百姓防备日本抢粮就用这办法。"

这句话打动了老百姓的心思,大家七嘴八舌地吵叫起来:"这真

是个办法!""放在村外好!""放到解放区去也行,听说人家那里好,不欺生,不要紧。"

侯县长见群众接受了意见,紧跟着鼓励他们,提出保证:"可以把粮食往后运,家里吃一点,运一点。我保证公家私人谁也不能扣一粒,我还可以帮忙想办法。有亲家的投亲家存放,没亲家的政府帮助找地方存放。"

群众听了都很高兴。

藏粮动员成功了,侯县长就把话题转向防备蒋军抓丁了,他说:"大家还要留心藏人,蒋军伪军要抓青年补充军队,该叫青年人躲躲!"

原来这一带老百姓没见过伪军抓丁,不相信这话,说:"不用躲。郭青、王自全,不用抓兵的办法。他们都是往保里要,人家要,就得给,一个也少不了,比抓不强吗?"

侯县长见老百姓眼光短,拗于狭隘的亲身经验,一下子不能接受忠告,就不再正面说下去,稍稍把话转了个弯,说:"他们不抓兵,但不会不拉小夫、修工吧?"

这话戳动了老百姓心里的痛苦,大家异口同声地说:"咱就是怕这个,抓去光叫做工,不叫吃饭。"

一个壮年马上就诉苦说:"上回把我抓去做了两天,饿得都走不回来。"

大家虽然这么说,但又都没法,侯县长说:"大家要跑呀!"

老百姓一听说跑,以为全家跑,都说:"跑哪里行,跑到哪里呢?谁给饭吃?穷家难舍,跑不动;破家值万贯,到哪里再弄个家呢?"

侯县长一听,知道他们误会了,就解释道:"不是叫你全家跑、往远处跑,也不是叫你跑了不回来。是说蒋军来到这村,就往那村跑;他到那村,咱们就跑得更远点,他们走了咱再回来。也不一定大家都跑，他抓夫是要有力气的，那么青壮年要跑，老幼可不一定跑！"

老百姓感觉这话对，但就发愁不知道蒋伪军什么时候来，侯县长想该告诉他们组织起来，但又想他们不懂得这话，况且在这地区谁也不敢明出头，就说："你们可以暗暗串通起来，派一两个人到前边村里或村外看着，见他们来了就快回来送信。大家一串通都知道了，也不用声张就都躲出去了。这就叫做组织起来，暗联防。"

话说完后，大家又都觉得办法不错，带劲地说："行，咱就这么干。"

侯县长见第二个任务已被群众接受了，就提出第三个反特问题。他用的启发的方式说："藏粮、人跑都很好，能使咱们少受很多的损失，但没有家贼引不了外鬼来，若不是本村有人家的眼线、暗探，蒋伪军怎会知道咱们哪里有粮食，哪里没驻军呢？"话没说完一个老百姓就气愤地说："就是，是那些坏家伙招来的。"

侯县长接着说："要得真正安生，还得取消他们，使蒋伪军没有了耳目，自然就来不了。"

那个老百姓说："该把他们打了，但谁给做主呢？你们能给做主吗？"

侯县长听了，马上坚决地说："民主政府一定做主，还要与大家协同来干。"

于是群众又高兴了，说："只要政府能做主，我们就敢干，准能办到。"

侯县长一见群众愉快地接受了，又扯了两句闲话，约会了两个积极分子，也就回来了。

（1947年7月19日）

妇女支书任爱香

王周南

一、靠谁也不中用

磁县南关有个妇女任爱香，一家四口人种着二亩沙滩地，房子还是典的人家的。虽然父亲东奔西跑，但究竟免不了滚着锅子没米下。有时看人家吃饭了，便上起门来，全家躺在炕上硬将这顿饥饿忍下去。后来实在忍不下去了，父亲忽然不知从哪里找到个好门路，说是在了天主教就能过好时光。任爱香一听说能不挨饿，自然愿意在。但在教后，不但锅里该没米还是没米，反而三天两头，不是祈祷就是做礼拜，连个赶嘴的功夫都没有了。任爱香一看在教有点靠不住，便想还是另打主意吧！后来算是跟一个小地主俞子良的女儿拜了干姐妹，任爱香想："这可捧住粗腿了。"可是结拜后，干妹妹虽然没来她家走过亲，看来倒也很亲热。比方俞子良的地里棉花熟了，或是秋头夏季要换衣服了，就使他的女儿来找爱香说："姐姐！给俺摘两天花吧！"或是："姐姐！给俺做两天衣裳吧！"但等到花摘完了，衣裳穿上身了，俞子良就对他的女儿说："你姐姐在咱家住的日期不少了，光你干爹一个人在家也忙不过来，叫你姐姐回去吧！"至于工钱呢，俞子良不说给，任爱香当然也不好意思要，于是任爱香松不拉地回到家里，揭开锅盖一看，一股冷气扑面冲来，便不觉叹息说："唉！靠谁也不中用！"

二、从此出了名

磁县解放后，民主政府发放救济粮，任爱香也去领了四斗背回家,从此她心里便一直想:"共产党真奇怪!以前我到处求人,连结拜姐妹也不借给我一斗粮食,共产党来了没吭一声就给了我四斗,真不知道共产党是个啥心思。"可是这以后,她虽然没有见过共产党,但她心里对共产党就比一家人还要亲,只要听谁说一声共产党不好,就觉得比骂她爹还难受。

不久,村里便组织农会闹翻身,大特务申继先钻空子当了农会长,进行假斗争。任爱香便悄悄对她父亲说:"爹!咱也组织农会吧!那狼吃弄不出好道场。"当下,她便一面给上级反映情况,解散申继先的假农会,一面串通组织了八个人的翻身小组。当时因群众还未觉悟,她便先从外边(外村)往里(本村)斗。慢慢经过她白天说、黑夜劝,农会扩大到四十人,她便领导大家一连四天斗了九次,将大地主范老体、大汉奸申继先、伪保长张恩云斗倒了。群众开始翻了身,从此任爱香也就出了名,只要谁家出了问题了,便找任爱香:"你给俺处理处理吧!"干部谁闹意见了便找任爱香:"你说一句直理吧!"总之,哪怕天大的事,只要任爱香到场,一说就了。

自从任爱香给群众办了事,群众看得起她,共产党也就看得起她。九月间共产党区委书记便去找她谈话,介绍她入党。她猛一听觉得好久盼望的共产党就在她眼前,并且觉得自己马上就要成为共产党员了,高兴得她真是了不得,连忙说:"入,入,入!我早就有这个心思了,就是找不着这个门。"从此她就参加了共产党,不久村里成立起支部,她被选为支部书记,任爱香便成为南关人民的领袖了。

三、动员丈夫去参军,放下孩子搞抗旱

任爱香担任支部书记后,大家两眼便都看着她。去年十月间敌人进攻解放区,特务造谣,人心惶惶,任爱香便召开群众大会,宣布誓言:"我誓死反对遭殃军,坚决领导大家斗到底!"这一下群众好像

吃了定心丸，情绪马上高起来，随即在她领导下提出"一手拿枪，一手清算，备战斗争两不误"的口号，展开了对特务王五庭、杜月琴的游行大斗争，群众情绪空前地活跃了起来。

今年三月间，蒋介石进攻延安啦！上级号召："保卫土地、保卫毛主席，要进行大扩军。"任爱香回到家里立即动员她男人去参军。她男人开始有点不愿去，她说："你想想房是谁给的，地是谁给的，你愿意叫敌人要了吗？"她男人想通了，她便到支部会上做动员，大家一看她自己起模范，谁还肯落后，马上七八名党员报了名。党员对群众一活动，就有六十名好汉上前线。这次参军，南关成了模范。

五月间，上级号召抗旱备荒，担水点种，当时群众思想是"老天爷不下雨，怎也不行"。任爱香一看自己不下手不行，她便把五个月的吃奶孩子放到家里，拿起杓，担起桶，亲自下地。大家一看任爱香下地了，南关的男女们便都忙碌起来，找杓的找杓，借担的借担，马上组织起男女劳力二百二十余名，三天点种棉花五百亩。区上总结生产的时候，南关又是模范。

群众热爱任爱香，听她话，跟她走。任爱香的名字，在群众中到处被传颂着，把她当作自己的光荣。

（1947年7月19日）

强 渡 黄 河

胡征

六月三十日夜晚,是旧历五月十一,月亮正明。刘伯承的兵团,英雄的××旅,在静寂的平原上迅速地越过一个个村庄,向黄河岸挺进。

一列大炮,架在堤岸上。河防指挥部里,坐着××旅五四部队的颜参谋长。在他的望远镜里,对岸敌人的哨兵,像虫子一样在沙滩上畏怯地蠕动着。沿岸的防线,五十米一个暗堡,十五米一个单人掩体,暗堡与掩体之间,是一条二尺宽的壕沟联系着,这条沟面前滔滔奔腾的,便是蒋介石所吹嘘的"四十万大军"——浊浪翻卷的黄河。

年轻的萧永银将军在河防指挥部的工事里抽着烟,看着表。短针指到十点半的时候,他用电话通知背后的五三部队:五分钟内到达河沿。十点三十四分,五三部的突击队就到了。这些英雄们每一单位每一人,都是带着自己的立功计划来的。白天动员的时候,萧永银将军对他们的要求是:占领交通沟、巩固前沿,只要坚持半点钟,第二梯队就到了。而五三部的计划却是要在半点钟内占领对岸河堤,他们的二小队计划占领东于谷和营里村,三小队计划夺取河堤上的碉堡。二小队一排副李祥云怕别人抢去自己的敌人似的,最先提出自己的要求和计划:"我要带一个班,坐第一只船,我头一个上船,头一个下船,头一个登陆,头一个占领暗堡和东于谷,头一个占领河堤上的碉堡……"

不仅我们部队的计划是科学而周密的,就是其他各个参战的部门都一样有了充分的准备。反攻□、反攻鞋都早拿出来,用起来了……

这里我们应该特别记着一件事,渡口的船夫,水上的英雄们,和部队是一样地英勇与神奇，他们的计划和部队一样地科学与周密。全体水手×××人都挤上了"奋勇队"的名单，他们申言着："为了全国老百姓的总翻身，要用一切力量，把大反攻的兵团，迅速地摆渡到对岸去。"并提出："不完成任务不下船。"××只小划子，××只大船，组成四个分队、十个小组，每一个小组都要求当先锋。他们中间三分之二是十年前玩过船的，自黄河改道以后，十来年没搞过这玩意儿了。十年前，河面比现在窄，小划子每次来回需半点钟的时间。这次经过短期训练以后，已缩短二十分钟了。这天晚上，他们自己提出只要十三分钟，但在事实上，他们却更高地超过了这计划，来回只用十二分钟！

这时候，正是十点三十六分。各级指挥员简单地接头以后，船只都在渡口上摆好了，一切都在静寂中进行，连咳嗽的声音也没有。船只管理股长陈尚超和大队长贾秀山，用手势指挥着各船的位置。部队走出壕沟，走到渡口，五三部二小队一排副李祥云按着计划走来了。他带领十三个人和一挺机枪，顺着船长指定的地方轻快地跨上小划子，这是聂言金的快艇，第一号冲锋船。把机枪架在船头上以后，李祥云和聂言金轻轻地说了一句什么，手一摆，坐下去，船就开动了。

当聂言金拨动第二桨时，第二号、三号……各小划和大船上的人都上满了，这时候月亮升到顶空，水声掩盖了一切声音。船的影子在放光的水面上，像浮雕一样，画着一条长线。人们兴奋的眼睛盯着河对岸，每个人的心都紧张地跳着，汗从脸上溜到脖子上。水上的英雄赤裸着上身，摇起二十斤的长桨，胳膊上有力的青筋在明亮的月光中闪动。河背后的树林扫过一阵大风，把波浪往斜对岸播送。摇桨的英雄像展开了翅膀，乘风破浪，往斜对岸迅速地飞驰……

河的宽度是二华里，而四十五度的斜渡线，起码要加长了半里。第一只船离岸三分钟已到河心，这时候对岸敌人叫了一声："来了来了，快去报告……"话声刚落，一阵机枪打过来。李祥云的机枪随即打了过去，于是各船的机枪都响了。机枪声一起，颜参谋长在河这岸发出了口令："开炮！"于是××门大炮口吐着红火齐声轰击过去，对岸的碉堡要塞在这惊天动地的轰响中，突然冒起几丈高的大火，岸边的沙土哗哗地震落到水里。

经过五分钟的轰击，夜色全变了，云彩迅速地向东南飞去，月亮更高更亮了，敌人的枪声忽然远了，而又很快地停息了。这时候聂言金的船，第一个抵岸，李祥云第一个跳下去，带领全班第一个登陆。于是扑过壕沟，占领暗堡，再向东南追赶过去，二小队、三小队的全体英雄跟着跑过泥巴地带，向二里外黑色的树林冲过去。

他们占领了于谷村，这是敌人五十五师，米文和的五四三团一个营的据点。团长姓寇，是这天上午接受了蒋介石的面谕十二点钟从南京赶来的。而他刚到任不到十一个钟头就逃跑了，临走，用大车拖走了四十六具死尸。

解放军战士到村以后，没有停顿就往河堤那边追赶。时间正是十点四十八分，离上船只七分钟，从河东岸黑黑的树林里面发出了第一次号声，这是先头部队已占领河堤及堤上碉堡的信号。接着这声音，西岸的人民解放军已站满渡口，发出大笑大叫和拍手的声音，迎接第二次摆渡的大船队。

在黎明前的两小时，萧永银将军和所有的后备队都出现在河东的高堤上。年轻的将军蹲在堤上展开地图，用手电筒照着寻找敌人的踪迹，然后向各部队发出紧急命令："追！"……

七月一日于鄄南

（1947年7月22日）

一幅翻身农民的耕织图，一种生产检查的新创造

——三村生产参观团纪行

一山 汉清 林堂 二只 学文 岷山 集体报道

一、是这样组织起来的

长治二区四月十八日在南董开过一个春耕动员会。苏店、焦家庄向南天河挑战，要达到耕二余一。当时就规定下分春耕下种、锄苗夏收和秋收秋耕，检查三次。下种过后，因为焦家庄遭冰雹打了，没有按时检查。苏店、天河的群众便反映说："哄人哩，说了就算啦，不检查了。"三村的干部一听，觉得不能叫群众失望，就想出了一个办法，组织三村参观团，互相参观，来检查工作。

六月二日在区上研究了一番，大家都懂得了参观是为的推动工作、帮助落后、交流经验、密切三村翻身农民的关系，也商量定了参观的项目主要是看精耕细作（特别是对抗属地）、农副业结合和组织领导搞得好不好。于是三个村提出了二十多个人来，就把参观团组织好了。

六月四日下午南天河一方面由翻身英雄曹林水、农会主席王臭孩、村副郭存刘等，率领着互助组长和生产能手等，分两个组到苏店、焦家庄去。苏店由劳动英雄毕二荣，焦家庄由政治主任牛红孩率领，互相参观，到五日午，齐集南天河，六日进行总结，共用了两天半时间，完成了这一翻身农民的创举。

二、曹林水和南天河

一到南天河，只见大众黑板上写着一首欢迎词：

欢迎参观团，

多给提意见，

互相求进步，

虚心谈经验。

村里洋溢着紧张欢快的气氛。

苏店劳动英雄毕二荣，看见过林水在报上的计划，知道他要雇长工、买牲口、开荒地、种棉花。一到南天河就想看看到底他说的是真是假。他和曹林水走在一起，一到贾掌道上，就看见松树底下生产部，大道旁边香瓜园，是臭孩组（与林水同组）才搞起的小生产。林水指点出他新开的四亩荒地，毕二荣一看：好，苗儿长得匀煞煞的！再走不远，又是五亩多新开的荒地，摆在眼前。到此二荣才信了，报上所说林水开荒十亩，果然话非虚传。

翻过一道沟，来到林水的棉花地，棉苗很稠，一堆就有十棵，据说是天旱担水点种的，可是长得茂堂堂的，就和趁晌种的差不多。二荣看了，不禁心中暗自佩服。

天到中午，林水上前伸出亲热的手，一把拉住二荣说："走，到咱家去吃饭。"两个英雄肩并肩地走着，人们都投以羡慕的眼光。两英雄在用饭时间，还是从互助组谈到大变工，从农副业结合谈到整理村财政。林水说："我们组里在贾掌路上开了饭铺，想赚税契钱。"二荣说："我村整理了一下村公产，把破庙公树登记起来，就有一百来万，学校和公所的花费就不愁了。"一碗饭吃了十分钟，还留着多半碗，这些劳动英雄，时刻在为群众打算着，连饭都顾不上好好吃了！

吃饭时，二荣偷眼一看：雇工托着碗，在吃饭；新买黑驴槽头拴着；果然是荒地开好，棉花苗全，样样实在。真要今年收了棉花，织开白布，可是了不得的大富根！

饭罢出来，碰见了杨桃梢，二荣就向林水说："苏店想来刨点，制杀白菜虫药，行不行？"林水马上答应："天下农民是一家，怎不行！不过要注意不要刨坏岸。"二荣回去后，见人就说：不怨别人赞成曹林水，就该赞成；我要好好向曹林水学习。

二荣的赞叹，表过不提，再说焦家庄的政治主任牛红孩，他一到南北天河就先找军属地。只见军属地里都插着牌，做得分外好，锄得分外仔细。红孩看了，心想：再看看到底是都好，还是只是个别好。那天夜里就专门敲开门去找了个中农抗属谈话。王金狗老汉对他说："我一家三口人种着十五亩地，村上给代耕十亩。我只把肥料种子准备好，秋天就可净得粮食。我今年六十二岁，自己种着五亩地，重活也是组里给做，出些工资。"红孩看代耕没问题，就问他分果实了没有。他说前年没分啥，去年孩子参军后，给我分了棉袍一领，钱八千元。就是因为一个纺车问题，我拿回想要，干部又要说重分，当时就想起孩子发了次脾气。可是干部又在群众大会上分给我了，不是抗属哪能这样！"这家问了还怕不实在，又找了一个中农抗属郭全则去谈。他说的和金狗差不多，而且说今春还给分了一万元钱，地也早代耕好了。红孩到此才信，林水领导的优抗工作真好。

苏店的后勤主任贾长水，当天夜里到亲戚许双根家闲拉。许双根说：开场时我光怕斗争（因为去冬挖防空洞时，曾打了他一顿，但经济上未受损失），现在我光想扩大。五亩玉茭上粪少了，计划买些豆饼，每亩再上五十斤，花个一千元，可多打二石五斗粮。还想搞运输，和苏店硝坊合伙开个生产铺。长水就追问他为啥有了这个发财思想。双根说明：一来是听到南董会的人们说，斗争填窟窿，不会动到中农，分给谁的收了算谁的；二来是今春又给他分了三亩地、一千元钱。他说："既斗争就不分地，既分地就不怕斗争，如果一直斗下去，把中农斗完，果实叫谁要？"因此他全家男种地，女纺花，都一心想发财。

除下这几点外，参观团的农民们，一致称赞南北天河的卫生工作也做得好：家家的茅子收拾得清洁，院子也都打扫得干干净净的。怪不得在总结时焦家庄的旧村长张德科伸着大拇指说："林水果真英雄，没有一句空话，南北天河做得真好！"

可是南天河也有缺点，参观团发现精耕细作搞得不够好，互助组的账也没有及早算清。

三、在焦家庄和苏店

参观团在焦家庄前后仔细看了看，大家一致认为焦家庄的精耕细作，做得顶好。地全犁过一遍，耙过一遍，虚突突的，满地里连一个谷茬也找不见。经过雹灾后又赶快补种上，小苗长得又齐又好。

大家又特别注意到农副业的结合。二十七头牲口转班运炭四天，赚了十七万元；开油坊两个月，每股分红一槽饼。两个铁匠剁锉，两月赚洋十几万元；粉坊听说要税契就卖了三口猪，给群众分红，解决困难。不过互助组算账不及时，妇女纺织劲头大，干部没抓紧领导是个缺点。

到苏店首先访问东门外的互助组。其中特别是毕二云组，干得有劲。他组有一个秋刘老婆，天天早早起来叫人，捎带拾粪。拾粪回来，再叫第二遍还不起床的，规定出四两米，所以全组没一个懒汉。给抗属代耕地，发有工票，谁做活谁赚。有许多抗属就愿意自己做活，不得已的大生活才用人代耕。抗属德胜家说："不用说就给种上了，今年可比去年好！"参观团也发现苏店群众有着"一亩园十亩田""纺花不如浇园"的重园轻田思想，所以秋地很多是草多茬在。另外，中农仍存有怕斗争思想。苏店的小型学校，六个街，一个街一个，很合大村情况，大家都认为办得很好。苏店妇女们提出在七月初五会上穿自己纺织的布做的新衣裳。

四、参观以后

参观以后，六日开了个总结会，会上大家都把眼见耳闻的优缺点，像一家人一样说出来。

曹林水说："苏店人常说'一亩园十亩田'，好好种园，固然对，可是每家只一二亩，不能全靠园，还得两头照顾。因为园地长起菜，长不起米来。"毕二荣听了很赞同，接着说："重园轻田，这是烧了眉毛只顾眼前的办法。我这次回去，不管群众怎说怎骂，一定要给群众解决这个思想问题。"牛红孩说："这次来参观天河，听工厂机声哗啦哗啦，见谁家也在用自己织的布缝新衣裳。我是下决心了，这次回去非帮助妇女打机、买花，好好纺织起来不行。"林水一听马上就说："你管打机，我管派人给你上机。"红孩说："你村要安油坊，我也负责。"林水说："对，今后咱三村的干部创造出什么经验来，就和亲戚一样的互相来往，互相帮助。"最后由王政委作了结论："这次参观是个新创造，不是革命干部，也说不出这种真心话。我们要进一步团结起来领导群众翻身，更要领导群众生产发财。回去以后，要时刻注意贯穿思想。定耕三余计划，精耕细作，上追粪，开展纺织运动，夏收后再参观一次，秋后见高低。"各村干部同意了这个意见，就笑盈盈地散了。

到家之后，苏店干部在当天夜里就开了干部组长会议。把焦家庄的精耕细作、天河的优抗代耕、妇女纺织，称赞介绍了一番，毕二荣、王政委在第二天沿街督促苏店妇女们打扫街道。焦家庄也在当天夜里开了个干部积极分子会。王谦五说："我保证五天打一架机。"红孩说："我保证不卖一颗粮，用副业生产款，五天税完契。群众听了都很感动，于是自己定计划，组和组挑战，闹得很活跃。天河干部在当天夜里也召开互助组长会议，抓紧算账清账，进一步整顿互助组。经过这次参观的推动，三村干部都争先立功，劲头很大，摩拳擦掌，准备"秋后见高低"。

（1947年7月22日）

枪 托 铭
——孔兆祥的创造

树桢

陈赓兵团某部的八连，每一个战士的枪托上，都贴着一块方方的白纸，上边写着自己的决心计划、缺点和立功努力方向，我们给它起了一个名字叫"枪托铭"。它是发挥集体公约，实现自己决心计划，互相监督和自我检查的好方法。它在乡宁战斗中，变成了无比的力量。

这是八连第二个"焦五保"孔兆祥同志的创造。在整纪运动中，八连检讨了过去自己的立功计划，感到庞大、空洞、原则、不切合实际，于是又重新定出计划来。在这个计划中，最重要的是增加了几个新内容：（一）在最困难的环境下不低头，要积极地想办法；（二）保证不拿群众一点东西，切实做到"四不走"；（三）在战场上，只有向前没有后退，重伤不哭不叫，轻伤不下火线；（四）在战场纪律上，空手进去，空手出来，不拿一点东西，还有实报自己的歼敌和缴枪数字。营里把这个情况介绍出去，各连都自动仿效，形成了三营战士前进的指针，时刻指导着全营战士前进。

乡宁北山战斗开始时，敌人凭着强固的工事和深沟高垒顽抗着。八连的勇士们在敌人的密集火力下，一连架了七次梯子。梯子太短没法上，只有积极地想办法找寻地方突破，没有一个人喊叫困难或埋怨。有一个班顺着汽路插入敌人纵深，武装侦察地形，全部负伤，又退不回来，这时他们为了人枪俱存，忍痛抱着枪滚下五丈高的深沟。这种无比的英勇与顽强，终于把敌人压缩在南山了。

在追击的时候，敌人遗弃了很多草帽和东西，还有两个包袱，杨天水为了防止大家乱拿,他边走边说:"看看自己的枪托,看看咱们的计划。"这样就启发了大家的纪律观念。许多人宁愿熬日头不拿草帽,大家饿肚也不动缴获的粮食。枪托成了集体立功的公约,不能让一个人更不能让自己违犯。这种互相督促、自我检查的做法,在战场上起了很大作用,使大军所至秋毫无犯。

(1947年7月22日)

恐慌饥饿的豫北城市

田牧军

综合近日逃来我解放区的开封学生及新乡来人谈：汤阴大捷后，豫北敌之重要屯兵点新乡汲县和省会开封大为震动。许多人已陷入恐慌中，深畏我军兵临城下因而警戒森严，朝夕不安。来人曾目睹蒋军士兵极低落之士气，站岗时神气颓丧不堪一击；蒋区军民皆知孙殿英、李守正被俘，惊佩我军力量强大不可抗拒。铁道沿线车站、城关周围正大批抓夫赶修防筑工事。方圆数十里之树木已砍伐殆净，壕沟纵错碉堡密布。蒋军军纪之败坏已不可收拾，城里关外乡下之鸡羊猪鸭俱被吃光，豪绅望族的名门闺秀亦遭奸污。人民怒目切齿愤不可抑，盼我军早日攻城。汲县新乡高小以上的学校以及官员眷属已纷纷南下，开封的重要机关及资财也在向许昌一带转移。新乡机场最近失火，汽油库燃烧净光，并烧毁飞机一架。当局将守场士兵逮捕，加以"共产党"的罪名。人民对蒋记报纸已不敢相信，在新乡伪道尹公署街则半公开地流传着《新华日报太行版》，当局无法禁止。

开封学生在河南大学学生率领下，反内战反饥饿的运动日趋激烈；若干国民党机关报，公开开始指斥政府；全河南省记者正与司法界展开斗争，记者联名发表宣言号召全省人民向记者控诉司法界的种种黑暗罪行。河大学生的墙报大骂特骂国民政府，曾有一文题为《我眼中的国民党政府》，将蒋介石的黑暗统治骂得淋漓尽致！学校中已掀起"反特务"运动，谁是特务，大家便群起而攻。"六二"反内战日，河大学生为先导游行示威，并沿途画蒋介石屈膝美国的奴才相，写"蒋贼不死内战不止"的标语。军警持枪涌上，企图镇压，学生仍勇往直前毫不畏缩。某日将河大包围，在数挺机枪的监视下，学生们个个遭受全身检查,并捕去所谓"嫌疑分子"十余名。学生蜂拥校门口,提出质问,要求当场释放。许多知识青年大学生正在设法逃入解放区寻找光明。

蒋管区连年歉收,加上强征强购,以致民食堪忧,家无隔日之粮。蒋币滥发,物价膨胀,万元票已不能饱食一餐。郑州、洛阳、许昌等地已成为贵客们的避难所,以致物价飞腾上涨。洛阳白面已涨至两千五百元一斤。昔日"洛阳纸贵",今日"洛阳粮贵"了。

(1947年7月22日)

从恐惧到热爱

——一个被俘蒋军的自述

刘宝龙

当我被迫放下武器的时候，我没有任何的感觉，整个世界都快要毁灭了，我也将随之而毁灭。我闭着眼默坐在俘虏群里，数里外前线激烈的枪炮声时隐时现，我们这俘虏群也随着迅速地扩大起来。一会儿，一位八路军来到我们跟前，给我们散发了一些纸烟，简短地说了几句话，大意是叫我们不要害怕，八路军优待俘虏等。天哪！我那时怎么能够置信呢？在听讲的时候，我用力瞪大了模糊的双眼，然而讨厌的夜使我不能看清讲话者的面部表情。我觉得这大概就是宣布死刑的前奏吧！我的心身颤抖了！我开始悔恨我的身份。但是尚可聊以自慰的是我在被俘前已经换了士兵服装，我把身上所有的证件、戒指、手表等物埋藏在我坐的地方，并给自己想好了捏造的名姓：我叫许得生，是六连的下士副班长。

当我稍稍清醒过来的时候，四个八路战士押解了我还有其他几个军官，向着不可知的方向走去。我何尝不知方向呢？只是死占据了我的一切，我不辨东西南北了。此时天已大亮。我也不觉得肚饿，但我却想把一切都吞了下去。当我觉察到嘴里一种特异的涩辣时，吐出来的东西原来不是食品，而是在俘虏群里坐着的时候发给我的香烟！

我知道这是怎么回事了。武装士兵押送几个俘虏军官向着僻静的山沟走，除死之外，还会有好的结果吗？我几次想跳下山岩，算是结束了我这可怜的一生。我认为痛快干脆地死去，会比即将到来的命运——活埋、万刀剐——好得多。这样的事在统治区我曾听说的不少，说这就叫作"优待"。我知道这样的"优待"今天要轮到我的头上了！我几次要求战士就在眼前把我们枪毙了吧，何必叫在死之前受这样的折磨呢？可是他们却温存地用好言安慰我。不！简直说是不断地刺激我吧，因为我真的不知道他们是安慰还是刺激，或者就是要我顺从地无声无响地死去。然而我终未自杀，我的勇气还不够。我希望着一个侥幸的幻影，在将死之前，我对生是万分地留恋啊！

我们被解到东窑，再由东窑解到元康。在每一段路程里我都怀疑前面就是屠场。我带着无限恐怖的心情走向坟墓。负责管理我们的八路军都是笑容可掬的。是的，谁不爱看笑脸呢？但我此时却对这个笑脸十分地厌恶。笑，比加于我的任何刺激还要难受！我知道他们笑的意义是胜利、骄傲。当然，应该骄傲。但在笑的背后是钢刀！目前的我正犹如一只被缚待宰的小鸡，随时随地有刀锋加颈的可能。我厌恶一切，愤恨一切，但同时也留恋一切！

六七天的时间过去了，八路军没有杀我。这使我开始怀疑了——虽有负责人多方地解释说共产党是宽大的，但我不能相信呵！——我希望这不可知的命运赶快到来，但总是迟迟不决。许多问题在我脑子里画着问号，我猜测判断，但找不出所以然来。我心里想：多神秘呀！中国共产党！

极端恐惧之后，跟来的是重病：发着高热，第二天便不能起床。恐怖、怀疑、重病之下，我开始伤感起来：在战场上没有打死可谓"不幸"中之大幸，然而今天我将因病而死在这遥远的北方。当我与世永别之时，谁又能给我远在江南的母亲及妻子捎一封信呢？她们知道了我的死耗又该是如何的痛苦呢？这是谁使我骨肉离散，江南河北，苍苍茫茫，遗魂异乡？……

夕阳的余波闪进窗里来，轻轻地抚摸着我的病体。我依墙而卧，斜望着那窗外蓝蓝的天空，憧憬着我那故乡美丽的春光和我所怀念的母亲和妻子。这是我发病的第七天了。高热已退。我不知道过了多长时间的病生活了，也不明白是怎样过来的。我只发觉在我的枕旁有数支打过的空针瓶和许多食品。我的士兵服不见了，身上穿的是粗布军衣。我不知道这是怎么回事。我想询问一下，屋子里又是静悄悄的没有一个人，难道是阎王殿吗？不会，一旁还有许多散乱的被褥和远处传来的歌唱声。

人们都喜盈盈地回来了。他们看到我已恢复知觉，便都喊了起来："老天哪！你醒来了，你病了六七天，可是把医官、队长忙坏了，每天不知来看你多少次，给你打针。要不是照顾得周到，你早就进了鬼门关了！"这时我一切都明白了，但衣服又是谁给我换上的呢？我正想说话，院里突然传来一声熟悉而又兴奋的叫喊："许得生醒过来了?!"我现在听着这个名字心里非常难受。许得生，也许能得到生存，并且将会生存得更好，更有价值。我刚要回答，闪进门槛来的是通讯员，他一进门就说："队长叫我给你去请医生，医生说下一点钟来，现在一点半了还没来，我正要走，听说你醒过来了，我就先来看看……"没等他说完，站在一旁和我一块来的老张插上嘴说："你那衣服还是队长的。你病了以后，虱子都爬到外面来了，队长就让他（老张指着通讯员）把你现在穿着的这件衣服送来，并亲自跑来看着换上的。"这时我惭愧地默默地望着身上草绿色的军衣说不出一句话来。

五十余岁的少校副官李长亭在一边叹了一口气，自言自语地说："母亲对亲儿也不过如此吧！"是的，母亲对儿子又能怎样呢？我细细地咀嚼着这个题目。

队长来了，全屋内的人都用一种亲切的目光望着他。但是我却把被子一拉盖住头，我不知道这是为了什么，但再也不是害怕。我知道队长不爱多说话，但一进门我就听见他很镇定地质问通讯员："叫你去请医生，怎么还在这个地方？"

通讯员似乎没趣地说了声什么，便蹦跳着跑出去了。

队长坐在我的身旁伸手揭开了我的被子按着头，慢慢地开口道："我听说你已经退了热，便来看看你。这几天因为不断地增加人，忙得也顾不上多来，医生也同样忙得很……"又是老张插嘴道："还要怎样哩？我们这些人有啥资格受这样的待遇？"队长笑了笑说："是的，严格讲起来那的确是这样。不过人民对你们宽大，就是要挽救你们。因为你们过去对人民是有罪的。如果死心塌地替反动派当走狗，人民对他也就不会宽大了。"我望着屋里的人都惭愧地低下了头。队长笑了笑又说："好吧！他才好了，你们大家多招呼招呼他，我还有点事。"队长起来要走。这时我只觉得眼睛湿润，眼前模糊一片，于是我把走到房门口的队长叫住。我这一叫，人们都惊讶地望着我，大概是我的喉咙里有些哽咽吧！我紧紧地握住了队长的手，声音颤抖地说："队长，我对不起共产党和人民，对不起你。我现在要向你诚恳坦白地说出我的内心话，并甘愿受到严厉的处分！"

"是不是关于你的阶级职务和历史问题？"

我不明白他怎么就猜透了我要说的话。我随即回答："是的！"我觉得我的声音很低，但队长却说了："病刚好，先休养休养，以后慢慢再谈。不过我知道你的大概情形，只是因你害怕，并且又在病中，所以没有谈。我知道你不叫许得生，你的真名姓是谢大胜，乳名叫阿狗，从前当过中校副团长，到被俘时你被降成了连长。住高小出来，因为家贫又遭荒年，你还讨过饭，后来才当兵。去年部队整编，你被编余，在军官队里和别的几个人抢过一家饭店。盛世才四汽车金银财宝被军官队抢光了，你也是其中之一……嘿嘿，是不是？"他笑了，但所有在场的人都似乎呆了。我更觉得全身都沸腾起来。队长又说："其实每个人的情形我们都是了解的。你以前不坦白，也不能怪你，这是旧社会、蒋介石给你的影响，希望你们以后努力学习，明白一些道理。好，我就走了，等会儿医生来了再给你看一下，赶快把身体弄好。"

我呆呆地望着队长的背影，脑子里乱得很。我怀疑他怎么知道得如此清楚。而且既然知道我的身份，为什么仍这样地关照我，我不相信这是历史上的现实事情，世界上会有这样的事吗？这是为了谁？伟大的中国共产党！我将永远跟着你前进，只要你不摈弃我……

(1947年7月25日)

姊妹复仇

古维进

王玉英的娘家在济源二区游击区××村,有父、母、哥三人。去冬敌占济源,玉英的父亲和哥哥被南岭的倒算队活埋,母亲气得上了吊。母亲临死时抓住玉英的手说:"王家的人死完了,你妹子翠英的男人又成了个倒算队,要报仇就靠你了!"

玉英永远记住母亲的话,每天想着怎样代父母报仇,后来当了村妇救会秘书(当时在这个游击区许多人都不敢干的),又动员丈夫参加民兵。她努力工作着,等待报仇的机会。

今春蟒河沿岸进行土地改革,群众害怕南岭的倒算队卷土重来,都不敢要地,当地的民兵游击队便开到南岭打倒算队。

南岭是济(源)孟(县)交界的一条土岭,地形复杂,倒算队住在那些山庄窝铺里,每晚还转移住地,前头又有龙台(孟县属)敌人正规军据点掩护,因此游击队活动非常困难,曾派出许多侦察,都没有摸住倒算队转移的规律。

王玉英听到游击队开过来,要到南岭打倒算队,非常高兴,告丈夫说:"报仇的机会来了。"丈夫说:"是呵,就是人家还有困难,探不清情报。"玉英说:"这个容易,我妹子翠英住在那边,叫她帮个忙。"丈夫说:"说得容易,她丈夫是倒算队,她还不是倒算队的脑筋。"玉英说:"这倒不一定,难道父母之仇,她都不报?"于是玉英秘密给翠英捎去一封信,叫她来一趟。

翠英今年三十岁,比姊姊小五岁,自从嫁给倒算队李××,很少和姊姊来往,只是去年姊姊给她写过一封信,告说父亲和哥哥就是她丈夫这一伙倒算队害的。当时翠英很伤心,有时想起娘家没有一个亲人，心里不免难过，便想到姊姊家里看看。但是，丈夫是不允许的，因为害怕她走漏消息，甚至怕她染上"八路军的思想"。今天她接到姊姊的来信，恰好丈夫不在家，便即动身下山。

姊妹见面，谈到父母被害，大家眼眶一红，痛哭了一场。玉英说："父母之仇，一定要报！"翠英点头。玉英又说："咱王家没有人了，要报仇就靠咱姊妹俩。"翠英说："咱们女人还能顶什么事?!"玉英说："要干就有办法！"随即把游击队要到南岭打倒算队，以及要求她帮忙搞情报的情形说了一遍，翠英立刻发愁地说："这个使不得，你想，如果闹不住他们，丈夫知道我干这个事情，那还了得！"玉英说："保险闹住了，你不看八路军，要打济源城就拿下来了，要打中王村也拿下来了，要说对付这般倒算队，就不成问题。"翠英半信半疑，突然另一个顾虑又来了："就算是把他们闹住吧，他（指丈夫）还活得成？……"说到这里，凄然泪下，玉英给她解释说："不必操心呀，他是次要分子。再说，你帮助探好情报，有你一份功劳，将功折罪，保险能宽大他了。"但是，由于翠英长期住在敌人那里，马上很难相信这话。玉英复仇心切，越说越激动了："妹子，你就不想咱父亲和咱哥怎样死的？人家迫他们刨好坑，把他们推下去，他们探出胳膊想出来，人家铁锹劈下去，斩断两条胳膊……这个冤气多么大！妹子，咱好容易得到这个报仇的机会，你要不干，我就不认你是我的亲妹子，往后你就再不要来我家走亲戚了。"这话，针一样地刺住翠英的心，翠英呜呜地哭。这时玉英又给她进行时事教育，反复说明八路军的宽大政策。翠英渐渐打通思想，燃起复仇的火焰，终于抓住玉英的手坚决地说："好，要能闹住他们，咱就干吧！"

当下，姊妹研究如何给游击队搞情报。在敌人重重封锁下，要给游击队送情报是困难的，姊妹费了一番心血，约好游击队进攻的时候，用暗号代替情报的办法：（一）在翠英的家——曲沟山庄的窑顶上，摆三个瓦，就是曲沟、金留庄、元沟都有人有枪；（二）摆两个瓦一个砖，就是元沟、金留庄有人有枪，曲沟有人没有枪；（三）摆一个瓦，就是曲沟有人有枪，元沟、金留庄没人没枪，同时又商量好当游击队进攻的时候，翠英必须进行的一切事情。

游击队搞不清情报苦恼了几天，忽然听玉英说到妹子可以帮助这件事情，实在高兴。第三天夜里，游击队便悄悄绕过龙台敌人据点，向着敌人心脏地带突进。

在龙台后头二三里地的一片重重叠叠的土岭里，有一条山沟的窑洞，射出明亮的灯光。灯光下，麻将牌正打得热闹，一个姿态丰腴的女人，被打牌的人呼唤着泡茶，那就是翠英。这一场赌博是翠英拉拢成功的。当上午翠英看见丈夫闲着唱曲子，便说：

"为啥不打牌热闹热闹呢？"

"对，你不说我就要忘记了。"

翠英随即出去邀来一批倒算队，一凑人数，正好两场。

现在翠英一边忙着给他们泡茶，一边焦急一件事情：她被他们缠了半天，还没有机会到窑顶把规定的暗号布置起来。忽然翠英心生一计：故意打掉一个茶壶。输了钱的丈夫把她骂一顿，她就顶嘴，丈夫打了她两个耳光，她便哭着闹着，趁机跑到窑顶布置了暗号。于是就悄悄地从窑顶下来了。

游击队爬到窑顶，找见了翠英摆的两个瓦一个砖，马上明白下面有人没有枪，元沟、金留庄有人有枪。战斗力强的游击队都去收拾元沟和金留庄，剩下的人就从窑顶摸下来。

一阵急急的拍门声，把屋里的倒算队吓得乱作一团。

"谁？"

"你的老子！"

"到底是谁？"

"你的八路爷爷！"

倒算队吓得往地窖、床底里窜。

"开不开，老子的手榴弹扔进去，把你们通通炸死。"

"哎哟，老总，咱家啥没啥！……"翠英一边假装哭求着，一边出来开门。游击队进去一共捆了八个倒算队，连同元沟、金留庄逮捕的计算起来，共捆了倒算队长阎福旺以下二十四个人。

这个消息，轰动蟒河两岸，许多村庄随即结束"打通要地思想"的会议，人们兴奋地说："现在剿了虎窝，用不着再打通什么思想，干脆到地主家里搬回剥削咱们的东西！"于是土地改革运动，就如火燎原般地开展了。

（1947年7月25日）

鹅鸭厂之战

六月二十三日,在梁山(郓城东北)附近的鹅鸭厂,冀鲁豫地方武装一部向敌进击,歼灭了蒋军五五师二九旅八七团一、三两个营全部千余人配合大军南渡。这是那个战役的两个特写。

——编者

打开胜利的道路

淋着雨,踏着泥,远望着东南方向的火光——队伍向鹅鸭厂前进。

随着一声枪响,我们的迫击炮开火了,三营从鹅鸭厂正西打进去。天亮以后,全村的西部已为我占领,敌人被困在村子的中段。

雨越下越紧。

七八连的阵地前,敌人冲过来,八连一班胡有才同志的机枪打得哈哈叫,敌人就在泥水里滚回去。

正午,天晴开了,敌人的气焰已经开始下降,鹿寨、门板、木棒插满他们的周围,但是那有什么用呢?

大队首长向大家讲:"打响头一炮,打开胜利道路,迎接我们的主力!"

黄昏,山炮开火,平射炮摧毁敌人的墙壁,曲射炮打到敌人头上,七、八、二连,在烟幕中冲上去。

敌人楼屋的西墙坍下去了,仅一堆就是二十七个蒋家兵,无谓地死在那里。晚上十点钟,一部分敌人突到漫地里,但也没有逃掉,敌人的一营长刘晏也给阎王当小鬼去了。迫击炮、重机枪、轻机枪、黑

油油的六〇炮、空中炸的枪榴弹、加拿大冲锋枪,都成了我们的胜利品。两个营的正规蒋军,五五师曹福林的机动团至此完蛋了三分之二。(刘广斌)

只剩一条绷带的时候
——记两个英勇的卫生员

雨越下越紧,敌人的炮弹也是越打越紧。但这对于他——卫生员叶建刚是一点威胁也没有,他仍然沉着地给卧在泥泊中的伤员扎绷带。突然,一颗子弹穿进他的肚子,鲜血流出来。他知道伤着腹部是危险的,但又怎么办呢,手里仅仅只余一根绷带了,躺在泥泊中的六班长在呻吟着,他能看着不管吗?不!不会的。

枪声继续地紧,雨更继续地淋,他一点也不犹豫地,在泥泊里滚向六班长躺的地方。虽然只剩一根绷带,只有一根,他给六班长扎上,自己的肚子仍然流着血。

当他再回到他的位置的时候,头上又着一弹,他——这位英勇的十七岁的卫生员叶建刚同志光荣牺牲了。

金乡、鱼台外围战,叶建刚同志总是在最困难的条件下,完成他的任务。很短的时间,他就绷扎了三十余伤员的伤口,他还给别的班动员解释,稳定别人的情绪。

六连插到庄子里的时候,一时情况不好,四面的敌人进攻我们这一座房子,十七岁的卫生员张元正,随时能作鼓动,稳定不安者的情绪。他说:"同志们,咱们的大炮拉上去啦,电话架好啦,一、三分队马上就要发起冲锋!"他同时安慰负了伤的同志,不要吭声,忍耐一下。

他听说前面有三个同志受了伤,被敌人用一挺重机枪、两挺轻机枪、五支步枪封锁着。通过这地方是很危险的,可是他坚决地要上去,给这三位负伤的亲爱的战友绷扎、止血。指导员连长阻止不了他,大家同志也阻止不了他。指导员要与他一块去,他说:"一个人目标小。"他跑到前边,又被我们哨兵挡住了,说敌人火力封锁,不让他去。他不忍心自己同志流血,坚决要去,一不小心被泥滑倒了,躺在泥泊中。敌人的枪声紧紧地响,子弹像雨点似的落在他的身边,他不慌又不忙沉着机敏地表现了卫生人员的高度品质,终于爬到受伤者的跟前,完成了自己的任务。战斗后,全连自动要给他立功,教导员说:"这真是真正群众拥护的英雄。"(二十一大队一〇部队卫生队长刘惠民)

(1947年7月28日)

南下风云

方德

从汤阴到郓城这条弧形线上，穿过豫北、直南、鲁西，横截古今两道黄河，在这里看到新生，也看到了死亡。

六月二十四日夜，沿汤阴城北的汤河东行，经隆化乡。隔河相望的南北隆化是土匪韩长胜、王怀名的称霸区，各自规划附近几个村庄作为领土，不准两区人民互相往来。但在他们抢掠物资的时候，却强迫自己治下的人民各带武器随军助战，进入异地掳掠，战败的用暗杀来"报仇雪耻"！土匪们除了对外扩张的仇杀外，还进行对内统治的屠杀。挂在他们嘴上两句话："把你装进麻布袋甩到卫河里！"或者是："敲掉你！"

像这样划地而治的"小国家"，在汤阴全县大的有四个，在四个之下又有好几十，这就是蒋介石所谓统一军令政令下的中国的一角。刘伯承将军大军三月西进时途经这里，人民当时流着眼泪挽留："你可不要走了！"刘将军答复了人民的要求，在五一最后解放汤阴，分治的王国和残杀的局面已经结束了。

一天午后，东入内黄，踏上黄河故道，这里人称沙区。沿途皆枣林、梨园，间有迎春柳圈成一畦一畦的沙田。细雨初晴，人们正在插红薯、种豆子，大军过境，群众满面欢笑，伫立目送。入夜，皓月当空，颇具秋夜清冷之感。所过村镇道路两侧的廊檐下，群众都袒腹赤膊，恬然静睡。

黎明前，过卫河住高低村，管理员分配我们五人住一个院，进大门洞时见一老太太睡在这里，里面正屋只余半截，睡一壮年女人，另一厨屋，只容一土炕。老太太把大门洞让给两个通讯员，她和媳妇挤在一块儿。我们三个记者只好睡在当院不能伸脚的一块空地上,又热又挤,勉强挨到天明。

后来我问这个老太太为什么一百五十户人家的村子没住处呢?她说:"俺村本来房子就不多,年头遭殃军三十二师过这儿,带来还乡团,一遭就烧掉两百多间。老百姓都住不下,俺队伍来就更没法儿啦!你知道吗?俺村和中央队是反牌,凭着两边卫河给龟孙打了一年多,他就不敢占俺这里,俺孩孩在枪班,今年二十七岁了,明儿他还要去西北乡捉还乡团哩!"

当我住在四区碾头集时,做过这样一个极有意义的调查:这是五年来的游击根据地,今年麦头才分罢土地,短短几个月中,它已经做出了这样一些值得骄傲的事情:五年前蒋敌伪当政时全村只有二百三十四户,八百一十四口。土改中逃荒的回来了,激增至二百五十八户,九百七十七口。其中贫农一百七十八户,六百二十三口,已收回一千六百二十一亩二分地,全村总人口和标准地总数平均每口分得三亩七分。这里庄稼都是麦秋各半,今年群众收到家的麦子每口合老秤三百二十斤,还把斗争果实买成牲口,全村已由四十多头增至六十余头。领导翻身的农会主席蛮有信心地向我说:"消灭历年来的白地不成问题。"过去大地主兼土匪头子的曹臣相住在这里时,明要暗抢,群众就这样穷了、光了,迫使二十至三十五岁的青壮年行劫、偷盗的达六十多人。可是曹臣相还要"惩办盗匪",活活锄死两个农民。翻身农民袁同文在会上很悲愤地说:"老汪、老蒋弄得我爹养不活孩,娘养不活女,肚里饿得没办法,只好逼得去偷、去劫路,最后还要用铡刀铡死我们,旧社会真是吃人呀!"农民除这以外,就是出卖闺女、媳妇的肉体,已坦白痛悔的就有六个。当农民吴兰梦分得土地,收了麦子,喜得回家甩了泥菩萨,他说:"信你,信够了几辈子没饭吃、没地种,我现在信毛主席才几天就有地种也有饭吃了!"他们现在摆脱了死亡、逃荒、劫路、偷盗、娼妓的苦难和耻辱，已开始建设自己的新社会，夏来成很快活地说："共产党不光叫人有吃有穿，还领导人学好！"

一个下午到了东距清丰十余里的韩村集，这里曾是冀鲁豫某分区抗日游击中心区，是个千户人家的大镇。队伍刚进村，一个壮年人手执大喇叭筒爬上镇中心高达三丈的木台向四方送话："部队到了，烧好水的送到广播台下来，水缸也抬到这里。"不到一分钟，担水的、抬缸的陆续来了，群众也怪亲切地问："同志们累了吧？歇歇，喝喝水！"有的为要争取喝他的开水像一个广告宣传员似的解释："同志！喝我的甜草水，喝了不得病！"有的说："我的放了酸枣，解渴好！"有的说："我的放了枣儿……"村里的老太太、小媳妇、年轻活泼的姑娘们也出来拉住女同志们问长道短，谁能说这不是一幅家人欢聚的图画呢？！

一个夜晚至清丰东三十五里的××，上面分配我们住一所院里。房东老太太见面就气冲冲地说："没有地方！有住处俺老婆儿还躺在地上？你看厨屋里中就中，不中就上别家去！"我们说了很多好话，她才勉强让出两间房给我们住。第二天，通讯员杨来福给她挑水、扎笤帚、磨剪子，又和她拉家常。老太太高兴了，她说："年头中央捉我小鸡又拿走簸箩，我把中央恨透了，夜里见你们就火儿啦！怪俺老婆眼花没看准是俺自己队伍！"住了两天出发的时候，老太太叮咛说："你下次过路可得进门儿！你记住俺，俺叫戴老婆！"

七月四日十点半，正当美制蒋机无目的地轰炸扫射的间隙，我们横渡黄河了，一叶快船穿破滚滚黄浪，两岸清风细玩晴空皓月。登岸南行五里即过里堤，再南行二十里即过南大堤，两道河堤上都掘有向北射击的工事，新旧大小不一，还有交错的道沟。防泛的河堤已破碎不堪了，所过据点围寨有些尚未修成，但就构筑的工程看来已足使人咋舌,我曾问过十多个向导,他们说:"给中央队修围子就没闲过,苦得不用提了!俺队伍要再迟一些过河,那保险高粱也再种不上。这地址儿一年八个月全吃高粱,种不上不全完啦!"

沿途我看到不少的地方把挺穗的高粱拔掉了,有的已经干可着火,有的还带有余青。据向导说,这是还乡团挨家叫拔的,因为"它荫住国军的眼了"。

群众一面拔一面含着眼泪回头望望黄河北岸,还乡团这批魔鬼们捉着枪逼在后面说:"看什么?!拔呀!"老乡们也愤怒地回答:"看八路军啥时候过来?!"

解放军过河来了,救活了高粱,也救活了苦难中的人们!

(1947年7月28日)

阎王鼻子山下

——记沂鲁山区阻击战之一

徐熊

沂鲁山区阻击战的第二天，自莱芜东犯的蒋军第五军二百师，在解放军节节阻击下，胆小如鼠地爬到了阎王鼻子山（在莱芜东四十里）脚下，人马杂沓，□集在山沟里，东张西望。

解放军一个排在山上守候多时了，一切看得清清楚楚。

班长杨庆堂问何万福："你看敌人像个什么？"何做了一个鬼脸回答："像个狗熊！""嘿嘿！像个狗熊。"两个班都笑开了。

蒋军向后一退，用山炮向山上击了十五分钟，山头上寂静无声。两架蒋机打了几个转，也无精打采地溜走了。

三班班长程景义拉一拉郝奉初的衣襟，指着山下说："看那些笨家伙开始向上爬了。"机枪班长徐孟吉在旁插嘴："大概有一个营的兵力，得注意！"机枪副班长韦昌华对着瞄准器瞟了瞟，转身问同班："给敌人的什么？"齐声回答："给敌人碰一鼻子！"韦昌华笑道："这个鼻子可不简单，一碰就要叫他见'阎王'"。

蒋军爬到半山腰，犹豫了一会儿，忽然"勇敢"起来，直起腰杆冲向山顶。

"嗒嗒嗒……"山上的机枪叫开了。蒋军队形大乱，回头就跑。程景义、杨庆堂两个班以猛虎下山之势一齐杀上前去，四五百蒋军像迸发山水一泻而下，跑在后面的应声而倒。何万福一面追去，一面指着敌人遗下的尸体叫道："敌人又玩新战术了。这叫做肉弹战术。"

隐蔽在大石下的几个勇士，也集中火力向蒋军猛烈发射。半个钟头后，山上蒋军连个影子也没有了。当剩下的蒋军爬到了附近的天井峪时，忽然手榴弹、机枪又从山的每个角落里响起，蒋军丧魂落魄，纷纷下滚。这时小岭山又跃出一班勇士，机枪互助组长萧辉向逃命的敌人大喝一声："往哪里逃，咱们等候你多时了。"蒋军东碰西撞，被解放军勇士打得无地可钻，一个个在阎王鼻子山下见到了"阎王"。阎王鼻子山仍然坚守在解放军手里。

（1947年7月30日）

荣誉军人李万钧

——随军漫忆之一

吴象

战役开始了,昨晚攻克了一个外围据点。

刚到部队的一批新战士,嚷着非参加这次战斗不可:"我们就是为打老蒋来的,为什么不让我们打?""一辈子不出马,还不是个小驹?""这回不锻炼,下回还不是第一回?"首长们皱着眉头答应了。谁知道这些新战士竟和老战士同样地坚强沉着,任务完成得很完满。我兴奋地写了条新闻,报道他们初次作战中的英雄气概。此时战斗还在继续,炮声隆隆,担架队员正冒着低飞扫射的蒋机抢运伤号。我不禁深深地问我自己:是什么使解放区的翻身农民如此奋不顾身呢?

我根据各方面的线索去探寻材料,无意中发现了一个带头参军的荣誉军人。他叫李万钧,是补充团的排长。补充团的干部把新战士送到部队之后,原来是马上要回去训练另一批新战士的,后来却又决定留下参观作战,从而改进训练方法,到战役结束时再回去。

但是我找来找去没有找到李万钧,他到最前边战壕里去了。

晚上,已经过半夜了,我正在赶写稿件。一个人推开门进来:"哪个同志找我?我叫李万钧。"

李万钧就这样突然地出现在我的面前了,他衣服上染有泥土,脸是黑黑的,肩膀是宽宽的,眼睛闪闪发亮。灯光之下,似乎精干而且强壮,不像是个残废的荣誉军人。他坐下来,开始和我谈话。

他是临城里城村一个贫农的儿子,早在三七年冬天就参加了八路军。先后在三八五旅、冀南军区当通讯员、警卫员、警卫排长。四○年夏天他肩膀被打穿了,当时冀南环境还紧张,他便回家休养,没有等伤好又跑到本县独立营去工作，率领便衣队深入敌占区活动，经常在高粱地里露宿。四二年冬天，他负伤被俘，敌人把他拉到城里，酷刑拷打，过电、灌凉水，几次断了气又活过来，他始终没有吐露一点秘密。他同两位战友被囚在一间小黑屋里，床头满是粪尿，谷草代替棉被。三十二天只吃到六十六碗看不见米的稀饭。他因流血过多，挨饿受冻，体力异常衰弱。但他仍领导战友们挖洞逃跑。他说："不要难过，难过是空的，拿出克服困难的精神来！"他们的工具只有三双筷子，一把壶弦。挖时一个人跪在地上，用棉衣接着散土，提心吊胆地不敢发出响声，挖不动了，就在洞口尿尿，等土浸湿松开，再用手去一把一把地抓出来。卫兵就在门口巡逻，说不定什么时候，会忽然把送饭的小窗户拉开向里窥探，有三次都几乎败露了，他又鼓励同伴们说："不要怕，当共产党的早都把命交给老百姓了。"终于他们偷偷地把洞挖好了。选择了个黝黑的深夜，打开洞的外口，脱去棉衣，钻了出去。敌人发觉追赶，他们分三路跑，他从城墙上跳下去，跌到护城河里，昏过去了。醒来衣服已被冰冻住，尖寒彻骨。幸好头还在水外，他咬紧牙，挣扎着向前爬。此时天已快亮，不能再动，他便躲在一道凹沟里隐蔽起来，竟日周身颤抖不止，冻溃的皮肤面积很大，痛入心脾，好容易挨到晚上，才悄悄溜到珙村姊姊家里。姊姊认出原来是他时，立刻抱着他哭得昏了过去，而他自己，却已哭不出一点眼泪。后来，敌人突然包围了里城村，捕去他的弟弟，扬言只要他不干八路军，就可以释放。他坚决不答应，敌人竟把他弟弟残杀了。四五年二月，他右胳膊又被打残废了，根本不能举枪，这才不得不退伍回家。

　　日寇投降，临城全县解放之后，进行了轰轰烈烈的土地改革。群众给李万钧分了十八亩好地，换了一座地主的好房子。他娶了个妻子，供养着老母亲，并被选为区的荣誉军人主任，在群众的尊敬之中过着舒适幸福的生活。他从自己的幸福中体验到整个解放区人民的幸福，他看到自己艰辛的努力、自己的热汗和鲜血，终于缔造了这么个值得骄傲的解放区！

然而，卖国贼蒋介石进攻来了。于是，他忘记自己是个残废，又带头报名参军，愤怒地再拿起枪来。村干部劝阻他时，他大叫大闹："我左胳膊也残废了吗？！我左胳膊并没有残废呀？！"

他的老母，他的娇妻，他的好地好房子，他都毫无留恋地放下了，他要为保卫这些而战！不！他不仅是保卫这些，他要为保卫整个解放区而战！他最知道解放区是多少汗多少血缔造成的，因此他对进攻解放区的蒋贼的仇恨最强烈最深刻！

"你问我为什么这样恨老蒋？好！我问你，我为什么不恨老蒋？我为什么不恨老蒋！"他吼叫着站起来，久久说不出一句话。他抬了抬胳膊，但是那胳膊的残废，却因想高举又举不起来而更显露了。

这时，远处传来一阵清晰的机枪声，那是敌人在阻挠我们挖交通壕。

"敌人鬼得很，外壕边埋了许多地雷，我发现了，帮七连带了三个新战士爬过去都拔了。今晚挖好交通壕，明晚就要请这些王八蛋回老家。"他狠狠地骂着，面孔板得同铁块一样。我这才知道他衣服上何以有这么多的泥土。当这位抗日的英雄，这位残废的荣誉军人英勇地在敌人机枪封锁下向前爬去，后面三个初次作战的新战士，也英勇地在敌人机枪封锁下向前爬去的时候，不正是一幅自卫战争的缩影吗？我们千千万万年轻健壮的新战士已经接受了二十年艰苦战斗的英雄传统，我们一定能彻底消灭蒋贼，解放全中国的人民！

（1947年8月1日）

雪花山上
——红军生活回忆散记

罗良仪述　耿西记

同志，我也不能确实告诉你，那地方究竟叫什么名字，那里是行人绝迹，任何地图上，都找不出来的。山根脚还有几家人家，我问了问一个老太太，她说："我们这里，从没有人来过，也没叫个啥名字，你不看满山大雪，就叫它个'雪花山'吧"。因此我便只能这样告诉你了。

一九三五年七月间，我们长征，突过了懋功到松潘的大河，那已经是所谓"七十二"道关的尾巴了。上级给了我们一个任务，要坚守雪花山，掩护全军拖到毛儿盖去。那里是通毛儿盖的一条独路，倘若阵地一失，则全军必须再多弯四百里路，多走一个月，也不一定能赶到目的地去。不久一、四方面军就要会合，党中央在毛儿盖开会，这任务就更严峻了。

那座山有多高呢？我既不能说出多少公尺，也不能说出多少海拔来。然而，我可以告诉你，从河底紫荆关到老太太那里是五里地，那里，还可以见到几垄坡地；一过此处，便渺无人烟，仅有一片森林；再往上爬十五里地，便是我们安在石头楾楾里的司令部；从那里再往上爬，还有二十五里，那里便寸草不生，尽是石头的天下了。

山是壁陡的，陡到什么程度，我也不能拿测量数字告诉你。只记得一天，小勤务员在山坡上扯草擦洋瓷缸子，一失手，把缸子跌了下去。缸子一直顺着山坡滚，小鬼喊我们出去看。那么大的缸子，滚得只看到鸡蛋那样大了，还在往下滚，一直滚到眼睛都看不见了，大约还在滚下去。出门几乎连一屁股平的地方都没有。因此每天下午，我

们便比赛滚石头，一边娱乐，一边也修了路。

我们司令部住的地方，原来只是个石崖，只能弯着身子，躲下一两个人。挖大了一点，也只能躺下三个人。师长、参谋长和我挤在那里，外加一架电话机，那是再也减少不得的了。晚上，我们三个人，头挨头，脚挨脚地睡着，谁也不敢大翻个身，因为稍为不慎，便会有那个缸子同样的危险……

地形的恶劣是不用说了，气候呢？那就更坏。我们上山，还是阳历七月间，天气最热的时候，而一早一晚不烧火烤，便支持不住。晚上放哨，有些地方空气稀薄，竟因为点不着火而冻死人。而正晌午时，却又热得穿不住单衣。我们那座山上，是飞机都飞不上去的。国民党的飞机每天来，而它们却只敢在山下，河滩的上空盘旋。

这里的风，刮起来也是怕人的，我们露宿搭的棚子，常常叫刮跑了，鸡蛋大的石头可以刮得满天飞。而从前半晌到后半晌的时间以内，晴得干干净净的天空里，突然可以飞起一朵乌云，马上一阵狂风吹来，石子般大的冰雹夹着雪，便飞打下来。立刻满山上，便铺了一层雪被窝，而就在那大雪纷飞的时候，我们还可以看到三五里内仍旧是大太阳。

吃的东西哩，起先我们还有些干粮，可以配着牛肉吃。可是过了几天，干粮完了，净吃烤牛肉。你也许以为牛肉该是很好吃的吧，而我们那时候是没有一滴油，没有一粒盐的。牛肉是从牛场里打来的，肉也很肥，吃头一两顿还可以，再往下，人可都不愿意吃了，鼻子里发烧，眼睛冒火，牙齿根子都烧痛了。

用的办公文具呢？那当然更谈不到了，但我们却有新创造，我们本来还有几张纸，但那是要留着准备给上级写报告用的。我们往下面写命令，只能用桦树皮，后来又嫌剥桦树皮太远，便改用干橡树叶子了。不幸有一次通讯员拿着橡树叶子写的命令下山，跌了一跤，把

"命令"也跌碎了。于是我们又想出了新法,将采回的叶子,用石头压着阴干,等变成了黄颜色的,再用太阳一晒,那便不是焦脆的,跌不碎了。但这也太费事,人们又想了想法,干脆把牛掀棚骨用水一煮,去掉脂肪,便用铅笔在上面写起来,用完了,擦了再写。当时我们觉得这比什么都好。

衣服哩,在林子里钻几天早就挂烂了。吃了羊肉,剩下羊皮,大家便把它晒干了,用牛皮绳子,穿着披起来。晚上睡觉,那就全靠挤了,人越挤得多,越暖和一些。

然而,这还是好日子。再过了几天,胡宗南派了一个营,在离我们对面,相距五十里的摩天岭,挖了工事,把附近所有的牛场都赶到那里,看守起来,想饿死我们,叫我们不攻自破。

于是,我们便烧牛皮吃,但牛皮也所剩无几了,很难维持下去。于是,我们学起神农氏尝百草来了。我们部队里有许多四川人,是当地挖药材出身的,他们领着大家上山挖,虽然也误食了毒草,毒死了一些人,而我们终于发现了四十多种草可吃。除我们常见几种外,尚有车心草、大黄叶、水芹菜、野红萝卜等。而车心草是吃多了屙不下来,大黄叶子又容易泻肚。有些野草,根本就没有名字,我们只不过看着像什么,便随口瞎叫罢了。

这样,病号加多了,死亡率增大了,这还能坚持下去吗?什么思想支持着我们呢?红四方面军,三条半枪起家的故事,支持着我们;党中央鼓励着我们。上级要我们顶着敌人,保卫党的会议,谁听了这,不认为我们是光荣的呢?谁不尊重自己的革命历史呢?大家都在想着,即使牺牲了,党也不会忘记我们的,谁还不拼命干呢?

目前能否消灭摩天岭的敌人,便是我们生死存亡的问题了。

师长把上级的意图和自己的决心,告诉了副师长王有钧,王有钧住在紫荆关后面的小村里,一天正下着暴雨的时候,他打电话来了。

"你说的那个任务,我们今天去完成。"

"不行吧,这么大的雨……"师长反问他。

"我就是等的这一手。"

"嗯。"——师长只嗯了一声,我在旁边听着,似乎觉得副师长在电话里笑了,师长也笑了。

"那,我们马上就出发了。"

"好!"

电话机挂上了,我马上到副师长那里,跟队伍出发,敌人是一个营,我们也只去了一个营,天黑得伸手不见掌,大家把绑腿解下来,连成一条绳子,摸着它走。

敌人为了防止我们的进攻,把满山的石竹子都削光了,留了四五寸长,路根本不能走,更不能跑步冲锋。敌人的正面又居高临下,工事外面还加了鹿寨,根本站不住脚,无法攻。于是我们决定派一个连正面佯攻,把主力运动到敌人后面,从头上盖下来,左翼放了一个排侧击,其余的,都留作预备队。

果然正面枪一响,主攻部队已到了敌人最后阵地的山顶上,一冲下来,敌人便逃窜开了。还是因为正面打的过早一些,敌人有两个连乘空从侧翼溜跑了。我们一冲拢去,队伍都粘住了,手榴弹也顾不得拉火,便在敌人的头上打起来了。最后,我们只缴了一个连的械,得了九挺白朗宁的自动步枪。那在当时,却也顶了今天的美械化的部队了。大家都高兴得了不得,只是不幸得很,我们的副师长王有钧同志竟在战斗中牺牲了。

在此前后,敌人曾先后进攻了我们三次,头一次敌人是试探性的,只攻到我们山脚的部队跟前,便退回去了,根本未发觉我们后面还有部队。第二次敌人来了一个师,正是我们出发解决那个营的时候,家里只剩了些老弱兵,我们在那里只有一个团,走了一个营,所剩无几了。形势很险危，敌人气势汹汹，曾打到司令部门口来，但我们派了一个排钻到敌后打起来，用石头把他们的后路一堵，敌人便慌了，我们不敢多用子弹，滚石头把敌人打退了。第三次敌人来了没有讨到任何便宜，反而被歼灭了一部分。当时大军已过，毛儿盖会议已经结束，上级正要收我们了。

而摩天岭一仗，无疑是使敌人丧胆了，以后抓到的每一个国民党的俘虏都告诉我们："白天里还好过，晚上心里便怦怦跳了。"我们一直在山上坚守了四十八天，才撤下来，任务是光荣的，而那四十八天是难过的，我一辈子也会记得……

（1947年8月1日）

金戒指与包袱
——查风追功运动中的故事

田作良

×银柱同志，去年九月间，请假回了一趟家。那时村里的群众，正在和他父亲算账，他回去只住了一夜，第二天就往回返。临走时，父亲暗地里把群众未算走的一个七钱重的金戒指给了他，并嘱咐他："可要藏好，等没钱花的时候……"

他拿上金戒指，像得了传家贵宝的一样，高兴得了不得，装在哪里也怕丢了，一路上一直把金戒指紧紧地握在手里，才较放心。

回来后，不愿意叫同志们知道，他从家里拿来了金戒指。但又没有个好藏处：包在包袱里，怕别人给偷去；装在身上的口袋里，又怕口袋破了会丢掉。想来想去，觉得还是藏在自己贴身衣服的小兜儿里，比较保险。他每天工作学习中，都忘不了这件宝贝，并不断偷偷地摸他的小口袋，隔一会儿不用手摸一摸，总觉得像丢掉了似的，他的脑子简直被这个金戒指占有了。

一次，天还不大明，他在睡梦中，忽然大喊道："呀！谁把我口袋里的金戒指偷跑了？"当时屋内的同志们都被惊醒，有的同志就马上爬起来问他："你什么时候丢了的？"这样问了他好几句，他并没吭声，仍在呼呼地睡着，后来大家才知道他是说梦话。

在起床时，大家一面穿衣服一面和他开玩笑说：

"银柱！你有几个金戒指，应该向大家坦白坦白。"这样一问，他以为别人偷去了他的宝贝，急得几乎要跳起来，脸马上红了，顾不上回答大家，赶快悄悄地用手摸他的小口袋，一摸金戒指，仍在自己口袋里,这才又放心,转变了惊慌的神色,对大家说:"我穷得要死,还能有了金戒指!"

"这是你刚才自己说梦话暴露的秘密呀!"大家故意逗他,但他多次地解释说:"说梦话还能成了事实!"最后哈哈的一笑,就算过去了。

他虽口头上这样解释,但心里总是怀疑,大家可能发现了他的宝贝,思想上又背了个包袱。因此在日常生活中,他就提高了警惕,并随时注意着别人的眼色。尤其是大家在一块扯起每个人的家当问题时,他把自己形容得像乞丐一样地穷。

××战斗时,上级让他下团帮助工作,第二天就出发。他从接受了这个任务,心就不安了,连饭也不想吃了,一个人低着头,一直在地上走来走去,非常苦闷,但又不能说出来。

"我这次到前方,如果不幸牺牲了,金戒指呢……如交给知己同志保存起来,那么他要是丢了呢……让老乡藏起来吧,更不可靠……这次不去前方吧,影响一定很坏,况且自己又是革命同志,还能因为一个金戒指……"

这样一连串的问题使他很难选出一个最好的处理办法,一夜也未睡着觉。鸡叫时才下了决心,还是叫老侯同志保管起来好。因为老侯和他私人感情较好,同时身上有点病,也不能下到其他地方去工作。

天还不大亮,他一个人早早地就起了床,把行李打好后,就把老侯悄悄地叫到外面,低声地说:

"有件事,你可要给我保守秘密,如果我这次到前方牺牲了,这个金戒指你用吧!千万小心,不敢丢掉!"

老侯接住金戒指,想看一看是个啥样儿。可是一直剥了十多层纸,才算露了面,看了一眼,老侯赶快又包好,装进了里面衫子的口袋里。银柱还是不能放心,就跑到老乡家拿来了针线,把老侯的口袋

给缝起来。老侯看他真是一个小心人，笑着对他说："银柱！不必担心，到前方好好为民立功吧！我一定给你掉不了。"

早饭后，他就出发了，一路上还是想着他的金戒指，他这样计划：金戒指能卖二十多万，按照他的想法，找个老婆也够舒服了。不过这也还不算多，这次战争中，最好能搞些洋布搞两个花儿被面子，发点洋财才好……"

晚十一点时，战斗开始了，他和前方指挥所在一起，一听到手榴弹和机枪的剧烈响声，马上咬着牙关趴在地上动也不敢动，觉着每一颗子弹距离他的脑壳顶多有半指远。他感到这次到前方工作，心里特别害怕，但就在这样紧张的炮火下也没有震掉了他脑子里的金戒指。

同时同志们看见他非常胆小，就和他开玩笑，但他喃喃地对大家说："我糟糕得很，怎么肚子疼得这样厉害呀！"

在这次战斗中，大家都在积极为民立功。他呢！表现得很不好，总是想瞅空子发些洋财，好多同志都问他："银柱！你现在思想上有包袱吗？怎么情绪这样不高？"

"唉！你们不知道我现在主要是身体问题。革命几年来把身体搞坏了，我现在想要求上级给我调换一下工作，工厂工作、商店工作都行，要不我也得到医院休养一个时期再说。

银柱从前方回来后一切不安心，常常见他好睡觉，工作情绪低，×科长问他，你最近为什么这样不高兴。他说："唉！这几天我的脑病严重，晚上也失眠，身体太弱无法立功。"说着，又把脸皱起来，叫人看着他似乎特别痛苦。

五月间，分直召开立功整纪大会，他也参加了。看到了好多和他在一块的同志当了模范，受到大会表扬和奖励，有多么光荣，马上联想到个人，过去也当过模范，今天呢！自己落了后，不但没有立下功，而且在思想上，还计划脱离部队……

这样想来想去自己非常痛苦，同时在会上他也亲眼看见执迷不悟的贪污大犯樊国威受到严惩。他认为个人的不良思想，虽没有樊国威的那样严重，但总感到金戒指如不能正确地处理，让腐化思想继续发展下去，同样很危险。他越想越害怕起来。

连着两天的大会上，他一个人只管低着头，像做下什么丢人事似的，也不和同志们谈一句话，脑子里展开了激烈的斗争，一直在检查着自己的思想。

大会后，直属队就开展了查风追功运动。在他的这个立功互助组里，有几个同志都勇敢地揭露了自己的错误思想，向党坦白了个人的脏东西决心进步，并把小组的同志，感动得都哭起来了，使大家好大一会儿说不出话来。

这时银柱心里更加难过，他拍了一下桌子沉痛地说：我这个时期思想的不进步，逐渐走向腐化的道路，就是因为我父亲悄悄给了我一个金戒指害了我。过去我思想是很纯洁的，自从有了这个东西，思想上便背了包袱，光想娶老婆，工作也不想做了，仗也不敢打了。经过支书对我的几次谈话，同志们对我的帮助，我现在想通了，金戒指不是我的宝贝，而我的第一生命是政治前途……

他说完了话，用颤抖着的手，掏出了那个金戒指，用像审判汉奸似的口吻说："把它交给组织吧。"他身上像去掉一块千斤石样地轻松而愉快了，没有两个礼拜，立功报上便出现了他的名字。

（1947年8月4日）

战地重逢杨轻公
——为纪念八一而写

柯岗

在战地,刘伯承将军某部所召开的群英大会上,我惊喜地发现杨轻公已成了杀敌英雄,他和所有的英雄们一样,很庄重地用立正姿势站在授奖台的前边。可是他的脸色比别的英雄们更加光彩而愉快,他的身材比别的英雄们更加魁伟而坚实,他用着异常亲热的视线向我打招呼。小学生把大红花挂在他的胸前,群众一阵鼓掌;旅长把英雄奖章放在他的手里,群众又是一阵鼓掌。

从杨轻公那光彩焕发的脸上,我简直看不出他会是从前那个老实农民杨轻公了。两年前,在敌后军民正和日寇艰苦抗争的年月里,在太行山中,在那傍着清漳河而又被茂密的丛林笼罩着的王堡村里,他曾经是我历时四年的老房东。那时他是一个最没有男人气魄的农民,他怯弱而又懒惰:夏天里往往个把月不洗脸,耳根和眉梢经常积着许多汗泥,光膀子,裤子松松地束在肚脐下边,虚胖的肚皮完全露在外面,一条条汗流的痕迹在肚皮上,织成了一片难看的花纹;种起庄稼来,又懒又笨。老婆不喜欢他,总想另找对象,常常急躁地骂他。他两腿发抖,嘴里吞吞吐吐说不成话。村里的年轻人只要碰见他总想摇摇他的头,他从不反抗。他那七岁的孩子树园,也不喜欢他,他说:"俺爹不憨不傻,是个笨疙瘩。"当时,在他的小屋里,我曾邀他谈过好几个夜晚,我问他到底忧愁什么。他半天不说一句话,始终说不出所以然。

"山河易改,禀性难移。"难道两年的军队生活,竟把这样一个怯弱的农民改变成杀敌英雄了吗?这不是奇谈吗?

当我和英雄杨轻公作了彻夜谈之后，现在我可以肯定地告诉读者，不，这不是奇谈，这是活生生的现实。

他说："一九四五年春天，我一心一意要参军的时候，心里光是想着穷日子太难熬。咱也没本事，孩子老婆都不喜欢咱，人人看不起，不胜去参军。虽然咱不会打仗，可是咱不怕死，慢慢学习，万一能打死三两个敌人，总算不白活这几十年，在老婆孩子面前也争口气。"他带着一种回忆的表情，摸着胸前的英雄奖章，接着往下说：

"其实，刚到队伍上时，自己也还是迷迷糊糊，劲头不大。虽然指导员常给上课，但自己心总不很亮，不相信打仗就是为自己。可是后来总算多识了几个字，走路、办事、说话都快当了一些，穿衣戴帽也干净了一点，这都是参军不久就学会了的。"

"那你到了啥时候才劲头大了呢？到底是哪股劲把你变成了英雄呢？"

他忽然站起来，口齿也显得非常伶俐了，对着我的脸说："去年自卫战争刚要开始的时候，家里忽然写封信来，说家里翻了身，押出去的地都回来啦，另外还分了些东西，今后吃喝再不愁了！当时我实在想不透这是怎么闹的。可是没迟几天连上好多人家里都来信了，都是说家里翻了身。并且有许多新战士涌到队伍里来，他们说他们是为了保卫翻身而来的。同时，指导员也给大家上课说：'这是共产党毛主席领着群众叫咱翻了身！现在蒋介石要卖国，不叫咱们翻身，要进攻咱解放区，咱为了保卫自己翻身果实，人人都要当杀敌英雄，打垮蒋介石的卖国军队！'这一下可好了，'把戏只隔一层纸'，指导员这一讲，大家心里都明朗朗地透亮了，打起仗来谁也不知道自己有多大劲啦！大杨湖战斗中，敌人集中火力打我的工事，我一个人坚守了五点钟。天明敌人想逃跑，我追上去亲自捉了一个俘虏，回头来我又去背彩号时，敌人的坦克冲过来，我一面打手榴弹，一连背了三个彩号下来。当时一点也不累，也不害怕，只想着老蒋卖国贼不想叫俺翻身，俺也不能叫他好好活着！以后打金乡、打彭格，每次到敌人火力封锁的地方抢彩号，都是我打头阵。"

"你为什么敢到敌人火力下去抢彩号呢？你不怕打住你吗？"

"不能这样说，谁不知道子弹不认人呢？可是那时谁也不会这样想的，因为在火线上看到自己的同志们负了伤，而自己要不去抢救他们，那心里实在过不去呀！你想在火线上跟敌人拼命的时候，同志之间哪能分清你我呢？我为我自己打仗，也是为了他呀！他为他自己打仗，也是为了我呀！要是保不住咱们解放区，谁家还能翻身呢？！"

他定睛注视着我，微笑着，露着门牙，他胸前的英雄奖章闪闪放光。我无话可说，只是紧握着他的大手，念着："轻公！想不到呀！想不到！"……

过了一个月，在豫北前线我又见到了他，他眯眯笑着悄悄对我说："家里全村开大会给我贺功了，俺树园他娘喜欢得没法说啦，她前天派人来看我，给我送了些东西。"

我再抬起头来，看看他的脸，那脸色和他在群英大会上不同了，他似乎埋藏着一种很深的喜欢，我似乎看到一种崭新的生活在他面前展开了。

(1947年8月4日)

随军南下日记

张勃

第一日

在时风村赶上了部队，跟着队伍一直向正东前进。此时一钩皎月，浮云环绕，晚风微气拂，正宜行军。

部队的情绪极为愉快，战士们的脸上都流露着兴奋的笑容，磨了将近一个半月的锋刃，也该请蒋介石尝尝了。因为是在自己根据地行军，所以一路说说笑笑，颇不寂寞。有人还在唱《三大纪律八项注意》军歌。二排副单调的口琴声，时吹时辍，音调是非常简单的，总是对准一个孔，一呼一吸地吹着，不知道是谁的胳膊偶尔碰了他那只拿口琴的手，才把他的嘴唇移到了另外一个孔去，于是音调才改换了一次。

走了三十里，嘴里实在干得要命，又赶上出发前吃的是饼。"吃了饼，离不开井。"越发想水喝，嗓子里有点冒火。战士们都停止了谈笑，连呼吸都尽量缓慢一点，免得嘴里的水分顺着呼吸蒸发了。二排副的口琴也自动停止了伴奏，大约他也感到渴不可耐，不住地小声督促战士们快走。据说还要走十里路才有水喝，人们渴得舌头翻来覆去地在嘴里打滚，拼命想挤出一星口水来，好润湿一下干得快要裂了的口腔。

路上小休息，我们在一间孤独的茅草屋前，我找到了一位小老乡。

"老乡！拥护拥护八路军吧！快回家找碗水来喝！"

小孩光着黝黑的屁股，一蹦一跳地回家找水去了，很快地端出来一大碗水。我屏住了呼吸，一口气喝了下去。喝完了水，喘气的时候，鼻子才告诉我，气味难闻，又酸又苦，但是也顾不了那许多。回头一看六班崔柏根站在我旁边，流露着无限的羡慕之情，我后悔应该给他留下一点。等他再开口问那位小老乡要水的时候，部队又要出发了。

大休息，要喝水了。大家的眼睛都眼巴巴地看着水缸，只等喝水的命令一下，就好解决问题。喝水时，秩序有几分紊乱。水喝完了，二排副的口琴又吹起来了，一切都苏醒了，复活了。

"奶奶的屄！你说要不是蒋介石这个狗禽的，咱们能渴得像龟孙？将来大反攻，捉住蒋介石，你说应该怎么搞他！"

于是战士们的意见都来了。

"把所有的八路军、新四军都集合起来，每人挑一刺刀！"

"还有民主联军呢，也应该叫他们挑一刀。"

有的以为这些办法都便宜了蒋介石，蒋介石所给予中国人民的痛苦灾难太多了，真多到没法处置他……

每一个战士都怀着饱满的战斗情绪、一颗坚定必胜的心，恨不得一步就跨过黄河去。一路行来，不觉东方已发白，因为第一天行军脚痛掉队的战士还是不少，但由于互助得好，到宿营时也都跟上来了。

第二日

晚饭后，部队集合了，军中愉快的号角——二排副的口琴又响起来了。

穿过约莫二十里的沙地，非常吃力，脚使不上劲，一步一步地都留下很深的足迹。二十里沙地，比六十里路还难走，大家的步伐都有些蹒跚、跄踉，似乎在走一步，退一步。这里的沙地是沙和尘土混合在一起的，千万只有力的脚把灰沙扬起多高。幸而有月亮，否则真和下浓雾差不多，对面不见人了……

可憎的沙地终于被突破了，但已是鸡鸣破晓的时光了。沙地过完，绿洲在望。

无论何时何地，只要一进村子，看见路旁有欢迎八路军的老百姓，调皮的吕红贵总是喜欢和老乡开玩笑，今天自然不能例外。

"老乡！这儿离俺村还有多远？"

"俺知道你家在啥村啊？！"

吕红贵笑了。

"俺村里有人、有房、有树……"

老乡也笑了。

"俺村里也有人、有房、有树……俺村就是你家！同志！喝口水，歇歇吧。"

吕红贵对于老乡的回答，感到了满意，一路上都在张着大嘴笑，直到休息睡觉的时候，红贵还在学老乡说话。

第三日

吹号集合的时候，我的肚子作起怪来了，匆匆忙忙地去大便，回来找不到集合地点了，幸亏二排副的口琴还在咿呀咿呀地响，顺着琴音才找到了部队。二排副的口琴，是在打汤阴时候得来的，虽然已经有六个孔吹不响了，但他依然爱如珍宝，两个多月以来他没有一天停止演奏过。他和三连的其他同志一样，永远是愉快的、欢天喜地的，对于反攻，具有坚定的信心。什么时候，你听不见口琴的声音了，那一定是二排副感到了口干，或者是疲乏了，要不然就是和谁吵了几句嘴。

夏天夜短，走不了几十里路，天就亮了。今天宿营的地方，去年五月我们在那里整训住过，很多战士都有自己熟识的老乡。一进村子，老乡们都出来欢迎了，孩子们都拥上来。这里曾受蒋贼蹂躏过五个月，一旦看见了自己这样强大的队伍，好像见了亲人一样倍感亲切。每个战士都被三四个孩子包围着，一只手牵着好几只小手，孩子们抚摩着战士们腰间的手榴弹，感到十分新奇。盆呀罐呀，都盛满了开水送来了。老太婆们都在述说蒋军残酷的抢掠，两只小脚，一巅一跛地跑着学蒋军赶鸡捉鸡的样子。全村已经没有一只鸡了，壮年人都在诉说小老蒋地主倒算的凶暴，青年人都在追述他们打蒋军和土灰（如还乡团之类的土匪）英勇的故事。

直到我们已经入梦乡了，耳边还隐约可以听见老乡们议论的声音。

第四日

出发的时候，全村的人都送出来了，妇救会、儿童团排着队，打着锣鼓，呼着，声震云霄，战士们也以热烈的口号来回答老乡：

——我们要在大反攻中努力杀敌，替老乡们报仇。

——保护胜利果实，消灭蒋介石。

开水一担紧跟着一担送来了，喝完了临别的开水，战士们举手道别，老乡们打着锣鼓整队相送。离开村子，已经二里路了，老乡们还是恋恋不舍，战士们也在频频回头。

——老乡们！请回吧！我们要以实际行动来报答你们。

离村子已经三四里路了，还隐隐约约地可以听见老乡们壮烈的口号声：蒋贼！看吧！这就是人民的力量。

新战士赵水则，一路上都在默默地想：

"幸亏我参了军，要不然老蒋打到我家了，我分的果实，我的地、我的牛、我的鸡，也都完蛋了。打不垮蒋介石，我的果实，永远没有保障的，对！干到底！

今天路走得很近，只有四十里。

第五日

今天消息，战士们都在洗衣服，或躺在树荫下，谈笑、喝水、睡觉……

离河只剩下五十里路了，蒋贼的飞机，不时在蔚蓝的天空出现，有时猖獗地飞得很低。老乡的鸡，惊得满院乱跑乱叫，我们房东老太婆怕她的鸡叫被飞机听见了，怒气冲冲但却小声地指着鸡骂：

"再叫，杀了你！"

但是她自己也不敢走出屋子，怕她自己也被飞机看见了。

小汤又和老乡开起玩笑来了。

"老乡！你看！都是你的鸡叫，飞机听见了，老在这里飞，不走！"

老太婆对于她的鸡更不满意了。

小汤笑了一阵。我们晚上睡了一个好觉。

第六日

今晚靠近了河岸，准备明天渡河。

黄昏以前就出发了，战士们的草帽上，都用树枝柳条和青草伪装起来，蒋机只在远远的河畔，徘徊了一阵，并没有发觉我们，我们依旧向黄河挺进。

入夜，宿营，月光很好，万里无云，群星闪耀。各班都在树影下开会，有些战士没有过过黄河，都在纷纷猜想他们想象中黄河的伟大。

大家共同的期待，就是盼望明天快些到来，渡河、杀敌，完成大反攻的初步。开完了会，大家兴奋得睡不着觉……

第七日

清晨。连长宣布刘伯承将军所部人民解放军先头部队,已于昨夜英勇渡过了黄河,三小时内完全突破了蒋贼恃为屏障的天险——三百六十里的河防。战士们都兴奋得高呼,二排副的口琴又响起来了,居然破例,一连气把嘴唇在几个孔里来回移动,这是他兴奋愉快到了极点的表现。

上级命令我们晚上八点钟以前赶到河边。因此,出发很早,下午五点半就出发了,战士们重新整理了一下自己防空的伪装,炊事班里的大黑锅底上涂满了一层黄泥,半路,蒋机来了,大家都蹲在地上,很整齐得像一排枝叶茂盛的小树,那口涂满黄泥的大黑锅,则像路旁树林边的小坟墓呵。

七点半钟,我们就到达了渡口,部队太多,命令是我们最后渡河。狡猾可恶的蒋机,三架两架轮番在沿河一带轰炸、扫射,一夜未停。对于蒋机,战士们都认为相当"满意",因为一夜工夫我军并没有伤亡一人。

因为我们是最后渡河,大家都躺在堤旁树林里休息,看飞机扫射,弹尾发出的条形火光,像流星一样。

月已西斜,很快地就要下沉了,看样子今夜轮不到我们渡河了。

第八日

昨夜部队都渡过黄河了,只剩下我们一个单位,但是我们须要到另外一个渡口去,照命令规定,这个渡口,今夜该友邻部队渡河了。

两个渡口相距很远,为了及时赶到,我们一清早就出发了,飞机在头上盘旋了两次,但没有轰炸,也没有扫射,我们也没有隐避。

入夜,乌云满天,风雨交加,蒋机没有来。河岸一带很静。战士们一排一排坐在河滩沙地上，没有一个人说话，没有一个人吸烟，二排副的口琴放在嘴唇旁边，也不吹了，大家都在安心等船。河水流得湍急，但并不很宽，只五百米达左右。

终于轮到我们渡河了，一个紧跟一个，一班紧跟一班，走进了船舱，因为我们是后续部队，所以并不需要怎样的准备战斗。船篙轻轻地一点河岸，顺着流水，箭似的向南岸驶去，几分钟就接近了南岸。距南岸约百米达，河水很浅，船不能驶近，需要下船涉水上岸，大家走过了两尺深的水滩，顺利地到达了南岸。

上了岸，战士们的心情是紧张的、兴奋的、愉快的。大家坐在岸边擦枪、整理武装，千万个英勇的战士，千万支枪，直向蒋贼的心脏冲过去。

不久，大家将要听到胜利的消息了。

(1947年8月4日、8月8日连载)

斗　智
——一个干部谈的长征故事

冷冰 记

　　三五年，我在红军一方面军当炮兵连长。

　　六月间，我们准备好过草地了。道路全是些山楸楸（注一），行起军来比上天还难。我们原来比较重的难运的武器，这时候都秘密地埋藏了起来：譬如我那一连，现在除过一两门小山炮以外，差不多就是迫击炮了。一次，在四川和甘肃刚搭界的地方，辣子口那里，我们和白军打了一战。没有怎个煞力，就夺取了一个敌人的炮兵阵地。堡垒里面，有二十多箱迫击炮弹，每箱四颗，全是顶呱呱的鱼形弹。指导员——一位江西老表，和我检查了一下炮弹。当然要带走。实在话，在十年内战中，好多我们的武器弹药，还不都是蒋介石当运输队长，由他部下"运"给我们的。

　　我们同时也抓了些俘虏。按平时，抓到的俘虏，解除武装，讲讲话，开导开导他们的脑筋，就放了的。可是，这次抓到的俘虏，指导员高矮不主张放。他说："这些炮弹，一定要叫俘虏们背。""要得，要叫俘虏背就叫俘虏背吧！"我那阵子办事就是"泡毛"（注二），不习惯在脑门子里打转儿，晓不得这件事里面又有啥子"道号儿"（注三），同意指导员的办法就是。

　　每个俘虏一箱两箱的，一家伙炮弹就分派完了。剩下一部分俘虏，指导员又叫放了回去。

　　一切就这样子处理了，继续向西面行军。

　　第三天，我们到了老虎咀，那已经归甘肃省管了，是一个很险要的地方：山口子很窄，白水河靠左边流过，靠右边的小道，是行人来往的唯一道路。要是通过了老虎咀，一翻山梁就到临潭县城。因为是这样一个重要隘口,白军就在左边的山堡儿上,搞了一道工事,居高扼守。我们的队伍要通过这个隘口,自然就得把敌人的阵地给轰垮台,才办得到。这就得依靠炮兵的火力啦。

居然,我们的炮兵阵地,在右边山峁子上,很顺当地建立了起来。我很奇怪,当我们挖工事的时候,白军只打了两次机关枪,因为隔得远,打不拢就再也不吭声了。为什么不打炮呢?自然啰!就是打炮我们的工事还是要搞起来的。但那样总可以给我们挨时间嘛。真不晓得龟儿子们又在搞啥子明堂啦。

工事搞起来后,敌人还是静悄悄的,我和指导员都打了望远镜,清清楚楚地看到了白军的战壕,连机关枪巢和指挥部掩体,也明明白白地摆在那儿。不管三七二十几,对准敌人的目标,我们就架起炮来。一面通知我们的机枪连,调过来准备打"接应"。

正在摆炮的时候,嗨!白军叫唤开啦,声音拖得长长的:"你们是麻雀扒糠头——空搞的。你们的炮打不响的哟!"我真给闹糊涂啦。我想:"麻你妈的'硔子石'(注四)去吧!你他妈的又不是玉皇娘娘的嘴,你有啥子把柄说我的炮打不响?……"正在这时候,站在旁边的指导员笑了。

他告诉我,他早晓得在辣子口缴获的炮弹是假的,打不叫的。他说:"现在,用我们自己的炮弹开火吧,直射,弹屁股上多加一个药包。"我越听越气,立即命令开炮。

轰隆隆隆……一排子炮打过去了。只看见对沟山上全是烟尘,烟尘里,麻麻渣渣的敌人在乱跑乱窜,好像偶然惊动了蜂窝的蜂子一样。

第四次排炮以后,我们的机枪连已经在山道上接应上啦。机枪声里,好多白军,像在比赛打"空心仰滚儿"(注五)一样。只是打下去,就不再见翻起来。约莫半个钟头,我们的队伍已经在老虎咀上安全地挺进着。残剩的白军,早吓得调转屁股就跑了。

当天晚上，我们胜利到达预期的宿营地宿营。这时候，才知道白军没有炮兵。据说，白军的炮兵，在进甘肃的时候撤销了的：一方面，白军的烟灰太多，山地里搬不动炮；另外，那样的山桊桊，他们认为炮兵的作用不大。

睡上床后，江西老表又给我说，他知道敌人的诡计，葫芦里卖的啥子药。他说："我是上过敌人同样的当的，我认得那些假炮弹。"

我问他："那你搬运那些假炮弹干卵子用？"

他说："作用可大啦。"他说敌人的计策是：一方面要我们搬运那些假炮弹，好疲劳我们的兵力；再方面，使我们在受骗当中，都闹成假炮弹，到时就彼此都没有了炮兵火力，谁也占不了谁的便宜。所以我们要硬着腰杆儿搬炮弹，正是使自己不受骗，反而将计就计，使敌人麻痹起来，不提防我们还有炮兵火力。何况，反正炮弹又不是我们自己背的嘛！

最后，江西老表学着四川腔说："老哥，你晓得三国时候的孔明吗？这就叫做'斗智'啥——你这个舅子！"

（注一）"山桊桊"，"桊"——四川地方字，读卡，指深山僻野，又无人烟的地方。

（注二）"泡毛"——不精细，办事泡毛即办事粗粗糙糙的意思。

（注三）"道号儿"——专指某一事物的内幕。

（注四）"硙子石"——指没有见过大世面的人，与北方人常说的"土包子"相仿。

（注五）"空心仰滚儿"——四肢不着地地连续打滚或翻筋斗。

（1947年8月4日）

拔了庄稼又逼粮

——鲁西前线蒋军暴行实纪

胡征

人民解放军于六月三十日深夜,沿三百五十里黄河防线强渡而过,蒋军当夜从各个要塞和城市里夹着尾巴逃跑了。而这些畜生并没有放弃过一秒钟的时间,对人民进行着横暴的杀害与摧残。

七月一号黎明,解放军来到蒋军刚逃走两小时后的韩庄,先头部队被一位叫韩起义的老汉,拦在村口上,痛哭流涕地控告起来了,他指着村外一片荒野告诉我们说:

"俺只两亩半地的高粱,中央军硬叫拔光了……"

从这位老汉的控诉中,我们知道:这地方在三天前,还是一片一人多高的浓密的高粱林,现在都变成一眼望不见边的凄惨的荒野了。青青的高粱秆散乱地躺在地上,成群的乌鸦在啄食半熟的黍米。拔高粱的命令是五天前颁发的,这道命令很厉害,曹州府第一道命令到各伪县府时,说是限三天以内,要把大路两边五里地和县城周围十里地以内的高粱,完全拔尽,完不成任务的按军法治罪。事实上谁都知道,冀鲁豫平原的大路像蛛网样稠密地交织着,大路与大路之间的距离,没有一个地方超过一里,于是伪县府的命令来得更其彻底,叫各村农民把所有的高粱全拔掉,他们的理由坦白而简单:"高粱隐眼,八路军来了望不见,国军跑时也不方便。"但无耻的畜生,并不以这种罪恶的措施为丑,在农民们恳求多少留一点的时候,反而厉声吆喝着:"这是命令!谁能管你饿死不饿死!国军来的时候,就叫你们别种高粱,你们自己一定要种,这怪谁呢?"

今年春天,伪县府确实也下过这命令,显然地他们刚来到这里,

就预知了自己的命运。可是高粱这东西在冀鲁豫平原人民说来是主要的食粮，高粱秆又是主要的燃料，老百姓能眼看着空下丰年地不种，又便等着自己饿死吗？但这是老百姓的事，与"国军"毫无关系。"国军"的任务是一面下令禁种粮食，一面又下令催缴军粮，这真是人类历史上绝顶的暴政，千古少有的矛盾了。

这矛盾表现在下列事实中，更为明显：曹州虎里头村，一百四十八户，五百三十二口人，蒋军是去年阴历九月来的，仅半年多时间，每亩征粮平均二十三斤，"自卫队"枪费共八百万，平均每户六万。吴庄每亩地平均二十一斤，枪费每亩地七千。鄄城古楼二十多户一百三十人，粮食和枪费共计折钱平均每人八万。定陶马庄，仅马应宗一家，遭殃军来时，说他通八路，把三十亩地、一条牛和两石粮食卖光，花了五百七十万元，才算无罪。但财产虽卖，捐款照出，每亩地照例出粮二十五斤，枪费一千五，另外染工费、草鞋费……每月花样繁多，都得照例地出。然而，禁止种高粱的命令也就是催粮的老总们带到每一家去的。而且他们所要拔的并不只限于高粱，连谷子、豆子、红薯、瓜藤都得拔掉，什么庄稼长大了都不该存在，全得拔掉。他们的理由是：谷子大了也"隐眼"，而红薯、豆子、瓜藤的罪案则是"跑时绊脚"。七月四号，在曹州北德华区的张庄，记者亲眼看到公路两旁的瓜地，全都毁灭了：瓜藤瓜叶，沾满了黄色的沙土；受伤的半熟的西瓜甜瓜都被敲破了，有的踩得稀烂，一队人走过，绿头蝇轰然而起。这种惨痛的形象，谁见了都会激起愤怒！这一带的土地因地势低，土质坏，尽是沙，别的粮食都不易生长，今年天旱，瓜的收成较好。这一带的高粱少，谷子、红薯、豆子都没长来，无庄稼可拔，于是就轮到这些无罪的瓜藤了。

记者去访问一家苦难的瓜地主人时，他已不在家了。他叫张明礼，全家六口靠几亩瓜地过日子的，瓜被拔时他就气疯了，不知跑哪里去了。他的邻居告诉我,在拔瓜藤时,张明礼和他老婆给国军磕头,要求把瓜留着全家人还可以维持几个月的生活。一位"国军"的官长把他老婆的脸扭过来看了一下,照脸吐了一口唾沫说:"看你长的这样子,真够恶心!"于是下令把所有的瓜都踢破了,又把这个怀孕的女人踢了一顿。我走进这位被侮辱的家门,看见她躺在一块破席子上,已经奄奄一息了。这时候,我碰见另一个十九岁的青年,名叫袁××,他前天清早到集上卖瓜卖了四千元,被国军抓去送差。这村离曹州府二十五里,一路不叫休息,不叫喝一口水,把他们送到以后,又把全部瓜钱给掏去了。离这村二里地的花园村里,一个姓王的青年,送差的时候,因为天热,车子太重推不动,"国军"就照他大腿一刺刀,鲜血顺着裤子往下淌,但"国军"还用刺刀逼着他推了二里路。畜生的罪行是控诉不尽的。拔高粱的命令,像灭绝人类的天灾样,摧毁着农村。于是鄄城、曹州、定陶一带,各个城镇周围五里十里地以内,都变成了荒野。在十里内外还有些保存下来的庄稼,那都是经过了万分艰难的斗争的。沙卧村的张××告诉记者说:"命令催得怪急,谁都硬着脖子不拔,谁都知道八路军快来了!"在这种情形下,命令下了三道,第一道说:留一棵高粱,罚一颗子弹;第二天又一道命令:一棵高粱罚一支枪;第三道命令说三天之内不拔就枪毙。老百姓给他的回答是响亮的:"毙就毙吧,反正都是死!死也不拔!"可是第三道命令下来的第二天的夜晚,我们的炮声一响,下命令的人全都跑光,当天解放军就到了。

在人民解放军未到达以前,农民们为保卫生命,进行了坚决的斗争。一个四十多岁的姓冯的农民告诉我,他有一个姐夫,六十多岁,家里三十几亩地、一条牛。"国军"一到就被抓住,说他儿子当八路军,经几个月的中人说合,花了五百多万,把地和牛全部卖光了。这次命令拔粮时,老人和邻居的另一位老人领导全村坚决抗命。在他们领导之下，有二十六家没有拔，于是又被抓住，在解放军渡河的夜晚"国军"逃跑时，把他们全都活埋了。这种事在鄄城是极其普遍的。据二十八个鄄城的人民告诉记者，"国军"最近两个月仅在城里就活埋了四千多人，这个数目还是人所共知的。至于群众所不知的阴谋暗害，那就无法计算了。农民种庄稼成了违法的罪犯，这是人类史上罪恶的奇迹，从中国远古的秦始皇，到近代的杀人魔王希特勒均未曾有过。而蒋介石却有了惊人的创造。这惊人创造的目的是：叫一些人民都活不下去，而只有他和他的臣仆们能跑掉、活下去。而其结果都必然事与愿违，一切活不下去的人们终将起来帮助人民解放军，打得他们一个也跑不掉，一定活不了。

（1947年8月8日）

靶场上的互助

——刘广瑞互助组特写之一

新丰

张国治是没有打过枪的,一看见枪膛压上空壳子弹,就浑身哆嗦得不敢出发了。刘广瑞就把子弹取出,让他用空枪练习瞄准出发。做了几次,不让他知道,就放进子弹推上了膛,还是教他按老样子瞄准,并检查了观察镜,纠正了偏差,叫他闭气引枪击发,子弹冷不防地打中了纸靶。这时张国治又惊又喜,惊的是枪声一响,冒出一股黑烟,喜的是打枪也不过如此,并不可怕,而且子弹还上了靶了。从此以后张国治对打枪发生了兴趣,午睡时偷偷和郭仲台出去打空弹壳,要是不打上一两发,心里直发痒,睡不着。刘广瑞自己的空炮壳都不打,"拥护"给张国治,就是这样使张国治锻炼了技术和胆量,进步飞快。

在第一次打靶前,队里提出争取三发两中"立队功"的口号,可是当张国治第一发子弹吃了烧饼,便垂头丧气。小组里就安慰他说:"你过去连空炮弹都不敢打,现在敢打真枪了,这就是胜利,头一枪是试枪,摸摸枪的脾气。""好将不在头一仗,好□不在头一盘。头枪不算下次再看!"

张国治在大家的安慰鼓励之下,高兴起来了,经一天的互助苦练研究,张国治的技术进步得非常快,空炮弹都打在六环以上。第二次打靶前,郭仲台、刘广瑞,都向张国治鼓励说:

"这次怎么样?"

张说:"这次我有充分信心,保险上靶,不吃烧饼!"

"真的吗?算话吗?"

"当然算话，要是吃了大烧饼，我拿二百元买花生请客。"

当时拍了巴掌，签了字，刘广瑞、郭仲台对张国治说："要是你中了靶，我们都向你立正敬礼，欢迎你。"

全组都高高兴兴带着胜利信心进了靶场。到了靶场，大家都不提吃烧饼买花生了！……刘广瑞用凉水湿了手巾，给即将开始射击的张国治擦眼睛，并且低声地说："只要沉住气，掌握一元化，保险打上靶。成绩好坏，全组负责，决不埋怨，你放心大胆好了。"这几句话，解除了张国治的思想顾虑，他心平气和地安心射击了。

果然不错，两发两中，都是红旗，二八十六环。回来时全组向张国治敬礼致贺，张国治笑迷了，大家都笑眯眯地。这是互助的胜利，全组的光荣，第三次打靶前，他们喊出了响亮的口号"坚决不吃黑烧饼，争取红旗立队功！"果然不错，全组三个人打了九发子弹，都命中了，完成并超过了教育计划。（摘自军大《学习增刊》）

（1947年8月8日）

慰 问 伤 员

黑丁

一、"多捐几个钱吧,给战士们买点啥吃!"

寿张三区群众,几天来听到人民解放军,在黄河南岸接二连三地打了好些胜仗,大家欢喜得嘴都阖不上了。村上的工作更紧张起来。大车队、小车队、担架队,都出发了。赶修险工的人们,带着抗拒的呼声,无畏的精神,在敌机的骚扰下,走上河堤,争抢着去完成保证战争胜利的一件最伟大的工程。没有出发的区干部、村干部和妇女们在村子里继续进行复查工作。虽然这样忙,可是群众一看到咱们的伤员来了,大家拥军的热情就更加提高了。于是三个小区各村的群众,热烈地展开了慰问伤员募捐运动。大家异口同声说:

"如今咱们穷人都翻了身,啥也有啦。多捐几个钱吧,给咱们受伤的战士买点啥吃!"

一个送走了儿子参军的老大爷,他蹲在街上,一边抽烟,一边笑眯眯地说:

"可是对!要不是这些拼命流血的同志,咱会有今天!人家来到咱这,就跟咱亲人一样。咱家不是也有人去打老蒋吗?可要去慰问一下,叫他们好好养伤,不要想家!"

区上满足了群众的要求,跟村干部开会商讨慰问工作的进行办法。为了要把这工作做得更好,便决定三个小区分两次慰问。仅仅两天光景,只是东边的两个小区的十二个村子,就捐了二百四十多万元。村上的妇女忙开了:有的赶集;有的缝慰问袋;有的剪纸花、剪字,往慰问袋上贴;有的组织了洗衣队准备给战士们洗血衣。儿童团

也组织了慰问队。群众把自己用的蚊帐都拿出来给重伤员挂。东西买回来了：七口大猪；西瓜拉了好几大车；甜瓜担了好几挑；鸡蛋、粉条、粉皮，一担又一担；毛巾、纸烟、点心、冰糖、桃子、白糖……一筐子又一筐子。

村子好像在过年，又像在办喜事、送喜礼。

小区农会主任刘明九，他显出过意不去的样子，对一个同志说：

"你想想，同志，咱们人民解放军保卫毛主席，保卫咱们翻身果实，英勇负伤，咱们花这点钱又算得什么！"

二、"你就给俺写一句话吧，人民解放军好……"

天黑了。各村都在开群众大会。区干部也分散开去参加了。竹口村干部征求群众意见明天怎么样去慰问伤员。有的人提出来要给伤员写封慰问信。

"对，对！这个办法可好！"大家赞成了。

有的人自己写。但是，有的人不会写，也怕写不好。

坐在区委书记张建宜旁边的一个区干部说：

"你们说吧，我替你们写。"

这一来，广场上的群众动起来了。大家轰的一声，把主席前边一张小方桌围严了。天上有月亮，桌子上放着一盏小油灯。人声嗡嗡，东一堆，西一伙，都在那儿乱嚷。吸烟的火光在人们中间闪动。天气闷热，老大娘们摇晃着蒲扇，在给身旁的孙子孙女打蚊子。青年妇女，你拉我一把，我扯你一下，互相嚷着叫把自己的真心话告诉区干部。

"你们说吧，我来给你们记。"区干部从口袋里掏出水笔来说：

大家你争我抢，说道：

"先给俺记吧！"

"给俺记吧……"

"慢慢来,一个一个写。都落不下。说吧,谁心里想什么,就说什么。"张建宜同志叫大家坐下。

马春荣老大娘,站起来说:

"同志,俺心里一大堆话,就是说不出来。你就给俺写一句话吧,人民解放军好……"

忽然,一个六十多岁的老大爷从人空里跳出来了。他穿了一件蓝粗布褂,满脸皱纹,瞪大了两眼,举着两只攥起的拳头,颤抖地说:

"同志,给俺写上几句真心话吧。俺叫耿传孟,是江苏徐州人,来这二十七年啦。过去,俺两手空空,啥也没有,要饭、抓鸡、受骂挨打。这回人民解放军给俺挣下了房产地土,给咱们穷人打下了天下。俺啥时候也忘不了他们……"

"告诉俺那些受伤的同志吧!"六十多岁的阎秀梅老大娘,她几乎说不出话来。她好像想起了一些痛心的事,嘴角老在发抖。她又仿佛看见了使她最高兴的事,两眼却流露出微笑的光芒。"共产党救了俺,俺要了三十三年饭,没房子住,今天这、明天那,在庙上住了七年。现在俺房子、地、牛,啥都有了。俺看见了分的东西,就想起了咱们的人民解放军来!"

年纪轻轻的妇会主任白月清说:

"俺只有这几句话:过去俺受地主压迫,人家说骂就骂,说打就打,俺也不能抬头。如今,咱们解放啦,这都是人民解放军的战士流血流汗为咱们挣下的功劳!他们现在受了伤,到了自己家。人心是肉长的,谁不痛!俺报不了恩情,只能给他们缝缝补补、洗洗浆浆,叫他们可不要客气。"

群众讲话更热烈了。有的人挤不上去,轮不到自己,就急得很,便对旁边的人说:"你给俺捎带上几句话吧,一块写上。"

"嗯，那怎么行！谁知道你心里想些啥！"

三、"我们还要回前方！"

七月二十六日早饭后，各村子的慰问袋、东西都集中到区部门前的广场上。忽阴忽晴的天，一会儿哗啦一声下起雨来，一会儿火热的太阳又晒到人们头顶上。西瓜、甜瓜，摆满了一地，像瓜市一般。怕淋雨的东西都搬到屋里去了。

每当雨一停，两个村子的民间艺人组成的鼓乐队，就又在外头打起来、吹起来了。儿童团围着，轻伤员也走来看热闹。区长杜华山带着区干部、村干部、妇女在忙着分东西、装慰问袋。院子里的树梢动也不动，屋子热得像蒸笼。大家满身大汗，好似用水浇过一般，衣服都贴到身上了。

下午，慰问队出发了。鼓乐吹着、打着。儿童团排着队、唱着歌。妇女一组一组的，每人手里掂着一个小巧玲珑的慰问袋。大车拉着东西轱辘轱辘地在前边走，后边有人挑着担抬着篮。各村干部代表，也分开小组跟着走了。妇女去慰问重伤员。有的妇女跟男人去慰问轻伤员。咱们的重伤员，一听说村上来慰问了，有的伤口虽然很重，但谁都想爬起来亲自招待一番。有的同志实在坐不起来，一边从窗户往外望着走来的人群，一边在挣扎着侧起身子来依靠着墙。妇女们把慰问袋一个一个放到战士们床上。她们把拿出来的纸烟，一根一根点着，轻轻地递到战士们手里。又把冰糖包打开，一块一块送给他们。战士们被感动得再也躺不稳、坐不住了。

"老大娘，嫂子们，你们不拿东西，我们也高兴！大热天，叫你们费这番心！"他们抢着说。

姜秀英老大娘，她靠到伤员身边，仔细看了看伤，不自觉地眼睛流下泪来。她说："唉，同志，咱们没有好东西带给你们吃。看看你们为咱们老百姓流血受伤……你们给俺造下幸福,吃穿不愁,俺把心掏出来也报答不完恩情!你们和俺亲孩子有啥两样……"

有的战士激动地回答:"大娘,你不要难过吧,我们的伤快好了。你像我亲娘一样,来看看,我心里很痛快。我们没法补情,只希望伤好了,我们还要回前方!我们多打几个胜仗,把老蒋打垮,咱们老百姓好彻底翻身!"

妇会小组长刘凤英,她到另一个屋里去也哭起来了。

"同志……你们好好养伤吧。俺忘不了是怎么翻的身。等你们好了到俺家去看看吧,现在啥也不缺啦,麦秸垛高高的,牲口磨也有用的啦。俺在后方还要努力复查,坚决消灭掉地主阶级……"

鼓乐吹着、打着。轻伤员排着队听完了村干部代表讲过话之后,就高声地喊起口号来了:

"保护老百姓!老百姓是我们的亲爹娘!"

"伤好回前方,不打垮蒋介石不回家!"

"……"

(1947年8月11日)

民兵英雄林兴海

戬濡

"民兵英雄林兴海,身背两个榴弹袋,每次打仗都有份,危急之时他必来。"这是苏中海(安)泰(县)地区人民歌颂林大个子民谣中最流行的一首。他早在抗战时期就是一个有名的炮手,现在是某乡的民兵队长。七个月来被他活捉和击毙的蒋军已有六十多名。他被称为林大个子,不只是因为他身材高大,力气过人,更含有赞佩他的大勇大智之意。

一次,姜南游击队在林家荡遭遇到数倍于己的蒋伪军。战斗吃紧之际,林大个子得讯,连忙率队赶援,他瞥见敌人阵地有一挺漂亮的机枪,旁边放着两箱子弹,正在向我们扫射。他想了一想,决定把它拿下来。转眼间他绕到了敌人的后面,乘其不备,捐起两箱子弹就跑,待敌人掉转机枪打他时,已经没有子弹了。这时正面游击队一个猛冲,把机枪缴了过来,使原来处于劣势的游击队缴获全胜。

又一次蒋记"自卫队"在姜(堰)张(甸)公路上遭我痛击狼狈逃窜,忽然跳出个林大个子,手里拿两个手榴弹,向蒋伪猛扑过去,将蒋记自卫团长钱牧喜揪住按在地上,用手榴弹头将其击毙,夺获一支快慢机。

他曾领导民兵队,四次烧毁姜堰西街公路上的桥梁。使蒋军拼命修筑四个多月的姜(堰)张(甸)公路不能通车。最使蒋军吓破心胆的,是二月二十八日的夜袭姜堰镇。当他带了二十八个精悍民兵进入大街时,敌人还蒙在鼓里。林大个子冲进蒋记乡公所时,那一群坏家伙正在狂赌。林大个子把手枪一挥,叫声"不准动!",蒋记乡长以下全部人员俯首就擒。民兵提议:"带着俘虏回去吧。"大个子说:

"且慢,还有一笔生意好做。"说罢,他就越过高墙,突入姜堰蒋记"清乡主任"的住所,把那位"主任"抓了出来。

消息很快传开了,轰动了整个姜堰镇。市民们惊叹着人民武装的神勇,但却吓坏了漏网的蒋记喽啰们,他们失望地互相埋怨:"还清什么乡,林大个子倒来清街了。"(苏中通讯)

(1947年8月16日)

王安国模范班

晋南人民解放军某旅王安国，在政工会议上作了报告以后，大家都异口同声地说要向他学习。是的，王安国无论在战斗中、练兵中、巩固部队上、军民关系上，都做得漂亮，是全旅出色的模范。

王安国到部队里已经三年了，因为他进步得快，有高度的阶级觉悟，一向英勇善战，积极工作，去年一月参加了共产党，十月被提升为四团九连的八班长。自从他当班长以后，工作更加积极，对待班里同志像亲兄弟一样，全班团结得像一个和睦的家庭，整个八个多月中没有发生过逃亡，没有发生过病号。

开展保卫毛主席运动以后，队伍从阳城出发了，上级号召做到"三好"：仗要打好、部队巩固好、战场与群众纪律执行得好。王安国班响亮地响应了这一号召，他们班大家商量："要打好，没有好技术可不算话。"于是王安国给大家提出：在行军中要做到"三练"——练三弹、瞄三枪、刺三枪。大家一致同意，在每天八九十里的行军中，确实做到了这点。尤其在群众纪律上，做到了水缸不满不走，地不扫不走，东西借了不还、坏了不赔不走。

队伍下山以后，很快就要进入曲沃战斗了。王安国说："不管叫打不叫打，反正要准备好。"他便领导大家积极做准备工作，并讨论入城纪律，保证空进空出，针线不挂，订好作战计划，要给全班换新枪。

四月十五那天黄昏，攻打曲沃的战斗开始了。无数颗炮弹飞向城楼，碉堡爆炸着，敌人的尸体和弹片在空中乱飞，枪声响成一片。这座"铜墙铁壁"，在陈赓将军的战士们面前发抖了。

王安国带着他的战士们冲到城门楼下,发现被工兵炸开的一个洞口,他把它再弄大一些,往里面扔了两个手榴弹,他就第一个冲了进去。接着,战士陈新芝、李文全也跟了进去。城楼上敌人发觉了,问:"哪一部分?"王安国随机应变地答:"保九团!"敌人又问:"是一连吗?"他答:"是!"说着,他就叫战士们往西边院子里隐蔽。这时,靠着西城墙过来了一个敌人,手里提着枪,王安国猛扑过去,缴了一支枪,捉了一个俘虏。又了解附近还有个暗堡,王安国一个人带手榴弹向西扑去,不一会儿就带回三个俘虏和三支枪。这时,西城墙里面的敌人发觉了,有一个排的模样,扔着炸弹,打着机枪,叫喊着向他们扑来。王安国班只有六七个人,两支步枪和一颗手榴弹。情况万分紧急,王安国想:我们必须坚持,只有把敌人打退。不然,动摇就得被敌人消灭。在这时,他坚强地鼓动着大家说:"同志们!我们为人民服务,牺牲了也是光荣的,陈新芝、李文全你俩用步枪瞄准坚决打,我投弹,死也不能让敌人冲过来。"这坚决有力的口号,给大家增强了信心和力量。接着,就是一场激烈的战斗。天亮后,该死的敌人迫近了,排长把手榴弹也送来了,他们一阵手榴弹,把敌人打退了,但是接着被他们的长官们又驱赶着,像乌龟一样爬过来,接连四次,他们妄想一口气吞掉这几个不屈的英雄,可是每次都被打了回去。敌人扔下了一堆堆尸首和彩号,再也不敢过来了。

王安国班像铁像钢,越打越硬。连长命令他们肃清西城墙的敌人,他和李学斌提着手榴弹就走。城西北角的碉堡里敌人的机枪,疯狂地向他们射击着,可是王安国凭着他的英勇机智,接连消灭了敌人两个碉堡,抓了七个敌人,缴了五支枪。王安国一面以火力威胁着敌人,一面以喊话攻心。在第三个碉堡里又捉了五个敌人,缴了五支枪。在第四个碉堡,王安国用喊话争取了八个敌人,缴了五支步枪。

战斗总结时,王安国的战士们被誉为"三好",第八班全班七个人，都荣获了英雄衔。经过曲沃战斗的锻炼，王安国班像一朵盛开的鲜花，走到哪里哪里香。团里旅里都展开了王安国运动，号召向他们学习，创造更多的王安国班。但是王安国并不骄傲，反而更加积极虚心。在大练兵中，王安国班继续保持了"三好"。

队伍转移到桥杨村。这是猗氏新区，没住过八路军，老乡不了解八路军，以为像日本和阎锡山的队伍一样，都紧闭了大门。王安国到了驻地，把队伍先安顿在外面，自己先轻轻地拍着门环，和气地叫开了门。自己先进去看好了房子，才出来把大家领进去。老乡腾得只留下一条席子，大家都收拾着行李准备睡觉，独有刚来的解放战士孟春保却不高兴，他说："当兵的到哪里还没有被子盖啦！"他就去向老乡借被子，可是老乡怕和过去那些队伍一样，死活不借，孟春保就吵了起来。王安国听到了，赶快去把他叫回来，批评道："你忘记咱们是"三好"的第八班吗？怎么对老乡那个态度呢？这样可不好，以后要注意呀！"说完他又去给老乡赔不是。他一走，春保就把眼一斜，说起怪话来。王安国知道他刚到解放军里，生活不习惯，回去就把自己的被子抖开，蛮关心地对春保说："春保！把我的被子蒙上。"春保见班长对他这样关心，反而对自己刚才说过的怪话有些后悔了。他说："上级和大家成天说遵守群众纪律，我可太不该啦！以后我干什么也要经过班长的允许，班长说甚不敢干我就不干。"队伍自从到这家老乡家里，每天天不明就出去练兵、上课，家里收拾得整整齐齐、干干净净。院里扫得连根针掉到地下都能看见。老乡心里真觉得有点怪，这队伍真规矩，都是青年人，怎么一天也不乱吵闹？老乡就对王安国班好起来，借什么东西就给。

（1947年8月16日）

活捉铁乌龟
——阻击一一九旅战斗中的特写

郝宝璋

一、四个黑点向我们驶来

雨下满了工事,交通沟弯弯曲曲,好像一条小河,战士们全身浸在水里光露着一个头,这里距公路仅一百五十米达,二十六只眼睛明溜溜地瞅着路。

呼呼……从东南传来了紧一阵、慢一阵的声音,是汽车是飞机谁也分辨不清。声音,越来越近了,支书李华昌同志伸起头来,向这条漫长汽路南端望了望,四个黑点由远而近,向这里驶来了。

二、"保险丢不了鼻子"

坦克!坦克!通信员这样喊!他在宜沟阻击战已和坦克打过交道了。七班长王志山忽然站起来用好奇的眼光,盯住向北驶来的四辆坦克,向支书说:"这就是坦克呀!嗯,球!走得这样慢,爬也爬上去了。"支书接口说:"你敢爬,我也敢爬。"王志山睁着两眼说:"谁不敢爬,就是孬孙,咱们俩比赛。"坦克越来越近了,支书向大家说:"把坦克放过去,打它后面的步兵,再收拾坦克。"三排副刘保英提出:我们要向宜沟打退十一辆坦克的三连学习。经他一提,全班同志都记起了三连写来的挑战书,袁耀亭喊道:"我保险打好,不叫给咱们排丢了鼻子。"

三、敌人弃尸而逃了

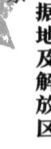

一辆两辆……坦克都放过去了,敌人步兵在后面缩头缩脑地紧跟

着上来。

五百米,三百米,只有一百米了,排副的那支三八式发出了清脆的叫声,轻机枪、步枪,随着一齐开火了,战斗就这样展开。

敌人队形在我短促火力杀伤下,混乱了,但是他们凭着坦克的掩护向我三排冲过来了。王志山招呼全班把手榴弹准备好,敌人刚上来,就被雹子似的手榴弹,给打了个乱七八糟,弃尸而逃了。

四、"你看!嘟嘟直放屁,开也开不动啦!"

坦克见步兵碰了钉子,慌忙转了个一百八十度的圈子,开足马力,想向南跑,前面的两辆溜走了,后面的一辆陷在泥沼里开不动。新战士陶志英高兴地叫:"你看!嘟嘟直放屁,开也开不走啦!"另一辆也停下来,转过头疯狗一样地向三排阵地上乱打炮乱扫射,企图掩护掉进泥里的那一辆,但它不能离开汽路一步,只有那样干着急。

坦克开不走,步兵也不敢退,指挥官驱使着士兵又进行第二次冲锋,想把我们赶走。但是它又和第一次一样被三排的勇士们给揍了回来。

五、立功的时候到了

两次冲锋遭到失败后,敌人不敢再蠢动了,就依据工事,固守坦克。坦克塔顶上的炮也不断向四周乱转乱放,好像是号丧的样子。

城武解放来的新战士袁耀亭,从水里躬起来,浑身是水说:"你们能在太行山家门口上立功,我也要在家门口上立功,坦克已不能走了,还不冲等啥!"

王志山说:"对呀!同志们,立功的时候到了,我们要冲呀!冲呀!"一声大喊,全排像出水蛟龙一样向敌人猛冲过去,袁耀亭一马当先边冲边喊:"三连截住,二连包围。"正当这时他负伤了,班长叫他下去，他们坚持不下火线，敌人被他们这种英勇精神吓昏了。机枪副班长陈金山的机枪打不连了，他把机枪交给弹药手收拾，自己提着手榴弹冲上前面来。机枪班长王庆云端着他最得手的歪把机枪，一股劲打了四百发子弹。枪筒烧红了，他放在水里蘸一蘸拿起来再打，敌人逃都来不及逃就被打死在工事里五六个。

六、火烧铁乌龟

王志山、刘保英、李华昌，还有小通讯员邱志福都冲在最前面，坦克上的驾驶员，看见势头不对，早偷偷溜走了。王志山跑过去听见里面马达还在隆隆作响，他高兴地叫起来："快来吧！还活着哩！"他们把手榴弹一个接一个地塞进了瞭望孔，油箱起火了。354号轻型美式坦克被烧得通红，567号的一辆却完整无损地成了三排同志们的胜利品。

大家用手摸弄着这美国给蒋介石送来的铁乌龟，笑得连嘴都合不住啦！

（1947年8月18日）

宿　营

萧芧

半夜里，我们到大油村宿营了。"睡不下呀！"分队长发了愁，房东老太太迎着他说：

"同志！你们几个人？"

"十五个。"

"那可睡不下，这院还有一座房，你们再瞧瞧吧！"她把我们引到北屋。

"老太太！你不是在这座屋睡吗？"

"不是的，"她向我解释着，"刚才我在这，是怕你们来了找个啥不方便，我在隔壁院睡哩！"

"噢！"她的话我们相信了。分队长发现一进大门的左边还有座小房便问：

"那座小屋不能睡人？"

"不能睡，是个牛圈。"她肯定地回答了他。

"这就行啦！可麻烦你啦！"我一回头她早不见啦，她忙着给同志们找扫帚、找凳子……

"老太太？你这喂牛房的门板能摘吗？"

"可以的。"她帮那个同志，又吃力地摘下来门板，整理到最后，还有我们三个没铺的。

"咱们弄些麦秸，就在这地下睡吧！"

"这不是条被子？不比睡在麦秸上强！"老太太从床上拿下来了一条半新不旧的被子，我很不好意思地问她：

"这没人盖？"

"没人盖！是多余的一条。"她一边说着，一边就向当地铺去。

"扫一下吧？"我们怕把她的被子弄脏。

"不用扫啦！快弄好睡！"

行了一夜军确实是累啦，一躺下来，便迷糊了，只听得老太太的脚步声，在院又响了一阵，便呼呼入睡了。

第二天，队伍一早出发，我留在后边清理群众手续，三个房检查了一下就剩那座小房的一块门板没有上，我扛着门板，刚走过去，迎脸扑来了一股臭气，一看，确实是个牛圈。

"怎么！"我发现靠东的一角还躺着一个老人，走近一看是房东老太太。在她的身下，铺着一些参差不齐的麦秸秆，没有盖被子，睡得动也不动。

"老太太怎么睡在这呢？"这问题在我脑子里旋转起来，我看了看我们睡了全院所有的三座房，又想到同志们铺的席子，铺的被子，感到了万分惭愧，自己口对心说：

"我们有什么理由，不为她们好好地打仗呢？"

（1947年8月18日）

两个死：不当饿死鬼便要当炮灰
——被解放军官诉苦之一

海涛 记

——三十五年部队整编，我从七十四军（那时还未改师）被踢了出来，编余的原因没有别的，就是"没有后台"！唉，八年抗战结果落了个这。以后，我又被编到无锡的十七军官总队去，从此罪和气就受得更多啦：上尉给核成中尉，薪金被减到八成，贼心狠毒的蒋介石嘴里说让我们复员，实际上又不放，就成天价给放在那"养老院"（大家给军官总队起的名字）里混饭吃等死，真叫人脑筋伤透了！

那时无锡的《大锡报》和《锡报》，不但不替我们诉苦、呼吁，反而骂我们："类似军人，在抗战中也没有啥功，所以国家不用他们了，里面甚至有坏分子存在！等等。"这些丧尽天良的人胡说八道，实在令人受不了。大家气愤不过就去打报馆，结果那个常败将军汤恩伯，马上就召集我们臭骂一顿说："你们还打报馆，有个啥资格？你们为什么被编下来？知道不？还有什么猖狂的！"他又说政府为这件事给两家报馆赔了五千万元。事后据我们了解，军政部确因此事而拿了一万万元，他们只给报馆三千万，汤恩伯独入私囊者即达七千万。

同学们因此人人皆愤愤不平，大家都说："他妈的×呵！不让我们活，我们就往太湖里啦！"报馆的人员过去都是汉奸，现在竟然污辱抗日军官，想不到这"泥汤头"还给这些狐群狗党们撑腰，弄得抗日军人打汉奸没资格，而汉奸骂我们倒反而有资格。那时我们真想再揍汤恩伯一顿，但终因暴力所压，只好敢怒而不敢言了！

内战一打响，蒋介石马上就要我们去补充当炮灰。头一次骗走了我们一批，说到东北服务，不久消息传来，很多同学已做了内战的牺牲品，我们未走的听见了，心都凉啦！他妈的这是什么国家？不用我们就连饭也不要吃饱，用着了就替他们当炮灰！

唉！中国幸亏出了个毛泽东，要不然我们不是"饿死"便是"战死"，所以同学们都很感谢毛主席。我们曾经勇敢地在南京国民政府的门口，贴了一条大标语："此路不通，去找恩人毛泽东！"这是大家的心意，现在果然毛泽东把我们救出火坑，终于得到了解放。

(1947年8月18日)

女联防队长夏云

新辰

【新华社华中十八日电】女联防队长夏云的名字响遍通榆公路上阜宁一带。该地蒋记"还乡团"下乡抢粮,一听到枪声就怕是夏云来了,急忙丢下开了的粮窖和抢来的粮食,没命地逃跑。老百姓则跑出庄口欢迎远远奔来的联防队。打头一个扛着小马枪,穿粗布挂子,腰上束着皮带,短小粗壮,三十来岁的女人就是群众热爱的夏云。

她家是贫农,九岁起她就在上海烟厂和电灯厂做工,十九岁回到阜宁和一个贫农结了婚。二十九年八路军打来,因为她在工厂里早听说过"共产党是为穷人的",就毅然参加了抗日工作,后被选为乡妇抗主任。三十二年当乡长后就扛起"湖北条子"和鬼子打游击。去冬蒋军侵占阜宁北沙,她便率领十几个民兵在三面是据点的许冯乡与蒋伪军出生入死地搏斗了。"还乡团"天天下乡喊:"捉夏云啊,捉活的来□呀!"但是,他们喊得响,夏云的枪却打得更响。一次,"还乡团"数十名到曾庄抢粮,正闹得鸡飞狗跳墙的时候,夏云联防队冲来了,在北坟头上打了一排枪,邻乡民兵助战队也已赶到。夏云即带头冲进村子,"还乡团"丢下一百多副担子狼狈逃窜了,丢下满地的黄豆、谷子和高粱。夏云号召大家帮助老百姓收拾回家,群众都欢喜得合不拢嘴。夏云常常一面打敌人一面和群众开会,有一次她的联防队把敌人顶住在许庄村边上,她自己就去村里开会,敌人清清楚楚听到夏云的声音,但一点办法也没有。三个月来夏云的民兵联防队以无一伤亡的代价作战二十余次,使周围二十里的许冯乡蒋政权迄今无法建立。

(1947年8月20日)

儿童团和妇女队的吵架

吴林泉

太阳已经偏过老西了,从襄陵城转下两个彩号。史村的担架,接住就飞跑起来,一个半钟头跑了二十里路。到陈庄时太阳还有一竿高。

陈庄妇女队的指导员,正在和队员坐在场内纺花,见来了担架,一面向妇女队喊:"妇女队的快出来!有咱们自己的挂彩了。"一面向史村的担架喊:"你们休息下,我们换你……"

史村的担架不愿叫换,一直抬着走,也不搭理一声。

妇女队的主席张芝英,由村西追到东头,才拉住了那副担架,气呼呼地说:"你们辛苦啦!天黑了,把这两个彩号叫我们妇女队抬吧,你们快回去。"史村的担架虽然不愿意,可是已经被妇女拉住,包围了,只好放下让她们换。

梁春娥端着熬好的米汤喂彩号喝,郭福梅、李藕莲把炒好的启豆,先一颗一颗喂给彩号吃,然后又替他装满了干粮袋和饭包。陆续围上来的妇女,把手巾、袜子、衬帽,堆满在彩号的周围,更有的把纸烟吸着递进彩号的嘴内。

姚政委的母亲,也持着拐杖抚摸着彩号的头,亲切地问:"好娃!你痛吗?你想吃什么饭吗?"

彩号摇了摇头,看见周围的人,一句话也说不出来。被这种热爱直感动得浑身战栗起来。

"这都是为了咱们襄陵的妇女挂彩的,赶快往张篡送吧!不要叫他再受疼痛了!"姚老太太在陈庄的妇女中说话,比敲钟还灵。话刚落地,邓香梅和邓秀云的两副担架,把彩号抬起就往张篡送。后面紧跟着一大群人,有的提着米汤,有的拿着面豆。

刚出村不远，被后面的儿童团赶上了，祁全家跑在最前头，拉住担架向妇女队交涉："这次彩号该我儿童团送！"

妇女队开始给解释："我们已经抬了二里地，你们来得晚，小又抬不动……"不等妇女队说完，赶上的儿童团就乱嚷起来：

"打老蒋保卫翻身的事情，不能叫你们妇女队全包了！"

"谁说我们抬不动！"

"参战的事是大家事！"

"抬不动?！我们儿童团还不如你们妇女队！"

妇女队吵不过儿童团了，张秀云生气地说："你们这些狗崽猫蛋，哪能抬得动！还妨碍别人参战！"这下惹得儿童团吵得更厉害了。

"你们放下，看我们能抬动抬不动！"有的甚至喊起了口号，"反对妇女队骂人！民主政府就不兴骂人！"

两家在路上争吵起来，担架也放下了，姚老太太能管住妇女队，可说不动儿童团。最后还是担架上的彩号裴之囗说：

"两家都不用吵了，妇女队和儿童团都是参战模范。今天儿童团让妇女队抬吧，不然你们都抬不走，我们再受罪。"

经过这一说儿童团把手松开了说："今天听同志的话，叫妇女队送吧！明天咱们要在村内贴标语，和妇女队斗争。妇女队小看我们儿童团……"

妇女队抬着担架，像一股烟样送往张篡去了。

第二天儿童团集合起来，要和妇女队闹。学校先生挡不住，只好把两家召集到一起，进行检讨。妇女队认了错：不该骂人、看不起儿童团。儿童团也立即正式编了三副担架，和妇女队共同确定：今后凡是有彩号，儿童团和妇女队一家送一回。谁也不能占谁的先。

这样，这场纠纷才算宁息了。

（1947年8月21日）

漫游邢台

李庄

一

怀着一种探索的心情,重游解放将近两年的邢台城,想观察一下两年来它到底发生了一些什么变化。黄昏入西门,电灯已亮,许多路灯下面,□集着不同年纪不同衣着的纺妇,紧张地转动新制的纺车。许多标语,出现在墙壁上:"生产节约兴家立业""生产节约防旱备荒"。

这个新印象告诉我:"难道这就是变化吗?"

我访问了下东街的郭二妮纺织组,在那里得出了初步的答案。

郭二妮住在一座有四间半的大房子里。房子里摆着城市平民应有的一切家具,墙上挂着毛主席像。她穿着旧灰绸裤子,树胶雨鞋。她很兴奋地对我说:"这些住的穿的,都是翻身果实!"

她是街妇救会副主席,领导着一个包括十八个人的纺织组,今年四十四岁了。她经历过旧社会一切压榨与痛苦,因此从脸上看起来,起码有五十。她不愿谈过去的痛苦生活,只是红着眼圈说:"那时候我什么都没有,我们从隆平逃荒到邢台,老公公在灾荒年饿死了。我、掌柜的、孩子吃花生饼熬过来,他老年人受不了。"

我从许多同志的口中,了解她过去遭受的苦难,和所有穷人的苦难是相同的,这里不想多写了。我问她:"你在翻身的时候得到些什么?""照我那个穷劲,"她说,"我可以得到许多。我是干部,一家人可以劳动,就只要了这个房子,一些家具,两万块钱。叫没有劳力的穷弟兄,多分些好。"她这个院子,过去属于一个大奸霸,现在分

给七家穷人住着。

同院五十多岁的陈秦氏,是她的组员。解放以前,儿子病死,儿媳妇因穷改嫁,只剩下陈秦氏和一个小孙女。陈病得不能动,两口人眼看就完了,邢台解放,她靠着救济粮活过来。翻身时,她分了三间房子、许多衣服家具,和十多万现款,现款入到合作社。她逢人便说:"我也成了东家了!"政府号召生产节约,她参加了纺织组,每天纺六两花。吃饭仍是花生饼配高粱,但是后半辈子生活有了坚实的保障。"过去她也生产吗?"郭二妮皱着眉说:"怎么不生产呢?像陈秦氏,那时又饿又病,想生产不能。像我们这一家,吃豆饼,没明没夜地赶火车,当小贩,住房子掏房租,挣的几个还不够利钱,受死受活,没有一点指望,活得也就没劲了。"

但是她这个组里的成员,过去大部分都是不生产的。有个申秀琴,家里原来很穷,母亲把她卖给坂仓洋行分行经理当"太太"。经理姓范,八十多了。她刚过二十,看戏穿着高跟鞋,本地白面都不吃,从生活上说可算很富裕了。不过生活的富裕,抵不了精神的痛苦,她流泪痛恨,现在还常常对人说:"那时候活得没有一点意思!"解放邢台时,姓范的跑了,她带着两个孩子过活。去年大翻身,群众向她斗出姓范的遗留下的东西,她没有心痛,反转向敌伪汉奸控诉,群众最后也分给她一些果实。她现在和翻透了身的母亲一起生活,自己学会纺织,每天能织一丈布。

郭二妮说:"谁也想不到,她能转变成这样,她现在生产得挺好,生活也节约了,成天是小米稠饭配高粱窝窝。越是生产,越会节约,生产了才知道钱来得不容易。"

郭二妮的纺织组里,真是什么人都有。有个申芳妮,过去是破鞋,痛苦地出卖肉体糊口,自己却不愿劳动。其他十几个,大部分是摆小摊的。别看这些人苦,过去可不愿生产。"嫁汉嫁汉,穿衣吃饭。"今天卖得多吃好点，明天赚得少，就吃坏点，生产好像是没出息的事。现在没本钱的有了本钱，光吃不做的受到批评讽刺。郭二妮说："这个世道不容你不好。"我参观这个纺织组，发现所有工具，只有郭二妮的一架织布机是从老家运来，其余都是新做的。郭二妮说："这些人别说纺花，解放以前她们连纺车都没见过。"

"你用什么方法把她们领导起来的？"

她说，斗争过后，许多妇女摆小摊，卖穿不了的果实衣服。她想卖完就完了，得想个长远的办法。她过去会纺织，就向大家闲扯，洋布衣服穿完了得穿粗布，现在七千元买一个布，自己纺，两千就成。大家算着有利，都说："好是好，可是我们连纺车都没见过呀。"她弄了个纺车，纺给大家看，两天赚了三千三百元，接着找了四个人，集了些股。别人只出资本，她又出资本又出劳力，赚了钱大家均分，为的是给新手一些好处，于是都积极起来了。这时，郭二妮就张罗买车子、弄棉花。大家不会，她便着手教大家。修理各种工具，她随叫随去。城里人眼活，有利益就做，慢慢地发展到十八个人。

郭二妮是翻透身了，她自己又工作又生产，一天能织三丈布，丈夫在合作社里做事，儿子念书。我们谈话的时候，她还手不停歇地缠线子，用这个方法解决了工作与生产的矛盾。她做了个计划，准备用这个方法，使她组中街中这些从来是家无隔日之粮的城市贫民都发起家来。

这是邢台城纺织事业的缩影。仅城内一区，像她这个组一样新制的纺车，就有七百多辆，而纺织不过是市民多种多样的生产之一。

二

理发工人郝纪纲，听了市党委生产节约的号召，马上做了个计划，一个月节约两万多元。老实说，他的节约项目，早就应该实行，譬如减去每月要喝的七斤半酒、吃饭少炒一些菜、改纸烟为旱烟之类。但是,放到城市贫民身上,这些却是很困难的。要打破"做一天吃一天""多赚多吃少挣少吃"的传统习惯,需要经过一段曲折的过程。

我没有找到和郝纪纲谈话的机会,在理发的时候,却和另一个姓杨的理发工人谈了许多。解放不过两年,他现在能有这样的认识与谈吐,使我完全惊骇了。他的老家在乡下,母亲和哥哥都在这次土地改革中翻了身。他以一个工人的资格,参加了城市贫民翻身运动,斗倒汉奸恶霸地主,分了两间房子、一套衣服、家具和工资四万现款。他当工人兼民兵,老婆给人家纳鞋底。"我也有了积蓄了,"他说,"分的果实钱,入到工厂里,现在每月可以剩两万,老婆挣的能顾着她自己。"他的店里实行节约,过去每顿的面,调料很多,现在每天一米一面,调料能不放的就不放,每个月省下好多钱。家里老婆三四天吃一顿面,从生活讲,比从前节约多了。"为什么过去不能节约呢?""我们这种人过去节约也发不了财。吃好点也穷,吃坏点也穷,谁也不想长期打算,乐得过一天混一天。干这一行,站着比人短三尺,忙上一天腰酸腿困,喝二两看看戏,钱多了跑跑窑。明知道自己害自己,就是那个世道,你有什么办法呢?"他说:"翻罢身,穷人都有点本钱了。有了钱才能生利,能够发家,谁不愿意。""这时候风气也变了,谁浪费别人就批评,他不像过去净巴结有钱的,政府又提倡生产节约,谁不知道这是为自己好。"

他又说:"虽然是这么说,在城里节约真不容易,必须打通思想才行。街干部挨门挨户地去劝说:你过去卖过儿子,他就让你想想为什么把儿子都卖了;你过去叫利钱坑光了,他就说这时候不怕利钱了还不好好节约干吗?共产党替老百姓算得真周到,没有办不到的事。"

离开理发铺,我默默地想着:这真是一件大工程,给了你兴家立业的基础与条件，打破各人的旧社会习惯，与人们提倡做好人做好事。这个三部曲就把城市贫民的思想和生产习惯改变了，这里面包含着多少血泪和斗争啦。

三

城市实行节约，有些卖饭卖零食的小贩失了业，组织转业的问题于是提到了领导干部的面前。"隔行如隔山"，这是非常困难的。一个卖凉粉的小贩，找到府前街联合会主席黑旦家里："主席，你要帮助我解决这个吃饭的困难。"黑旦靠卖老豆腐为生，他听了区里"会什么领导什么"的指示，就说："我教你卖老豆腐吧！"他把自己的工具借给卖凉粉的，教给他怎么做，怎么吆喝。卖凉粉的生活解决了，遇人就说："黑旦主席领导得好。"

接着来了第二个问题，大家都干这个营生，这个营生就不赚钱了。"在城市里，生产必须多种多样。"郭连曾是个洋车工人，现在没有人坐洋车，他把自己的一伙亲友召集起来，大家想办法，有会打鞋被子的，还有会□鞋底的，有会劈柴的……一个人教几个，学会"艺不压身"的技术，马上解决了当前的生活问题。他们二十几个人，三个月就赚了六七十万。

有人说：这种方法本身，就带有互助的性质，再由领导上一提倡"组织起来"，就在"各顾各"的市民中普遍起来了。两个西瓜小贩，过去各干各的，现在合伙吃饭（省柴），合买瓜（省钱）。选瓜要技术，会的帮助不会的。卖肉的组织起来，在一起煮肉，几乎省下一半火钱……从整合现有的材料看来，拉洋车、缝洗、卖零食、造锡箔等可有可无的职业，必然衰落。这些人最好的办法，是向手工业方面谋求出路：编席、打绳，成者积集一些资本跑行商。一区有十个人合伙跑行商，三个月赚了五六十万，比原来的职业还要好。一个人资力有限,又常常不会本行以外的技术,"组织起来""互相帮助",就成为他们唯一的道路。

条件困难了,一个人很难养一家。一区创造了动员全家人生产的经验。城市贫民多带家庭,给他们算一笔账,占二分之一劳力的妇女,坐着等吃,谁能供养的了。算账的方法,使人大吃一惊。过去丈夫摆小摊,现在由妻子摆,丈夫抽出来卖菜、卖柴。"坐着卖,不如赶着卖",能跑的跑,不跑的找坐着的买卖,把妇女的力量都发挥出来,往往不止增加一倍的收入。过去妯娌们常为吃饭买零食打架吵嘴,现在节约了,大家都不再买着吃;生产了,大家竞赛分红。不和的家庭,也呈现了一番新气象。

许多领导这一工作的干部都说:想在城市造成生产节约的风气,还必须干部、积极分子带头。翻身后贫民的一切行动,都在学习他们。据说回忆翻身诉苦追根,是启发这些出身贫苦的同志们的阶级觉悟,建立他们兴家立业自觉的最好办法。他们的思想通了,才能领导别人。城市过去的习惯,是大家住在一个院里,也许过了半年都不知道名字。现在你要领导,必须深入一个户一个人,替他们多想实际而具体的办法。长街李街长到了大珠市,大珠市当时被一个坏闾长把持着,他亲自去一个生病的老太太家里问候她,帮她请医生买药,以至把病治好,他像这样解决了十六户贫苦群众的具体困难,和市民们建立了感情。大家体验到他是个好人,都听他的话,先把坏闾长斗倒,生产节约运动就在那条街开展起来了。

(1947 年 8 月 24 日)

王元寿访瞎牛

王子野　布克

【新华社冀察晋电】平定七区白泉，是个七百多户的村子。这次新获解放后，因为村政权仍把持在敌伪时代的坏分子手中，所以虽然有三十六个村联合斗争，但在坏分子破坏下，结果形成三十五村集中斗争白泉，说白泉是汉奸村，弄得群众人人自危。平定县的工作团去了，群众心存疑惧，加上奸人造谣，群众更不敢和工作人员接近。工作团的领导同志王元寿、石文臣等，决定在穷人身上用苦功来打开僵局。老王（指王元寿）先在白泉串游了两天，但走到谁家，谁家都什么也不敢说，老王不免有些焦急。最后好容易才知道有个瞎牛家，已要了两辈子的饭，老王就一口气跑到瞎牛家。一孔破烂不堪的窑洞，脏炕上睡着个生病的小女孩，身上的衣服，数不清有多少窟窿，洞里发出一股怪气味。老王心下有些叽咕，四不嫌（注）可以，和病人在一起可会招下病来。但转念一想，为群众服务讲不得招病不招病，老王就说要在他家住。瞎牛是个五十开外的老汉，花白胡子，他开始知道老王是干部，一时摸不清，心下着实不安，但看老王穿着和老百姓一样，像个受苦出身的庄稼人，也觉得没有什么可怕。于是老王就和瞎牛在厨房里住下了，老王先和他扯拉，问到这里干部好不好，瞎牛说："不赖，咱是要饭的，谁能短下咱，只有长化没有短欠。"听这话头老王想不能急，暂时转到别的话头上去。瞎牛的孩子病在床上想喝点米汤，没有米，老王说："我一天领三十两米，二年没吃糠糊糊饭，可把米来给咱孩儿□吃。"瞎牛两口感激不尽，于是瞎牛做什么饭，老王也跟着吃什么饭；瞎牛下地，老王也跟他下地，一连三天老王没有提到问苦的事。地里的草很多，老王说："你这地这么些草。"瞎牛叹口气说："咱只有二亩'猫眼睁'也不长的地，咱成天在外讨饭，没工没粪，指甚不荒？"老王说："你是这么说，财主们可又会说：瞎牛该倒运，二亩地还荒下个这。"接着老王又说："我扛了三十多年长工，夏天里掌柜家喝着西瓜水，接着是老婆孩子喝。咱也喝——喝的是白开水。"又说："扛长工饿了饿死，受了受死。实际扛长工就是门里要饭。"老王的话句句打动了瞎牛的心，在三天中，老王和瞎牛一天天亲切了，到第四天，瞎牛的心眼开始变了，老王和他谈起地主的罪恶，瞎牛就瞪眼说："那年咱村的鬼七毛（邓富）修盖房子就不用本村的人，他告诉说，用下外村的人，吃上能落堆粪，用上本村的人，吃上就回他家去屙，穷人的屁眼也还要受剥削哩。"老王接着就和他算他大小孩给人扛长工的账，算来算去，四年工夫财主家亏他十二石粮。这一算可把瞎牛算醒了，他跳起来要去和财主家算去，老王再问他说："只有咱长化，没有缺欠，对也不对？"瞎牛摇手说："那是我糊涂。"经过瞎牛的串联，终于把全村穷苦农民带起来了。

（注）四不嫌：一不嫌糠面饭，二不嫌衣服破烂，三不嫌铺破席片，四不嫌虱蚤咬。

（1947年8月26日）

我怎样带领新同志作战

——穆九成自述片段

殷红 记

编者按：穆九成同志系乌江二分队五连一排机枪副班长，平汉战役被解放过来参加我军，因两次防御阻击战，带领新战士作战好，两次当选为战斗英雄，兹将其自述发表于此，以飨读者。

一、守工事

敌人在白寺西南角上大洼里，朝四连的阵地山上山下及村子里开始打炮了。新兵李允贤在工事里身子光往下缩，以后竟然全身哆嗦起来。我知道他在害怕了，马上自己很沉着地告诉他：

"咱们在工事里怕啥？在工事里是光听响没危险。"

他半信半疑，挺了挺身子，还是全身哆嗦。我又告诉他：

"在工事里没关系，你躺下休息吧。"

"我不躺。"

"你不躺就在这个枪眼里观察着敌人，来了告诉我打。"我给他找了个还看不见敌人的枪眼，这样吩咐他。

等了一会儿，李在枪眼里看见敌人远远地向我运动。"副班长，来啦！我从枪眼里望见敌人却在前边野地里卧着。"我仍耐心地告诉他："别慌，远着哩，到桥口再打。"张德立也插嘴说："太远啦，我们在何苍打仗时，二百多米达还不打哩，近了打得可准啦。五军有飞机坦克大炮比这厉害得多，副班长打仗可行啊！"

一小会儿机枪、步枪、排子炮响成一个，李允贤又在工事里哆嗦起来。在这种情况下，我本来很着急，就想开始发脾气，这时忽然脑子一活动想到他是新兵,于是又耐心地说下去:"你看张德立这样小就不害怕,以前他刚来时也是怕炮,现在他知道在工事里打不着,有经验就不怕了。"接着又告诉他俩怎样躲避敌人的炮弹:"你听炮弹若'咒……'一定落得远,别管它。你若听'吱……'就赶快卧倒,一定落很近。"

经过我各种各样的解释,李允贤害怕好像减少了一些,不往下蹙了,不哆嗦了。又一小会儿他一个人嘴里又咕哝起来:"三个人就是这一挺机枪,俺两个人没有。"这显然是他想要这武器,我高兴了马上把蹩的两个炸弹掏出来,还没放到地下,就被李允贤伸手抢去了一个,他得意扬扬地笑了。我一看李允贤知道抢炸弹,自己更有了信心,又马上对他俩说:"咱们三个都有了武器,远了咱们用机枪,近了咱们用炸弹。不管什么时候,你俩要老跟着我,可别掉了队。"李允贤也跟张德立说:"副班长请放心吧,你走哪里我跟哪里。"话刚落地,李允贤听见四连阵地嚷成一片,乱喊杀声,机枪炸弹响成一片:"副班长你听那里喊……"我马上很灵活地解释:"喊你怕啥,说不定是咱四连向敌人反冲锋哩。沉住气,天快黑了,黑了敌人更没办法。"话还没说完,我眼角里瞟着村子的东北,由分队部驻地开来了队伍,更加高兴,马上转了话头接着说:"张德立、李允贤,你们看那不是咱们的队伍?增援来了,这还怕啥,晚上一定消灭这些家伙。"我用手指画着高兴得很,李允贤的脸,也开始露出笑容了。

二、出击得胜

敌人把四连的阵地突破,占领了山,进了村。天已黄昏,韩教导员率领着我连绕着山角由敌人的侧后向山上的敌人出击。简单动员后,部队就开始运动。我接受了任务,一面走一面小声地给张德立、李允贤动员:"咱们这次看谁立上功,谁能当上英雄,白天敌人打咱,夜间咱要打他,你俩夜间可别掉了队,只要跟着我就没危险。"

运动时,忽然打来一发炮弹,李允贤猛然跑了几步,吓得躺下了。我说:"我不是给你说过吗?咱三个同生死共患难,只要靠边走就没事。"一会儿看到五班一个伤员他又吓得躺下不敢走了。我说:"我还在你前面,打是先打我,你怕啥,只要姿势低就行。"接近到山脚,被敌人哨兵发觉打响了,部队跟踪猛扑上去,半山腰捉到一个俘虏,敌人被我们以飞快的动作冲散了,又吹哨子又喊叫,有的还误会给我们来取得联络。"李允贤、张德立,你听听敌人全跑散了,还被咱们指导员捉到一个俘虏哩,你听枪打得多高。"本来李允贤不知道打来的子弹怎样是高,怎样是低,可是一冲上来没有看到咱连里谁负伤,而看到了捉的俘虏,看到了我打机枪露出半个身子,看到大家蛮有劲,又听我一面走一面讲:"若不快就立不上功了,你可别掉队,只要供上我使油就完成了你的任务。"这时他的情绪也高了起来:"副班长请放心吧,保管掉不了队。"

冲上山头下坡处,一个大土坑里敌人在集合,我举手就是一梭子,一面喊:"李允贤快打!"人窝里轰的一声,敌人逃散了,我们猛冲下去捉住了几个俘虏,缴获两门炮(一门是八二迫击炮)和三千多发子弹,一直追了二里多路,以上缴获,李允贤那个炸弹起了很大作用。回来时,有的带俘虏,有的抬着炮,李允贤挑着子弹,一路走一路讲:"班长那个炸弹是我打的!"

(1947年8月28日)

掏不净内货，打不垮地主
——复查杂记

王亚平

"地主内货，不打不说！"

这是一个贫农村干，在斗争地主大会上说的话。他还向群众解释了一下："穷爷们，都想想，地主为啥藏银圆、藏元宝？还不是银圆、元宝能卖钱，值钱多，好埋藏，又容易带着走！用起来方便！"

"掏不净地主藏的银钱，就打不垮地主！"

在一个小区代表大会上，他们明确了对地主藏银钱的认识，大家互相作了报告。另外，我看了几百篇《翻身文稿》，上面很多地方写着地主埋藏银圆的方法，和拷打审问发掘出银钱的情形：

1. 濮县河寨地主萧家肃把银圆、银器，藏到厕所底下。

2. 同智营地主阎佩芝把麦子埋成了烂粪，从里面刨出银圆百余元，银器一满匣。

3. 观城上村地主李仁昭把银圆用洋铁罐装好，埋到瓜地里，打得要死时才说出来。

4. 卫河县韩村集地主孙希成，经彻底复查，查掘出鲁钞二十八万元。

5. 濮县二区南街村，审斗地主后，在灶火底下掘出银圆一百八十元。

6. 观城侯庄铺斗地主郝炳云，群众把他拉起来，猛一摔，他吃不住了，说三门里边有银圆，掘出铜子四十吊、银圆一个。

7. 濮县户部寨斗地主陈明堂，拉滑子，打，他说："没浮财了。"妇会主任黄同志到他家，吓唬他媳妇说："你丈夫说了，浮财你知道埋的地方，快领俺们去掘，要不，把你拉起来！"她领着掘出五个大包袱，一大罐铜子、银圆，计铜子五十六斤、银圆二百零六元。

8. 清丰二区地主三笑把银圆埋了好几个地方，斗一次拿出十几元来，斗一次拿出十几元来，第五次撑不住了，又拿出九百元来。

看过以上地主埋藏银钱的例子，叫我们有一个结论，就是地主为了"留后手"，多半都埋藏着银圆、铜子、元宝。足见地主的变天思想是由来已久了。花银圆是十几年以前的事，花铜子是二十几年以前的事，花制钱是三四十年以前的事。

"银钱是地主的命根子"，几十年以前，他们都准备着埋钱了。他们妄想拿金钱（经济）的优越地位，永远站在穷爷儿们头顶上，胡作乱为、统治、压迫着穷人。这种自私的根、顽固的根、统治思想的根、小老蒋的根，一定要刨断它，掘得干干净净，一丝不留。

地主与银钱是分不开的，今天，要打垮地主，就得生法先斩断地主的银钱锁链，叫地主没有一个银圆，没有一张钞票，叫地主不能仗势欺人！

斩断地主统治穷人的法宝，斩掉地主统治穷人的命根子，把穷人和地主的生活倒转来，老百姓才能彻底翻身，才能有劳动、自由、幸福的好日子！

（1947年8月28日）

人民的龙凤村

加里 李哨

一、集体转移与"新山沟生活"

介休龙凤村群众的转移,原开始于本年三月群运期间,后来斗争日益尖锐,截至夏收时为止,夜晚转移村外歇宿,已成全村的集体行动。当日落黄昏,你就会听到翻身佃户冀来管(通讯员)一边敲锣,一边喊着:"把井绳抽了,把水瓮扳倒,带蒸笼温灶,把米面背好(带上),把铁锹埋了,把辘轳架子和车轮子下了,赶快把你们的粮食藏好,背上你的包包(被褥),今晚到××睡觉!"接着你又会听着:"群众走了,民兵把雷安好,天明时民兵要放好岗哨!"

看着吧!来管同志的锣声一响,群众便果真背上被窝包包,牵上牲口往指定的地方——新龙凤走去。

"新龙凤"是一个两旁峭壁陡崖,当间一条羊肠小径的处所,地形险要,"一人堵口,万夫莫开"。民兵们埋雷、铺草,枪雷结合,不分昼夜地扼守着,尤其是夜晚每逢群众全部入睡后,警戒便格外严密,"勾勾军"想要偷袭突入,是万万办不到的。

二、铺街运动与抢收

夏收时期来了,作为介休三区"蜜蜂联防"核心的龙凤村,翻身佃户郭建明发起了铺街运动。他领导民兵把村中大小各胡同各街衢,都铺上麦秸、灰渣,埋上各式各样的雷,虚虚实实、实实虚虚,有的在大道街、有的在门脑上、有的在打麦场、有的在水瓮边……一句话,遍地都是地雷。

六月二十六日,距龙凤二里的南庄村扎下敌"保警中队",专门抢劫附近各村麦子。就在如此紧张战斗的情况下,龙凤群众"一手拿枪、一手拿镰",开始突击抢收了。

首先在自愿结合原则下,以冀国宁为首,龙凤出现了第一个七人小型互助组,他们七个人三天内抢收完麦子七十三亩,并全部打完、藏完,还运送了两次反攻粮。另外该村政权干部,以身作则,也清早割麦,上午担水,下午办公,一周间抢割麦子六十七亩。在村干部鼓舞、启发、主动组织领导下,龙凤抢收局面迅速突开,十二天全村三千亩麦子全部抢收完毕。

三、坚决战斗

七月十五日,敌一个营的兵力硬着头皮进攻龙凤,阻击他们的是三个冷枪组。枪声一响,各路民兵都前来增援,纷纷投入战斗。激战终日,敌死伤六名,仓皇撤退。十七日,敌人又来了,因为村里铺了街,敌人看了看,没敢进村,便匆匆返回。十八日,狡猾的敌人又突然奔袭龙凤村。这天"人民宣传员"——冀来管同志敲着他的锣,发出警报叫群众快快转移。在"敲响警钟",群众纷纷转移出村后,他自己没来得及退出,壮烈牺牲了。

工人程秸龙,在保卫夏收中订出自己的立功计划:"要成立龙凤翻身二中队。"首先程秸龙帮着木匠制造出××××炮。七月十八日那天,敌人窜进龙凤村,正着手大施抢劫,村南牛王庙上,同志们架起炮,天崩地裂一声巨响,铁片子便在村中满街飞舞,民兵乘势呐喊助威,敌人马上混乱,便狼狈撤退。龙凤村××××的第二翻身中队,在此次保卫夏收战斗中,终于正式诞生了。

(1947年8月29日)

会见陈颐鼎、罗哲东

刘晓晞

六号下午，记者在晋冀鲁豫军区副参谋长王世英将军的宴席上，第二次会见了放下武器的蒋军整编七十师正副师长陈颐鼎和罗哲东。王世英将军和陈颐鼎、罗哲东是黄埔的老同学，那天的宴会，一来是叙旧，特别是替陈颐鼎和罗哲东庆祝解放的，他们已经很幸运地从反革命的内战泥潭被拉出来了。

他们在宴席上不断回忆大革命时代的黄埔生活，发出很深的感慨！

罗哲东的右手高举着酒杯，手指上的戒指闪闪地发着亮光，他说：

"那个时候，革命军的士气是什么样子，就和今天你们的队伍一样，革命军的人数很少，只有几杆破枪，把北洋军阀打垮了。"

他把一杯酒喝了，眼睛望着桌面，说：

"今天我们变成了那时的北洋军阀！"

他意味深长地再三再四地提道：

"那时黄埔同学一见了面，就问谁做了烈士，没有一个人怕死，以死为光荣。"

可是今天，这些东西已经都一去不复返了。

他们怀着满肚子的愤慨，对蒋政府的腐败，很为不满。他们对陈诚特别愤恨，陈颐鼎说：

"他自己不进步，还不叫别人进步，硬拉着别人下水。"

罗哲东也说：

"陈诚这个人，好大喜功，刚愎自用，那边的人对他恨透了。"

在谈话中,陈颐鼎对人民解放军和群众打成一片,对解放区的人民战争,充分表示了他的恐惧,他说:

"我们到解放区作战,就好像聋子、瞎子一样,你们对我们的情况却摸得清清楚楚,连我们副师长个子多高、眼睛有多大、鼻子有多长都知道。"

陈颐鼎是江苏人,中等身材,个性较深沉;罗哲东是湖南人,个子较矮,带点湖南人的辣椒性格。他们仍然都穿着草绿色美式军装,态度表现谦和多礼。

他们来到解放军后方,曾经对人表示:"解放区的人对那边的军官都看得太右了,那是不对的。"

可是我听见王世英将军诚恳地对他们说:

"共产党并不是把国民党所有的军官,都看成是无可救药的反动分子,只要他们停止与人民为敌,停止为非作恶,人民仍然会宽恕他们。如果他们罢战反战,人民还会欢迎和优待他们。革命是人越多越好,解放区的门是开着的。"

(1947年8月31日)

掀开思想防空洞

王春

此文原系《新大众月刊》第四十二期特约稿，不仅对于土改中肃清地主思想有所启发，即对于新闻工作者端正立场，清查"克里空"亦有所裨益，故特商得该刊编辑同意，提前发表于此。

——编者

学习土地问题以来，知道还有一段封建尾巴插在我们家里——在我们的许多部队、机关、团体、学校及一切公营工商事业部门里。这是怪现象，这是极端矛盾的笑话。我们领导革命，怎么又让地主阶级把我们当作"防空洞"？我们号召割掉尾巴，怎么又让封建尾巴藏在我们自己的脊背后？革命组织的政治方向必须统一，思想阵线必须健康。此洞必须掘，此尾巴必须割。

尾巴首先藏在一些人们的头脑里。这表现为两类思想，而又可区别为五种言论。

我们这里有几个反省较好的同志，率直说出他们站的是地主立场。因为他们的言论，不外下列三种：

一是替地主阶级找理由，替他们辩护，开脱。譬如他们是这么说："地主剥削人是事实，但这在那个时代是合法的。人家不过做了点合法的事情，今天却当作罪恶来清算，岂非不应该？"他们却从没想到群众会这么说："今天斗争地主也是合法的，我们不过做了点合法的事情，那为什么你偏要有些意见呢？"至于就是在那个时候，有哪一个农民曾经承认过地主的剥削"合法"，这使他们更不去想了。又譬如他们说这个地主抗日，那个地主行善，他们却从不说地主是吃着租子抗日，而农民却是又替他们生产租子又比他多抗了十倍的日，他们也不说行善的地主正像劫了你十万元现金再发给你五块钱路费的"好强盗"一样，而农民却正做了那个被劫的旅客。又譬如他们总在替一个一个地主降低家庭成分，说这个只能算"经营地主"，那个只能算富农乃至富裕中农，却从不见他们说这一批雇农还没有安住家，那一群贫农还没有吃饱饭。武安赵庄过立秋节的时候，合作社特为杀了一口猪，打算叫翻身的群众吃上一顿好饭。这也引起他们的观感来了，说过去的地主今天连半斤肉也不敢买了，可见值得同情。但是还有一大批号称翻身之户却连四两也没有能够买得起，他们竟并未大吃一惊。总而言之，他们是会替地主阶级找理由的，无论是就整个地主阶级来说，无论是就哪一个具体的地主来说，他们总都能说出一大堆辩诉词，充分证明是不该斗争的。他们思索劳神，论证费力，面向地主，目无农民。要真让他们彻底大胆讲论的话，那就最好是根本取消群众翻身运动。

二是向政策法令找条文，充分想替地主阶级运用合法斗争的手段。他们曾经搬出过一九三几年的什么条例，曾经翻查过一九四几年的什么章则，还有哪一年的什么什么议案，哪一次的什么什么决定。他们还能把那些条例决定上头有利于地主的词句记得烂熟，讲得精透。但他们就从不曾看到哪一条哪一项有些关照农民不够的地方，认为值得修正。他们总想找到这么几条，把农民限制住，把地主保障住，把运动的潮水一闸□死，从此没事。

三是找寻工作的缺点。他们洗了眼睛耳朵在搜集群众运动中的毛病，搜集到了，作为攻击的资料，假装着用怀疑的口吻作为问题提出来。有人说明了这不是毛病，他大为泄气；有人同意了说这就是毛病，他大肆宣传。真要是被他抓住了什么毛病，那就公然幸灾乐祸一番，说："怎么样？你们那些区村干部也有的贪污吧！你们那些基本群众也有人浪费斗争果实吧！"总之，他们是攻击群众的专家，是搬弄缺点的杂货商。他们对于群众运动的成绩，一字不提，因为在他们看起来，我们所谓成绩，就是他们所谓更大的"伤心之事"。他们和诚心诚意研究改进工作缺点的人完全不能混为一谈。他们并且误以为我们会因他们的这些叫唤、讥笑而一旦放弃群众运动不干，或者大大地照他们的意思纠正一番。

以上是一类。这一类别无美丽名称可说，只能照他们自己在反省中承认了的，站的是地主立场，唤它作地主思想。而这思想是和革命不相容的。让这种思想藏在我们家里，藏在我们家的一些人的头脑里，这不妥。不管是对于革命的利益来说，还是对于这些同志的进步来说，这段尾巴都需要割。把这些思想割除出去，革命队伍的思想才能纯洁，革命组织的战斗力才能加强。他们要是一直坚持着这种思想，是不肯和我们一道去向封建势力作战的。

第二类另是一种味道，他们自称为站的"中间人士"的立场，又区别为两种言论：

一种是说我们的群众运动的方式太"不文明"，太"粗"，太不足以登大雅之堂，譬如说打人，甚至于打死人，他们是"好心好意"拥护革命的人，就是怕"影响不好"，怕"中间人士"嫌弃咱粗野，怕吓跑了"开明士绅"。但是他们却从不怕群众离开了咱，从不怕咱真要"文明"起来，群众也会嫌弃咱太文明，弄得粗手笨脚的担粪桶们追随不上。他们只看见"文明"是重要的，"文明人"嫌弃起咱来是可怕的，却从看不见群众是占多数的，群众丢下了咱是越发可怕的。照他们说来，那咱最好也是实行什么"训政"之类，等到把"粗人"训"文明"了再干，或者是根本就不用干，因为一干起来，"粗人"总只能使用"粗法"，还是免不了他们要叫唤"糟得很"。至于这"粗暴"与那"文明"的真正对比程度到底怎样等问题，在他们更是想也不去想的了。

一种是一些超阶级的想凭空实现"全人类幸福天堂"的梦幻家。他们说他们之所以追随革命,是因为革命是提倡自由、博爱、平等的,是因为革命是建设和平、民主、幸福的新社会的。总而言之,是因为革命是"美"的,是"叫人愉快"的,是没有"不舒服"的现象的。然而今天却不是这样,到处追究地主,到处找封建尾巴,而且越来越深越广,"好像根本就没有个完"。到处有血肉的搏战,有痛苦,有审判,也有死亡。于是他们像古时的伯夷、叔齐两圣贤一样,"稚弱的心灵"受不住了,批评我们是"以暴易暴",叫他感到"没法逃开这斗争的人世"。他们的具体主张是革命以"革平"为止,而现在则"太过";革命以"劝说"为主,而现在则"太硬"。要之,他们是"慈航普度"的白衣大士,是不分敌友的红十字会。就可惜他们错生了世界,找不着真正的释迦、耶稣,却来投奔了马列主义的政党。这一般说来叫做"人道主义"或"怜悯观点",而实实在在却正也是地主阶级客观上的同盟军,是群众运动的大阻力。关于清算这种思想,一时是不能说得很多的。为此,我们特别翻印了瞿秋白同志译的《解放了的董·吉诃德》这本书。在那本书上,那位比这些同志更是"慈悲正义的化身"的董·吉诃德,结果是根据他的"慈悲正义"参加了反革命的越狱阴谋,做了破坏革命的"慈悲事业"!那位真正改造过了的革命智识分子巴拉塔萨,由于一个软心,被董·吉诃德的"慈悲正义"所感动,结果替革命造下了无穷罪孽,多死了几十万人。这本书印出后,希望每个同志赶紧看一下,把那种所谓"人道主义""怜悯观点"等等,切实估价一番——倒还不是估价他们的"慈悲正义"值多少,而是须得估计这一套东西会"慈悲"掉多少"粗人"的性命,会"正义"掉多少革命的事业。

但是不管怎么说,以上这同类型异派别的两种论调,总归都也是担任着封建尾巴的"防空洞"的任务的。这也必须赶快澄清。我们不能一直让这些同志老嫌"糟得很",也不能等这些"好心人""慈悲"出什么可怕的"成绩"来再说。

除开思想上这些"暗洞"和尾巴,就是具体地在做掩藏斗争对象和掩护地主物资的工作。这他们大概也分着几个步骤:

第一步是设法"抢救"整个地主阶级,上述"理论"种种就都是为此。然而这不行,因为群众并未因这些唧唧哼哼或是大声疾呼而歇手不干。

于是第二步便设法"抢救"自己的家庭。抢救,我们其实也并不反对,只要这些同志采取的是革命地改造旧家庭为新家庭的道路。然而他们不是,他们从来也不想这么做。他们只是事到临头才想法逃脱,想因他的计策而使他为地主家庭在整个地主阶级该塌台的时候巍然独存,或是独免于经过群众的粗拳笨脚之手,而轻易博个"开明"之名,还做被尊重的人物。不过这也大体都没有用上,群众安于"粗笨",竟不去接受那些巧妙方案。

于是第三步便是设法把那些斗争过的人搬到机关里来,名之曰家属,还要叫照顾。这在我们这里已成了现实问题。然而这恰恰又是绝对不行的。我们根本就不是斗争对象的收容所,这还不提。要紧的是群众替整个地主阶级有规定好了的出路。没有规定好的,我们还可以帮群众去规定。我们却断断不能在群众路线以外,另外给某个地主找寻一种与众不同的什么生活方法,甚至是生活得比旁人都舒服。

并行不悖的还有第四步,那就是倒腾点东西,偷漏些金银财宝,暗暗卷包,挂住自己的腿,死也再不想前进一步。

对于以上这些具体事情,自然也都得具体处理。不过临了我们还得说明一点:我们是在进行土地问题的学习,这就是说凡是我们参加学习的这批人,基本上都算是不反对土地改革的。所以我们谈了半天的"刨洞割尾巴"的话,也是用对自家人的态度来说的。而所侧重的,则是改造这些同志们的思想。思想改造了,行动改变了,转换了立场,送走了家眷和财宝,就是没问题的同志,学习就算成功。我们并不想简简单单革除几个人出去,断绝哪一个同志的上进之路。至于那些本人就是罪恶的斗争对象的家伙们,连这些说的一切都谈不上,就让他去好了,与此文所谈不干。

(1947年9月1日)

一只船

——平陆民兵故事

程漫 作

尖坪渡的水流很窄,两岸经常喊着话:

"喂——我们不打你们,你们也不要打吧,咱们都是老百姓,再打的就是王八蛋,八路军有多少哟?"

"八路军可多哩,各村住得满满的,你们是老百姓为啥当顽固呀!"

…………

说罢,黄河对岸砰、砰的枪声又响几响。

在尖坪渡的河上以前尽是小渔船、油包,能载三十个人的船只,即是罕见的了。近来对岸渡口上敌人用了十多个木工,还有一副铁炉,整日里"叮嗒""叮嗒"的。造了二十多天了,一只船还没有做成,群众可就有些惊慌起来了。船快造成了,离河三十里内的老百姓,日夜不安,靠近岸边的村民,每到夜晚就转移出了村子。

这时区干部和县府商讨防守计划,群众也派代表到县府说:"咱县的顽警察局长邢怀义就是我们三区人。他过了河,带着警察队,一直在河沿岸偷渡过来抢劫。我们三区有二百亩地的老地主李光耀的儿子,也在那队伍里,还有他的侄儿是邢匪的副官,这次造船就是邢匪与陕州保安团合伙在干。这只船能容一百五十人,快造完啦,要过来抢粮、倒算,怎么得了,赶快调队伍吧!"

过了两天,轮战队民兵于六月十五日参战回来了,群众的希望全寄托在他们的身上。然而群众认为他们不是正规大军,看见那只雄赳赳的大船下水了,仍是提心吊胆,夜晚不敢睡在家里。

当夜民兵们计划着渡过河将它偷过来，但到次日（十六日）拂晓，河岸上的民兵来报告说："大船的两旁昨夜增加了两只小船。"

晨雾消散，清朗朗的天空里悬起了火红的太阳，这才侦察清了大船两旁的不是小船，而是敌人在岸上修筑了两道工事，在迷雾中看去却和小船似的。这工事是敌人准备着要掩护大船过河来才修的。

民兵们等着天黑了偷船，但，傍晚时，敌人将船拖上岸了。偷船的计划这一下给打碎了，大家又商讨着新的计划——要烧它，但是一时找不到个燃烧弹，用别的东西，在敌人的监视下，对那只坚实而庞大的船，是很难烧起来的，于是就决定了"爆炸"。

水手民兵王随梦与海更二人兴致勃勃地准备好了两颗大铁雷，六颗手榴弹，准备过河。在十八日的晚上，一排民兵带上雷与麻绳将他俩送至岸边。另外，在渡口两旁分了五股掩护部队掩护。在漆黑的夜里，他们只等着铁雷的爆炸了。

那两个水上能手，横渡过天险的黄河，上到对岸，摸到船身，便挖开了船底下的沙土，将雷与手榴弹系在一起，安置妥当，每人拉了一条绳子，便欣然地跳进了水里。浮至河当中，绳子一紧，他俩猛力向前一拉，顿时"轰隆"的一声雷鸣，周围十余里的人们，都从梦中惊醒了。对岸的敌人，仓皇而起，深以为八路军大军过河了，即抬起大炮，架上机枪，盲目地直轰至太阳出山。

然而他们除了消耗弹药以外，没有收获到什么，留给他们的只是那只大船破碎的遗体。

（1947年9月5日）

黑老汉成了英雄

彦夫

张长义是三十八团七连四班的一个新战士,今年才二十一岁。这同志长了个矮个子,瘦巴巴的,稍有点背锅,胳膊腿都比平常人短些,手脸都发黑,脸上还黑里带青,看人时两眼发愣,一做重活就喘气。班里一些调皮的战士给他起了个外号:"黑老汉!"

"黑老汉"因为是新兵,身体又这么不壮实,部队上月从××往××开的时候,一路一直掉队。打鹿楼那晚上,他腿不带劲,连沟都过不去,抬梯子时跌在沟里了;扔手榴弹不上十五米,差点伤着自己人。不但起不了作用,反成了全班的累赘!这以后,他的枪被收回去了,行军时,给他扛一个军用锨。班上同志人人都说他前途不大,有些干脆说开埋怨话了,要求上级把他调出班去,后悔原来收了他。

部队在昔阳号召新战士入伍,那天后晌,"黑老汉"来了,弯着个腰,站在桌子前面,一直说:"写上我的名吧!"书记同志抬头一看,就又把头扭到别人那边去了。直到最后都验完了,北陵阳村来了八个人,都验上了,只有"黑老汉"验不上。人都走完了,他还端站在桌子前面,两眼圪溜着书记同志的脸:"写上我的名吧!"书记不耐烦地摆了下手:"快回去吧,你不行!看你那……"

"黑老汉"仍站着不动。

书记后来费了好多神,劝了一番,才把他劝走了。

"黑老汉"回去跟老婆抱头哭了一顿,第二天他又来了。这一回,他按着老婆的话,洗了洗脸手,扎紧了腰带,打扮得干干净净,精精干干的,一进报名处的门,又那么往桌子前面一站。

那个书记偏着头看了他一眼,心上像动了一下,但末了又把他的手摆了一下："还不行！"旁边的人都笑了。

"你今年多大了？"桌边另一个同志跟旁人不一样，却细问开他了。

"十八！""黑老汉"赶紧说，他按老婆的话瞒了三岁。

"十八？"这同志又在他身上打量了一番，思忖了一下，才自言自语地说："年岁还小，还能长，锻炼锻炼，也许还有点希望！"

这时候，"黑老汉"浑身轰的一下，像着了火，他高兴得连话都不会说了。

"黑老汉"从此穿上军装，补充到七连了。

但是，至今两月多了，他打仗不行，行军不行，连脚都站不住！大家最近正议论着给他些粮食，打发他回家去。

他真有些着急，前些日连里治疗，他拼命在工作上努力，平常一见疥号，就自动过去给人家擦背擦胳膊，常常是两手黄膏子。做活时，拣重的做，那天在大雪下和了一天泥，给大家修澡堂。班上疥号的脓泡疥衣，丢在墙角里，他悄悄去给洗了。有一天洗了几身，天冷，没干，搭在房檐底下，他怕没了，坐在门口守了一夜。

这些被大家发现后，同志们有些感动，但事情基本上似乎仍无好转，他看大家的神色，都像仍在议论他，像是仍要打发他回家。尤其刘居江那句话："光能吃苦也不行！军队上开的是打仗的铺，还要会打仗哩，你不行！我看，哼，将来八分还不是回……"他老是忘不了。

这一天擦黑，大家都正在游戏，他独个溜了回来，坐在门墩上流开眼泪了，他想起他痛苦的历史来了！

"黑老汉"原生在昔阳北陵阳背后，大山腰里的一个小山庄上，爹是个长工，一年灾荒中饿死了。那时候，"黑老汉"十一岁，就出了破窑洞，和自己的小兄弟上到山顶去刨荒地，留下老娘在山底下讨着吃。

这山上尽是石头,"黑老汉"和山上的穷人们一起混日子,全靠野菜过活,平常吃的是野猪菜、灰条菜、刺节菜、野苜蓿……足有三十多种!还吃过白土。娘有时也送一些糠窝窝上来,顺便也看一看自己的儿子。有一回,母子见面时,一见自己的长义瘦成干柴了,娘哇的一声哭了,她说:"娃呀!你咋变成这样了?!"

"黑老汉"日夜劳苦,好容易开出来一片荒地,第二年收了一些谷子。但是,山底下的老财又上来了,把收下的全拿走了,说这片地十年前就是他的。

这一来,他娘连饿带气,害了一场病,殁了!埋时连一张席也没睡上。"黑老汉"弟兄两个不知流了多少眼泪,兄弟很快也病死了。但是,"黑老汉"心劲强,他决心再干下去,再在这山上活下去。

他气愤不过,不要那片地了,又在大石块缝里刨起来,就这样长年累月,风霜雨露,直到抗战大反攻,八路军解放昔阳城。十年的磨难,一个孩子就变成老汉了!

八路军到后,"黑老汉"坚决闹斗争,很快翻了身,得了七亩地,半院瓦房,娶了个媳妇,把娘另埋了一下。后来听说顽固第三军到了石家庄,上头号召参军,他和媳妇商量了一番,决心要报共产党八路军的恩,要报名参军。

可是如今大家说他不够格,要送他回家去。

不能,他不能回家去!他一来要报恩,二来要打一打老财,为爹娘出口气!

"黑老汉"这会儿越想牙咬得越紧,他死也不能回去,他一定要学会打仗!他扯起袖子正擦眼泪,忽见班长从大门外闪进来了。

"为啥哭?"班长一愣,站在他面前了。

"没啥!"

"说说到底是咋回事。没事为啥流眼泪?"

"刘居江……"

"他怎么样?"

"他,他说我不会打仗,要送我回家!"

"他胡说!哪里的话?!我一会儿批评他。不会打仗可以学嘛,咱马上就要整训了,只要你好好地练!"接着班长还对他说:"往后不要尽听刘居江的话,那同志刚解放过来不久,虽有些技术,思想意识太差!打仗是能学会的,只有你下苦功夫练,一定还能胜过他。你可不要泄气,一定要干出个名堂来。"

"黑老汉"听了班长的话,愣了半会儿,痴痴地笑了笑,突然答应了一声"对",就站起来了。

练兵开始以后,不管刺草靶、瞄三角、投弹、攻坚演习,"黑老汉"都十分努力!晚上人家都睡着了,他还在床上转着身,半夜里悄悄起来去练习刺枪,直刺到一千五百多次,全连一共两个草靶,他单独给自己弄了一个,那天班长去看他刺枪,见草靶面前踏成了两个坑,"黑老汉"浑身出汗,两个短胳膊越来越欢!他在挎包里藏了一把香,天天点名以后要瞄香头。他给院角里丢了一堆石块子,天天早晨摸黑起床,等到号声一响,他已经扔完了几十个石头。他们房背后有两个短墙,他给上头横了一根棍,一有空就去悬垂曲肘,活动手脚。四班到操场约有二百米的直路,集合时他一定要快跑个来回,练习冲锋抵近。村外面有一道外壕,他每天总要去扒两回,练习过沟。

经过这两个月的苦练,他的动作迅速灵活得多了,背也像是稍稍直了些,也能做重活了,脸上发开红光了,除了疲劳时和早起那一会儿,他的脸上再也看不见原先那种厚厚的青光和黑气了。最重要的是,他的军事技术大大地提高了,大表演那天,他手榴弹打到了三十六米半,只差刘居江三米半,全场齐声叫好,都说:"喝,黑老汉翻身了！"四班在大惊之下，总结时选了他当"练兵模范"。

但是，刘居江仍不服气，背地里嘟哝道："哼，平常好不算，一上火线就昏了，啥都忘了。看着吧，还不是猪八戒上天，乱栽跟头?！"

紧接着，部队奉命参加围攻汤阴，"黑老汉"一听说汤阴城里藏满了恶霸地主，气就上来了，他一天出来进去在班里说："这回可该干一下老财团了！"他在班长帮助下订出了自己的杀敌计划，在班务会上当众宣布了。会后，刘居江又调皮地说："这回都看咱黑老汉的吧"！

五月一日，汤阴城外发动了总攻，七连在城西北，四班担任架设，第一架梯子抬尾巴的是"黑老汉"，他在三分钟内过了沟架好了梯子，使突击队顺利地上了城。部队抵近城根时，城墙上遍布着敌人的机枪，疯狂射击，一时使七连不易抬头。这当口，一颗手榴弹从阵地前沿飞起，炸在城墙上，消灭了敌人，一支机枪不响了，使自己的火力得到了发扬的机会，打开了僵局。大家都乱猜："谁的炸弹打得这么高？"一伸下巴，趴在前面的正是"黑老汉"！战斗的最后阶段，部队向城内猛扑，"黑老汉"十分勇敢，一边跑，一边向动摇的敌群高喊："缴枪！"连捉三个敌人，得了一支水连珠和一支三八式，他的腿负了伤。

从此，四班再没人敢轻看"黑老汉"了。当他从医院回来的那天，大家乱喊："张长义回来了！"都跳出门来接他。刘居江喊了一声"黑老汉！"，一看没一个人笑，马上就脸红了。

过了一天，上级把张长义得的那支漂亮的三八式给了他，发枪那早晨，张长义说："叫我黑老汉再扛铣吧。"全班都笑了。

八月十二日，×旅在沁河岸边召开群英大会，二等功臣张长义的连环画，在展览室的墙壁上贴了一长串，最后一张的标题是："黑老汉成了英雄。"画意是：班长拿着一张报功状，要张长义填上家长的姓名，好给他寄回家去，张长义想了下，写上了他娘的名字。另外，他请班长替他记，由他说，给媳妇写一个条条，好一块捎回去，那条子当中有一句是："莫结记，我比那会儿胖多了，报恩立功的时候还在后头哩！"

(1947年9月5日)

四儿的遭遇
——解放郓城中的小插曲

郭强

"同志,我渴,我要上药,我是昨夜在城里被炮弹打了的,我叫四儿,萧皮口南面刁庄的。"

我问他:"你为什么到了城里,怎么给炮打伤了,你怎么不藏起来呢?"

接着他便滔滔不绝地叙说着他的遭遇:

"萧皮口蒋军爪牙们,听到刘伯承大军渡过了黄河,便急得连夜南窜。路过俺庄将俺抓走,抢了一辆大车、一条大牛,连骂带打将我带到城里。每天只给喝点糊涂,牛不给草料,快饿死啦!天天替他拉土块、拆房子、拉砖、拉木头,加修城上的碉堡,不管你饿死累死,稍微慢一点,不是棒打,就是脚踢。这些畜生不是中国人,比日本鬼子还毒。八路军来攻城时,他们硬逼着俺们老乡站在炮楼洞口瞭着,还硬逼着把头伸出炮楼口外瞧着,看到八路军从壕里上来就报告,不报告就枪毙。

"我站在炮楼上瞭着瞭着,一会儿同志们一个跟一个上来了。但我没有啃,龟孙们问我:'上来没有?'我说:'没有上来。'我心里想,打死我也不能说。反正大老蒋、小老蒋都不叫俺们活的,我只盼着你们快上来杀死这些龟孙,给俺们报仇。就在这时候,一个炮弹打来,打伤了我的腿和背膀,我叫了一声:'招着了。'就爬到下面去了。不一会儿,你们上来了,这时我有胆了,我嚷着:'不要打,我是老百姓,他们逼着我放哨,叫炮弹打着了,他们在里边,那里还有挺重机枪呢!'后来,同志们喊八路军优待俘虏,缴枪不杀,六个龟孙，一挺机枪，钻出了乌龟壳。我找了一根拐棍，牵着这条快饿死的牛，跟同志们，押着那些龟孙，一块出了西门，便到你们这里来了。"

(1947年9月5日)

用诉苦解决思想问题
——军大学习经验报道

梅村

一、由同情地主到诉苦

一大队四队的学员,都是三十八军及各纵队来的班排级干部。经过一周的"暴露思想",发现他们普遍的思想是:同情地主,认为斗争地主不应该;想老婆,怕死,二者又结合成为想家;对革命部队还多少有点不满……

领导上研究后,认为思想关键,在于同情地主,阶级觉悟模糊。想老婆,怕死,想家等思想,都是从这里来的。只要解决了这个主要问题,其余问题,便不攻自破了。

怎样才能解决这个问题呢?根据学校两期预科教育的经验,最好的办法,还是开展阶级诉苦运动。

开始,我们先出题目,叫大家座谈:地主该斗不该斗?地主中间有没有好人?……作为诉苦的酝酿准备。

这时有几个人,在座谈中,引起了过去的回忆,痛哭流涕地在班里诉起苦来。于是,我们抓紧这个机会,找诉得最好的,作示范报告带头。接着干部又分头找出身贫苦的同志,个别谈话,启发、诱导他们认识和回忆过去所受的压迫剥削,鼓励他们大胆诉苦,并根据队上的思想情绪,可能发生的情况,及时提出口号,如:"人不伤心不落泪,有苦诉给知心人!""有一碗,倒一碗,穷人苦楚诉不完!""人家的苦,就是自己的苦,听听人家,想想自己!""倒净苦水,认清敌人!"……经过这些步骤后,诉苦的浪潮,便掀起来了!

二、苦水倒出来，眼睛明亮了

许多同志，都是边哭边诉的，诉出了自己过去受过地主惨痛的剥削与压迫。

如赵天训同志说："我家在豫西，灾荒年，我当兵在外，地主把我老婆、妹妹，偷偷地卖给一个大恶霸。我老婆当了人家的大婆，妹妹当了人家的小婆！……"

□西□同志说："地主把我家剥削穷，全家十六口，饿死了十五口，只剩我一个，给地主家放羊。地主用石头打破我的头，我险些儿也叫他打死！……"

徐治安同志说："地主用酒把我爹灌醉，大卸了十八块，又强奸、霸占了我的母亲、姑母、姐姐，后来，又把我母亲逼死！……"

诉苦的人，有的哭断气，有的哭得栽倒地上，昏过去。……听的人，不管干部、同学、事务人员，都哭得泪汪汪的。

经过这样一诉，对地主的糊涂认识，都纠正了。有的甚至咬牙切齿地说："这下我可明白了，地主不但该斗，应该杀光！""都杀了！千刀万剐，也抵不住农民的命！""我恨不得咬他几口！""我回去，就是亲大爷，也要剥他几层皮！"领导上又诱导大家了解政策，不能肉体消灭地主阶级，大家也承认了，可是，从此以后眼睛都亮了。大家都说："天下老鸦一般黑，地主就没有好的！"……

三、不消灭蒋介石不回家

大家诉了苦，追苦根追到地主身上，进一步又追到蒋介石身上，蒋介石是地主阶级的总根子，仇恨更深了。大家要向地主阶级、要向蒋介石报仇！要彻底消灭地主阶级和地主的老根子蒋介石，以求得解放自己，以至全中国和自己一样受压迫剥削的同胞，彻底翻身。

于是，他们给校首长及大队首长的信中，一致表示着："我们认识到阶级敌人是谁了，我们决心在党和毛主席的旗帜下，为革命奋斗到底！……在战斗中，要为党为人民，拿出牺牲自己的精神来！"

怕死、想老婆、想家等思想，都云消雾散了，代替的只有一个同一的思想和意志："不消灭蒋介石，誓不回家。"

四、激愤的呼喊

诉苦以后，不独眼睛明亮了，一种新的精神也焕发起来了，许多同志发出了激愤的呼喊：

张保贵，过去对党有牢骚，不好好干工作，诉苦后，大哭着叫喊："娘啊！你死得好苦啊！……如今，共产党就是我的亲娘啊！……我过去不好好工作，没好好为你报仇，真对不起你啊……"

路景文也放声大哭着说："娘啊！（他娘被地主逼死）我过去不好好工作，不愿学习，人家都干活，我偏偏不干！……我对不住你啊！……"直哭得断了四次气。

徐治安，回想起自己在前方，曾贪污公款八万元，栽倒在地，用拳头敲着自己的心窝，又用双手疯狂地抓着地，头到处乱碰着，从白天哭到半夜，连声叫着："娘啊！我对不起你啊！党啊，对不住你啊！……"

（1947 年 9 月 9 日）

媳妇变成了闺女

赵佩珩

"老乡！老乡……"

我们喊了半天门，就是不见吭声，我们是晚上赶到的，看村里那股荒凉劲，就知道是遭殃军刚走，同志们可早等得不耐烦了。

这门子是五六块小板合起来的，好容易又喊了十几分钟的样子，才走出来了一位三四十岁的老大娘。

"做甚哩？"

"老大娘不要害怕，我们是八路军，要到你这里住住房。"曹班长温和地对她说。

"遭殃军在俺村的时候，永没有住过俺这破房子，你们不嫌赖了住哇！"她含着不满意的样子用手指给西边的破房子说。我们便进去了，我们住下来，她便在院中东一头西一头地忙着，将铁洗脸盆、破扫帚，一趟一趟都搬到自己的房子里（东屋），她并且在里面用簸箩、簸箕，将屋门挡住。

次日六班同志们早早起来打扫院子，老曹走到房东的门口：

"老乡！老……"不等他把话说完，老大娘很快地出来拦着了，恐怕老曹进了她的屋。

"做甚哩？"她慌忙地答道。

"借你水桶使使。"

"俺没有，俺吃水还得去外边借哩。"

"拿你的扫帚，咱把院子扫扫吧！"

"俺没有，你从院里找吧！"她表现出嫌麻烦的样子回答着。

"昨天晚上你不是拿回这个屋子了吗？"老曹这一句话说得她无

话可答,便乘势给她解释了一番,又说,"看这个院子这样脏,拿扫帚来咱赶快扫扫吧!"这老大娘才慢慢地走进屋内将扫帚拿了出来。

"你们可不要给咱坏了,咱就这一个破格茬。"

"不怕!不怕!坏了赔你个新的。"

其他同志都在担水泼院子,整理内务,大家一齐动手,一会儿将房东的缸担满了,院子里的灰土、瓦砾,往外边挑了好几担。我们打扫完了将东西送还了邻居和房东,老大娘再不好意思将破扫帚拿到屋内,指着西墙根说道:

"就放在那里哇!"

这房东有两个大孩子,大的才十九岁,整天到外边砍柴火;一个小媳妇不过十七岁的样子,很少走出院子来,这几天还得老大娘给她往屋里端饭。白天这老大娘经常坐在簸箩挡好了的门口,只怕有人进了她屋里。

一天晚上老曹又蹦又跳地由连部跑回来向大家说道:

"上级布置了三天群众工作计划,要……"老曹给大家把群众工作的计划谈得非常详细,大家都有信心当群众工作的模范,首先从打通房东思想作起。第二天天不亮,大家都按照计划进行起来。晚上,大家由外边帮助群众做活回来,老大娘让她的大孩子宋盘牛给老曹盛饭,她的脸上堆满了笑容说:

"你们实在好呀!自你们来了五六天啦,哪里都是干干净净的,又给担水,又给浇园,说话又好。你们这样好的老百姓怎样当了兵来?"

"八路军都是这样好,八路军是给老百姓办事哩,你不信去西边看看。根据地里的穷苦老百姓都翻了身,得到土地,分到了房子,再不受地主的剥削和压迫了。……"高存珠同志还未给她说完,老大娘又插嘴问道:

"听说根据地有妇救会哩,那是干甚哩呀?"

老曹从来就好说话,听见老大娘又问存珠哩,便急忙插嘴道:

"妇救会是给妇女做主,不受婆婆压迫,男女讲平等,组织妇女互助搞生产……"十六七岁的小媳妇,在家里闷了好多天实在待不住了,听见她娘和老曹谈妇女的事情,便偷偷地走出院中,坐在她娘的屁股后边。从此以后她才敢和同志们说一半句话,这样热的天气她再也不肯闷在窄小的茅屋里了。

一天出罢早操,大家唱着歌回来,正在院中洗脸,房东的小媳妇穿了干净的粗布花衣裳,梳了个大辫子由东屋内走出来,脸上堆满了笑容,大家都有些惊奇,心里都暗暗地称赞她:

"好人才呀!为什么前几天弄了一脸肮脏呢?"

今天,她梳成了大辫子了,同志们始终摸不透原因何在,老曹是好说话的人,话在肚里便憋不住,他轻轻地问道:

"大嫂你今天怎么没有梳起头来?"

这个姑娘瞅了他一眼,笑了一笑羞得红了脸,天真地答道:

"俺就是闺女,如今俺不怕你们啦!"

(1947年9月9日)

介休的孩子们

加里

一、背枪回来也不要吗？

一次，三区分队开到崇贤村，张××老汉的儿子跑来要当兵、扛七斤半（指枪），队长世昌上下一打量他——太年纪小，背不动枪！没收。临出门，他扭回头来说："背回枪来也不要吗?!"弟兄们马马虎虎随口答应：

"只要你偷出'勾勾'（指顽军）的枪来，就收你。"

"嗯！"他气呼呼地走了。

日子一天天过去。

六月里——保卫夏收的某一天，队伍又开到崇贤、温村一带活动，傍晚时分，从石河桥那边跑来一个扛枪的小鬼，气喘喘接近了哨位。当步哨喝令他站住时，他高声喊道：

"我是崇贤村张××家儿，给咱们背回枪来了。"

哨兵定眼一看，果然是他，于是引回队部，秦队长也就毫没问题地将他收下了。

二、一排掩护二排冲

介休小孩们近来玩耍的玩意儿，早已不是从前捉迷藏、赶竹马一类的东西了，他们模仿着军队，排成队形，拿高粱秆编成各式各样武器，"一、二、三、四"地操练起来。

七月的一天，义安"勾勾军"（驻介休）一枪不发，暗暗前来窑子头抢粮，在离村一半里路时，他们发觉村里有队伍在喊操，于是布置妥当，准备战斗。

不多一会儿，村里面玩耍的孩子们，果然也背着"假枪"，跑到村外"打野操"，散兵战式地展开，并且摇旗（纸旗）呐喊：

"一排掩护二排冲！"

这边敌人认为是八路军冲出来了，于是机枪声大作，足足打够半点多钟，才冲进村去。

可是孩孩们一个个躲回家去了，大人也通通跑光，敌人一无所得，白消耗了好多子弹，始终也没弄清楚是怎么回事。

（1947年9月9日）

参战英雄王老五

江清

一

磁县六区担架队的王老五，今年五十五岁了，干起活来却赛过年轻人。

准备战斗了，王老五被分配到三十八团三营工作，战士们刚吃过晚饭，都在准备东西，事务长很慌张地跑来说："清早营长去看地形，到现在还没有回来，快派一个人去给他送点饭。"王老五一看战士们正在准备打仗，他便自告奋勇地说："我去送。"

已经离营长只有三十多米达远，敌人机枪封锁着过不去，他就头顶上饭，爬下，顺着稍凹的地方爬过去了。营长一看，朝着他的肩上拍了一下，把大拇指头一竖说："老英雄，不简单，要不是你来送饭，我非挨饿不行。"营长吃过饭，顺便写了两封信给他，让他一个交事务长，一个交区干部，老五点了点头，笑了笑，顺着原路回来了。

天已黑了，大家都在着急："为什么还不回来，出了什么危险了。"正在疑惑，又听门外有人叫："事务长！事务长，我回来了，营长还给你写了一封信。"老五一边说，就走进了大伙房。

"不是，不是，这是区干部的信。"事务长在灯下一面看，一面说。

"不识字人真难，我光见两个都是一样写着字，谁个认得呢。"老五着急地说。

大家听说老五回来了，一窝蜂似的拥上来，好像几天没有见面了，亲热地握着手，大家都在问前边的情况："怕不怕？"老五满不在乎地说："枪没有眼，可是人有眼，只要胆大，沉住气，想办法，还怕啥，大家放心吧。"他这一说，把大家的心给装在肚子里了，原来害怕的人，也觉着胆壮了。

二

战斗开始了，三营担任主攻，机枪、大炮响成一片，天空里、地面上，到处爆裂着火花。王老五领着大家，很沉着地随着部队前进。"轰"的一声，一颗炮弹落到他们的左边，前边四个人都趴下了，后面两个人有些害怕，扭头就想往回跑。王老五一看便喊："愿争模范、愿当英雄的往前上。"想跑的人也跟着他上去了。

部队已冲到城墙根，王老五的担架也跟到城墙根，登城部队快到城上，又滚下来了。敌人的火力集中地向他们射击，部队稍往后退了退，留下一个彩号没有抬回来。这回可把老五愁坏了。

老五一看天很黑，便想出了办法。他怕敌人发现目标，把一身紫花衣服脱掉，又摸上一身黑夹衣服，顺着退回来的路向前爬去。可是始终听不到彩号的声音，也找不到彩号的影子，急得老五总想喊几声，但头上就是敌人，想吭也不敢吭。这时老五想了个办法，轻轻地拍着手，趴在地上听声音，受伤的同志听到轻微的掌声，就知道是我们的人，他也轻轻地拍着掌。老五顺着掌声，终于找到了，一见受伤的同志，不管三七二十一，背起来顺着原路就往回爬，恨不得一步爬回来。

"老五回来了，快放下休息休息，看把你的衣服都染上了血……"

战士们一边把彩号从老五背上慢慢地扶下来，一边亲热地招呼老五，老五松了一口气说："不要紧，一身衣服总没有一个命值钱，我看这也不是他（指彩号）站的地方，赶紧抬后边再说。"接着大家七手八脚很稳当地把彩号放在担架上抬走了。

战士们听到老五的话，都很感激地说："有老五在还怕啥，牺牲了也光荣。"又拿出纸烟、饼干给老五吃。一个矮个子战士说："吃好，吸好，加油干，这回非把狗日子消灭不行。"

第二次冲锋号响了，战士们勇猛地登上了城墙，老五的担架跟在后面抢救彩号，不算以前，光这次便从火线上背回来四个彩号，最后老五也抬着担架回来了。

三

战斗结束后，开评功选模大会，大家都选王老五当模范，他说："咱出这点力，比起大家可不行，不过打老蒋挖老根是大家的事，光叫人家来，咱心里实在下不去"。

"报告主席。"一个年轻人说，"老五在前边抢彩号是模范，抬担架也是模范，那天黑夜，他光着脚抬了二十多里地，应该记一功。"

他这一说，打动了老汉的心，王老五向前一扑，用手紧紧地握住那个年轻人的手，带着无限的悲痛而又亲切的心情向大家发问：

"怎么，我没穿鞋，要给我记功？……"说着他眼里的泪流下来。稍停了一会儿，他又继续说："我给人家种了一辈子地，冬天穿不上袜子，夏天穿不上鞋，只有我娘知道。毛主席领导咱翻身，咱老百姓的痛苦他都知道。这次我半天没穿鞋，大家都知道了！还要给我记功……"

群众都嚷嚷起来。这个说："有功就得上功劳账，不能昧功。"那个说："应该选王老五为一等模范。"忽然老五想起一件事，营长给区干部的信，还在他口袋里装着，这时才想起来，掏出来递给了区干部。区干部看了看喊道："大家不要说话了，我来给大家念念这个信，这是三十八团三营营长来的信。"只听他念道：

"这次你们担架队王老汉来给我送饭，过敌人封锁的地方，表现非常勇敢、沉着、有计谋，希望你们给他记上一个功，因为我在前边……"信刚念完，大家都又嚷嚷起来，这个说："老五真够模范条件。"那个说："人家已经立了功，现在又一功，功上加功，应该是个英雄。"

评功委员会根据大家意见评选王老五为"参战英雄"，奖给他一面旗。王老五戴着碗口大的红花，笑眯眯的阖不住嘴。会后，有些青年人很不服气地说："咱们年轻人还不如人家老汉。要争口气，下次再来，要争取当英雄，也戴上大红花，光荣光荣。"

(1947年9月14日)

大反攻前的誓师

——中国人民解放军×纵队誓师特写

叶枫

一、不安的夜里

八月十四日夜，战士们都睡不着啦，不是蚊子扰乱，也不是天热闷人。白天里，连队下了通知：明天成立纵队，早晨三点半开会……大家虽准备好新军装，在臂上钉起崭新的"中国人民解放军"臂章，但是哪能放下心。睡觉前，排里老战士李田明，用他武乡腔调念了一个快板：

　　同志们，听咱谈，
　　成立纵队不简单。
　　蒋介石，正作难，
　　刘师长，真是沾。
　　一过黄河打破狗日的脑蛋，
　　九个半旅完了蛋。
　　大反攻，开了头，
　　大家赶快露一手……

"大家赶快露一手"，这句话一直在新解放战士任保元耳根边停留着……更是睡不着，他在博爱战斗中，首先冲上城，打伤三个敌人。嘿，就是没完成得一根机枪的计划，他也听说：成立了纵队要干啥。一想到这，伸手摸了摸枕在头下的"中正"式，立刻跳下床，要去消灭敌人。他是蒋贼快速纵队一个上等兵，当了十来年的"丘八"，吃过记不清数的军棍。解放后，自动参加我军，还在连部出墙报"自打自唱"上，发表了一个《中央军干不得》的快板：

中央军干不得，

跟上蒋贼当穷兵，

没有利来落臭名，

父母骂咱不孝顺，

老婆骂咱没良心，

亲戚说咱不归正，

百姓叫咱"卖国军"，

死了还得落骂名，

你说咱是为了甚?!

任保元，正在想来想去，院里"嗒嗒"一阵脚步声，连部通讯员进来了，他高喊着："同志们起来呀！听号声集合！"这一叫，只听呼啦啦一声响，战士们都跳下床来……看看天还是黑乎乎，到底啥时候，是不是能按时到达十五里以外开会呢？不等大家问，通讯员补充了一句话："现在一点半"！

集合号响了，队伍站好一字队形，向右转，开步走，穿出了村子，唱起《人民解放军进行曲》来：

"听！风在呼号军号响。

"听！反攻歌声多嘹亮。"

和着雄壮的脚步声，歌声冲破了黑夜的寂静。

二、在朝阳中

东方发了红。

这块解放才一月多的豫北平原上，集合着一眼望不尽的太行子弟兵团，战士们将解放博爱城和过去战斗中得来的山炮、迫击炮、小钢炮、"美式"重机枪……威武地排着队，口子朝着天，好像在喊：我们胜利啦！

兵团的阅兵式在进行着，好比一排排看不见首尾的太行山，显示

着无比的力量，那紧握在战士手中的枪、刺刀闪着光，闪着人民英雄的光辉。……

震天动地的号声响起来了。

红色的晨光照耀中，骑着高头洋马的秦司令员出现了，黄政委、参谋长、旅首长，紧随着他后面，最后面是太行区人民代表，他们也坐在马上，来观看子弟兵雄赳赳的阵营——钢壁铁墙的阵容。

当秦司令员跑着马，穿过每一行列前面的时候，战士们一齐致敬高呼：

"祝首长健康！"秦司令员还着礼高呼：

"祝同志们健康！"

全军团结友爱、兴奋快活的心情，都从这两声致敬礼中，呼喊出来了。

三、千万颗心，随着红旗飘荡

开会啦，主席讲了成立纵队的意义。

接着，黄政委宣读完晋冀鲁豫军区成立×纵队的命令，他举起拳头，高诵建军誓词，全体指战员拳头一齐伸向天空，吼起比霹雷更雄壮的声音：

"我们是中国人民的优秀子弟兵，中国人民解放军，是毛主席朱总司令领导，刘邓首长指挥的常胜军，要全心全意为人民服务，学习毛主席的战术思想，学会打歼灭战，学习阵地战，学习迂回战术，勇敢地包围歼灭敌人，不让一个敌人逃跑，夺取敌人武器，装备自己。爱护人民，拥护土地改革，保卫解放区群众翻身果实，援助蒋管区群众翻身及民主运动。艰苦奋斗，英勇奋斗，严守纪律，服从命令，迎接大反攻，坚决、彻底、干脆、全部地消灭一切卖国贼蒋介石进犯军，建立独立、和平、民主的新中国！"

这誓词，吼出了全军每一人的心声，也吼出全中国人民的愿望。

接着四专署专员杜毓云,代表全太行区六百万人民献上一面红色大旗,上面写着:

"太行子弟结长缨,跨河南征缚苍龙。"

秦司令员高举起大旗,千万颗心随着红旗而飘荡起来了……

四、暴风雨中的怒吼——"打出去"

秦司令员,胳膊挥动着,讲开话了,他说:"庆祝同志们高升,过去是太行区地方兵团,现在成了中国人民解放军。"接着他说明了我们子弟兵越打越大、越打越强的事实,但正在这时候,从东面却刮过来一阵暴风雨,风呼啸着,雨点子噼里啪啦打下来。这一来,兵团里发出了杂乱声,有的戴草帽,有的穿雨衣,秦司令员铁般的拳头一闪,高呼:"发扬我们顽强战斗精神!"全体指战员立刻摘下草帽雨衣,一个声音呼吼出:"发扬我们顽强战斗精神!"秦司令员,嗓子更响亮地吼:"我们要艰苦奋斗,克服困难,不怕困难,我们要打出去,将卖国贼蒋介石军队消灭在解放区以外!"

"我们要打出去!"

"我们要打出去!!"

"我们要打出去!!!"

"将卖国贼蒋介石军队消灭在解放区以外!!!"

轰隆轰隆的口号声,压低了雷鸣。

这支百战百胜的人民军队,将像山洪暴发般,浩浩荡荡,冲过黄河,冲垮卖国贼蒋介石一切防线,直捣他的心脏。

一九四七、八、十六于清化

(1947年9月18日)

西瓜兄弟

解清

记者随军路过淮阳县李楼村时,听到群众间流传着西瓜的故事。当地有李姓西瓜兄弟两人,见年每人种亩把好西瓜。这方圆一二十里地内也只有他们兄弟俩种西瓜,因此大家就叫他们做"西瓜兄弟"。西瓜老大的地在村东大路边上,西瓜老二的地在村西南小路边上。今年虽然雨水多,可是他们的瓜地高,西瓜还是长得又大又甜。

瓜刚熟的时候,村东走过了一队蒋匪保安团,那些饿狼一看见老大的西瓜,顿时你抢我夺的,不一会儿一亩多地西瓜就一个也不剩了,地里只留下一片踩烂的瓜藤、瓜叶与吃剩的瓜皮瓜子。

蒋匪过去了二十天后,村里忽然来了八路军,巧的是这回八路军从村西南西瓜老二的瓜地边过。"我这瓜地也完了。"西瓜老二想,"我这命也不要啦,我就躺在瓜地里看他八路军摘我的瓜吧。"西瓜老二灰心丧气地往西瓜棚底下一坐,看着八路军过来。谁知道队伍有多少呢,往北看不见尾。

"这西瓜长得好呀!"领头的一个兵说。

"还有三白瓜(注)哩。"

"这瓜一个怕有三十斤。"

"吃上两个才解渴呢。"

路过的兵你一句我一句地赞叹不止。

一听见谈西瓜两个字,西瓜老二的心就痛得像刀扎,但他却奇怪这些人说说就完啦,连脚都不停,一股劲往南去。西瓜老二把头偏两边一看,南边已看不见队伍的头,北边还不见队伍的尾。他自言自语地说:"这八路军就是怪呀!"说着就站起来,提着瓜刀跑到地里抱起一个大西瓜往路边一放，剌剌地就切开了。

"吃西瓜，弟兄们。"西瓜老二向八路军叫，但却没有人答应他。

"走路渴啦，来吃块瓜。"西瓜老二又向另外一些兵士叫着，但回答都是："谢谢你，老乡，俺不吃。"

这一下西瓜老二可急了，大声嚷起来：

"看你们八路军，把瓜切开了，怎的不吃呀！"

这时有个十六七岁的小司号员向他问：

"老乡，你这西瓜多少钱一斤？"

"不要钱随便吃吧。"西瓜老二边说边拿起瓜往小司号员跟前送。小司号员连说："俺不吃，俺不吃。"脚不停地就朝前走了。西瓜老二捧着瓜直愣愣地在西瓜地边站着，队伍还是肩并肩地往南走，前不见头后不见尾。

（注）三白瓜，即白皮白瓤白子。

（1947年9月18日）

随刘邓大军南渡的东阿担架队

下面一段文字，是从冀鲁豫东阿县《农村生活报·担架特刊》上摘录下来的。该县此次出担架四百九十六副，干部杂务人员民夫三千五百余人参加。他们往返五十余天，行军一千六百多里，大雨泥泞，炮火威胁，飞机扫射轰炸下，始终无逃亡者，都完成了任务，光荣归来，并已获得部队表扬。这段文字只是个片段，但可以看到人民对于人民解放大军无比的热爱。

——编者

民夫中不断地传说着："咱分了二亩地翻身啦！还不是亏了战士拼命流血得来的？下雨淋湿了衣裳，滑倒爬起来这算得了什么，人家战士比咱多受多少罪？咱可受几天哩？"

夜间行军，上边下雨，地上是泥，往往和部队走到一堆，民夫们自动地提出："咱闪到一边等等，让同志们过去咱再走！"于是这长长的行列五六百人就躲到一边，挨着淋、踏着泥，差不多就等一点多钟。

七月二十八日夜间，走到吕村东边八里沟里，部队的炮车、驮骡等也走到这里，沟里窄，民夫们就贴在一边让部队过。雨哗啦哗啦下得很大，沟里淌着半尺深的水，高低不平脚又滑，战士们一个一个不断地摔倒，民夫忘了自己身上的冷和湿，相互传着："你看遭多大罪，净蒋介石那小子卖国卖的，扶着同志点，赶快拉起来。"二营排长卢守业站在崖头上把战士一个个拉上来，弄得满身都是泥，在沟里等了有两个钟头，部队过完了。民夫们浑身是水是泥，都不自觉地发着抖，有的牙在碰着响。

郓城战役打开南关时，三、四营的二百零四副接上任务，敌人的炮火打在南关里，飞机也不住地打机枪、掷炸弹，确实很危险，但民夫都一点没有害怕，情绪很高。三营一、三、五连有七十副都到了战场，嫌目标大，都脱下褂子，光着脊梁。叫上火线，他们马上跑着去，没停留一会儿。方文河、王玉行被打伤了，其他人没受任何影响，自己背下来抬着就走。黄心池、赵传山、任玉坡、谭广庭、谭成教等都背两三趟，满身都是血，担架的被子上也是血。伤员没枕头，拿裤子一卷给枕上；伤口空得慌，拿手巾一折给垫上，都没嫌过，毫不迟疑。一连的六十个民夫，背着六十块门板，运到火线上，又抬着伤员下来。三连谭丙三背了两趟，一个是烈士，一个是轻伤号。白天他又回去背时被机枪打着了，但一点没难过，还对人说："我这不要紧，您家去就说还没接上任务哩！省的都不放心，这不算点事，看人家战士拼命流血还不是为了咱吗？"

二连白天接的任务，虽然飞机扫射得很紧，但没有挡着。三排抬的烈士，民夫亲自给他洗洗脸，安放端正，二十多个人到地主家抬一个大喜棺来把烈士安葬了。三、四营抬的伤员到旅卫生处换药时，白天飞机来回扫射，民夫仍守着担架问问伤员："躺得合适吧？""渴吧？"给伤员汤喝，油炸果、点心、鸡子吃（因民夫平时就捋榆叶吃，省下面炒了做汤；不吃菜省下钱买成点心，到口酥、油炸果、鸡子），说感激的话安慰伤员。山炮连董指导员对卫生处的同志说："东阿的担架真好，我没枕头他们脱下裤子来给我枕上，伤口空得慌，我说垫上我的被单子，他们怕血脏了，都把手巾拿出来折折给我垫上。"

五营的担架原在卫生部，烧了一夜水，共一万多民夫喝了，但火线用担架时，别县的不敢去，这些一夜没睡、饭也没吃的民夫跑着就到郓城去了，这时飞机正在疯狂地扫射。

羊山集打据点时，二营的一、三连三十二副接受任务，离火线一里多路。飞机五六架不断在空中扫射，班长李殿荣带民夫在机枪扫射下抬着棺材把烈士安葬好。李文修穿着白褂子伸手把伤员抱到担架上，弄了一身血。临抬时先问问伤员怎样抬法得力，抬起后干部民夫互相传着："慢慢地，抬得稳当点。"一个小同志净哭，民夫给他解释："同志别哭，看越哭越疼。"……

(1947年9月18日)

南征散记

王匡

一、过黄汛区

八月十七日,行程八十里。

从邓郭以南的胡岗店出发,走五十里即进入黄泛区。村庄被大水分隔着像一个个的孤岛,高粱只露出半截穗子,泥水发出令人作呕的臭味,从这个村子到另一个村子,必须走上五六里的水程才能"登陆"。我们挽着臂膀,践着淤泥,涉过没膝的浑水,其他人马车辆成排成队地推进着,平静的水面,被搅得哗啦啦地沸腾起来了。

拖炮的牲口陷在泥巴里了,炮兵们就互相抬着炮箱,背着炮架,抱着炮弹,慢慢地走着。汽车在泥水中呜呜地喘着气,半跛半颠地走着,车夫们几十步就得下来打一次火。护送大车队的战士们、群众在大车后面,推着车身,叱咤的鞭子急速地嚷喊着。脚底下是如此地凸凹不平,我们朝着前哨部队在远远的"小岛"上点着的一盏小灯前进。一不小心扑通一声就会滚得满身泥水,整个部队在黎明时分到达彼岸。在晨光熹微中,每个人互相看着满身泥浆而虚笑着。

八月十八日,在项城的黎庙庄休息。

这一带地势较高,但仍可见到高墙上为水所浸漫的痕迹。黄水在人们脑子里刻下极其恐怖的印象。民国二十七年六月蒋匪在花园口和中牟赵口决开河堤,一泻千里的黄水,吞没了三十二万人民的生命和财产。这笔血债,深深埋藏在他们的心里,一个卖梨的老头告诉我说:"谁知道明天会怎么样,只要姓蒋的喜欢,开个口子,咱全家老少就得完了。"

老百姓穷困不堪，一斤麦面要走三四个村庄才能买到，每家的牛、羊、猪都和人睡在破落潮湿的小屋里，能用能吃的东西大都给土匪和散兵游勇抢光了。人民解放军的游击队，今年春夏间曾到过这里，一度将土匪赶走。他们都以期望的心情谈论着魏司令（即豫皖苏副司令员魏凤楼），望他快来安定局面。

二、夜宿前庄营

八月十九日，行五十里，过沙河到前庄营。

半夜抵达宿营地，老乡们听说是八路军大军南下，都提着灯笼，引着我们看房子，自动地烧茶做饭。"同志歇歇，辛苦啦。"寒暄声从村的东头传到西头，带来的牲口马鞍还未解下来，就被拉到老乡们的马槽里吱喳吱喳地吃着新加的草料。

我们住的一家老乡，只有一个妇女和她的两个孩子，大的叫张书风，十五岁，小的才八岁。主人家整天忙碌地帮我们做饭，招待得十分周到。

"你掌柜的呢？不在家吗？"我们问她。

"不……"她摇摇头，"他被抓壮丁抓走了。"接着她告诉我们她的男人已经被抓走七年了。他正在地里做活，中央军一下子就抓走了。同时被抓走的还有七八个人。她做好了午饭送到地里时，只见到他丢下的一把锄头和一个水罐。她在地里昏迷了好几次，不是为了两个怀抱的孩子，早就要寻死了。

提起蒋匪军抓丁，谁都愤恨与害怕。一批七八个，再一批又是八九个，一两年的光景，蒋匪军前后已经抓过四次了。五六十家的前庄营，一共抓走四十多人。抓的办法是突然将田野、村庄、路口包围起来，然后一个一个抓起来。被抓走的人都和张书风的父亲一样，再也不见回来。

三、北向店的早晨

八月二十七日,行程三十五里。

过孙铁铺(光山罗山间)到北向店,开始进入原来的中原解放区。

沿途可以看到被蒋匪涂抹和改写的标语,这些标语是去年中原新四军和八路军所写的。"坚决执行停战命令",被涂上了"剿尽奸匪";"实行政协决议"上面抹上了"活捉匪首",两者字体清晰可辨。我们的宣传都用白灰又把它抹掉,在上面写上:"鄂豫皖的人民团结起来,打倒蒋介石。"

早晨七点钟了,街上的铺子还紧闭着大门,通讯员小郭要买电池,轻轻在敲着一家杂货铺的门板:"老乡请开门,我们是人民解放军,别害怕。"但是没有回声。小郭又喊了一回,里面有人低声说话了。一个人低声说:"是北方兵啦。"另一个说:"不要开,除非他是八路军。"小郭急了:"老乡,老乡,就是八路军呀!你出来瞧瞧。"老板从门缝里往外瞄了瞄,"呀……"的一声,门开了,老板责备我们为什么不早说是八路军。"是八路军吗?去年来过的,好名誉。"他大声叫嚷像一只老公鸡一样,将邻近的店铺都喊开了。

街上的人围绕着我们,问着:"同志,去年到哪里去了?"还有一个卖粽子的老太婆对我说:"蛮熟的,我像认得你。"

四、进入大别山

九月二日,行程六十里。

沿着大别山的背脊向东南行进,已经是第五天了。满山上松柏深密青葱气爽,川中和半山上的梯田尽是金黄色的稻子。

在柏湾镇休息,一位老太太亲热地搬个椅子来,笑着说:"开头听说你们是八路军,我心里只偷偷欢喜,后来眼看着你们过了七天七夜。老天爷哪,真不知有多少人呀!我又是怎么样的欢喜,我要说我欢喜八路军,还怕个么事。"

八里姗的老乡们,他们看见我们驮着几个大箱子,问我们是不是和新四军一样是来演戏的,并且要求我们打完仗以后,一定要到这里来唱两天戏。还有一个老板指着新写的标语问我:"耕者有其田"是个么意思,是不是"二五减租"?当我告诉他,就是以前的分田地时,他连声说:"懂得懂得!"原来他是个分过田地的人,红军走后,土地又给地主照原样地拿回去了。最有意思的是老板们问我们这回"红军"是否兵打汉口,并且告诉我们说:"同志哥,只有三百多里路,没得好远。"

九月三日行程三十里,沙窝宿营。

沙窝一带的老百姓,对八路军很熟悉,去年为保卫这块地方,八路军曾在这里流过血打过仗。

我们才进街,老百姓就说:"四五天不见乡保长来上旬,就知道穷人的军队要来了。"他们中间还流传着一个这样的预言:"八路军头回南下,赶走日本人;八路军二回南下,一定赶走中央军。"

(1947 年 9 月 18 日)

一个抗日战士的经历

刘宝荣

吴天佑是正太路战役解放的战士,在诉苦会上谈了他的经历:

"三十三年中原战役,我在十五军六十四师当排长,奉命死守洛阳。我们排伤亡很大,退到洛阳西边,我挂了三处彩,被日本人俘虏了,解到石门,医好了伤,送到日本国,在山沟县下煤窑。那是海底煤窑,人不像人鬼不像鬼,一天喝些高粱米稀饭,还得挖四车煤(四千多斤)。到那里没有一个月,光我们那个队有一百来人,就死了十几个。

"日本投降后,我高兴得不得了,回到天津,在'回国劳工处'报了名,我真喜欢得不能说,可算回到中国了,就是死了,也是喂了中国的狗。小米稀饭也能吃一点了。谁知停了不几天,人家就不管了!我说:'那我还是当兵吧。'人家说:'不要!抗战胜利了,国家不要你这块料!'老天,抓兵他们都抓不到,为啥不要我!原来死守洛阳时,我的左腿打残废了!当兵不行。

"我又央告人家说:'我这伤也是打日本时负的,总算是为国家流了血的,当兵不要,请先生随便给我找个差事,饿不死就行。'你们都猜不着人家说的啥,人家说:'难道你还有了功啦?你流血,谁叫你流的,你去找他去,不干我们的事!'我气极了,我说:'狗叫我流的,老蒋他把我抓出来当了兵,还不是他叫我流的?!'那家伙'啪'打了我一耳光,连踢带打说我污辱了'领袖'。我说:'王八!什么他妈的领袖!他再当二年领袖,中国就要亡了!要枪毙就枪毙吧,反正我也活够了!'那家伙没办法,把我押了九天禁闭,我在禁闭室里给饭也不吃,成天在里面除了睡觉,就是大骂,我愿意骂谁就骂谁，管你领袖不领袖！到第四天头上，狗日的把我放了。

"出了禁闭室，我就下决心回家，一面要饭，一面往回走。那个时候也不明白解放区的情形，不敢直接往河南走，就绕道太原，谁知阎老西那个王八蛋，着了急什么人他都要，连我这个残废家伙也叫他抓去。没办法，在集训班受了一个月的训，就当了兵，在正太路上叫解放军解放过来。

"你们看（吴天佑指着在场的所有解放军官），这样我过去为谁流了血？流了汗？受了罪？受日本人的污辱，差点没送了命；回到自己国里，还找到了这些苦！这是谁的罪恶？大家回想一下，你们出来打了七八年日本，哪里得到什么结果？我来到解放区，看到退伍军人有地、有房、有老婆，还受人尊敬，真是伤心透了。咱十来年算是给狗干了。现在我希望身体好的同学们，都参加解放军，当个光荣的人民战士，为自己报仇，打倒蒋二小！"

（1947 年 9 月 18 日）

过 八 路

解清

"过八路,过八路",立夏黄鹂(注)从南方来了,就成天这样叫,叫得多清楚、多嘹亮。

贾岭镇(项城县属)一带的村庄都听到了这叫声。当保长不在跟前的时候,总有人停下手里的活,说:"这黄鹂叫的是啥事?叫得多好听。""叫啥?叫'过八路,过八路'呵。叫了一夏天啦,你还没听见过,有时候它也叫'杀光棍,杀光棍'(按:当地老百姓称有钱有势、欺压百姓的人叫光棍)。"也照例有人接着说两句:

"八路军到底来不来呀?"

"黄鹂这鸟是灵鸟呀,可不胡说乱道。抗日时候看不岔(注)不是叫'打倒日本,杀敌,杀敌'吗?叫了两年,就把个日本打投降了。"

如此你一言我一语地就谈论起来了。这个人说谁家的儿子又被抓走当兵啦,那个人说某家的闺女被镇长叫去帮忙"做活"了……

最后大家都一致担心,要是黄鹂也叫两年八路才来,那老百姓都活不成了,因为老蒋苦害老百姓比日本人还厉害。可没想到立罢秋不几天,八路军就来到贾岭了。

八路军是黎明时候来的,等老百姓知道了,贾岭这一片的村子都住得满满的。镇、保长都跟保安团夹着尾巴跑了。

这队伍真是名不虚传,待老百姓可和气,借啥东西还啥东西,公买公卖,把屋子、院子都打扫得干干净净的。

这队伍真是兵强马壮,多叫人兴奋,多叫人喜欢呀!人们围着八路军转来转去,说这说那,地不想下,饭不想吃,甚至连黄鹂的叫声也没有人去理了。

（注）黄鹂和看不岔都是善叫的小鸟，立夏从南方来，秋后走。黄鹂色黄。看不岔色黑，尾长而分岔。

(1947 年 9 月 22 日)

沁源民夫随军南征记

【太岳新华社电】光荣的沁源人民，曾不止一次地创造了惊天动地的光荣事迹。远在前五年，便创造了著名的"围困沁源城"的战争，此次随军南征，又完成了一次光荣的任务。

他们是足够代表解放区人民的高度的觉悟与坚强的意志的，无论沿途有多少困难，都被他们一一解决了，胜利地完成了任务。

在出发前一天，原来计划五天的任务，后来因为大军要渡河南下中止，他们并不因为没有作长期的准备，并不因为远离家乡，而有半点犹豫，坚决地担起炮弹、子弹随上大军南下，一路上议论着："这是光荣的，这是光荣的！"

是的，因为没有作长期准备，一开始就碰上了困难，辛庄段启顺的鞋实在破烂得不能走了，已经把脚后跟磨烂了一块。白天队长说："你回去吧！"其他人也说："启顺，你的鞋不行了，脚也打坏了，回吧！"可是，段启顺生气了，他坚决地说："不，一定要完成任务，沁源人就不怕吃苦。"像这样的人很多，他们都坚守着自己的岗位。

在邵源附近渡黄河时，河正下来了，水又急又大，队伍已经在前方走了好久了，不能再耽误了，大家跳下河去。杨魁生和另一个人担了八颗炮弹，站不住脚，连人带炮弹被大水冲倒了。这时，就有个叫杨孩的赶忙跳下水去，把两个人都捞了起来。可是炮弹已经沉到河底了，天也黑了，这时，他们的大队长说：人救起来了，炮弹算了。就找个村住下了。可是杨孩心里想："这八颗炮弹，是要担到前线去打蒋介石的，怎么能这样丢了呢？一定要送到前方去！"

第二天大早，杨孩一个人悄悄地下河去摸炮弹了，水仍是那样地

急,而又那样地深,但杨孩一个人跳进去,终于把炮弹一颗一颗地摸了出来,最后连鞋子、干粮袋也摸了出来,等别人去找他时,杨孩正在小心地擦干炮弹哩!

将过黄河的时候,天下着雨,三十里地路上把每个人淋得像落汤水鸡,但他们并不表示退缩,大家都安然地到了河岸,一船一船地渡过去。

就是五中队过河时,有一只船忽然碰到了礁石上,船底碰了碗大的窟窿,黄水往船里冒进来。这时,连久经风浪的船夫也着急起来,眼看水越进越多,船渐渐往下沉了,可是有人急中生智地叫喊着"脱下衣服塞",这时大家都抢着脱衣服,把窟窿塞住了,弹药和人都安全地渡到黄河对岸。

上了南岸就遇上两件事情。一件是美式轰炸机经常在头顶扫射或丢炸弹,但是,民夫们没有被吓退,相反更英勇了,每天起码得赶五十里地,要追上队伍。

另一件事情是,蒋介石的恶毒宣传,他们说共产党要杀人放火,共产共妻,尤其是说要把五十岁以上的老人都要杀完,其目的是要把所有的人都欺骗走,造成无人区。这里有些人是知道人民军队的情形的,仍旧留下了;不知道的人,看见了我们军民的实际行动就好像从大梦中醒过来样地回来了。他们说:"狗日的们,临死还捣个鬼……"

这里三中队有件事,这是他们在石门沟所发生的。他们走进一个院子,门紧锁着,后来在草房里找出三个老百姓来,老两口和一个怀孕的媳妇。他们见了民夫们,浑身哆嗦着,三中队的负责同志连忙亲自给他们解释。起初他们不听,后来见到这些人和和气气的,比如借了碗一定洗净才还;院里梨树上虽然结了大梨子,可是没有一个人去摘一颗;又帮助喂牛;尤其是在住下后,发现人家的媳妇快生孩子了，他家三口人住一个房不方便，赶快腾了一间出来。恰巧住进去就生下孩子了，因此全家感激地说："真是老百姓的队伍，要是中央军，别说腾房，不知出什么事情呢！"

沿路上苦人们向我们诉说心底话，痛诉地主的罪恶，梁村有个老雇工诉说他儿子给人家当了十多年伙计，后来又替地主当壮丁抽走了，他也不敢要人，只向地主算几年工钱，还被地主骂了一顿。他说："这次咱们队伍来了，可要报报仇呢！"另一个穷知识分子作了一首诗。第一二两句说："百姓相见，哭笑相连！"确实描写了当时的情景呵。

另有一家老百姓五口人，一顿饭只吃升把麦子，拌苦苦菜做汤，衣服盖不住，露出肉来，整天哭丧着脸，当沁源民夫要往回返时，有一位老百姓伤心地哭着说："人民军队就是好，还叫你们回，我儿三十一年给中央军支差走了，到现在也没回来！"他说完泪水已夺眶而出了。他们忍泪与那个老乡告别了，在这以前他们把弹药送到了前线上，第二天就打下了新安城。

（1947年9月22日）

在战斗中成长起来的一个战士

孔更

进军的第二天下午,遇见了三班战士贾有林,久别重逢,心里该是多么地高兴啊。

夕阳西沉,部队走出了××村口,忽然由远方有人紧促叫了一声:

"老王,老王,可好些日子没见面啦!"

"哈,小有林!"我惊讶了一声,飞快地迎上去,当我同他握手时,才发现他的右手负了伤。

有林的脸涨红了,他肚里像装了许多要说的话,但这时他连一句也吐不出嘴来。

我问他:"小鬼,你在哪里负了伤?"

"消灭第二快速纵队战斗中负的伤,不碍事!"

他稍停了停又说:

"听说咱们队伍要'打出去',近日来我心肝眼儿直在想算,这正是解放我们穷兄弟(指解放战士)家乡的时候。"冷不防他挽住了我的胳膊又说:

"老王,现在我要跟你回去!"

"好同志,你这种宝贵的精神,应该给你上报呢!我看现下你还是把伤口完全养好了回去妥当些。"

"好同志,好同志,我就要好,彩口不到回去——在路上就好啦!"

我照例用夸张的口气来安慰他,没想到他的小孩子脾气又犯了,他的说话比拾豆儿还快呢。但是我又平心静气说下去:

"好同志,我已不在咱团工作了,你日前还见我到你们连里去玩吗!"

　　小鬼听了我的话，顿时茫然了，随着他软溜溜地松开了我。这时我有些懊悔，不该这样生硬，使他过重的失望，但又是"泼水难收"。无奈何，只好拖延了一下，费了些口舌安慰他。

　　我们告辞了，有林亲切地说："对不起，老王，我不能给你敬个礼!"

　　我走了好远，小鬼还在眼巴巴地望着我，不，是望着前方。他的言语动作，充分地流露着，在大反攻的前夜，我们光荣的负伤同志，是怎样在怀念着他的部队，怎样在为了阶级弟兄的彻底解放而献身自己的一切呢。

　　当我联想到，贾有林在短短的几个月战斗中，进步如此地快，我的心里不由得又欣喜起来。

　　去年九月间，贾有林补充到×班，当时他的情绪就不高。刚参军恰巧遇上了战斗，因这他的思想更是混乱——想开小差，以后怕摸不着路没敢跑。

　　××整训当中，上级号召"磨快刀，杀肥猪"（指打蒋家五军），有林明白又要打仗了，他抓耳挠腮地想"杀敌人呐，假若敌人杀死我怎么办?!"……以后想来想去，还是没敢跑。

　　过了几天，果然要打仗了，敌人的炮弹，连珠似的打来，有林爬上战壕里，沉甸甸的一颗头，永远抬不起来。班长这时给他壮胆："敌人夜间打炮，是瞎打没准，我从前打过炮，不要害怕!"有林才待镇定下，敌人的机枪猛烈地扫过来，他又不知所措。班长满不在乎地说："同志，不用怕，你听，'嗖、嗖!'，那子弹还远咧!你看我在这里立着，都不怕!如果子弹'噗、噗'地响，那是打在眼前啦，就得当心咧!"班长刚说完这话，一股敌人向他班阵地反扑上来，有林打了一颗手榴弹没响。班长问他：

"拉线来没有"？他说：

"没有！"

这时班长给他一个一个地拉线，有林便一口气投了十八个炸弹。敌人惊惶丧胆，屁滚尿流地跑了，有林笑着和班里同志说："原来敌人也怕死，我以为光我是个'怕死鬼'！"

天气很冷，天下雪，敌人经我两天的围困，开始撤退。班长这时，两枪命中两个敌人——给有林来了个例子，又指定目标叫他试打一枪。有林没有打过枪，他硬憋着气打了一枪，班长问他"怕不怕"。有林说："不怕！"接连又打了二十发子弹。战斗胜利后，他惊喜地说："闹了半天，原来打仗没有啥，从前听说打仗可怕哩！"

有林虽说学会了一套战斗本领，但提起敌人的飞机，还是惧怕得了不得。一次班长告诉他："飞机并不可怕，它是往前打枪的，从东来你靠交通沟的东墙；从西来，靠西墙。"飞机"完成任务"走了，班长找到机枪打过的痕迹，教导有林说"飞机机枪打得震耳，效力并不大，你看子弹距离还有一丈多远。"有林步了步，果真不差。

经过了多次战斗，贾有林不但逐渐地掌握了军事技术，并且发挥了他的聪明智慧，恐惧心理随着也就消逝了。记得一次战斗，部队隐蔽在村南头一座房子后面，敌人有八挺机枪封锁着他们，一个战士爬到墙上瞭望，有林马上制止他："同志小心点，不要无故伤亡；少伤亡一个，我们就多一份力量。"这个战士听从了，他又接上说："冲锋时，我们要像猛虎下山；隐蔽时，要像绣楼上的姑娘！"

一会儿，团长下了攻击命令，连长蓦地带领部队，从南街冲杀。这时敌人的火力像暴风雨似的扑来，有林看见路东有道墙，马上建议给连长："先下手为强，后下手遭殃，赶快挖通这道墙，一不会伤亡，二能打好仗。"连长听了他的话，部队果然安全地从这里运动上去。

敌人突围时，有林用他熟练的"九九"式步枪，"叭、叭"地打了两响，敌人扭头就跑。敌人跑得快，有林追得更快，敌人钻进一串院里，有林就卡死大门高喊："赶快交枪吧，不然就把你们统统打死。"这时敌人驯服地把所有的枪放在地上。有林一共俘虏了二十六名，缴获了十五支步枪，还有两挺重机枪。

一九四七、八、二十

（1947年9月22日）

全面模范卫保群

李均　云英

一、"我是共产党员啊！"

卫保群是东董村的民兵队长，十七岁那年便参加了民兵，今年二十二岁了，村里人这样议论他：

"这小伙子什么工作也干到头里，在家里像个未出嫁的大闺女，参战时可就勇敢啦。"

支部书记农会主任是这样地称赞他：

"保群真是个好党员。斗争的时候他在家看案犯，我们就格外放心；出发不用嘱咐准能起作用；别人不敢去的危险事，他不怕，真是俺村保驾的。"

我问他："你为什么各种工作都那么积极？"

他说："同志！我是共产党员啊！"他的答复很简单。

二、第一次当了模范

因为家贫，从小没上过学，深感到不识字的痛苦，在整训期间，他努力学习文化，提高政治，加紧练武。每天他起得最早，不久就学会了五百多字。在他带头影响下，全班学习情绪极高，讨论问题也彻底。练武的时候，他瞄准姿势最正确，不怕疲劳。在第三次受训期满时，被选为全连甲等模范。

三、这个就是那会上奖给我的

这次豫北战役，带领担架跟随县指挥部到了前方，他整夜不能睡觉，晚上送信催给养，白天还帮助群众浇园掘地。安阳攻击战开始后，他自告奋勇带担架跟随战斗部队上火线；决定突击的那一夜，他亲自到突击地点看地形，恐怕晚上迷失方向，一连看了六趟；赶上了敌机在扫射，敌机离地面只两房高，他伏在交通沟里，举起那破枪（是土造的），接连着回敬了十颗子弹，那飞机突突地飞跑了。

夜晚十点钟，他率领六副担架，跟着突击队，向攻击目标冲上去了。刚走上飞机场，碉堡上敌人十多挺机枪，像刮风一样地朝着他们扫射。他沉着地指挥担架队卧倒，枪声稍一稀疏，就又连忙向前冲锋。子弹头打得担架床上秫秸啪啪地响，他们没有丝毫恐慌，直冲到碉堡跟前。

我军的手榴弹打在碉堡上，像着了火，他就在这火光闪烁中，一面杀声连天地喊着和战士一同冲锋，一面抢救下来六个负伤战士。黎明时他们把彩号安全地抬到后方，他看了看自己的身上尽是泥土，枪栓已经拉不开了，彩号躺在床上连声喝彩："你们的胆子真大，真勇敢。"

战斗结束后，他被选为民兵中队甲等模范，我问他你这回得奖了吗？他笑眯眯地把头上一块白手巾拿下来，用手抖了抖说："这个就是那会上奖给我的。"

出征回来以后，正赶上雨后抢种。他就放下枪，积极带领民兵组织互助抢种，他是无例外地跑前跑后，造成了全村抢种热潮，两天下种七二七亩、捉"大眼贼"（一种吃庄稼的害虫，状如老鼠）八五六个。在全村总结抢种大会上又被选为甲等生产模范。

四、"真痛快死啦！"

一年之内选中三次模范，该是了不起的事，然而他说："模范不模范，反正咱得干。"他是不计较这些的，使他最高兴的是这次出征得了一支新捷克式步枪。过去他使着个"本地打",推两排子弹,枪膛就热得不能再打了,最使他苦恼了。这个捷克式,打三百粒二百粒的没关系,而且子弹出枪口两个音。所以他把枪擦得明晃晃的,当照着他的影子时,他歪着头说:"有了这支枪,我真痛快死啦!"

五、决心再立功

部队过黄河了,这消息早就传到他的耳朵里,他不断地打听:什么时候才叫我出发呢?下次我要参加突击队,上级再叫我光带担架,我就不去了。他决心立更大的功,争取全面模范。平时拿锄,战时拿枪,这是他的口号。现在他正积极生产练武,计划把三班民兵全部互助起来,空闲时候,演习瞄准射击。现在三十个民兵只有十五支枪,他还计划再缴十支步枪,一挺轻机枪,把这个民兵排正规化地武装起来,捉十个俘虏,坚决争取一个人民功臣的光荣称号。(冀南分社)

(1947年9月22日)

拥 军 桥

——博平农民拥军热潮中的一个小镜头

力文

陈家铺是博聊公路旁一个地势很洼的村庄,连着几场大雨,村子周围积了成片成坑的水。从公路到村里,虽只半里路,也得蹚过深到腋下的水洼。九月一日天刚黑的时候,区兵站传来了消息,部队要从这一带路过。村办公处里的几个农民,便议论起来。陈凤升像想起了一件大事,他很发愁地说:"到咱村里来,部队同志走几百里路的汗脚,一过凉水,就怕脚生毛病。"

有人提议最好能搭个桥,最后大家觉得这事得和全村群众商量。广播筒叫过,不久办公处前边黑压压挤满了一群人。陈凤升向大家宣布了搭桥的提议,马上人群里便酝酿起来:

"咱翻身啦,部队同志,辛辛苦苦,还不是为咱!同志们一走几千里,咱怎忍心叫人家蹚水,搭桥只费点力气算啥!"

翻身积极分子刘保安说:"过去咱受气受穷,没有八路军咱指望啥翻身,我先拿出新分的一棵小树来。"

人们的拥军劲头很大,搭桥的提议很快地通过了。一说散会,马上便热闹起来了。有的拆门,有的搬砖。贫农刘泰恒一步跃过丈宽的水沟,扛起一扇门,就往水里跑。梁传善飞快地跑到家,拿出一条绳子来……人多手快,不过半个时辰,两座小浮桥,便搭好了。修桥的人们,站在新筑的拥军桥上,高兴而自得地谈笑着:

"挺结实的,过三几千人保险不要紧!"

"世道真大变啦,若是老蒋的龟孙队伍来,咱准玩个小鬼不见面。"

夜间依然是静静的，修桥的人们都回村了，在拥军桥头，只有一个农会会员挑着一盏灯笼，静候着人民军队的来临。翻身农民们，一直盼到半夜时分，队伍真的来了。全村几十个农民代表，像迎亲人似的，把子弟兵迎到村里，部队的同志们踏着他们热心地用木板搭成的"拥军桥"，看到农民们一副副热情洋溢的面孔，感动得不知怎么好，一个同志拍着刘盛泰的肩膀说：

"你们辛苦了，咱真是一家人！"刘盛泰高兴地点着头说：

"咱八路军为老百姓整天拼命流血，咱费点力气，算不了啥，这只是表表全庄上的一点心意。"

（1947年9月25日）

由禽兽变成人

——军大被解放蒋军军官诉罪记

梅村

军政大学×××名解放和起义过来的蒋军下级军官，经过一个月的思想教育，阶级觉悟，都迅速提高了一步，一致认识到：只有永远跟着共产党，彻底消灭蒋介石，才是自己的唯一出路。他们首先展开了诉苦诉罪运动。有的诉了苦，但大部分是诉了罪，从诉罪中认识了一切。

在二大队学习的胡宗南第一师第一旅二团团部书记杨毓英痛哭着说："围歼中原军区时，我曾用石头砸死了一个新四军的负伤战士……这个同志与我没仇呀！我为什么这样没人性啊！……"

三十二师起义过来的军士王一孔，挺胸跺足地哭着说："我不叫王一孔，我叫禽兽！……我在中央军里参加了国民党、红帮，无耻地奸淫的老百姓妇女在五十个以上，光在湖北驻防时，就劫路抢光了穷苦群众七人……我在旧军队干了二十多年，这二十多年，做的净不是人事！……"

整三师三旅八团二营机枪二连便衣李元春，哭着忏悔他在十九师一百零九团一营三连当兵，驻防湖南浏阳时，曾奸死了一个良家媳妇；在七十四师十六团三营九连当班长驻防广西时，曾率领全班，奸死三个十五六岁的少女，并抢劫、活埋一个甲长；在军警部特务团当班长驻防重庆杨家盆时，曾强奸十六岁的女学生；在六十二师骑兵连当兵时，曾抢劫、打死一个过路的老百姓；在防空学校高射炮队当兵时，曾故意炸毁一个村庄；在整三师三旅八团二营机枪二连当兵，进攻大杨湖时，曾协同其他人把李家寨老百姓的房子烧光，缸、□、锅、碗……砸碎，把民营油坊的几百桶香油，抢走一部分，把剩下的倒在街上，把一个小孩子用石头砸死，还割去耳朵，把藏在洞里的老百姓，用手榴弹炸死……

他疯狂地哭叫着说："……我的罪恶太多了！我根本就不是人，我是禽兽！……"有的在激烈忏悔时，没头没脑地打自己脸，把脸打成肿的，把脑袋朝墙上碰……

诉罪后，他们又展开讨论："我们这些罪恶是哪儿来的？我们为什么曾犯这样多罪？……"经过回忆、交谈，从举不完的蒋介石欺骗、蒙蔽、毒化、残害他们的事实中，他们说"自己都是青青白白的青年，一进到蒋介石的军队，就染上了一身肮脏，这是蒋介石给我们的！"

李元春回忆着说："我家在湖南，小时，房子、地被财主夺去，父亲给人打月工，母亲、姐姐和我，给人家做零活。红军到我们家乡，曾分给我们房子、地，我也曾参加了儿童团。后来，中央军去到那里，没收了我们的房子、地，把姐姐拉到县政府，侮辱不从，用绳子勒死，把父亲抓到监牢里。我不敢在家，跑出来当兵……我当兵的志愿，本来是为姐姐、父亲报仇的，谁知被蒙住了眼，反为仇人利用了！……"阎军七十二师二十一团少尉排长王金虎，诉罪后哭着说："我在家因受地主压榨剥削，没法过日子，为了报仇才参加军队的，谁知，几年来，不但仇没报，反而变成了反人民的工具！……"

他认清了摧残陷害自己的仇敌，因之，对挽救他们走向光明的共产党，就更加热爱。如李元春说："我来到八路军这边才几个月，我已经懂得什么是军民一家、什么是爱民了。我没事不到老百姓家串，见了老百姓妇女，规规矩矩，再不生邪念；见了老乡，称伯道娘，亲亲热热；借东西，不允许不拿，借必打条子，损失了赔偿；有空还帮助老乡们推磨、担水、种地、秋收……我现在为什么又由禽兽变成人了？这是共产党把我教育成人的！这是共产党救了我！……"

二大队二队解放军官给校首长的信中说："蒋介石、阎锡山蒙蔽着我们，使我们做了许多坏事！使我们成了民族的罪人、人民的公敌，使我们丧失了前途……幸而，共产党解放了我们，给我们一条生路……回想过去……对不起共产党，对不起人民解放军……我们流下眼泪，痛心地哭啊！我们现在向人民及共产党忏悔，把全部的错误、罪恶，坦白给组织，告诉亲爱的妈妈——共产党，我们认清了恩人是毛主席，仇人是蒋介石王八蛋狗孙子！……"

他们认清了仇人，认清了恩人，因而，纷纷表示决心，宣誓。

如四十七师一百二十九旅山炮营文书上士丁兆南等三十多位解放军官，用刀子在臂上刻着指头那么大的蓝字："反美、反蒋、消灭蒋贼！"其他队刻同样字的也很多。几乎每一个解放军官，都在连队的决心大会上，在毛主席像前，自动咬破中指，写血书呈给共产党的组织，表明自己消灭蒋贼、为民立功的意志，并且，立即把决心变成行动，除把自己参加蒋阎的党派特务组织，向共产党坦白外，还争先恐后地交出了党证、军校毕业证书、委任状、路条等，以表示他们割断与蒋阎的一切联系，更紧密靠近共产党。

还有些同志，把自己仅有的钱财，也交公支援前线，以增强打败蒋介石的力量。如王一孔交出手枪子弹十九粒及由旧军队带来的被子、衣服及二万二千元法币，甚至把镶的金牙也拔掉，交出来支援前线。又如胡宗南"天下第一师"一旅二团一营二连的中尉排长王耐东，把自己保存多年的六七钱重的金戒指交公时，曾向大家激动地说："我把它交出来，多买几粒子弹，拿去打倒蒋介石！"

（1947年9月25日）

光荣牌要挂到自己门上

贾青山

旅直属特务连的支部书记李金旺同志,在最近的诉苦运动中,诉说了一段伤心事,他马上向上级提出一个要求:"请把我革命军人家属的光荣牌,挂到我自己家的门上去。"上级允许了他这个合理的要求。

原来李金旺名字叫杨贵秀,千真万确的是杨家的子孙,他是襄垣一区北田章村人,只因家贫,他父亲短了马家庄地主李土孩的一石租,上利虽超过了租子的四倍,租老是还不起。可是家里却有四五个孩子,李土孩家没有孩子,只有一个不够数的傻闺女,傻得连头也不会梳,活也不会做。因为这他有意地向老杨逼租,逼到最后,老杨实在拿不出一颗租子,他才慢条斯理地说了一套假装关心老杨的话:

"你实在还不起的话,你家孩们四五个,只要你给我一个,你租子也不用还我了,担子也轻些,孩子在我家不能叫受一点饥寒。"

老杨有什么办法呢,租子人家非要不行,孩子虽是自己的骨肉,也不得不给人家割下,咬着牙把杨贵秀给了李土孩当儿,从此杨贵秀改名换姓,就叫了李金旺。

这还不说,李土孩还有第二个心愿,要把嫁不出门的傻闺女,嫁给这讨来的儿,这样一来后事就都办妥啦。因此他又逼着杨贵秀和他的女儿结了婚。这时杨贵秀已是十九岁的人了,什么好坏不懂得呢?只为说了个"不"字,便遭到李土孩的一顿臭骂:

"你想上天,可是由不得你了,跟了老子,就得听老子的话。"

杨贵秀捏着鼻子结了婚,真是眼泪往肚里流,有苦难言,除了给李家当伙计,每天还得服侍老婆梳头。

后来杨贵秀找着自己的出路，参加了八路军。李土孩家的门上，挂起了"光荣军属"的牌牌来了。杨贵秀对这原也没去多想，只是常常想着自己当了别人的儿，姓了别人的姓，娶个老婆也没有自己的自由。这些事，使他只有暗自伤心，直到部队里开展诉苦运动时，他才算把这苦衷对大家诉了出来。

诉了苦的杨贵秀，心里轻快了，一些思想也觉得开朗得多了，他想道："咱在家是个穷人，受尽地主李土孩的压迫和剥削，叫咱当儿，就当儿；叫咱当婿，就当婿；叫咱姓李，不敢姓杨。咱出来革命了，他姓李的门前又挂上光荣牌，世上的便宜都被地主占完了。"

他越想越伤心，越想越生气，最后下了决心，和地主李土孩脱离父子关系，和地主的闺女离婚，抛弃地主给他的名字，重新把自己的真名杨贵秀唤起来，光荣牌也要在自己门上挂起来。

（1947年9月25日）

访问"螺丝钉"

毓明

我访问了军区政治部几个"螺丝钉"。他们在各个角落里,默默地工作着,有一分热,发一分光,没有怨言,不讲享受,不计地位名誉。我见了他们,不禁肃然起敬。

两个种菜能手

九月六日,我去参加军区政治部的庆功大会。一到那里就听到许多同志自豪地说,他们的伙食有保证了:一不愁没菜吃,二不怕没肉吃。

这不是个简单的事情!政治部机关伙食单位,客人来来往往很多,经常吃饭的不下一二百人,全年计算下来,需用菜十二万斤,杀七八十条大猪。但这个惊人的数目解决了。他们的伙食很好,现在每天能吃到西红柿和回子白。别的机关请客或会餐时才能吃到的这些好菜,在这里却成了家常便饭。这个工作谁的功劳最大呢?老彭、老赵和老秦应该伸出他们的大拇指。

先说老彭和老赵。

老彭叫彭金生,是个"老革命"。个儿不高,虽穿着一绿不绿、黄不黄的旧军衣,身体结实强壮。机关驻地的菜园负责人就是他。下午吃罢晚饭,他带领着我去参观他的菜园。

啊!好大的西红柿!进到西红柿园内,只见一堆一堆的西红柿,从绿叶丛里闪露出来,红的粉红,绿的碧绿,红绿掩映,煞是好看。

一个西红柿有多大呢?老彭笑嘻嘻说,差不多每个都在一斤左右,顶大的还有三斤重。地少出产的西红柿可不少,每天痛痛快快地吃，还可吃很长一个时期。

老彭是个种菜的老干家，从四一年起就干起这门营生。他对于一般菜蔬的脾气，都摸得清清楚楚。他弯下腰去，顺手撇下一个西红柿杈子跟我有趣地讲开种西红柿的道理，他说："要想西红柿长得好，头一个妙诀就是选好种子，常言道，母大儿肥，一点不错。咱们同志有个毛病，就是光好'吃鲜'，头发西红柿，留种子最好，种子留得越早，第二年越结得早，越大。吃了'鲜'，留种子晚了明年也就越晚了。再一个妙诀就是打杈子。西红柿长杈子，好像人走邪路，走邪路劲头大，一走邪路就办不好正经事，西红柿长的杈子多了，就不结或少结西红柿了。"

穿过西红柿地，很远就看见白花花的一片，我问老彭："那是咱们的回子白吗？"老彭说："别人的长不了那样。"

到跟前一看，长得果然体面，叶子比蒲扇还大，裹好的心儿比篮球不小，我用手捺了捺，都是硬邦邦的。老彭说都是六七斤、十来斤。接着去看茄子、南瓜、辣椒……没有一样不令人羡慕。老彭和他们三个伙伴，共种了八亩六分地，全年生产任务是三万斤菜，半年以来，他们已经交了五百八十斤麦子，一万二千五百斤菜，折算下来，已超过任务三千七百多斤了。

生产成绩这么大，但他没有说过自己如何辛苦。但事实告诉大家，他的心血都贯注到菜园里了。前半年天气亢旱，他跟他的伙伴没明没黑地浇地，两个月工夫，共浇了八万四千多罱子的水，还上了八万多斤粪。在这一百八十天的漫长时间里，他们仅仅休息了两天。

再说和老彭并驾齐驱的老赵，他是在邯郸经营着菜园的。但遗憾的是没有见面，他的成绩，只能从功劳簿上去看，文字虽然简短，他的工作热情、毅力，生龙活虎地跃然纸上。那上面写道："赵子洪同志，是邯郸水地生产班长，种了十八亩地，整地、下种、栽培，都是带头干。菜熟了，积极找关系出售，每天担着一百二十斤重的菜担子，往邯郸市走。路程八里，有时一天两趟，天不亮就走了，到十点钟才回来。吃罢饭后，即连忙到地里工作，一直工作到天黑。晚上还帮助锄草、喂牲口。经常夜里睡不到三个钟头，又担着菜去卖了。如果不能一下卖完，还得沿街叫喊，毫不感到丢人。半年共卖菜一万斤左右。有时他的两肩压得肿了，还是一样地坚持着工作。村里老乡说："老赵你五十岁了，还有这么大精神，你真是两只好腿呀！"老赵回答道："这是我的任务，这样干是应该的。"

怎样把猪喂肥

我从张部长家里出来，走了没有多远，碰见一个四十多岁的人，领着一群猪过来了。猪，那么听话，跟着他一直在跑。一问他的名字，我才知道他就是保证政治部每个同志每月能吃二斤猪肉的功臣——秦小山老同志。

他是临城岗头村人，腰里扎有围裙，围裙上饭点斑斑。淳朴，老实，忠诚十足的农民面孔。

我跟着他一起到喂猪的地方，蹲在猪圈旁边，谈起喂猪的事情。他说因为地方窄狭，猪槽子少，给猪弄了两个去处，一个叫猪睡觉，一个叫猪吃饭。喂的时候分两班，一班每天早喂，一班晚喂。

"你看猪很肮脏吧？还得给猪讲卫生呢！"老秦有趣地说，"给猪讲好卫生，猪才能长胖。冬天，人怕冷，猪也怕冷，冻得它浑身打哆嗦的时候不要喂，老阳晒到半天晌，暖和了才喂。下午也在半后晌来喂。夏天，人怕热，猪也怕热，头一顿饭要在早饭前趁凉爽来喂。喂得晚了，热得它光顾得喘气了。"

"二八月好喂猪。"老秦继续说道，"别的时候，要时时刻刻操心。喂猪也像养小孩，它不会说话，全凭人来经管。夏天，要叫猪圈多洗澡。今年天旱，这村没有河，我就给它往身上泼水。猪圈里也得泼水，要不，太干燥了，猪一呼吸，尘土就会呛到它的肚里，容易生病。"

"你喂了几年猪了？"

"四一年就喂起，六七年了。"

"你满意这工作吗？"

"我光怕这工作做不好。"老秦严肃地说，"你想，咱机关这么多人，全凭这些猪改善生活哩。首长把这担子交给咱，咱也不能不担。咱既然担上啦，就得对得起公家。今年半年杀了四十多个大猪，平均每个都杀一百来斤。后半年还得这么多。我的担子不轻啊！"他脸上表现出骄矜而愉快的神色。

问起他的家常事来，他很淡然，不过他四三年因死了母亲而流落在外的儿子还牵着他的心肝，他说："我如今只有一条心，把小孩安插好，咱老了，也不想找个对象啦，只要孩子长大，啥都满意了。可是刘司令员说，今年不要回家，好好搞工作，打垮蒋介石。我听了，我说很好，该这样办！咱的事情往后推推，先做革命工作。"

默默的工作者

牛守诚同志，是个默默的工作者吧！我去找他几次，没有找见。但他的事迹，人人知道。梅岭同志告我说，干部评功的时候，百分之百地投票给他立一大功。

"人民的世纪为人民立功，就是无上的光荣。"这是刘伯承将军给"功劳簿"上的题词，牛守诚同志就在他的"下层"工作上，给人民立了头等功勋。

牛同志是做发行工作的，一向忠实于自己的职务。在机关立功运动中，这个优点更加光辉灿烂了。他说："发行工作是政治工作的一部分，是从群众中来、到群众中去不可缺少的桥梁。"他不把它看成单纯的技术，自找苦恼，而是用愉快的心情去做这工作。他说每一样文件都有它一定价值，里面有很多宝贵经验，首长们费了很大心血编写出来，又用很多的钱印出来，假如做发行工作的不能很好地及时地把它发下去，就等于没有用，整个工作的推进与提高，就要受到影响。正因如此，所以他对自己的工作不是单纯地发下就算了事，而是经过很周详的考虑和计划。每逢文件发到他手里，他总要看看它是什么内容性质，数量多少，如何分发才适当。这样就可以避免浪费，使每一个文件都起了它应起的作用。

"在行厌行"，"这山看见那山高"，这是个通病吧？但牛守诚同志对于工作的认真、热爱、钻研，谁提起来，都是敬佩不止的。大批文件送给邮局时，他怕把文件磨坏了，不惜用自己的褥单、夹被也要把文件包好。次数多了，他的被子被绳子勒了好多窟窿，但他说被子破了没有什么，文件磨掉一个字，一句话！就会出大乱子。

今年，工作更加繁重了，比起去年增加到两倍以上。晚饭后，许多同志在街上或村外散步，他一个人仍在家里不吭气地工作着。夏天天气酷热，他满头滴着汗在捆扎着书包。绳子把手上磨了好些血泡，他没有说一句怨言。据统计，仅从今年三月到七月，共发出书籍十万八千多册，捆了八九百捆。其他如《军政往来》《战友报》及《画报》《人民战士》等报纸杂志，共发出五万八千份，传单五万份。在我刘邓大军胜利渡河的时候，他忙于把前方的书籍发出去，心里很着急，从早上起床，一直捆到深更半夜。这样忙了一个礼拜，繁重而紧急的任务，终于胜利地完成了。

飞毛腿的通讯班

"通讯员，通讯员，一天跑腿不得闲。"通讯员是一个苦差事吧？

为了这个，我去访问了通讯班的同志，但给我的印象却恰恰相反。

他们的房子里，干净整洁，墙上挂着自己造的胡琴、枪和子弹带。班里只剩下班长孟德保和吴能云，都是朝气勃勃的青年小伙子，笑着把我迎进房里。他们和我拉话，毫不拘束，好像几年不见的老朋友一般亲切，想说的话，好像憋了多少年没说话似的，滔滔不绝地说也说不完了。

"我班原先共有十四个人，"孟德保说道，"今年为了支援前线，减去了一半，工作还是一般般多——送四十个单位的信。但工作没有做坏，比从前还带劲了。有了信，你争我夺，抢着去送。差不多每个人一天都能走一百二十里，二百四十里的地方两天可以来回。六十里的地方，一天就可回来。如果有了书报，牲口不在家，三四十斤，一个人就背着送走了。多了两人伙抬。能叫人等信，不叫信等人。"

为什么这样带劲呢？孟德保同志说，他班的同志都是翻身农民，家里现在都有了吃喝，打蒋介石是为了保住自己分得的土地、房屋、财产。工作越做得好，打垮蒋介石越快。因为他们有了这样明确的目的和坚强的信念，就产生了用不尽的力量，产生了惊奇的故事。孟德保、吴能云家里都有年轻的老婆，离家也没有多远，然而他们一两年没有回过家。李如保，他家给他来了两三封信，催他回去结婚，他没有理睬。后来他爹又跑来叫他，但他又用好话把他爹打发回去了。他说现在打老蒋事大，再熬两三年打垮老蒋回去结婚也不迟！

他们的学习进步，更是惊人。他们在家时拿他们的话说，白纸上画黑道，它认识我，我不认识它。可是参军后二三年内，已能写普通信件及日记了。他们办公桌上，贴了一个纸糊的信插子，信插上画着毛主席不像的肖像，像小学生画的一样，挂着两支不很好的水笔，还有《李有才板话》。他们学习热情很高，不送信、不生产时，即趴在桌上看书或写日记。有时候，跑了一百二十里路回来，连饭也顾不得吃，就跑去上文化课，或听政治课。

我看了他们五本日记。在这几本日记里，燃烧着他们高度的工作热情，流露着他们愉快的生活，强烈的上进心。孟德保，八月二十五日的日记上这样写道："吃了下午饭，我冒着雨去牛头送信去，在秘书处拿了冀钞七万七千一百元，回到半路上，发现没有打回收条，自己思想了一阵，又跑回去要回收条。在牛头家属工厂伙房里，和老罗坐了一阵，他是上党战役解放过来的。他说村上打一个逃亡军人不对。我感到老罗的思想不对。群众眼光大，群众说他跑回时带着一支驳壳枪。枪是哪里来的？我们是人民军队，应该帮助群众翻身，他是好人，是基本群众，群众不会打他。"

他们的日记把我吸引住看了半天，我又和他们谈了些记日记的方法，然后才走出来。

（1947年9月25日、9月29日、10月2日连载）

寄给南征同志的一封家信

景荣暨南下的诸位友好们：

我们分别已七十多天了，好像隔了许多年月似的，深深地怀念！

你大概会以为我曾不止一次地垂泣吧？不，我没有落过泪，而且当你咬紧下唇以坚毅的脚步走出家门之后，我很快地平抑了有点紊乱的心境，随即从内心里涌现起无限的希望！我与日俱深地热切地期待着胜利消息的到来！在接到你们即将渡过黄河彼岸的来信后，我的希望愈加热切了，经常会不自觉地瞩望着南方，而在紧张工作之余，那一张华中详图竟成了我的特殊的爱好了。

终于，热切的希望成了现实。"人民解放军开始全国性大反攻"，"我军威震长江南北"，"刘邓大军胜利进入大别山区！"，一行又一行特大号字的标题映入眼帘，拿在手里的报纸随着我心的波动而微微颤抖。眼镜呵！渐渐地蒙上了一层迷雾的潮湿，是泪，兴奋的、欣慰的，而又激动的泪呵！

看着报纸，对着地图，我仔细地寻索着你们大进军的行程。我"好像"看见了你和无数的亲爱的同志们，冒着蒋匪地上空中的弹雨，英勇愉快地渡过黄河的波涛，横越铁道，涉过一条条的河渠，爬上一座一座的山岭，经过一个村庄又一个村庄、一座城市又一座城市，在这多雨的季节，踏遍南方泥泞的田野。你们，英勇的人民子弟啊！经历了难以想象的艰险，也赢得无比伟大的胜利！在震撼山河的胜利欢呼中，我又"好像"看见了成千成万的被解放的人民，含着和我今天一样的欢欣感激的泪，向你们——老百姓的亲人们，倾吐着无尽的苦水，举起使蒋家匪帮丧胆的铁拳，与你们并肩前进！

啊！荣，请莫责备我，竟将你们所亲历的活生生的现实，加上了"好像"的字眼。我很遗憾，我竟因身体的不争气而未能亲见这伟大动人的现实！然而，因为有你——我的景荣，成为这胜利反攻的进军之一员，却使我感到莫大的光荣和安慰！

应该着重地告诉你和所有的亲爱的同志们：这样的关望热切羡慕和欢腾，并非仅仅限于你们的爱人！自你们走后，机关实行了精简，同时认真地清查了地主思想，精神紧张了，立场更坚定了，眼光更明亮了，所有的同志们都愉快地肩负起加倍的工作任务。大家一致的心情是：不要对不起南下的同志们。而家属们更勉励着不要落后于自己的爱人，甚至村里的老百姓也时常询问"下河南"的同志的消息。总之，我们与你们在地理上距离虽一天比一天远了，可是在精神上却是这样紧紧相连呵！

相信你们在深入群众发动群众中，必然创造了与战绩一样辉煌的成绩，而你们每一个人所获得的锻炼与进步，必然是飞跃而丰富的！请多多将你们宝贵的经验告诉我们吧！

荣！告诉你：我的身体日渐好转，你不在家，组织上同志们对我特别关心，善侄也得到优厚的照顾，请放心！乔林同志的爱人已在工作，小孩也很好，薄怀奇同志的爱人休养得胖胖的，所有留在后方的你们的爱人和小孩都得亲切的爱护，请你们不要挂念！我们唯一的希望是全国反攻更迅速地开展，你们获得更大更多的胜利，让广大地区的人民从蒋匪蹂躏下及早解放，也让我们能早日前去和你们团聚！

经过相当长期的辛劳，你们的身体大概消瘦了一些吧，但现在你们既已到达鱼米之乡，在精神愉快和群众密切的爱护之下，你们一定将身体锻炼得和革命的意志一样地坚强，我们——你们的爱人，是这样的相信，也因此而快慰！

千言万语，无法尽述。总之，"努力工作，保重身体"，这是我们大家应该共勉的!

祝你们平安!

铃九、一六

(1947年9月29日)

忆我的老伙计李万顺

——并向我那恶霸父亲控诉

刘西林

老伙计李万顺,一辈子没好活过,他从三十九岁上就到我家扛长活,一直扛了四十年,扛到七十几岁,活活地扛死了!

不知是光绪几年来,因为年头不好,我父亲看见他穷得要死,就乘机抓了一把,应下他给我家扛长活,工钱多少根本没提,只管他一碗饭饿不死他就算了。开头几年,每年还给他个七吊八吊的,以后五吊六吊,三吊四吊,一年比一年少,后来慢慢地没有了。我父亲不说给,他也不敢要,一直到他死,整整四十年的苦,算白白地受过去了。

我父亲本是当地出名的"恶人",所谓:"一跺脚四街动。"人人都怕,在村里胡作非为,愿意打谁就打谁,愿意骂谁就骂谁。全村几千口人,没有受过他打骂的找不出几个来,谁要反抗,就要刀子动枪,私场打不赢,官场上见,往衙门口花上几个钱,就把人押起来。对于自己的"奴隶"李万顺,那就更不消说了。

李伙计一辈子受尽了我父亲的虐待。我记得在他枯瘦的身上有皮鞭抽打的黑道子,在他苍白发的头上,有木棒打下的硬疙瘩,这都是我父亲给他刻下的痛苦的痕迹。在这四十年的牛马生活中,一天价被踢过来打过去,今天院子没扫净也挨打,明天呼唤没听见也挨打。一年三百六十天,很少有几天空过去。特别后几年我父亲打他特别狠,骂也特别刺耳,一开口就气势汹汹地说:"你不干,你滚蛋!"李伙计也曾经想"滚"过,可是当在前二十年要"滚"的时候,因为我父亲要他偿还"滚钱"(吃的饭钱,误下的工钱等,但他应赚的工钱却一点不给），所以没敢"滚"。这些年满脸胡子都苍白了，腰也弯下了！就这样，一天天地忍，一年年地受，一直忍受到死。

　　李伙计虽像牛马一样地劳动，并受着我父亲的虐待，但他对我们弟兄都像对自己的儿子那样疼爱。我母亲孩子多，照顾不来，所以我从小就是跟着李伙计长大的。白天他引上我耍，夜里他抱着我睡，拉屎撒尿都是他一手照管，他把他多年积攒下的几个钱都为我花费了。记得我小时每天半夜里醒来哭叫的时候，他总是从他枕头底下掏些花生、糖塞在我的手里。十几年过去了，我长大了，而他的悲惨的境遇仍然没有改变。

　　去年在丰镇，接到朋友的来信，说他在前六年就死去了，我父亲花了五块钱买了口薄木棺材把他葬在乱人坟里。我父亲的心是怎样长的?！地主的心肠太残忍了！我看完信，沉思了半天，我觉得这样的惨事绝不止这一件，我要为李伙计申冤！我要为世上许多被压迫的劳动人民报仇！

　　去年我已给村里的群众去了信，家的事完全由群众处理，怎样处理怎样是，我举两只手竭诚拥护！特别是李伙计四十年的深仇要报！四十年的工钱要完全拿出来，并且每逢节日由我家的人给李伙计扫墓祭灵，至于我父亲该杀该剐全由群众发落。（转载《晋绥日报》）

（1947 年 9 月 29 日）

管子的"锤锤"响了

——介休保粮斗争小纪事

加里

麦子刚割完,秋苗又得锄二遍草了!近来,在介休边沿区的东湖龙村,"油坊掌柜"们(指阎伪政权人员)三日两头来这里搜刮粮食。村公所摆着几口明晃晃的铡刀,"不给粮,就给命"!

七月十一号早上,管子打听得恶棍们就要来了,于是腰间别好"锤锤"(手榴弹昵称),肩膀扛起锄头,哼着小调,一摇一摆到村西头自己地里锄秋苗去了。

刚吃罢早饭,"砰"地一枪,这是告诉人们,"油坊掌柜们又来榨油、刮地皮来了"!

这时管子已到了地里,把手榴弹从腰间取下,轻轻扔到自己锄过的松软的土地上。

没一袋烟工夫,村里男女老少往四面地里乱跑,后面跟踪而来的是三三五五持着"哭棒棒"(指枪)的"油坊掌柜"们。

起先,管子也打算再往远处躲躲,后来不知怎么他改变了念头。他想:"日他祖宗,还往'球牛国'跑?麦子是丢光啦!来就和他干两下,反正不干就活不成。"抹一把汗后,他低下头,又眼盯住脚底下自己的那颗"锤锤"。

天气热得要命,七月的阳光直射着大地,在漫过胸脯高的高粱林里做活,更是异常闷热。

管子低着头,一股劲在锄着。

"卜踏!卜踏!"一阵脚步声过去,高粱叶摆动得十分厉害。当管子正抬起头来,三个"油坊掌柜"已经大背着枪,出现在地头上,其中一个已向地当间迈进，看样子他一伸手，就要先打管子一巴掌，再说别的。可是没等对方举动，管子的锄头早飞将过去，只听得"叭嚓"一声，油坊掌柜□脑袋上着了家伙，连人带枪栽倒在地。管子乘势又圪蹴下抓起自己的那颗"锤锤"，当其余两个恶棍扑向他这边时，管子心一急，左手将手榴弹举起，身子一弯，右手早拉断了火线，轰隆一声，扑过来的两个，也一起滚回老家去了。

（1947 年 9 月 29 日）